W0471512

STAR WARS®

EPISODEN I–VI
DAS KOMPENDIUM

DIE RISSZEICHNUNGEN

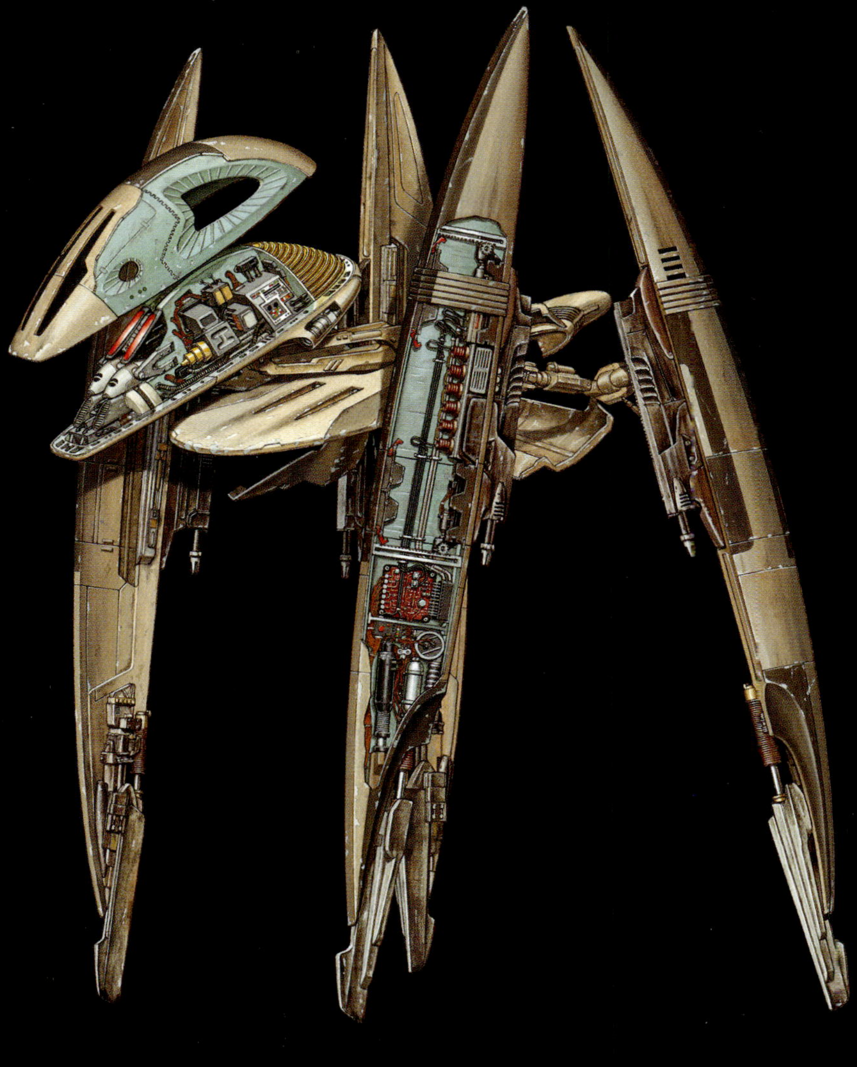

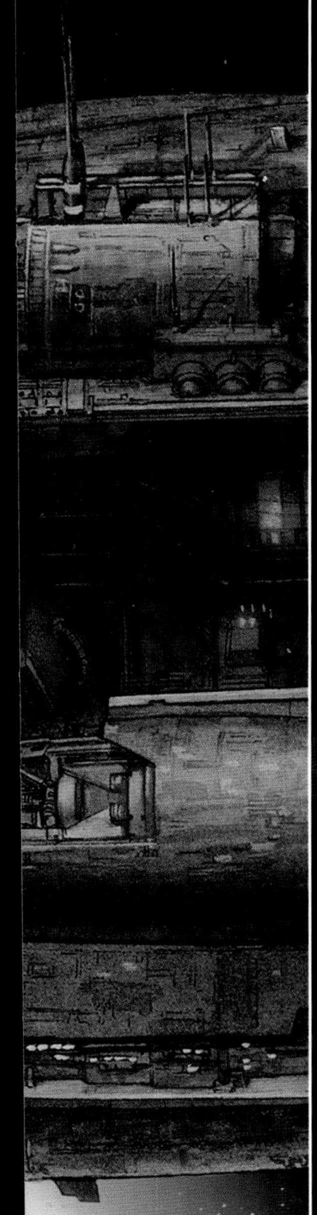

STAR WARS®

DIE RISSZEICHNUNGEN

Texte

David West Reynolds (Episoden I, IV–VI),

Curtis Saxton (Episoden II, III)

Zusätzliche Texte für diese Ausgabe

Kerrie Dougherty

Illustrationen

Hans Jenssen and Richard Chasemore

Zusätzliche Illustrationen

John Mullaney, Jon Hall

vgs EGMONT

Inhalt

Vorwort

Schon seit meiner Kindheit bin ich ein Fan von coolen Maschinen und deren Design. In den späten Sechzigern baute mein Vater ein Modell des Atom-U-Boots USS Patrick Henry, das auf einer Seite aufgeschnitten war und das Innenleben des Unterseeboots offenbarte. Ich studierte das Modell genau und versuchte dahinterzukommen, warum sich die Dinge an einem bestimmten Platz befanden und wie der vorhandene Raum genutzt wurde. Die Faszination hielt an, bis ich es später mit Risszeichnungen von Flugzeugträgern und Schlachtschiffen aus dem Zweiten Weltkrieg zu tun bekam. Ich staunte über ihre Komplexität und erkannte die Logik der Konstruktion – die Form ergab sich aus der Funktion.

Als ich mich für Filme, vor allem für Science-Fiction-Filme, zu interessieren begann, begeisterte ich mich sofort für das Innenleben der in den Filmen vorkommenden Maschinen. Ich wollte stets wissen, wie die futuristischen Raumschiffe funktionieren sollten, und ich freute mich, wenn ich erkannte, dass sich die Filmdesigner über ihre Erfindungen ernsthaft Gedanken gemacht hatten. Stundenlang sah ich mir *The Making of 2002 – Odyssee im Weltraum* an und versuchte zu begreifen, wie sich die Innenräume des Raumschiffs *Discovery* in den kugelförmigen Rumpf des erfundenen Raumfahrzeugs einfügen würden.

Und dann kam *Star Wars*, ein Film, bei dem offensichtlich allen Beteiligten daran gelegen war, das *Star-Wars*-Universum so funktionstüchtig, glaubwürdig und realistisch wie möglich aussehen zu lassen. Alles wirkte authentisch, als ob es tatsächlich durch alltäglichen Gebrauch abgenutzt wäre. Als ich später erfuhr, dass Ralph McQuarrie für Boeing gearbeitet hatte und Joe Johnston, John Dykstra, Grant McCune und viele *Industrial Light & Magic*-Mitarbeiter der ersten Stunde aus dem Industriedesign kamen, wusste ich auch, warum das so war.

Zwanzig Jahre später arbeitete ich selbst für ILM und wirkte an der *Star-Wars-Prequel-Trilogie* mit. Nun war es mir vergönnt, die Entstehung der Entwürfe als Insider zu verfolgen. Ich erlebte, wie sich George Lucas' Ideen von Beschreibungen auf dem Papier in einfache Skizzen, dann in ausgearbeitete Zeichnungen und schließlich in detaillierte Miniaturen oder Computergrafiken verwandelten.

In enger Zusammenarbeit mit den Künstlern war ich Zeuge (und Miturheber) einer Vielzahl kleiner Schwindeleien, um mit dem bewährten Design die notwendigen Actionszenen drehen zu können: Meist waren es Kleinigkeiten, wie der Umstand, dass die Landevorrichtung des Königlichen Raumschiffs viel zu lang war, um vollständig in der Unterseite des Raumers zu verschwinden, oder dass R2-D2s „Schultern" eigentlich nicht in einen Naboo-Sternjäger passen, ohne dabei dessen Rumpf unschön zu verbeulen.

Daher bewundere ich den Einfallsreichtum, die Voraussicht und die Detailversessenheit, die Hans Jenssen und Richard Chasemore in dieses Buch gesteckt haben. In vielen Fällen haben sie (mithilfe der Autoren) sogar unsere kleinen Betrügereien aufgelöst. Besonders gefällt mir, was sie mit R2-D2s Schultern im Naboo-Sternjäger angestellt haben! Sie haben den von den Konzeptdesignern angestoßenen Prozess gewissenhaft zum Abschluss gebracht und dabei Millionen von Einzelheiten ergänzt, an die zu denken wir nie die Zeit hatten. In diesem Sinne schreiben *Die Risszeichnungen Episoden I-VI* das letzte Kapitel der Schöpfungsgeschichte der *Star-Wars*-Saga.

John Knoll
Visual Effects Supervisor, ILM
The Presidio, Januar 2007

Die Alte Republik

Vor mehr als 25.000 Jahren ermöglichte die Erfindung der Hyperantriebstechnologie Auswanderern, sich über die gesamte Galaxis auszubreiten. Nach vielen Jahrtausenden der Entdeckungen und der Kolonisierung schloss sich eine bedeutende Anzahl bewohnter Sternsysteme zu einer demokratischen Galaktischen Republik zusammen. Die Basistechnologie des Raumflugs veränderte sich seither nicht mehr. In der Zeit der Republik bestimmen Ästhetik und Funktionalität gleichermaßen die Bauweise von Raumschiffen. Doch Jahrhunderte der Korruption haben zu politischen Unruhen geführt. Während die Separatistenbewegung zahlreiche Sternsysteme zum Abfall von der Republik bewegt, tauchen immer neue Konstruktionen auf. Mit den Separatisten verbündete, kommerzielle Organisationen bauen Raumschiffe, die militärischen und ökonomischen Zwecken dienen und sich Droiden nutzbar machen, während die Republik der Bedrohung mit neuen Militärraumfahrzeugen begegnet, die den Jedi bei ihren Bemühungen um Frieden und Stabilität helfen.

Naboo-Design

Die schnittigen, eleganten Linien des Naboo-N-1-Sternjägers repräsentieren die Tradition des Handwerks und der charakteristischen Kunstfertigkeit im Raumschiffbau der republikanischen Ära. Die Bewohner von Naboo verzieren alle Gegenstände des täglichen Lebens künstlerisch, ihre Künstler-Ingenieure sind weithin geachtet. Dennoch geht der ästhetische Reiz des N-1 keineswegs zulasten seiner praktischen Verwendbarkeit. Der elegante Raumer leistet den Sicherheitskräften des Planeten gute Dienste; Im Kampf verwandelt er sich, falls nötig, in einen Furcht erregenden Gegner.

Droidentechnologie

Der Droiden-Trijäger symbolisiert den Niedergang des künstlerischen Designs zur Zeit der Republik. Die von den Separatisten eingesetzten mechanischen Fahrzeuge und Waffen genügen ihrer Funktion, sie sind leicht ersetzbar, massenhaft hergestellt und so billig wie möglich, ohne über die menschliche Schwäche des Selbsterhaltungstriebs zu verfügen. Die bizarre Bauweise der Separatisten-Fahrzeuge, die sich häufig an Grauen erregenden fremdartigen Raubtieren orientiert, verkörpert den Triumph rücksichtsloser Sachlichkeit über künstlerischen Ausdruck.

Verteidiger der Republik

Jahrtausendelang haben die Jedi-Ritter den Frieden und die Sicherheit der Galaxis gewahrt und die Raumfahrzeuge der Republik als Transportmittel und Hilfsmittel „aggressiver Diplomatie“ genutzt. Doch als sich die Bedrohung durch die Separatisten zu dem galaxisweiten Konflikt ausweitete, der als Klon-Kriege bekannt wurde, benötigten die Jedi neue, schlagkräftigere Sternjäger. Der schnelle, wendige Jedi-Abfangjäger kombiniert Eleganz und Funktionalität mit tödlicher Effektivität und wurde ein Symbol der Autorität und der Hoffnung der Republik.

Kommerzielle Mächte

Die Handelsföderation ist eine der führenden Kräfte der den Umsturz der Republik fördernden Kaufmannsfraktionen. Die Organisation kombiniert ökonomische und militärische Ziele in ihren vielseitig verwendbaren Raumschiffen: Sie verwandelt Frachtraumer in Droidenkontrollschiffe zum Transport und zur Koordination ihrer Droidenarmee. Als Vorzeichen für die Imperiale Massenproduktion von Raumschiffen setzen die Handelsföderation und ihre Verbündeten modifizierte Versionen einer kleinen Auswahl von Schiffen zu einer Vielzahl unterschiedlicher Zwecke ein. Auf diese Weise dienen ihre Raumschiffe kommerziellen Interessen und erzielen maximale Wirkung bei minimalen Kosten.

Das Galaktische Imperium

Das Chaos der Klon-Kriege mündet in die Umwandlung der Republik in das Galaktische Imperium, das eine Epoche der Unterwerfung der Bürger der Galaxis unter eine gnadenlose, Furcht erregende Gewaltherrschaft einleitet. Um seinen stählernen Griff zu festigen, entwickelt das Imperium ständig neue Waffensysteme. Doch die neue Ordnung wird von der Rebellen-Allianz, einer kleinen Armee verbündeter Dissidenten bedroht, die gegen die Herrschaft des Imperiums ankämpft. Um den Rebellen den Zugriff auf Imperiale Technologie zu erschweren, werden zahlreiche Unternehmen strengen Kontrollen unterworfen oder gar geschlossen, während andere lukrative Exklusivverträge mit dem Imperium abschließen. Dadurch ist die Bandbreite von Raumschiffkonstruktionen unter dem Regime des Imperators im Vergleich mit den Tagen der Republik stark beschnitten, und Massenproduktion tritt an die Stelle der alten, individuellen Handwerkskunst.

Schreckensherrschaft

Imperiale Sternzerstörer - riesige Schlachtschiffe mit enormer Feuerkraft – dienen der Kontrolle der Imperialen Sternsysteme. Die ersten Sternzerstörer wurden während der Klon-Kriege noch von der Republik entwickelt. Das daraus hervorgehende Imperium setzte die Entwicklung fort und perfektionierte die Bauweise der Riesenschiffe, verstärkte deren Feuerkraft und erweiterte ihre Aufnahmekapazität für Angriffstruppen. Das Endergebnis war ein Schreckenswerkzeug zur Vernichtung jeglichen Widerstands.

Imperiale Schlagkraft

Der TIE-Bomber ist ein wesentlicher Bestandteil der Imperialen Schlagkraft, der aufständische Planeten heimsucht, Gesellschaften in die Unterwerfung bombt oder feindliche Kampfmaschinen zerstört. Das schwer gepanzerte Raumschiff ist ein gutes Beispiel für die Nutzung möglichst weniger technischer Basiskomponenten und ihre Anpassung an unterschiedliche Verwendungszwecke. Das vielseitige TIE-Jäger-Design lässt sich leicht umbauen und gilt als „Arbeitspferd" des Galaktischen Imperiums.

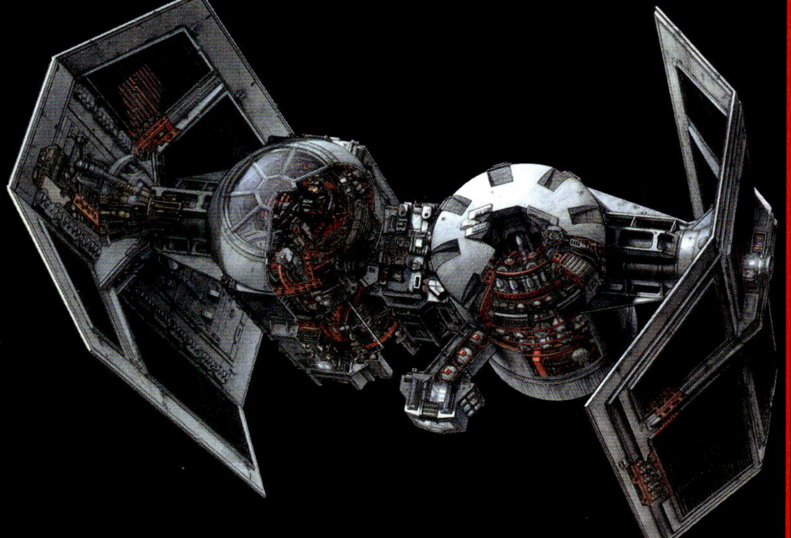

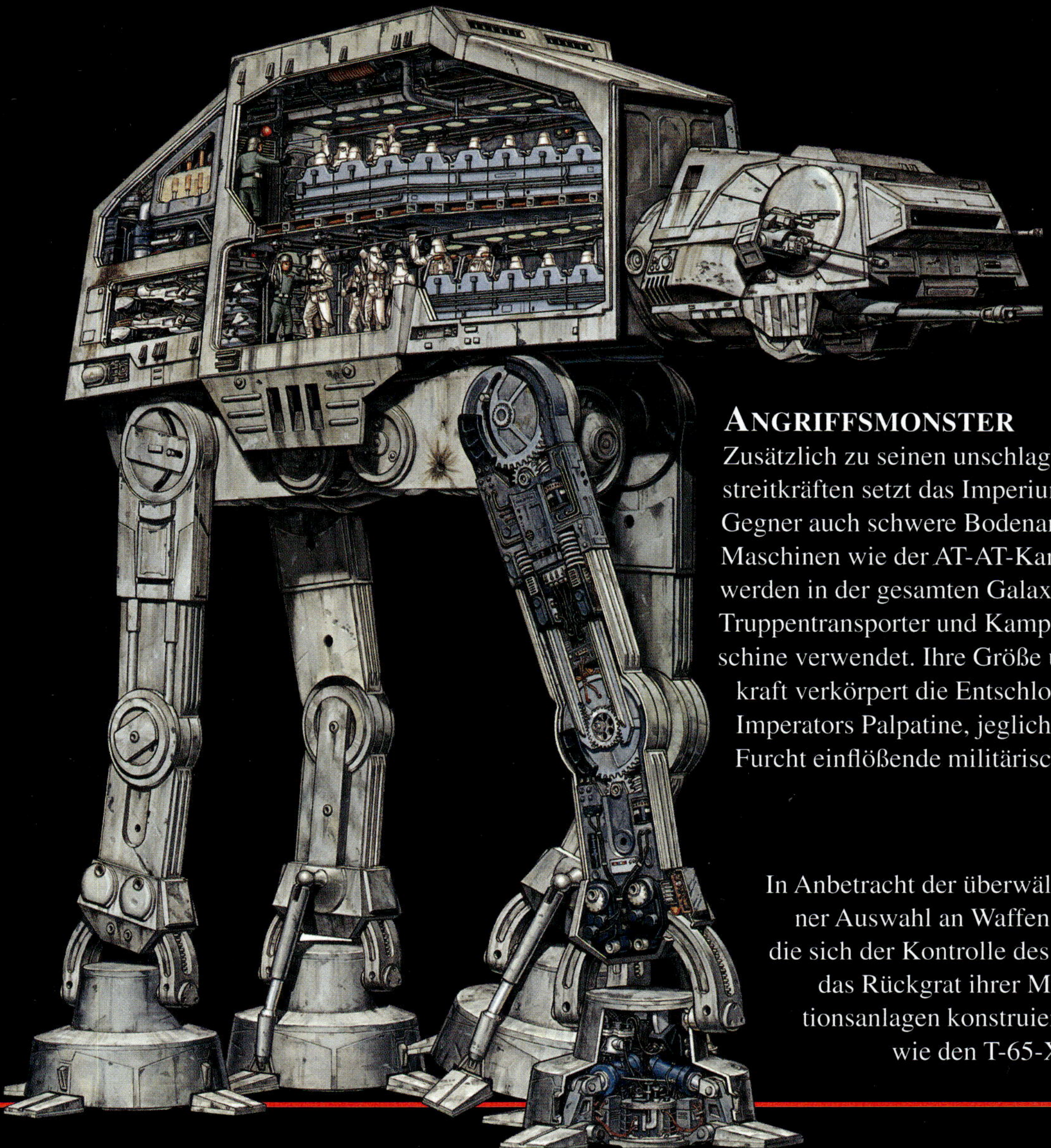

Angriffsmonster

Zusätzlich zu seinen unschlagbaren Weltraum- und Bodenstreitkräften setzt das Imperium zur Unterwerfung seiner Gegner auch schwere Bodenangriffsvehikel ein. Monströse Maschinen wie der AT-AT-Kampfläufer werden in der gesamten Galaxis als Truppentransporter und Kampfmaschine verwendet. Ihre Größe und Feuerkraft verkörpert die Entschlossenheit des Imperators Palpatine, jeglichen Widerstand durch seine Furcht einflößende militärische Schlagkraft zu zermalmen.

Die Reaktion der Rebellen

In Anbetracht der überwältigenden Imperialen Militärmacht schlägt die Rebellen-Allianz mit einer Auswahl an Waffen und Fahrzeugen zurück. Unzufriedene Ingenieure und Konstrukteure, die sich der Kontrolle des Imperiums entziehen wollen, schließen sich der Allianz an und bilden das Rückgrat ihrer Militärmaschinerie. Bei beschränktem Zugriff auf Bauteile und Fabrikationsanlagen konstruieren die Rebellen schnelle, schwer bewaffnete und wendige Maschinen wie den T-65-X-Wing für den Kampf gegen die Unterdrückung durch das Imperium.

Technologie

Die sowohl während der Zeit der Alten Republik als auch während des Galaktischen Imperiums gebräuchliche Technologie ist das Ergebnis von Jahrtausenden wissenschaftlicher und technischer Forschung auf zahlreichen Welten. Der Hyperantrieb, der den interstellaren Raumflug erst möglich macht, existiert bereits seit 25.000 Jahren und wird seitdem ständig verbessert, um Weltraumreisen sicher und schließlich zu einem alltäglichen Ereignis zu machen. Es gibt einige Neuerungen, während Varianten der Basistechnologie in sämtlichen Sternsystemen verwendet werden. Anspruchsvolle, mit Computertechnik ausgestattete Gerätschaften sind ebenso wie Raumfahrzeuge und ihre Ausrüstung ein wesentlicher Bestandteil funktionierender galaktischer Gesellschaften. Darüber hinaus dienen mechanische Helfer, die Droiden, der Galaxis als billige und leicht ersetzbare Arbeitskräfte, deren Bauweise praktisch jeder Aufgabe angepasst werden kann. Während der Umbrüche zur Zeit des Niedergangs der Alten Republik, des Aufstiegs des Imperiums und des folgenden galaktischen Bürgerkriegs entstehen im Widerstreit der Kriegsparteien neue militärische Technologien, neue Waffen und Kampfmaschinen zur Erringung taktischer und strategischer Vorteile.

Hyperraumkommunikation

Supraleichte Hyperwellen im Hyperraum transportieren ohne Zeitverlust Signale durch die Galaxis. Das öffentliche Holo-Netz nutzt die Hyperwellen für Echtzeitkommunikation zwischen Planeten und Raumschiffen. Das Militär, Rebellen und Piraten verwenden eigene sichere Hyperwellen-Kommunikationssysteme.

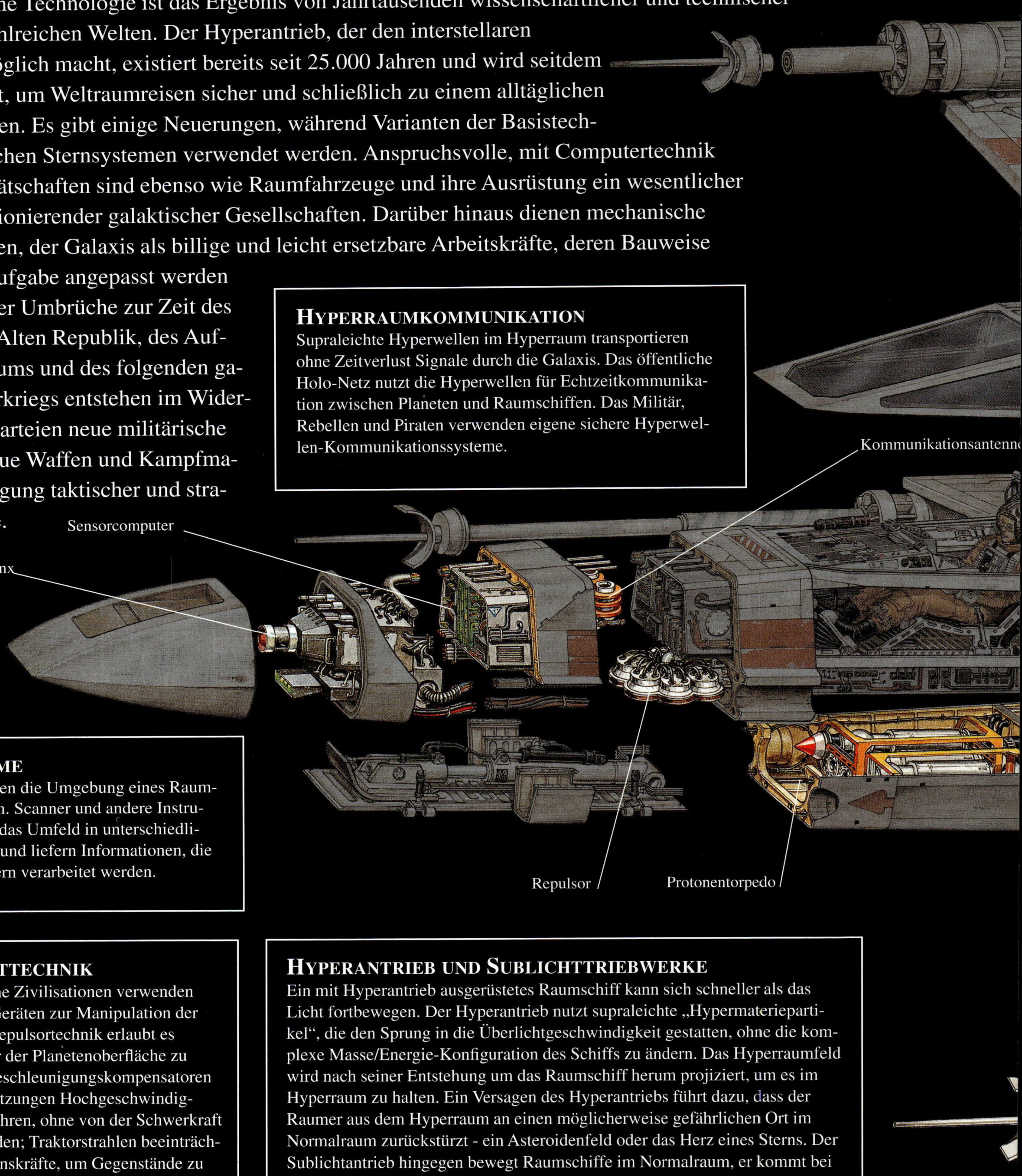

Sensorsysteme

Sensoren untersuchen die Umgebung eines Raumschiffs auf Gefahren. Scanner und andere Instrumente überwachen das Umfeld in unterschiedlichen Entfernungen und liefern Informationen, die von Sensorcomputern verarbeitet werden.

Schwerkrafttechnik

Moderne galaktische Zivilisationen verwenden eine Vielzahl von Geräten zur Manipulation der Schwerkraft. Die Repulsortechnik erlaubt es Raumschiffen, über der Planetenoberfläche zu schweben. Dank Beschleunigungskompensatoren können Schiffsbesatzungen Hochgeschwindigkeitsmanöver ausführen, ohne von der Schwerkraft pulverisiert zu werden; Traktorstrahlen beeinträchtigen die Gravitationskräfte, um Gegenstände zu bewegen oder an Bord zu ziehen. All diese Vorrichtungen nutzen zur Beherrschung der Schwerkraft subnukleare „Knoten“ der Raumzeit. Diese Knoten entstehen in einer Art gewaltiger natürlicher Kraftwerke in der Umgebung von schwarzen Löchern, die deren Raumzeitfelder verarbeiten.

Hyperantrieb und Sublichttriebwerke

Ein mit Hyperantrieb ausgerüstetes Raumschiff kann sich schneller als das Licht fortbewegen. Der Hyperantrieb nutzt supraleichte „Hypermateriepartikel“, die den Sprung in die Überlichtgeschwindigkeit gestatten, ohne die komplexe Masse/Energie-Konfiguration des Schiffs zu ändern. Das Hyperraumfeld wird nach seiner Entstehung um das Raumschiff herum projiziert, um es im Hyperraum zu halten. Ein Versagen des Hyperantriebs führt dazu, dass der Raumer aus dem Hyperraum an einen möglicherweise gefährlichen Ort im Normalraum zurückstürzt - ein Asteroidenfeld oder das Herz eines Sterns. Der Sublichtantrieb hingegen bewegt Raumschiffe im Normalraum, er kommt bei Orbitaloperationen, bei Raumschlachten und innerhalb von Planetensystemen zum Einsatz. Der am weitesten verbreitete Typ ist der Ionenantrieb, der durch den Ausstoß eines Strahls aufgeladener Partikel für Schubkraft sorgt. Treibstoffe können verdichtetes radioaktives Gas hinzufügen, flüchtige Kompositmischungen und explosive flüssige Metalle.

Energiequellen

Raumschiffe und Fahrzeuge verwenden unterschiedliche Energiesysteme, die in der Zeit vor der Republik perfektioniert wurden. Hausgeräte nutzen gewöhnlich tragbare Chemie-, Kernspaltungs- und Fusionsreaktoren. Diese Systeme verbrauchen je nach den lokalen Ressourcen unterschiedliche Treibstoffe. Die meisten Raumschiffe verfügen über Fusionssysteme, die mit leistungsfähigeren Hypermateriekernen arbeiten.

Astromechdroiden

Die vor allem für die Arbeit an Raumschiffen konstruierten Astromechs können sowohl als unabhängige Einheiten als auch als Bestandteil eines Raumschiffs arbeiten. Sie funktionieren an Bord eines Raumers sowie im Vakuum des Weltalls. Als Schiffsbestandteil bilden sie die Schnittstelle zum Bordcomputersystem und optimieren die Leistungsfähigkeit des Raumschiffs und des Piloten. Sie überwachen das Flugverhalten, berechnen und speichern Hyperraumdaten und lokalisieren technische Mängel und Computerfehler. Als unabhängige Einheiten sind sie für die Reparatur unterschiedlicher Raumfahrzeuge programmiert und werden als Bord- und Bodenwartungspersonal eingesetzt.

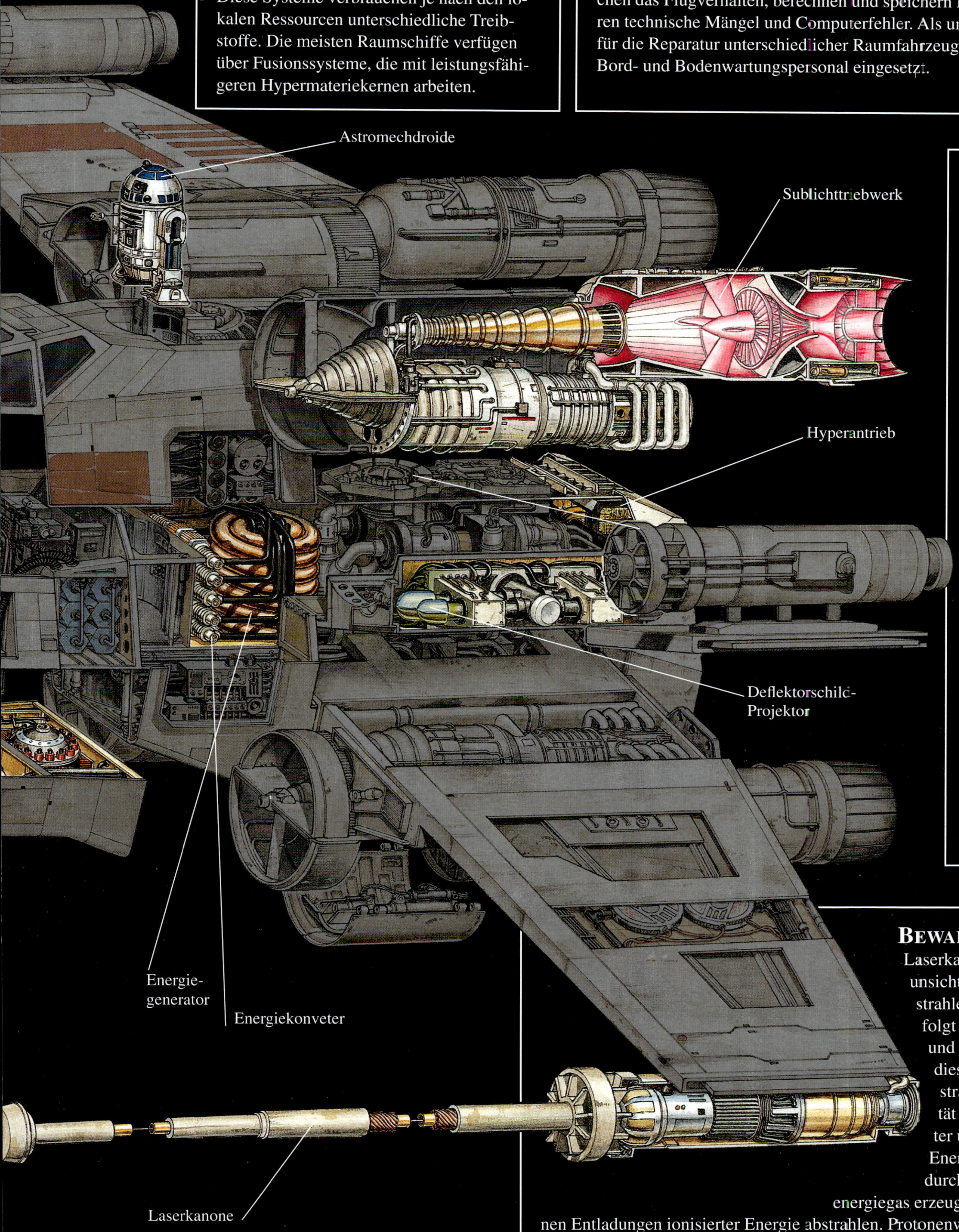

Schutzschilde

Raumschiffe und Fahrzeuge werden von Kraftfeldern geschützt, die Festkörper abstoßen oder Energie absorbieren; dazu bedarf es einer konstant hohen Energiezufuhr. Vibrationsschilde dienen der Abwehr von Weltraumschutt, Deflektorschilde (Strahlen- und Partikelschilde) schützen Raumschiffe in Kampfeinsätzen. Strahlenschutzschilde reflektieren oder brechen die Strahlen von Energiewaffen, während Partikelschilde Hochgeschwindigkeitsprojektile und Protonenwaffen abwehren. Die Schildstärke nimmt mit wachsender Entfernung vom Generator oder Projektor ab, während Atmosphärenschilde meistens eine sichtbare Oberflächenbegrenzung besitzen. Wenn ein Schutzschild starke Energieentladungen absorbiert, kann sich die Druckwelle bis zum Raumschiff fortsetzen und dessen Fahrt beeinflussen.

Bewaffnung

Laserkanonen und Turbolaser feuern unsichtbare, lichtschnelle Energiestrahlen ab. Ein leuchtender Impuls folgt dem Strahl etwas langsamer und markiert dessen Bahn. Das von diesem sichtbaren Impuls abgestrahlte Licht mindert die Intensität des Energiestrahls. Auch Blaster und Ionenkanonen gelten als Energiewaffen. Blaster verschießen durch die Entzündung von Hochenergiegas erzeugte Blitze, während Ionenkanonen Entladungen ionisierter Energie abstrahlen. Protonenwaffen sind dagegen physischer Art, ihr Zerstörungswerk beruht auf der Freisetzung von Hochenergiewolken. Protonentorpedos zählen zu den schlagkräftigsten Waffensystemen an Bord von Sternjägern, sind Laserkanonen jedoch insofern unterlegen, als immer nur eine begrenzte Anzahl von Torpedos abgefeuert werden kann.

Episode I

Die dunkle Bedrohung

Die Galaktische Republik erstickt in Aufruhr. Jahrtausende des Friedens und Wohlstands werden von der Gier mächtiger neuer Organisationen wie der Handelsföderation bedroht, die die Autorität des Galaktischen Senats herausfordern. Um Streitigkeiten zu schlichten, muss sich die Republik auf das Verhandlungsgeschick der Hüter von Frieden und Gerechtigkeit, der Jedi-Ritter, verlassen. Während des Versuchs, einen der Brandherde zu löschen – die Blockade des Planeten Naboo durch die Handelsföderation –, werden der Jedi-Meister Qui-Gon Jinn und sein Padawan Obi-Wan Kenobi in eine Verschwörung verwickelt, die sie auf den Wüstenplaneten Tatooine führt. Dort stoßen sie auf den Sklavenjungen Anakin Skywalker, der enormes Machtpotenzial aufweist, sodass Qui-Gon in ihm den „Auserwählten" zu erkennen glaubt, der die Macht ins Gleichgewicht zu bringen vermag.

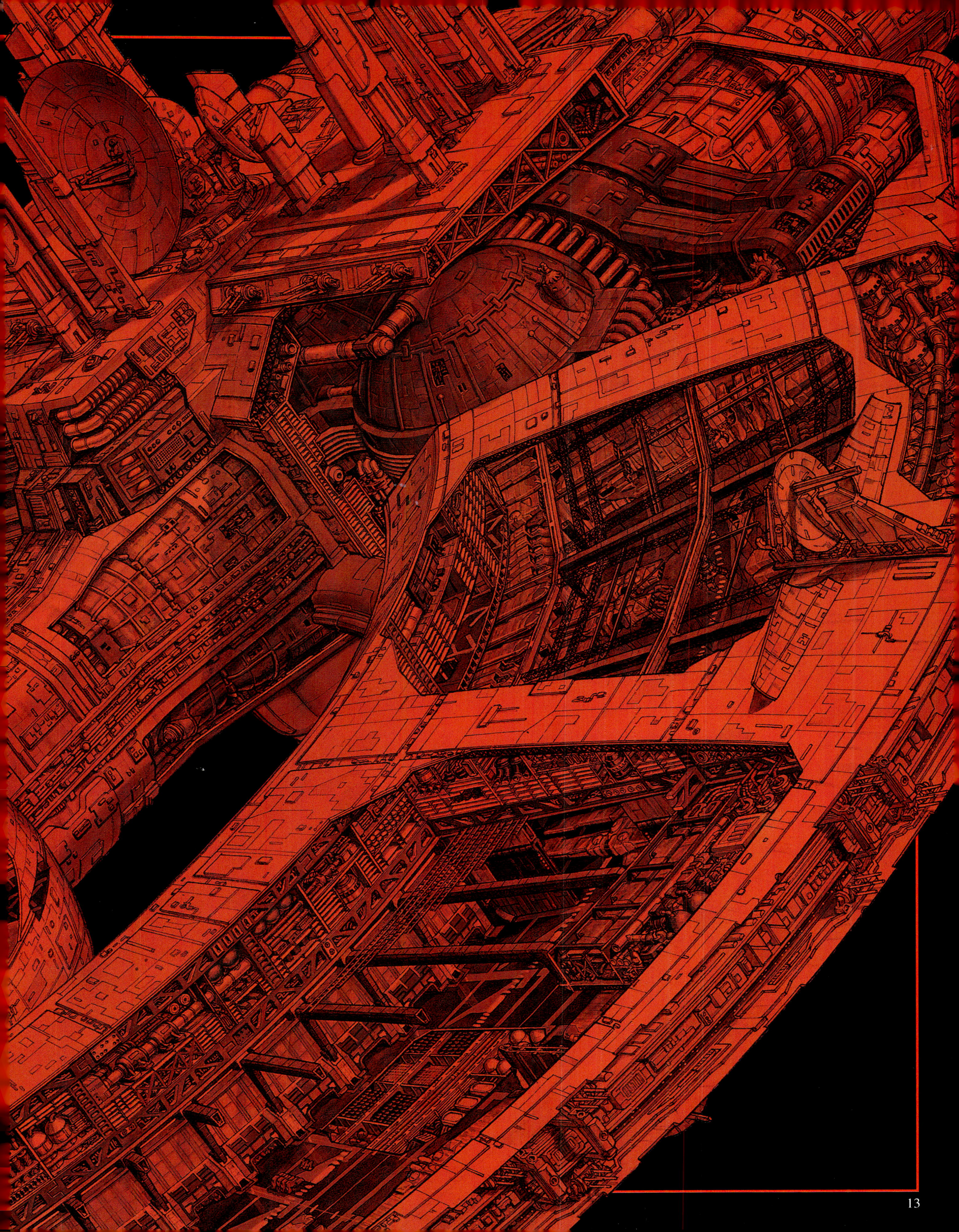

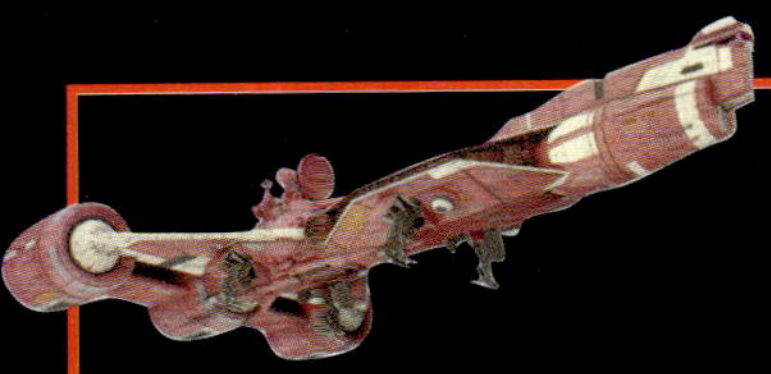

Republik-Kreuzer

Der Republik-Kreuzer wird von Großkanzler Valorum zum blockierten Planeten Naboo geschickt, um zwei Jedi-Ritter in das Zentrum der Gefahr zu bringen. Als direkter Vorläufer der schwerbewaffneten Blockadebrecher-Korvette wurde der rein friedlichen Zwecken dienende Republik-Kreuzer in den riesigen Orbitalwerften von Corellia gebaut und zeugt von der Qualität und dem Ruhm der corellianischen Raumschiffkonstrukteure. Die Radiant VII steht seit 34 Jahren im Dienst des Diplomatischen Korps von Coruscant, der Zentralwelt der Galaktischen Republik. Das Schiff hat viele Abenteuer überstanden und Jedi-Ritter, Botschafter und Diplomaten zu Krisenherden in der gesamten Galaxis transportiert, wo sie für Sicherheit sorgten und lebenswichtige diplomatische Missionen durchführten. Seine austauschbaren Salonkapseln sind schwer gepanzert und gegen jede Form von Lauschangriffen geschützt. An diesem sicheren Ort können wichtige Verhandlungen durchgeführt und Krisen gemeistert werden.

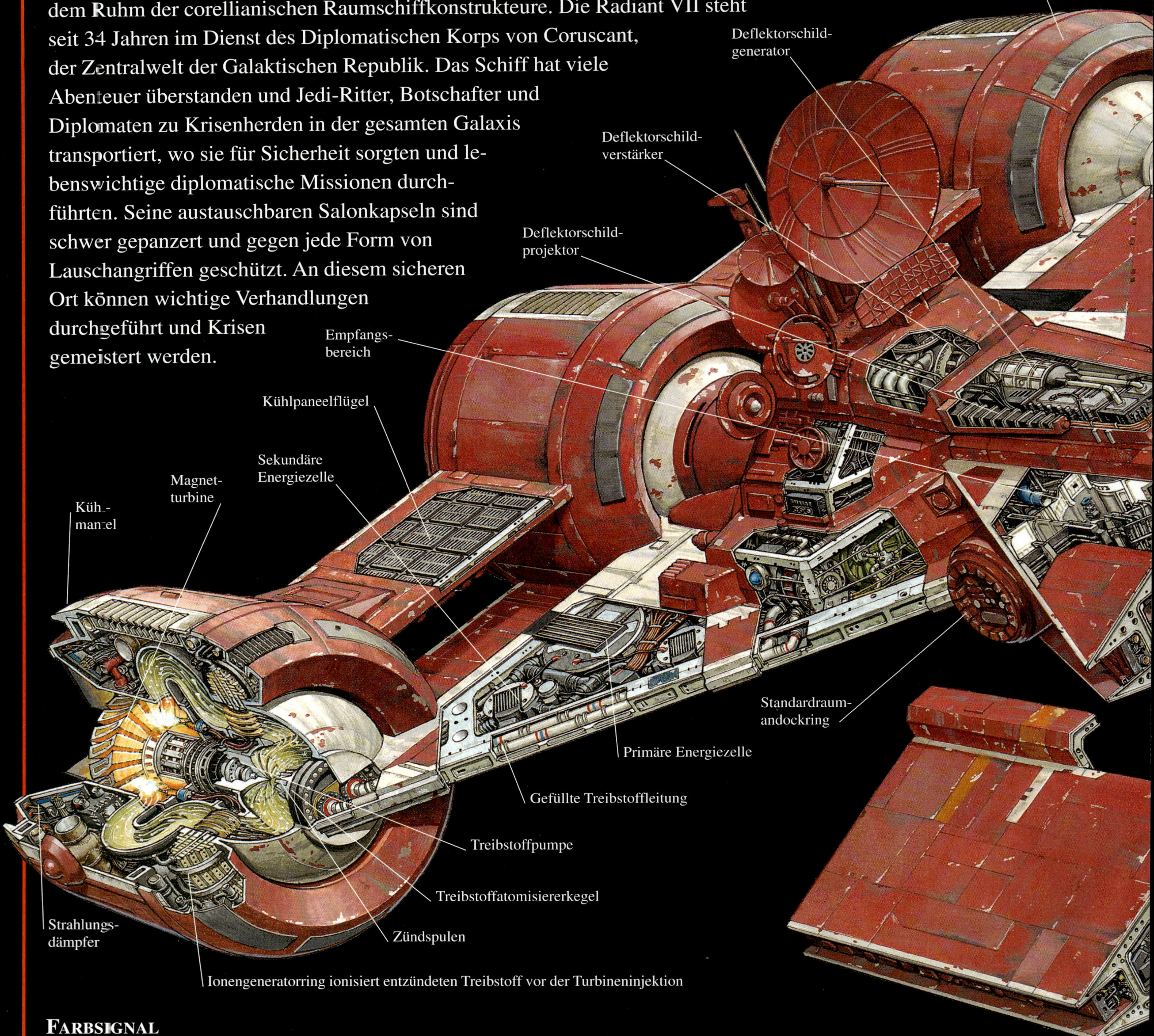

Farbsignal

Die auffällige rote Farbe des Republik-Kreuzers schickt allen, die sie sehen, eine Botschaft. Scharlachrot verleiht dem Schiff diplomatische Immunität und dient als Warnung vor Angriffen. Rot ist seit Generationen bei Raumschiffen der Galaktischen Republik die Farbe für diplomatische Beziehungen und Neutralität. Diese Tradition wird sich sogar bis in die Zeit des Imperiums fortsetzen: Prinzessin Leia Organas Konsularschiff Tantive IV von Alderaan ist rot gestreift, um seinen besonderen diplomatischen Status zu signalisieren. Der außergewöhnliche durchgehend rote Anstrich des Republik-Kreuzers bedeutet, dass das Schiff direkt von der mächtigen Zentralwelt Coruscant kommt.

Die Salonkapsel

Der Republik-Kreuzer dient oft als neutraler Konferenzort für republikanische Funktionäre und Führer von rivalisierenden Gruppen. Als Unterkünfte für die physiologisch verschiedenartigsten Aliens stehen in den Hangars auf Coruscant individuell gestaltete Salonkapseln bereit, und der Republik-Kreuzer kann je nach Bedarf mit den entsprechenden Modellen ausgestattet werden. Im Notfall kann die gesamte Salonkapsel aus dem Kreuzer katapultiert werden; sie ist mit Sensoren und unabhängigen Lebenserhaltungssystemen für die diplomatische Delegation an Bord ausgerüstet.

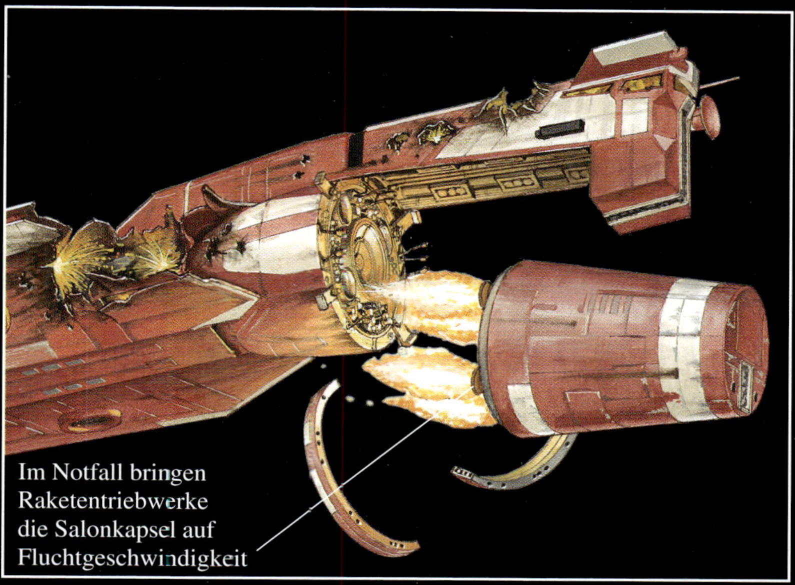

Im Notfall bringen Raketentriebwerke die Salonkapsel auf Fluchtgeschwindigkeit

Kommunikation in einer vielgestaltigen Galaxis

Um mit anderen Zivilisationen zu kommunizieren, verfügt der Republik-Kreuzer über eine Vielzahl von Reflektorschüsseln und anderen Kommunikationsantennen. (Jahre später wird das Imperium die Kommunikationsmittel in der gesamten Galaxis standardisieren und eine derartige Phalanx überflüssig machen.) An Bord des Kreuzers sind zwei Kommunikationsoffiziere allein mit der Bedienung der Kommunikationscomputer, der Übersetzung fremder Sprachen und dem Entschlüsseln der komplexen Signalimpulse unorthodoxer nichtmenschlicher Kommunikationsformen befasst.

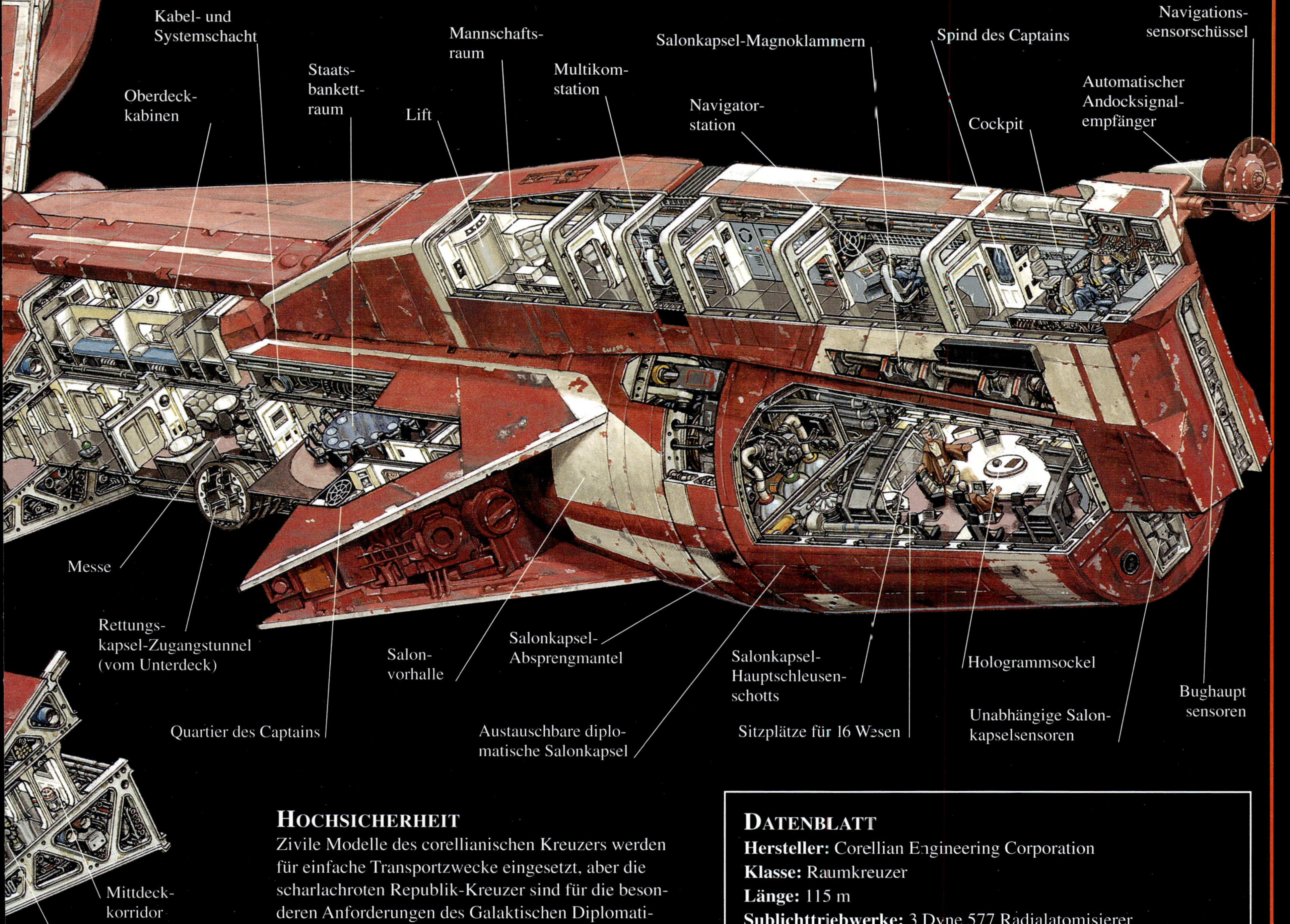

Hochsicherheit

Zivile Modelle des corellianischen Kreuzers werden für einfache Transportzwecke eingesetzt, aber die scharlachroten Republik-Kreuzer sind für die besonderen Anforderungen des Galaktischen Diplomatischen Dienstes ausgerüstet. Um ihre Missionen zu erfüllen, müssen sich die Republik-Kreuzer oft auf ihren Ruf als absolut sichere Schiffe für hochrangige diplomatische Konferenzen und Krisensitzungen verlassen. Aus Sicherheitsgründen ist die Besatzung auf das absolute Minimum reduziert, wobei viele Schiffsfunktionen von einfachen Allzweckdroiden überwacht werden.

Datenblatt

Hersteller: Corellian Engineering Corporation
Klasse: Raumkreuzer
Länge: 115 m
Sublichttriebwerke: 3 Dyne 577 Radialatomisierer
Hyperantrieb: Longe Voltrans Tri-Arc CD-3.2
Besatzung: 8 (Captain, 2 Kopiloten, 2 Kommunikationsoffiziere, 3 Ingenieure)
Passagiere: 16
Bewaffnung: keine (unbewaffnetes diplomatisches Schiff)
Rettungskapseln: Zwei 8-Mann-Kapseln und Salonkapsel

Landungsschiff

Als die Pläne für die Bodentruppen der Geheimarmee der Handelsföderation Gestalt angenommen hatten, stellte sich das Problem des Transports. Die *Haor Chall Engineering*-Werke entwickelten ein Landungsschiff, das die Kampfmaschinen und Soldaten von den Schlachtschiffen zu ihren planetaren Einsatzorten bringen sollte, und nach hitzigen Debatten während der Entwicklungsphase entschied sich das Rüstungskomitee der Handelsföderation für das Modell C-9979. Diese riesigen Doppelflügel-Schiffe, vom Design her mit den Frachtbarken der Handelsflotte verwandt, wurden ausschließlich für den Transport von AATs, Kampfdroiden und MTTs von orbitalen Schlachtschiffen zu strategischen Positionen auf Planetenoberflächen gebaut. Die C-9979 verfügt über leistungsstarke Antigravitations-Kransysteme für die Entladung der schweren Panzerfahrzeuge. Zusätzlich mit Defensivlaserkanonen bewaffnet, erscheint die mächtige C-9979 als bedrohlicher Schatten am Himmel jeder überfallenen Welt.

Mechanisierte Crew

Die C-9979 ist nur mit einer kleinen Droidencrew bemannt, da sich die Handelsföderation auf automatisierte Truppen verlässt. Droidenpiloten steuern das Schiff, und Robotkanoniere bedienen die Geschützstationen, die das Landungsschiff beim Anflug verteidigen. Entlang der Frontseite der Flügel sind eine Reihe von Wartungs- und Reparaturwerkstätten untergebracht, die der Wartung der Kampfeinheiten dienen, insbesondere der einzelnen Kampfdroiden, die nach jedem Einsatz auf dem Schlachtfeld mit Munition versorgt und repariert werden müssen.

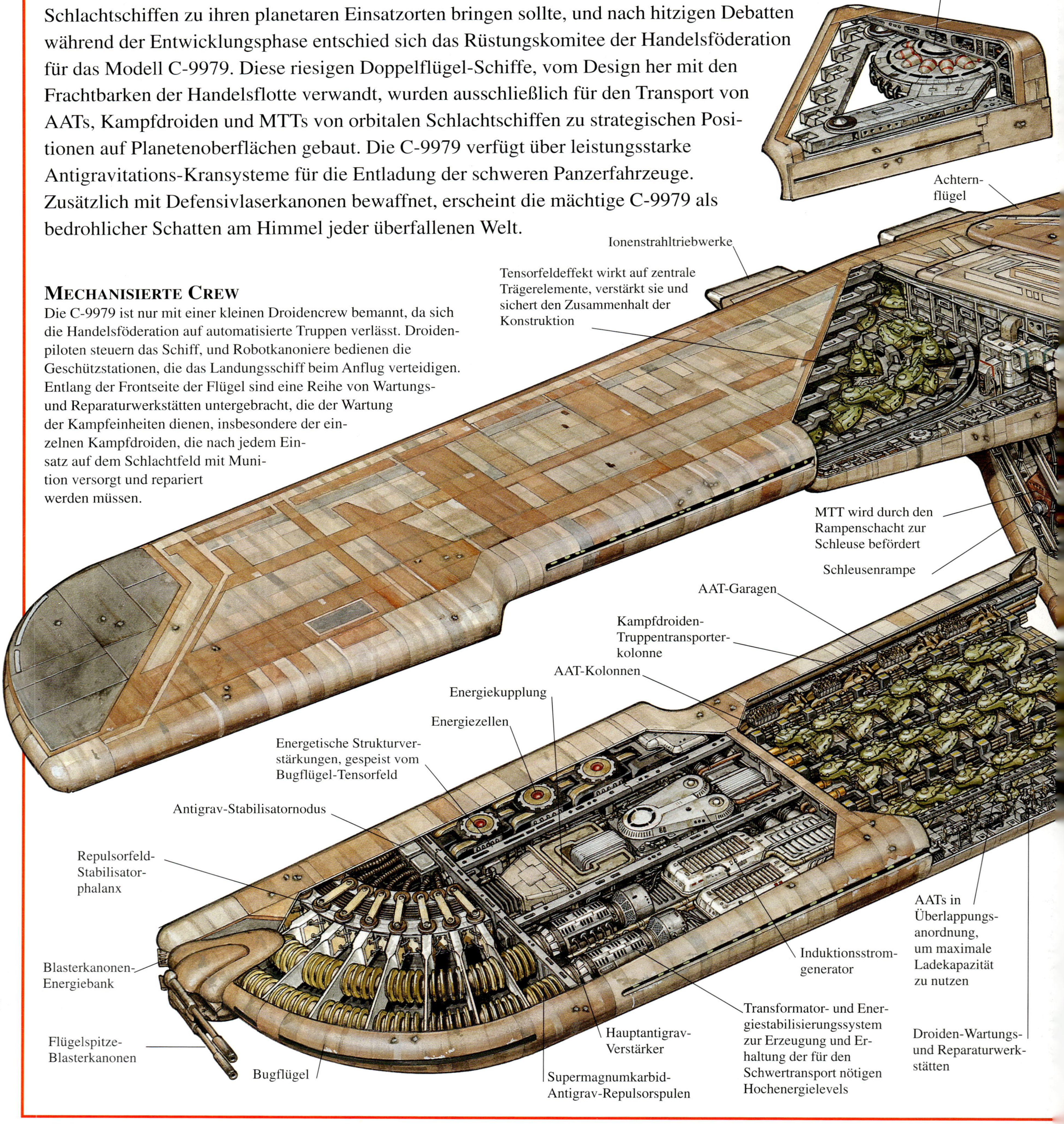

Beladung

Die C-9979-Landungsschiffe sind in versteckten Hangarbereichen der Schlachtschiffe der Handelsföderation untergebracht. Hier werden sie montiert, gewartet und repariert und im Ernstfall mit MTTs, AATs und Truppentransportern beladen, die für den Kampfeinsatz bestückt wurden. Die Landungsschiffe werden bis zum Einsatz im unbeladenen Zustand belassen, um die strukturelle Belastung zu reduzieren und eine individuelle Wartung der einzelnen Kampfeinheiten zu ermöglichen.

Datenblatt

Entwurf und Produktion: Haor Chall Engineering
Flügelspannweite: 370 m
Hyperantrieb: keiner
Atmosphärische Höchstgeschwindigkeit: 587 km/h
Truppentransporter: 7 pro Flügel; insgesamt 28
AAT: 24 pro Bugflügel, 33 pro Achternflügel; insgesamt 114
MTT: 3 pro Bugflügel, 3 im Bereitstellungsraum, 2 auf den Landungssockeln; insgesamt 11
Besatzung: 88 (nur Droiden)
Bewaffnung: 2 Paar Laserkanonen an den Flügelspitzen, 4 Kanonentürme

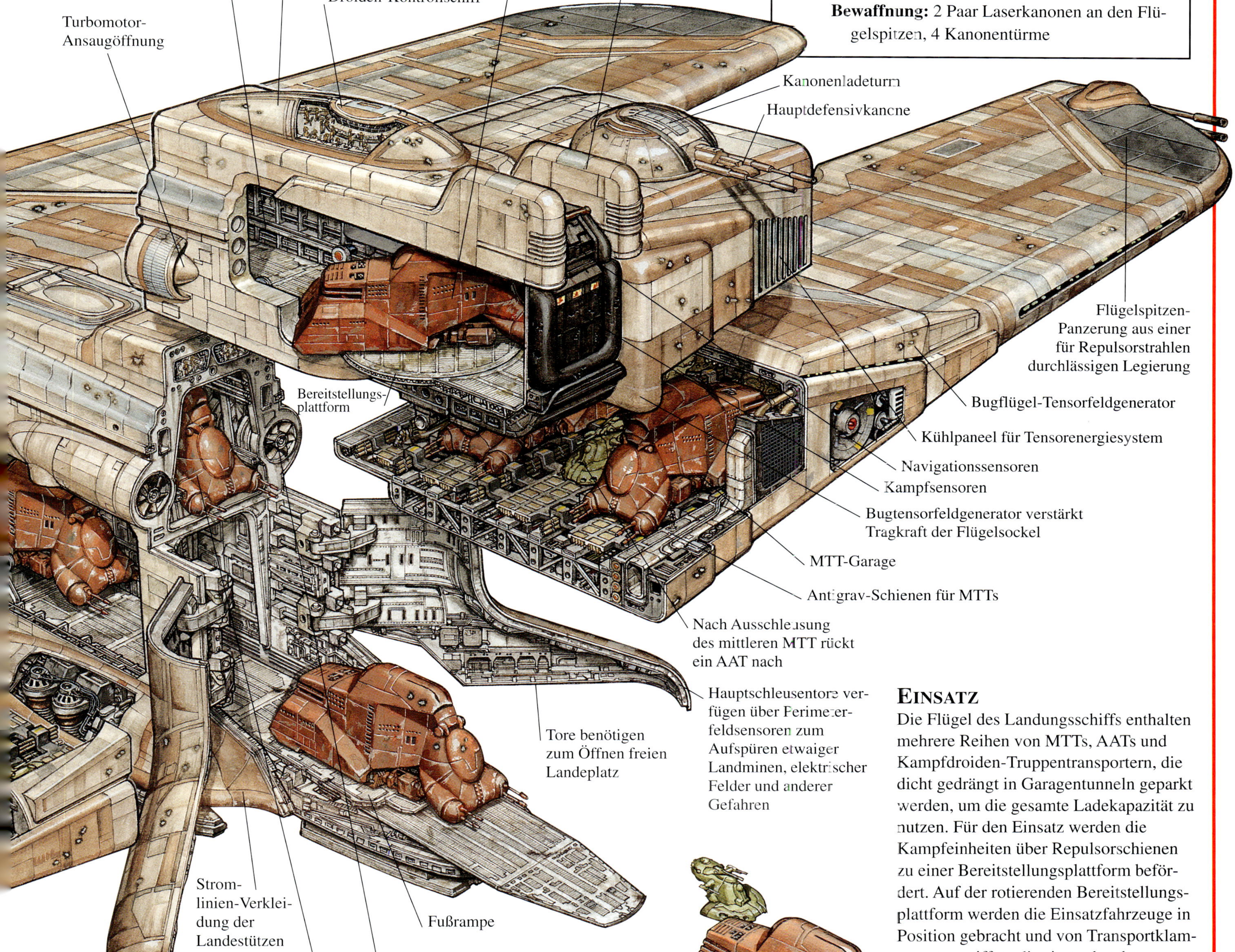

Einsatz

Die Flügel des Landungsschiffs enthalten mehrere Reihen von MTTs, AATs und Kampfdroiden-Truppentransportern, die dicht gedrängt in Garagentunneln geparkt werden, um die gesamte Ladekapazität zu nutzen. Für den Einsatz werden die Kampfeinheiten über Repulsorschienen zu einer Bereitstellungsplattform befördert. Auf der rotierenden Bereitstellungsplattform werden die Einsatzfahrzeuge in Position gebracht und von Transportklammern ergriffen, die sie nach achtern schaffen und durch den Rampenschacht in den „Fuß“ des Landungsschiffs dirigieren. Dann öffnen sich die riesigen Muschelschalentüren des „Fußes“ und geben den Bodeneinheiten den Weg nach draußen frei. Die Ausschleusung aller Einsatzfahrzeuge einer voll beladenen C-9979 kann bis zu 45 Minuten dauern.

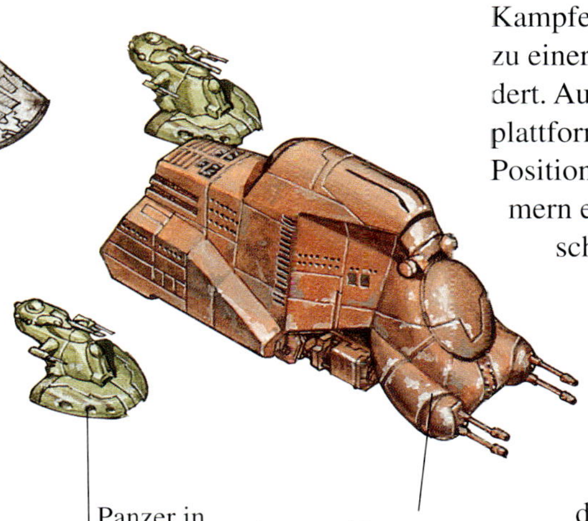

Unterbringung des Transporters

Die C-9979 verfügt über abnehmbare Flügel, um effizient untergebracht werden zu können. Mächtige Tensorfelder verbinden diese mit dem Rumpf, wenn das Schiff für den Einsatz montiert wird. Die riesigen Flügel würden selbst die Tragkraft der stärksten Metallegierungen überfordern, sodass Tensorfelder die Integrität des Schiffes sichern müssen. Bugtensorfelder verbinden die Flügelsockel fest mit dem Rumpf, während an den Spitzen montierte Tensorfeldprojektoren das Durchhängen der Tragflächen verhindern.

MTT (GROSSTRANSPORTER)

DATENBLATT
Entwurf und Produktion: Baktoid Armour Workshop
Transportkapazität: 112 Kampfdroiden mit Standard-Blastergewehren
Bewaffnung: vier 17 kv Anti-Personen-Blaster
Länge: 31 m, **Höhe:** 13 m
Bodenhöchstgeschwindigkeit: 35 km/h
Maximale Flughöhe: 4 m
Einsatzmethode: wird von C-9979-Landungsschiffen auf Planetenoberflächen abgesetzt

DIE BAKTOIDISCHEN PANZERSCHMIEDEN der Handelsföderation sind schon seit langem als Waffenkonstrukteure für Handelsföderations-Kunden aktiv. Als sie den Auftrag erhielten, gepanzerte Fahrzeuge für die Droidenarmee der Handelsföderation zu bauen, konzentrierten sie alle Ressourcen auf die Konstruktion tödlicher Waffen, die ihnen auch in Zukunft viele Kunden sichern sollten. Der MTT wurde entwickelt, um Bodentruppen-Einheiten auf das Schlachtfeld zu befördern und sie dort zu unterstützen. Auf Naboo wurde er zum ersten Mal bei einer wichtigen Militäraktion eingesetzt, und viele Großtransporter waren zuvor nur auf abgelegenen Welten im Manöver erprobt worden, bevor man sie an die Front verlegte. Die mit verstählten Metalllegierungsstreben verstärkte Frontpartie des MTTs ist in der Lage, wie ein Rammbock Mauern zu durchbrechen, sodass die Soldaten direkt in den Feindgebäuden abgesetzt werden können (oder in den „Gebäuden zukünftiger Kunden“, wie es die Handelsföderation auszudrücken pflegt). Am Einsatzort öffnet sich das riesige Bugschott und gibt den Weg für die Kampfdroiden-Kontingente auf ihren hydraulisch ausfahrbaren Trägergestellen frei. Zwei Droidenpiloten, die in ständigem Funkkontakt mit dem orbitalen Droiden-Kontrollschiff stehen, steuern den MTT.

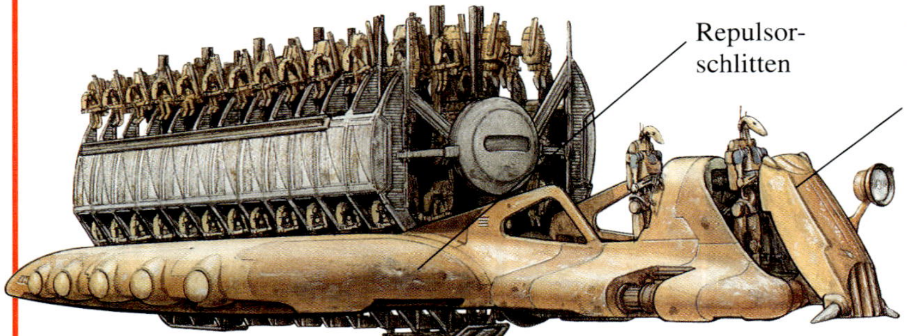

TRUPPENTRANSPORTER
Der Handelsföderation-Truppentransporter befördert Kampfdroiden-Einheiten zu ihren Einsatzzonen hinter den eigenen Linien, in befestigten Stellungen oder besetzten Gebieten. Auf einem Trägergestell ähnlich wie im MTT ist eine komplette Abteilung aus 112 Kampfdroiden in platzsparender Klappkonfiguration untergebracht, die jederzeit kampfbereit sind.

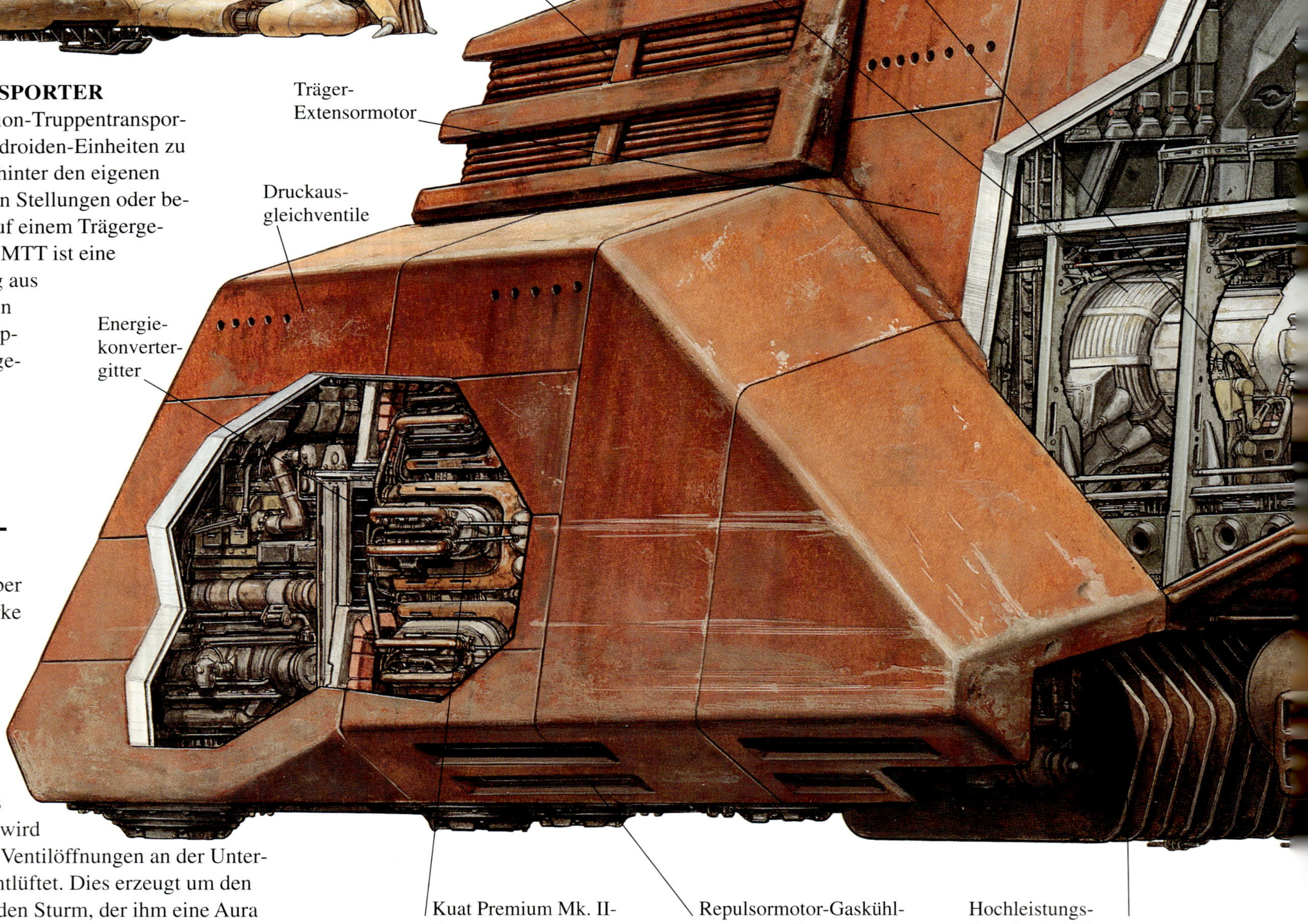

SCHWERTRANSPORT
Der MTT verfügt über extrem leistungsstarke Repulsoraggregate zum Transport der schweren Last aus Truppen und massiven Panzerfahrzeugen. Das Auspuff- und Kühlsystem des Repulsorgenerators wird über mehrere große Ventilöffnungen an der Unterseite des Vehikels entlüftet. Dies erzeugt um den MTT einen brausenden Sturm, der ihm eine Aura der Macht und Bedrohung verleiht.

Die Baktoidische Handschrift im Design

Der MTT wurde von Baktoid Armour Workshop entwickelt, einer Rüstungsschmiede, die auch den AAT konstruierte. Der unverwechselbare baktoidische Stil verleiht beiden Modellen das Aussehen mächtiger Dschungeltiere. Beide sind für den traditionellen Gefechtseinsatz entworfen; lebenswichtige Systeme wie Reaktor und Hauptantrieb befinden sich im Heck und werden durch die massive Panzerung der Frontseite geschützt.

Der Aufmarschträger

Das ursprüngliche Design des MTT sah im Inneren eine offene Bereitstellungskammer vor, aber die Panzerschmieden von Baktoid Armour Workshop sind für ihre originellen Entwürfe bekannt, und der MTT hatte die ungewöhnliche Aufgabe, Soldaten zu befördern, die Droiden waren. Die baktoidischen Ingenieure entwickelten ein System, das es erlaubte, Kampfdroiden in zusammengeklappter, extrem platzsparender Konfiguration auf einem riesigen Aufmarschträger unterzubringen. Dieses Trägergestell erhöhte die Ladekapazität des MTT um mehr als das Doppelte. Im Einsatz wird der Träger ausgefahren und gibt die komprimierten Soldaten frei, die sich dann zu ihrer Kampfkonfiguration entfalten. Das ursprüngliche MTT-Modell mit der offenen Bereitstellungskammer wird für den Transport radähnlicher Zerstörerdroiden eingesetzt.

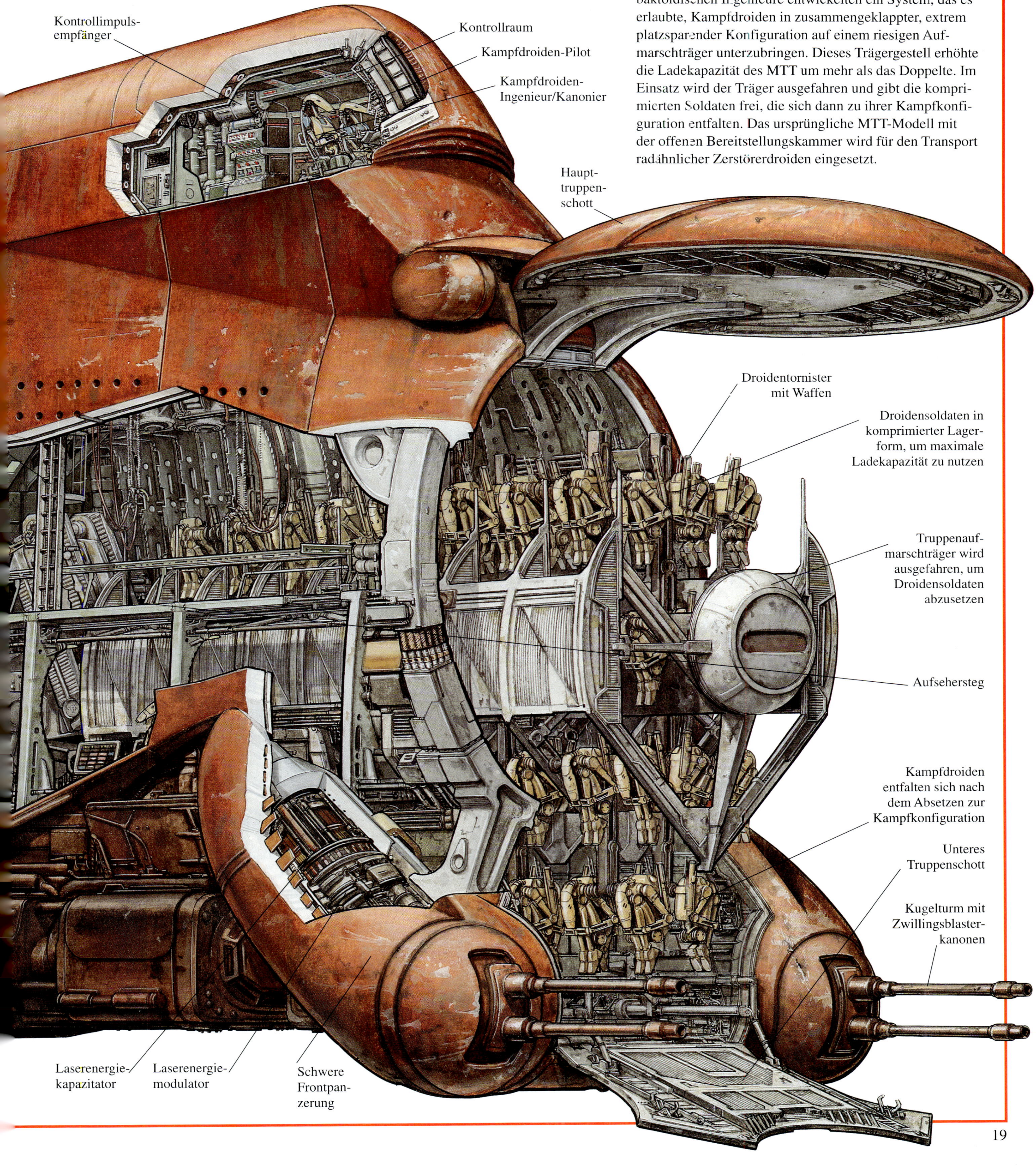

Antrieb

Das U-Boot drückt mittels rotierender Flossen Wasser durch ein Elektromotivfeld, das den eigentlichen Antrieb des Schiffes darstellt. Die Flossen enthalten flache, biegsame, in Reihen angeordnete elektronische Einheiten, durch die elektrische Impulse wandern und das Wasser mitreißen. In Kombination mit den rotierenden Flossen kann dieses Elektromotivfeld große Wassermassen ansaugen und wieder ausstoßen und das U-Boot mit hoher Geschwindigkeit durch das Meer bewegen.

Datenblatt

Entwurf und Produktion: Otoh Gunga Bongameken Cooperative
Klasse: Triblasen-Bongo-U-Boot
Länge: 15 m
Laderaum: 2 Frachtblasen à 800 kg
Crew: 1 (mit 2 Passagieren)
Sonderausstattung: Das Bugcockpit kann in Notfällen als Rettungskapsel abgesprengt werden, aber sein hydrostatisches Feld nur für kurze Zeit aufrechterhalten, sodass es so schnell wie möglich auftauchen muß, bevor die Energie erschöpft ist.

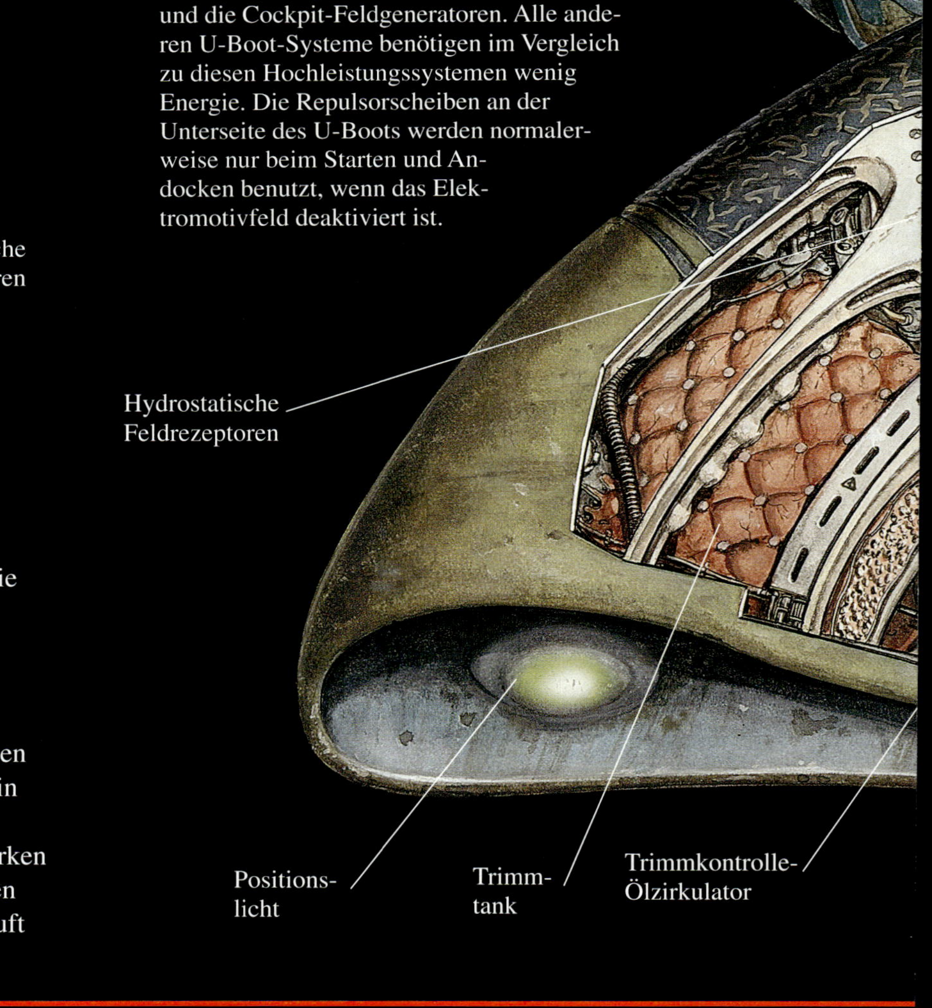

Auftrieb

Der Auftrieb des U-Boots wird durch den Einsatz schwammähnlicher hydrostatischer Kammern gesichert. Diese Kammern wirken wie die Tauchorgane bestimmter Meerestiere und ändern ihre Dichte durch die Absorption und Emission von Schweröl, um auf „lebensähnliche" Weise den Auftrieb zu kontrollieren und das Auf- und Abtauchen des U-Boots zu ermöglichen.

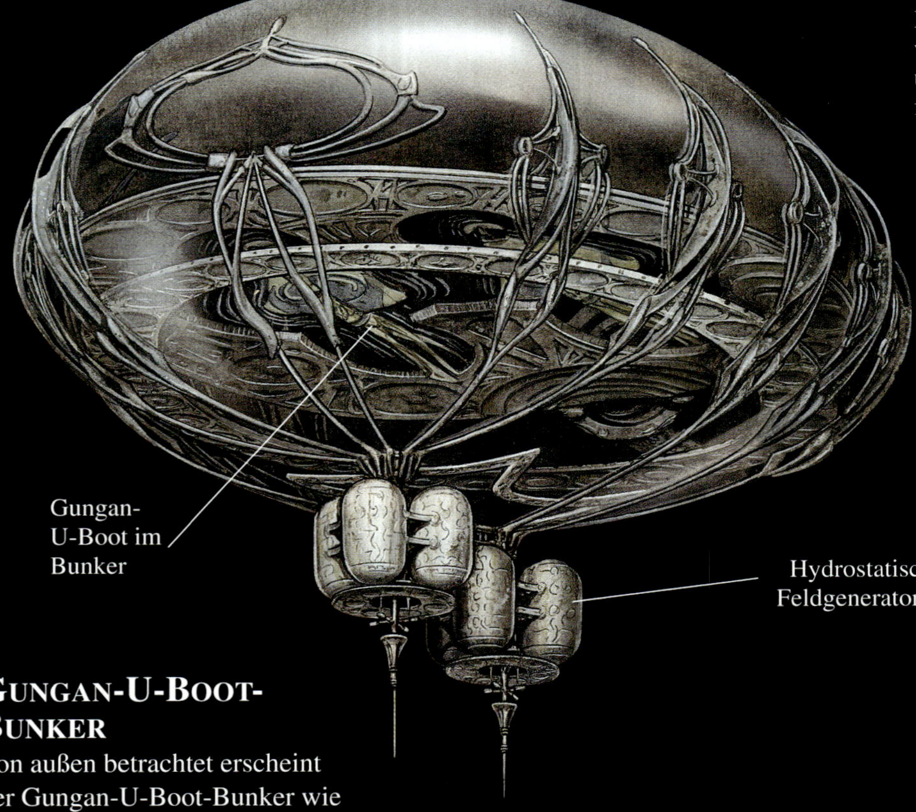

Gungan-U-Boot-Bunker

Von außen betrachtet erscheint der Gungan-U-Boot-Bunker wie ein kompliziertes und wunderschönes Bauwerk von besonderer Bedeutung; doch es handelt sich dabei nur um einen gewöhnlichen Dockhafen. Die Gungans glauben, dass sie sich in allem spiegeln, was sie erschaffen, und dass all ihre Bauwerke zur Schönheit ihrer Welt beitragen sollen.

Hydrostatische Blasen

Die Cockpit-Blasen des U-Boots funktionieren nach demselben Prinzip wie die Blasen um die Unterwasserstadt Otoh Gunga und den oben abgebildeten U-Boot-Bunker. Ein hydrostatisches Feld wird zwischen der Gabel über jedem Cockpit und den Rändern projiziert, wo die Blase auf den U-Boot-Rumpf trifft. Die Gabel und die leistungsstarken Rezeptoren im Blasenrand wirken als gegensätzliche Pole. Ein zwischen diesen Polen fließender Energiestrom erzeugt das hydrostatische Feld der Cockpitblase, die die Luft drinnen und das Wasser draußen hält, aber feste Objekte passieren lässt.

GUNGAN-U-BOOT

DIESER TAUCHBOOTTYP WIRD IN OTOH GUNGA als Massentransportmittel zur Beförderung von Passagieren, Fracht oder beidem eingesetzt. Die vordere Cockpitblase bietet lediglich Platz für den Piloten und zwei Passagiere, aber die Seitenblasen können neben Fracht weitere Passagiere aufnehmen, sofern sie mit Sitzen ausgestattet werden. Die Gungans setzen beim Bau vieler ihrer Strukturen eine Geheimmethode ein, mit der sie die Gerippe von Gebäuden oder die Hüllen von Schiffen quasi „wachsen" lassen. Dies verleiht den Gungan-Konstruktionen ein unverwechselbares organisches Aussehen, das anschließend selbst bei simplen Transportmitteln wie dem U-Boot durch künstlerische Detailarbeiten vervollständigt wird. Die organisch hergestellten Gungan-Hüllen können zu komplexen Konstruktionen kombiniert und danach modifiziert und mit elektronischen und mechanischen Komponenten für ihren jeweiligen Einsatzzweck ausgestattet werden. Die organischen Skelette sind außergewöhnlich stabil, können aber von einigen der größeren Seeungeheuer der Tiefsee beschädigt werden.

DIE DISTANZIERTE BEZIEHUNG

Die rechteckigen Frachtcontainer in den Frachtkapseln des U-Boots sind Naboo-Produkte. Obwohl die Führer von Naboo und Gungan nur wenig Kontakt haben, gibt es notgedrungen zwischen beiden Kulturen rege Handelsbeziehungen. So wie die Naboo-Handelswaren für die Gungans von lebenswichtiger Bedeutung sind, so sind die Gungan-Produkte und Nahrungsmittellieferungen lebenswichtig für das Naboo-Volk. Die beiden Kulturen geben vor, einander nicht zu brauchen, sind aber in Wirklichkeit eng miteinander verflochten.

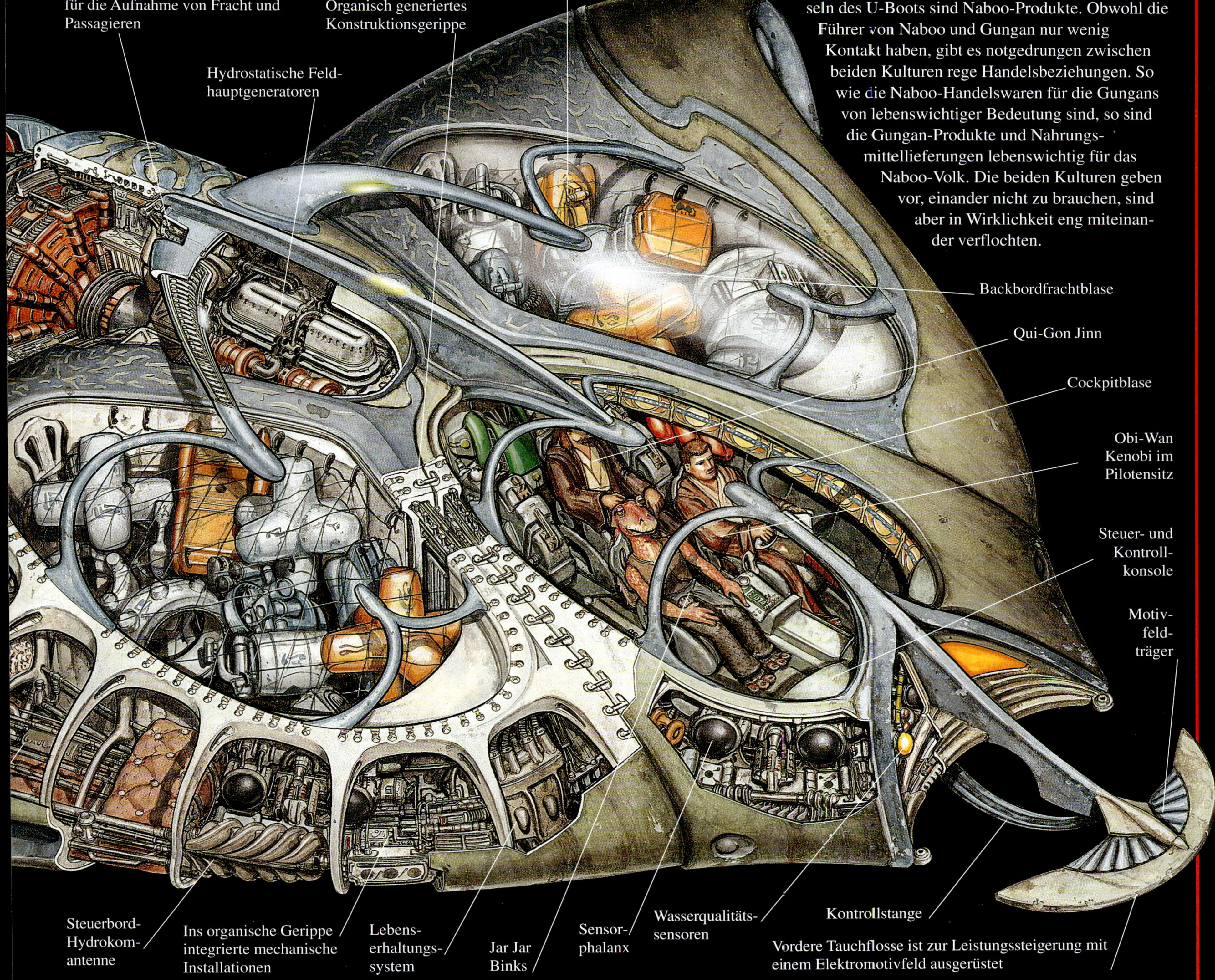

Königliches Raumschiff der Königin von Naboo

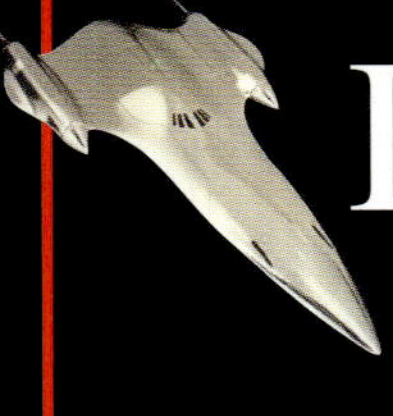

Das Königliche Raumschiff der Königin Amidala von Naboo ist eine einzigartige Konstruktion, die vom Theed Palace Space Vessel Engineering Corps handgefertigt wurde. Vor sechs Jahren in Dienst gestellt, ersetzte das Königliche Raumschiff das vorherige königliche Schiff zu einem Zeitpunkt, als Königin Amidala den Thron noch nicht bestiegen hatte. Die schimmernde Jacht, die normalerweise vom Chefpiloten der Königin, Ric Olié, gesteuert wird, bringt Königin Amidala auf unnachahmlich stilvolle Weise zu königlichen Besuchen, Paraden und anderen Festivitäten auf ganz Naboo. Das Schiff befördert Amidala auch zu offiziellen Staatsbesuchen bei anderen planetaren Herrschern oder beim Galaktischen Senat auf der Zentralwelt Coruscant. Die traumhafte, von der Naboo-Liebe zur Schönheit und Kunst kündende Form des Schiffes sowie seine außergewöhnliche vollverchromte Hülle machen es in jeder Umgebung zu einer unverwechselbaren Erscheinung. Das Raumschiff soll die Herrlichkeit des Naboo-Königshauses verkörpern, Symbol der edlen Gesinnung des Naboo-Volkes. Jeder Zentimeter Kabel an Bord ist mit äußerster Präzision verlegt, die Leitungen verlaufen in perfekten parallelen Bahnen und machen das Schiff in jeder Hinsicht zu einem Kunstwerk.

Königlicher Chrom

Die gesamte Hülle des Königlichen Raumschiffs ist vom Bug bis zum Heck mit einer spiegelnden Chromschicht überzogen. Die rein dekorative Verkleidung weist auf die königliche Herkunft des Raumschiffs hin. Nur die Yacht der Königin darf vollverchromt sein. Königliche Sternjäger sind teilweise verchromt, und nichtkönigliche Naboo-Schiffe weisen überhaupt keine Verchromung auf. Die makellose handpolierte Beschichtung des gesamten Königlichen Raumschiffs ist extrem schwierig aufzubringen, eine Aufgabe, die von traditionellen Handwerkern, nicht von Robotern übernommen wird.

Im Kern nubianisch

Die einzigartige Hülle des Raumschiffs wurde in Theed gebaut, aber das Schiff nutzt viele galaktische hochtechnologische Standardkomponenten, die auf Naboo nicht hergestellt werden können. Das Schiff ist mit eleganten Nubian 327 Sublicht- und Hypertriebwerkskomponenten ausgestattet, die ihm hohe Geschwindigkeit und eine exotische Aura verleihen. Nubianische Systeme sind bei galaktischen Herrscherhäusern und kritischen Käufern, die das unverwechselbare Design nubianischer Komponenten zu schätzen wissen, heiß begehrt. Auf zivilisierten Welten sind sie problemlos zu erwerben, jedoch auf abgelegenen Planeten kaum erhältlich, wie die Königin nach ihrer erzwungenen Landung auf Tatooine herausfindet.

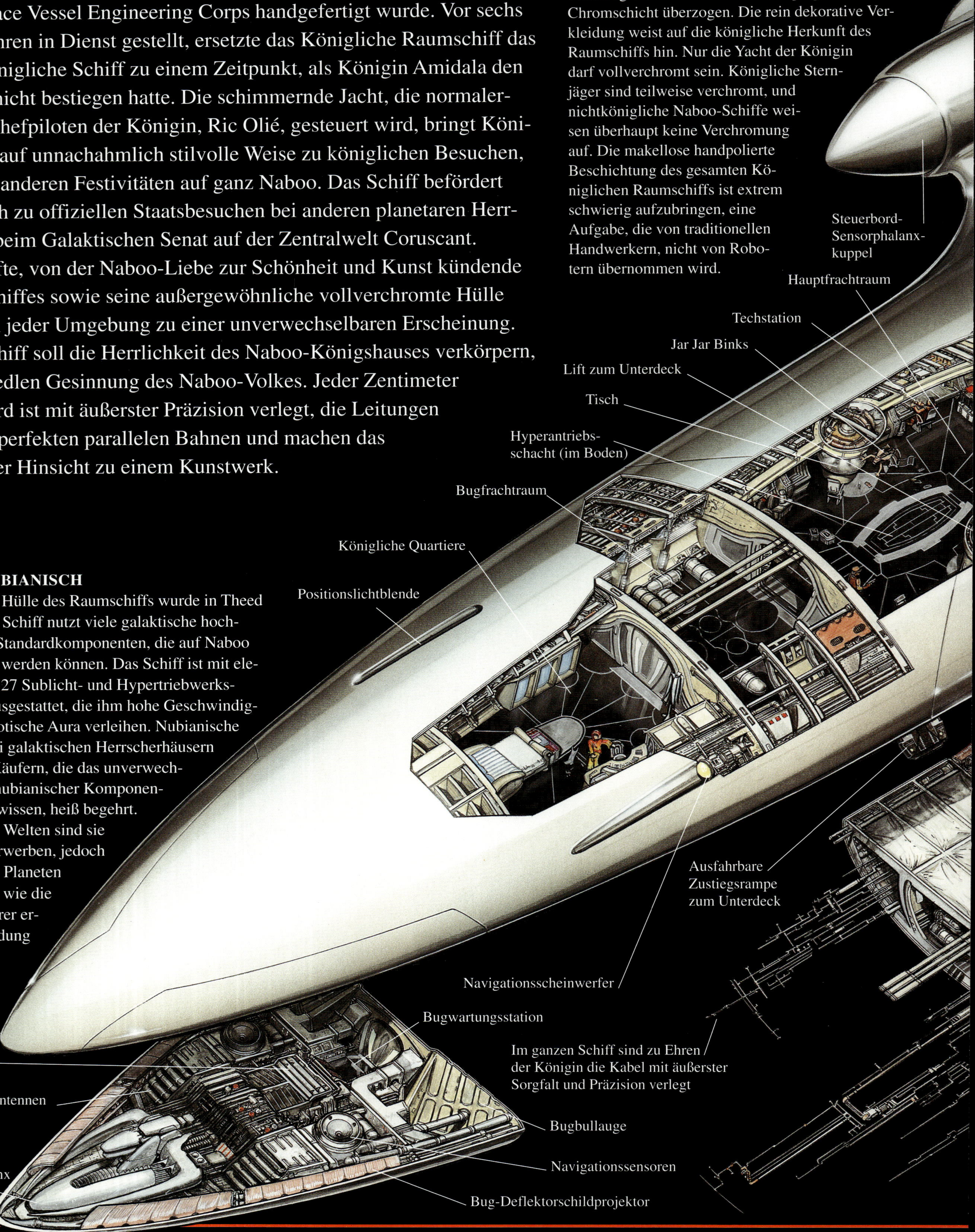

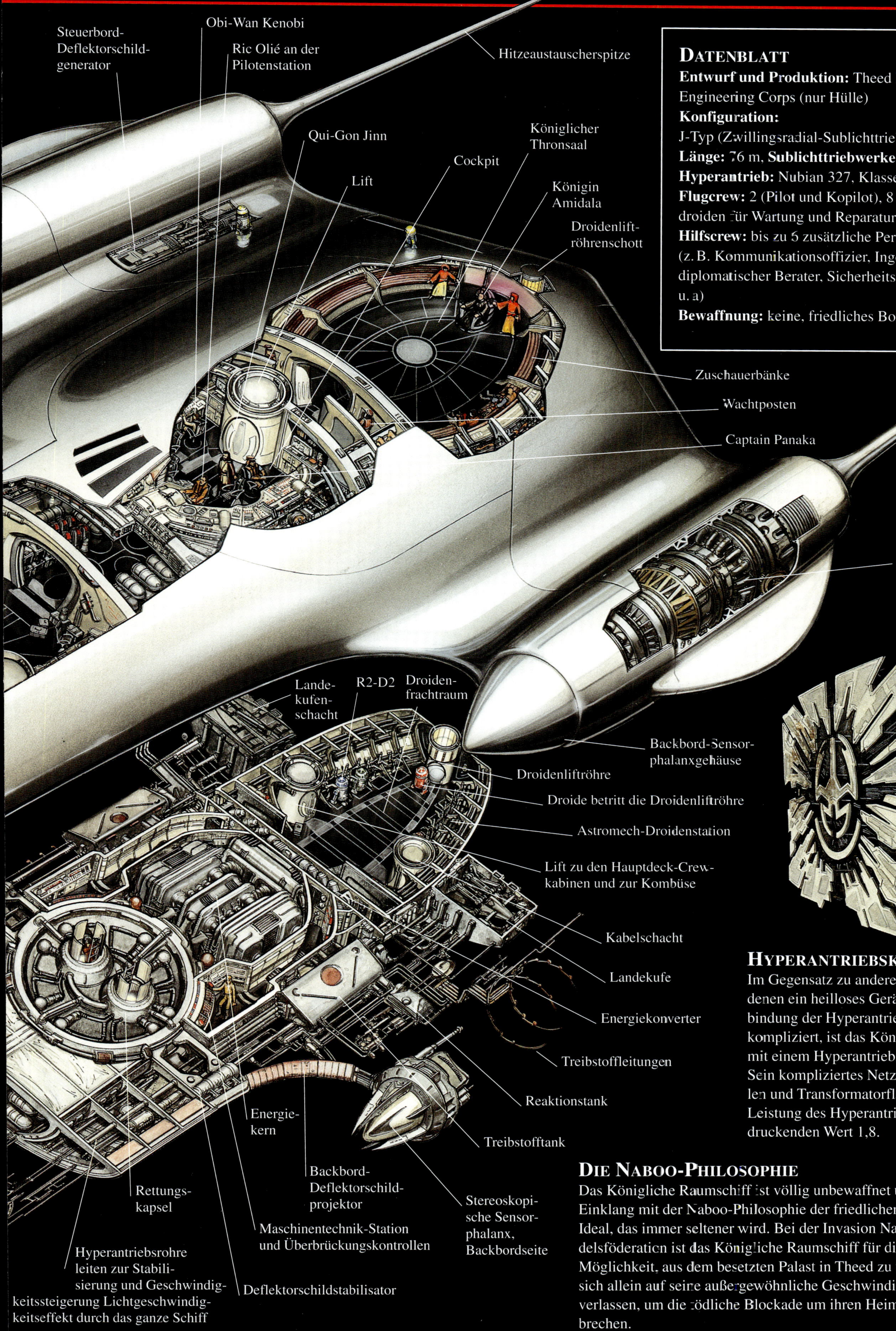

Datenblatt

Entwurf und Produktion: Theed Palace Space Vessel Engineering Corps (nur Hülle)
Konfiguration:
J-Typ (Zwillingsradial-Sublichttriebwerke)
Länge: 76 m, **Sublichttriebwerke:** 8
Hyperantrieb: Nubian 327, Klasse 1.8
Flugcrew: 2 (Pilot und Kopilot), 8 Astro-Vielzweck-droiden für Wartung und Reparatur
Hilfscrew: bis zu 5 zusätzliche Personen (z. B. Kommunikationsoffizier, Ingenieur, Navigator, diplomatischer Berater, Sicherheitsoffizier, Bootsmann u. a)
Bewaffnung: keine, friedliches Botschafterschiff

Hyperantriebskern

Im Gegensatz zu anderen Raumschiffen, auf denen ein heilloses Gerätewirrwarr die Verbindung der Hyperantriebskomponenten kompliziert, ist das Königliche Raumschiff mit einem Hyperantriebskern ausgerüstet. Sein kompliziertes Netzwerk aus Effektkanälen und Transformatorflächen verbessert die Leistung des Hyperantriebs auf den beeindruckenden Wert 1,8.

Die Naboo-Philosophie

Das Königliche Raumschiff ist völlig unbewaffnet und steht damit im Einklang mit der Naboo-Philosophie der friedlichen Koexistenz, ein Ideal, das immer seltener wird. Bei der Invasion Naboos durch die Handelsföderation ist das Königliche Raumschiff für die Königin die einzige Möglichkeit, aus dem besetzten Palast in Theed zu fliehen, und sie muss sich allein auf seine außergewöhnliche Geschwindigkeit und Wendigkeit verlassen, um die tödliche Blockade um ihren Heimatplaneten zu durchbrechen.

PODRACER

HOCHGESCHWINDIGKEITS-PODRENNEN mit ihren traditionellen Podracer-Designs und der für Rennspektakel typischen Lebensgefahr haben ihre Vorläufer schon in primitiven Zeitaltern. Ein tollkühner Pilot sitzt in einem kleinen offenen Cockpit (dem „Pod"), das an flexiblen Kontrollkabeln hängend von einer schubstarken Zugmaschine auf eine Höchstgeschwindigkeit von bis zu 900 km/h beschleunigt wird. Da die superschnellen Podrennen den menschlichen Organismus überfordern, werden als Piloten nichthumanoide Spezies eingesetzt, die über mehr Gliedmaßen, widerstandsfähigere Körper, eine größere Bandbreite an Sinnesorganen oder andere biologische Vorteile verfügen.

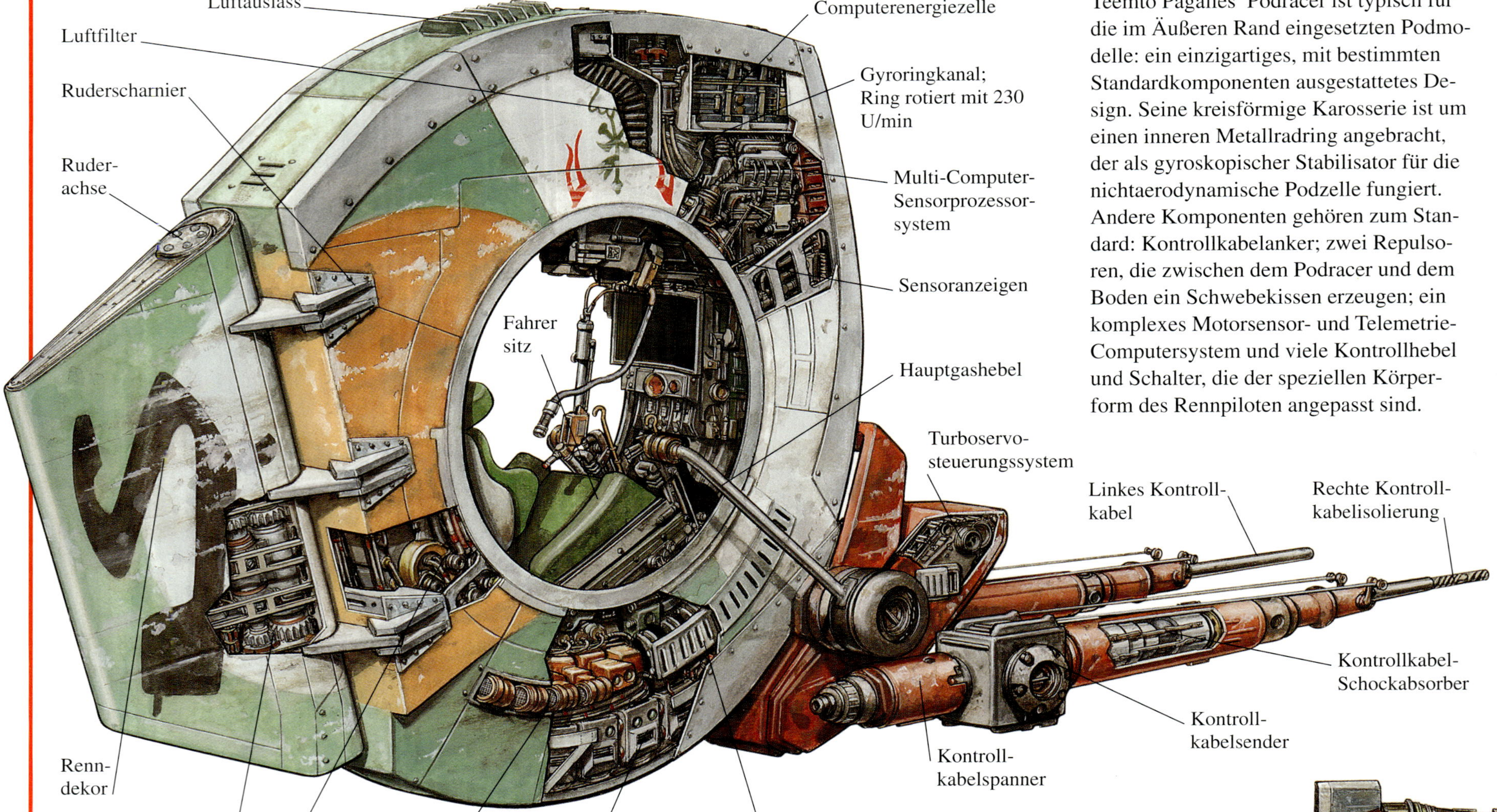

TEEMTOS PODRACER

Teemto Pagalies' Podracer ist typisch für die im Äußeren Rand eingesetzten Podmodelle: ein einzigartiges, mit bestimmten Standardkomponenten ausgestattetes Design. Seine kreisförmige Karosserie ist um einen inneren Metallradring angebracht, der als gyroskopischer Stabilisator für die nichtaerodynamische Podzelle fungiert. Andere Komponenten gehören zum Standard: Kontrollkabelanker; zwei Repulsoren, die zwischen dem Podracer und dem Boden ein Schwebekissen erzeugen; ein komplexes Motorsensor- und Telemetrie-Computersystem und viele Kontrollhebel und Schalter, die der speziellen Körperform des Rennpiloten angepasst sind.

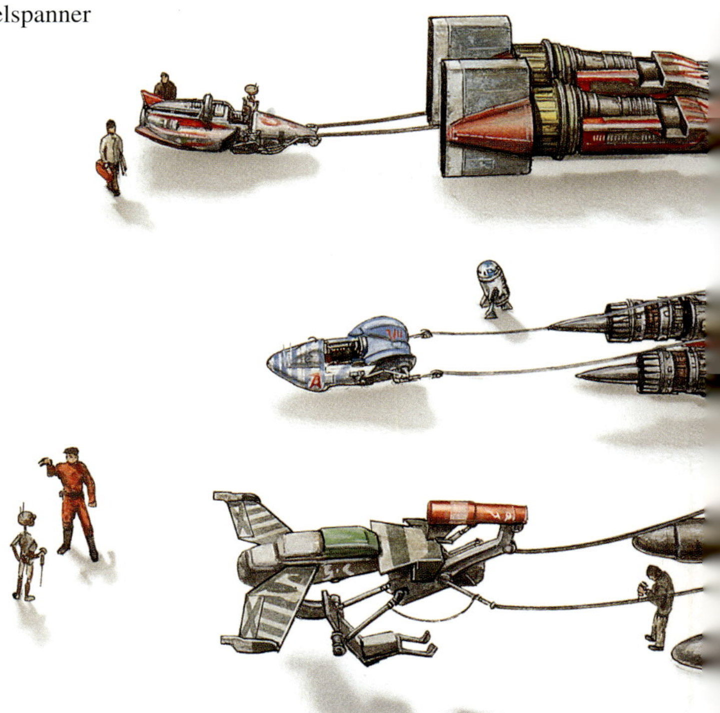

DIE GESCHICHTE DES SPORTS

Die Podrennen gehen auf altertümliche Rennen tiergezogener Wagen zurück, wie man sie noch heute in extrem primitiven Systemen fernab der Raumverkehrsstraßen findet. Vor langer Zeit modernisierte ein tollkühner Mechaniker namens Phoebos den alten Sport mit Repulsorpods und flammenden Jetdüsen, was zu einer völlig neuen Dimension des Wettkampfes und des Risikos führte. Das berühmte erste Experimentalrennen begründete den Ruf des Podrennens als unglaublich gefährliche und populäre Sportart.

PODRENNEN HEUTE

Die in den meisten zivilisierten Systemen verbotenen Podrennen sind auf Malastare und ein paar anderen regionalen Planeten noch immer beliebt. Doch die echten Fans blicken über die Grenzen der Republik zu den rauen Welten des Äußeren Randes, wo die Podrennen noch immer als Spektakel für Hunderttausende dienen und beim Wetten ganze Vermögen gewonnen und verloren werden. Das ruft natürlich oft die Hutts auf den Plan.

Ein Leitfaden zu den Podrennen

18 Podracer, viele davon in Mos Espa gut bekannt, qualifizieren sich für das große Boonta-Eve-Rennen, an dem auch der neun Jahre alte Anakin Skywalker in seinem frisierten Radon-Ulzer teilnimmt. Doch nicht alle dieser hochgezüchteten Maschinen schaffen es bis zur Startlinie . . . und noch viel weniger erreichen jemals das Ziel. Obwohl mechanisches Versagen keine Seltenheit ist, wird das hoch dotierte Boonta auch von heimtückischer Sabotage bedroht.

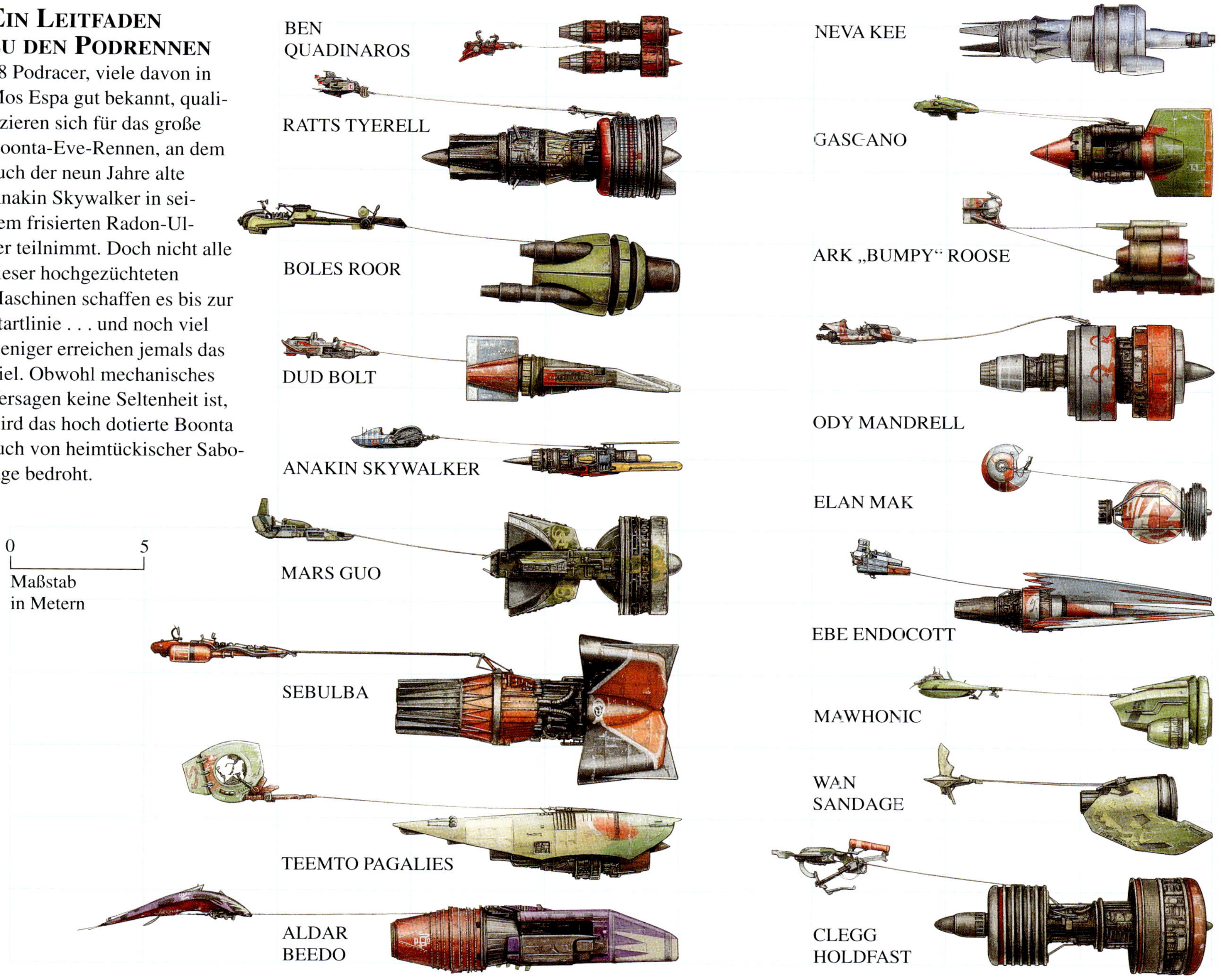

Die Startaufstellung

Die Rennpiloten qualifizieren sich für die Startpositionen durch ein kompliziertes Auswahlverfahren, das eine Kombination aus bisherigen Erfolgen, Popularität und Losentscheid ist. Die meisten Podracer tragen ein deutlich erkennbares Symbol oder Dekor, das den Sponsor eines Rennpiloten, seinen Stammbaum, seine Schutzgottheit oder seinen Rennstall repräsentiert. Bei Beginn der Rennveranstaltung werden bunte Fahnen mit diesen Emblemen gehisst. Die Zugmaschinen sind mit Renngrafiken verziert, die sie auf der Bahn besser erkennbar machen oder Glück bringen sollen. Neben dem Design der Podracer trägt auch die Vielzahl der Flaggentypen in der Mos-Espa-Arena zum atemberaubenden Spektakel der Rennen bei.

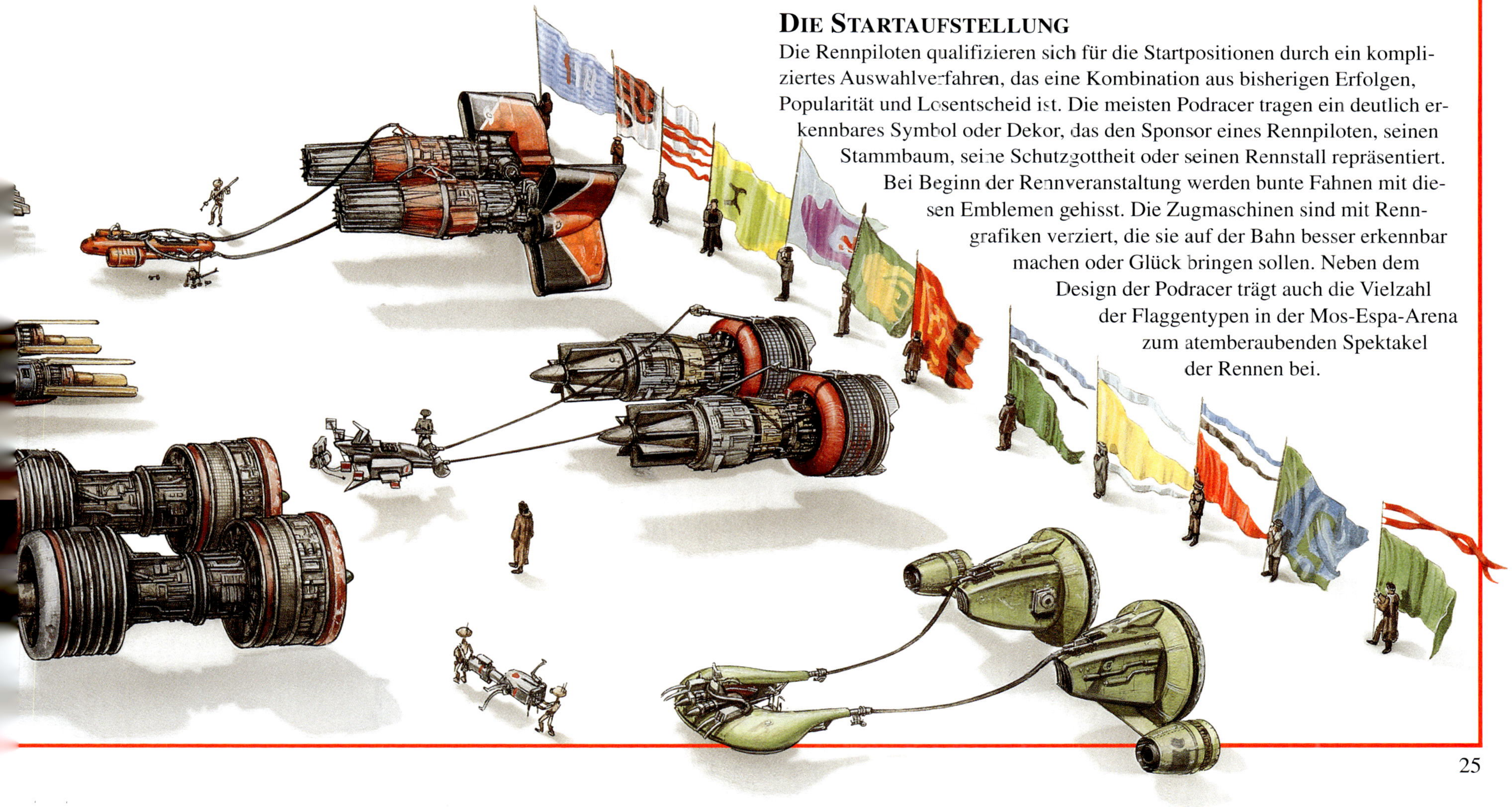

Anakins Kreation

Anakin baute seine Zugmaschine aus den Einzelteilen ausrangierter Radon-Ulzer-Rennmaschinen zusammen, die Watto verschrotten wollte, da er sie für zu ausgebrannt hielt, um sie weiter verwenden zu können. Anakin erneuerte insbesondere die Elektronik und die Treibstoffleitungen und installierte ein komplettes neues Subsystem, das während der Verbrennungsphase wesentlich mehr Treibstoff einspritzt und die Schubkraft radikal erhöht.

Siegen auf Sebulbas Art

Sebulba ist vom Siegen geradezu besessen, und begnügt sich nicht damit, seine Maschine regelwidrig zu verändern oder Rennfunktionäre zu bedrohen, die zu viele Fragen stellen. In den Boxen kursieren Gerüchte, dass Sebulbas Zugmaschine mit Waffen ausgerüstet ist. Bei den 800 Stundenkilometer schnellen Podrennen kann niemand sagen, was draußen auf freier Strecke wirklich passiert. Sebulba wurden zwar schon früher Regelverstöße vorgeworfen, aber bei Inspektionen waren seine Maschinen immer sauber. Variable Systeme bewahren den hinterlistigen Dug davor, dass sein mörderischer Betrug aufgedeckt wird. Zur Zeit ist seine wichtigste Waffe ein Flammenwerfer, mit dem er seine Konkurrenten grillen kann.

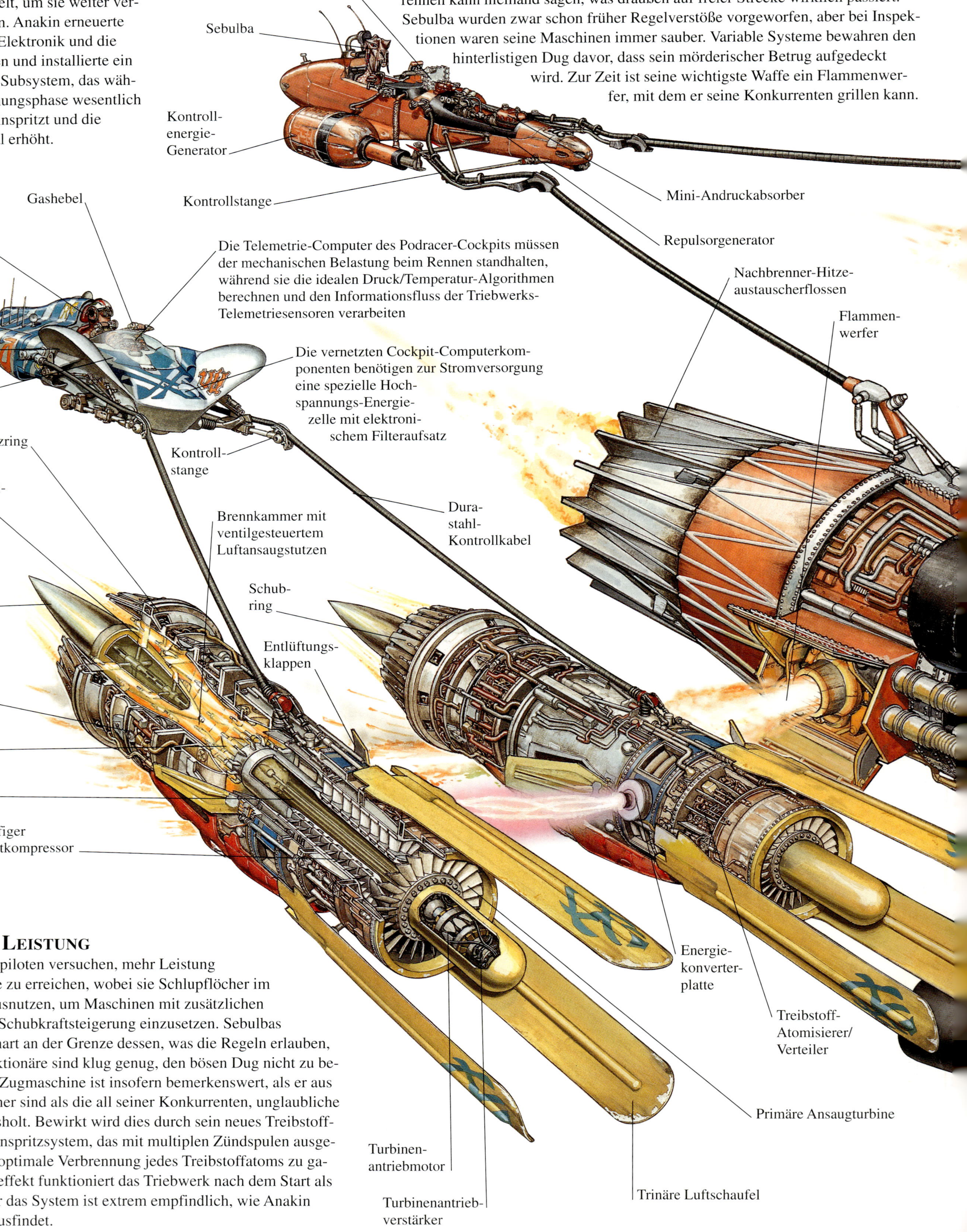

Grösse und Leistung

Die meisten Rennpiloten versuchen, mehr Leistung durch mehr Größe zu erreichen, wobei sie Schlupflöcher im Rennreglement ausnutzen, um Maschinen mit zusätzlichen Subsystemen zur Schubkraftsteigerung einzusetzen. Sebulbas Zugmaschine ist hart an der Grenze dessen, was die Regeln erlauben, aber die Rennfunktionäre sind klug genug, den bösen Dug nicht zu belästigen. Anakins Zugmaschine ist insofern bemerkenswert, als er aus Motoren, die kleiner sind als die all seiner Konkurrenten, unglaubliche Leistungen herausholt. Bewirkt wird dies durch sein neues Treibstoff-Atomisier- und Einspritzsystem, das mit multiplen Zündspulen ausgestattet ist, um die optimale Verbrennung jedes Treibstoffatoms zu garantieren. Im Endeffekt funktioniert das Triebwerk nach dem Start als Nachbrenner, aber das System ist extrem empfindlich, wie Anakin recht schnell herausfindet.

Anakins & Sebulbas Podracer

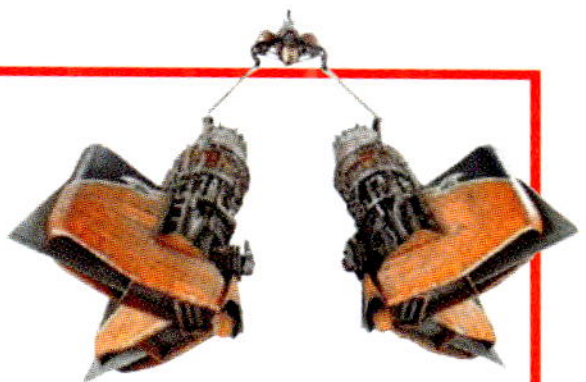

Das grosse Boonta-Eve-Rennen auf Tatooine ist unter Podracern legendär. Hier treffen sich Rennpiloten aus weit entfernten Sonnensystemen, um sich und ihre Maschinen im Wettkampf der Besten zu messen, und das in einem Umfeld, das von der zivilisierten Gesellschaft weitgehend unberührt ist. Hier erlebt man die wagemutigsten Piloten, die extremsten Schubkräfte, die aufregendsten, an jedem anderen Ort verbotenen Experimentalmaschinen und die trickreichsten Taktiken dieser Sportart. Und auf dieser Bühne setzt ein neunjähriger Junge namens Anakin Skywalker sein Leben aufs Spiel.

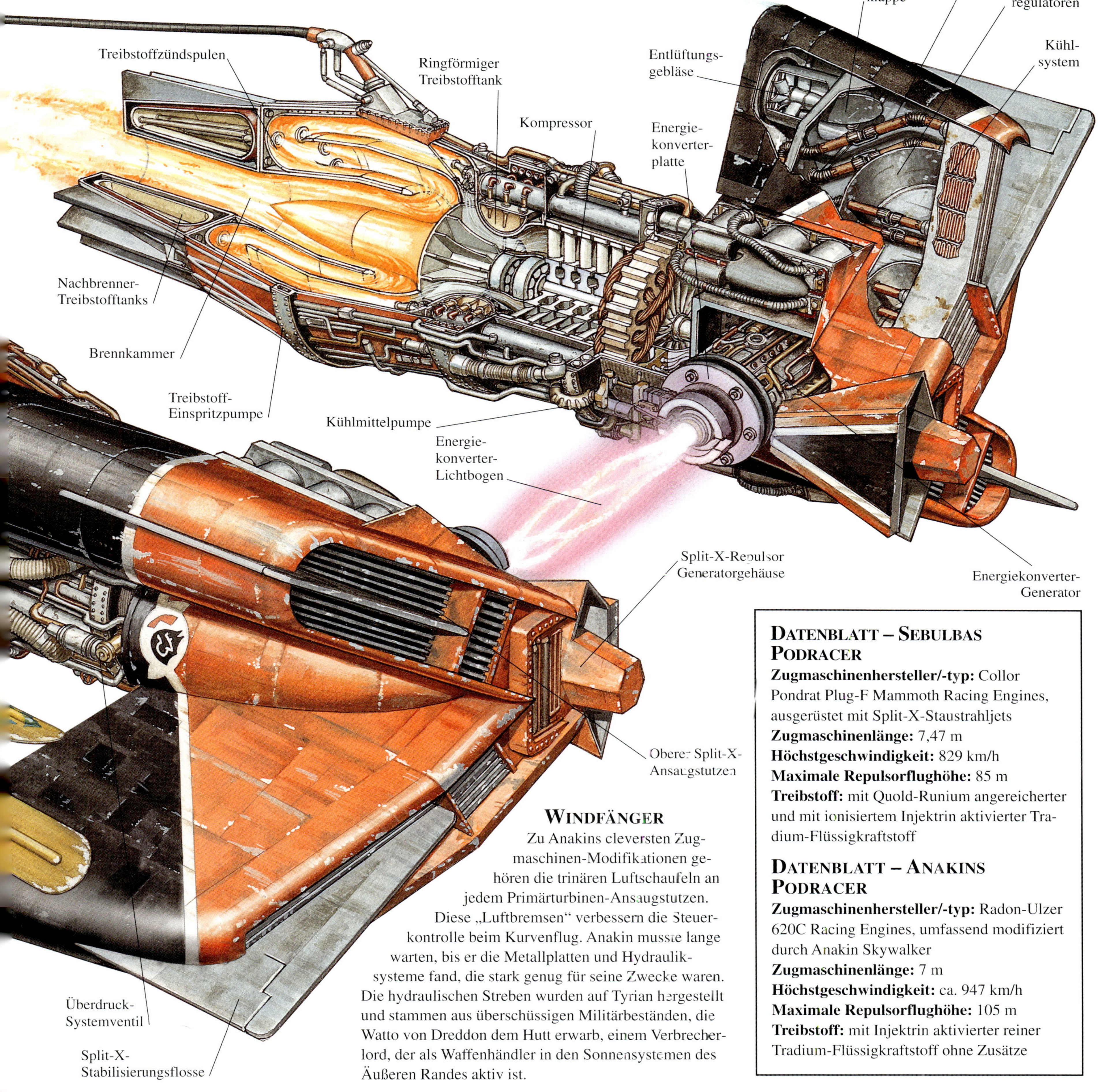

Windfänger

Zu Anakins cleversten Zugmaschinen-Modifikationen gehören die trinären Luftschaufeln an jedem Primärturbinen-Ansaugstutzen. Diese „Luftbremsen" verbessern die Steuerkontrolle beim Kurvenflug. Anakin musste lange warten, bis er die Metallplatten und Hydrauliksysteme fand, die stark genug für seine Zwecke waren. Die hydraulischen Streben wurden auf Tyrian hergestellt und stammen aus überschüssigen Militärbeständen, die Watto von Dreddon dem Hutt erwarb, einem Verbrecherlord, der als Waffenhändler in den Sonnensystemen des Äußeren Randes aktiv ist.

Datenblatt – Sebulbas Podracer

Zugmaschinenhersteller/-typ: Collor Pondrat Plug-F Mammoth Racing Engines, ausgerüstet mit Split-X-Staustrahljets
Zugmaschinenlänge: 7,47 m
Höchstgeschwindigkeit: 829 km/h
Maximale Repulsorflughöhe: 85 m
Treibstoff: mit Quold-Runium angereicherter und mit ionisiertem Injektrin aktivierter Tradium-Flüssigkraftstoff

Datenblatt – Anakins Podracer

Zugmaschinenhersteller/-typ: Radon-Ulzer 620C Racing Engines, umfassend modifiziert durch Anakin Skywalker
Zugmaschinenlänge: 7 m
Höchstgeschwindigkeit: ca. 947 km/h
Maximale Repulsorflughöhe: 105 m
Treibstoff: mit Injektrin aktivierter reiner Tradium-Flüssigkraftstoff ohne Zusätze

Werkzeuge des Bösen

Unter den Unsichtbarkeitsfeld-Generatoren befinden sich die Frachträume mit der Ausrüstung für Darth Mauls Missionen. Fliegende „Dunkelauge"-Sondendroiden, ein Düsenschlitten, Verhördroiden, Foltergeräte, Spionage- und Überwachungssysteme, Bomben, Minen und Abhörtechnologie stellen nur eine kleine Auswahl der Mittel dar, die dem Sith-Lord zur Verfügung stehen. Das Sith-Training hat Maul dazu gebracht, sich weniger auf Technologie und mehr auf seine eigenen Kräfte zu verlassen, aber er sorgt dafür, dass sein Infiltrator stets mit der neuesten Technik ausgerüstet ist.

Der unsichtbare Feind

Unsichtbarkeitsfelder waren bis zur Entdeckung der seltenen Stygium-Kristalle auf dem vulkanisch hochaktiven Planeten Aeten II im Äußeren Rand nur eine theoretische Möglichkeit. Ein Unsichtbarkeitsfeld ist eine schreckliche Waffe, da man in seinem Schutz die meisten Sicherheitssysteme überwinden kann.

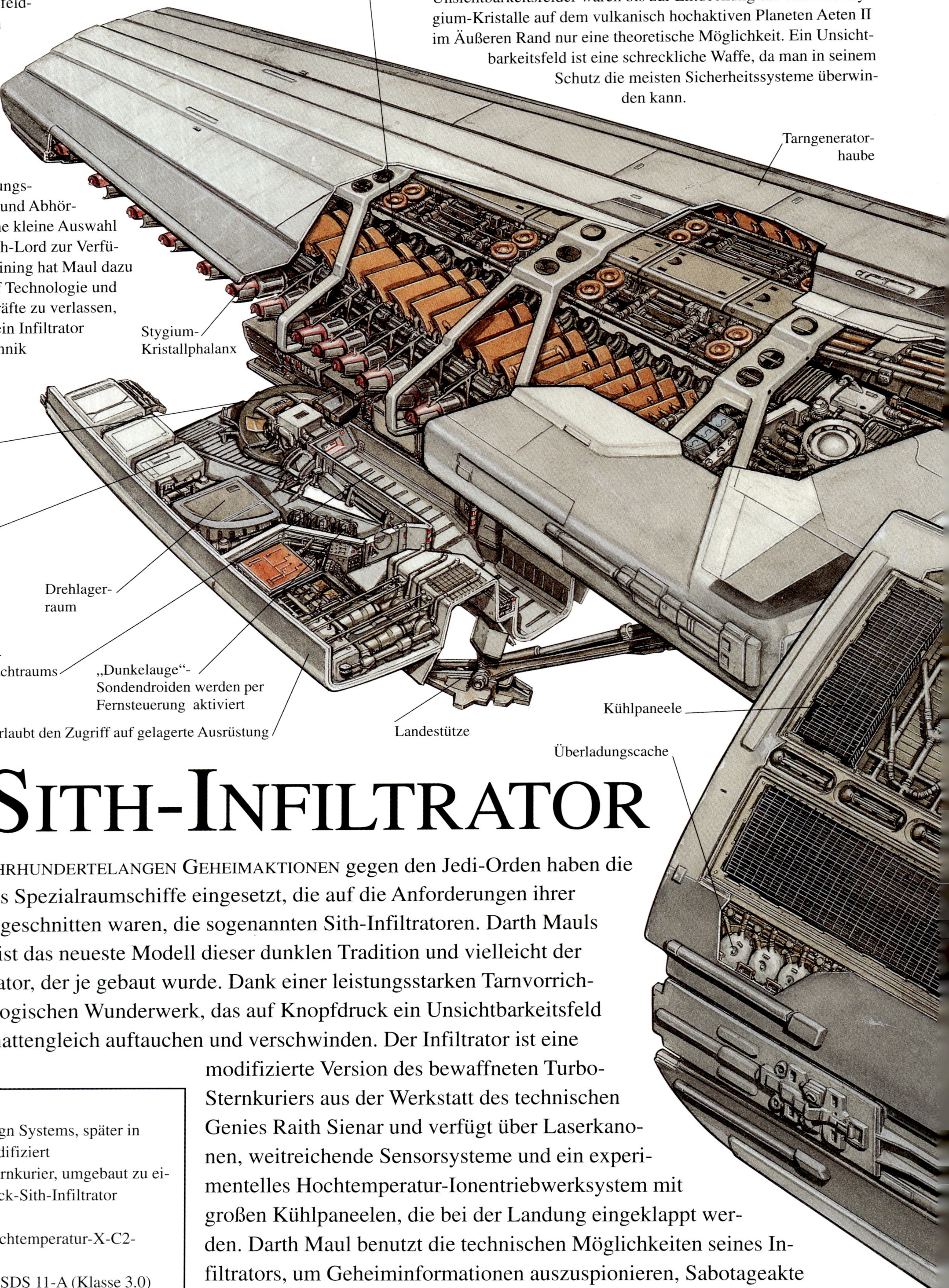

Sith-Infiltrator

Im Lauf ihrer jahrhundertelangen Geheimaktionen gegen den Jedi-Orden haben die Sith-Adepten stets Spezialraumschiffe eingesetzt, die auf die Anforderungen ihrer bösen Missionen zugeschnitten waren, die sogenannten Sith-Infiltratoren. Darth Mauls gefürchtetes Schiff ist das neueste Modell dieser dunklen Tradition und vielleicht der gefährlichste Infiltrator, der je gebaut wurde. Dank einer leistungsstarken Tarnvorrichtung, einem technologischen Wunderwerk, das auf Knopfdruck ein Unsichtbarkeitsfeld erzeugt, kann es schattengleich auftauchen und verschwinden. Der Infiltrator ist eine modifizierte Version des bewaffneten Turbo-Sternkuriers aus der Werkstatt des technischen Genies Raith Sienar und verfügt über Laserkanonen, weitreichende Sensorsysteme und ein experimentelles Hochtemperatur-Ionentriebwerksystem mit großen Kühlpaneelen, die bei der Landung eingeklappt werden. Darth Maul benutzt die technischen Möglichkeiten seines Infiltrators, um Geheiminformationen auszuspionieren, Sabotageakte durchzuführen und feindliche Individuen in der gesamten Galaxis aufzuspüren. Das getarnte und tödliche Schiff ist das ideale Werkzeug für die unheimlichen Fähigkeiten seines Sith-Lord-Piloten.

Datenblatt

Hersteller: Sienar Design Systems, später in einem Geheimlabor modifiziert
Klasse: bewaffneter Sternkurier, umgebaut zu einem individuellen 2-Deck-Sith-Infiltrator
Länge: 26,5 m
Sublichttriebwerk: Hochtemperatur-X-C2-Ionentriebwerkphalanx
Hyperantrieb: Sienar SSDS 11-A (Klasse 3.0)
Crew: 1, Platz für bis zu 6 Passagiere
Primärbewaffnung: 6 Laserkanonen (4 serienmäßige, 2 zusätzliche)

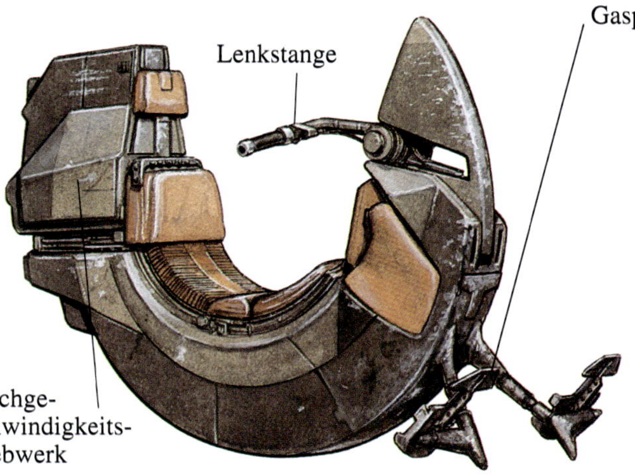

Düsenschlitten

Die einzige Spezialausrüstung dieses unbewaffneten Düsenschlittens ist ein Hochleistungstriebwerk, das erstaunliche Geschwindigkeiten und extreme Kurvenflüge erlaubt. Die offene Konstruktion sorgt für hervorragende Sicht.

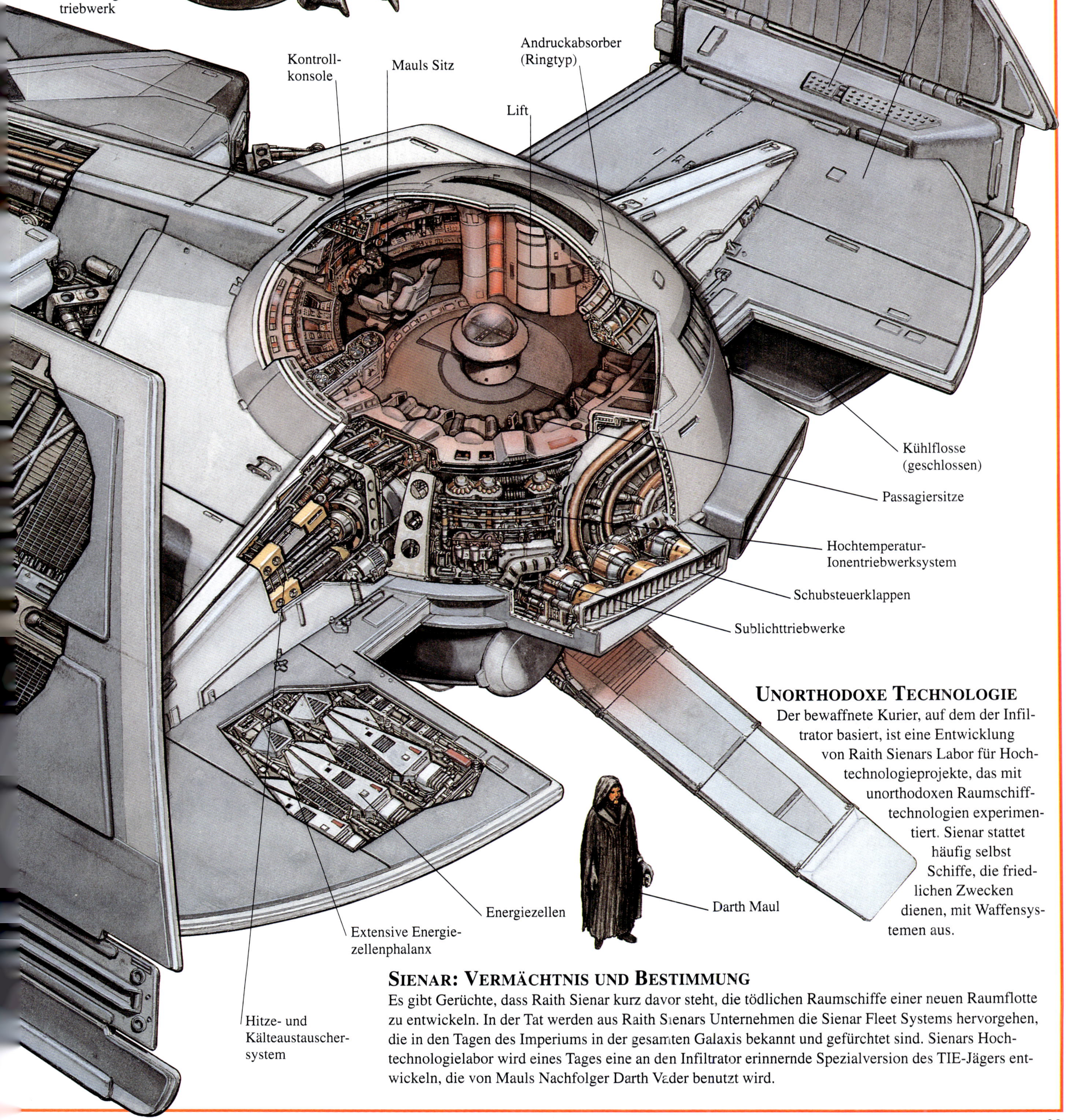

Unorthodoxe Technologie

Der bewaffnete Kurier, auf dem der Infiltrator basiert, ist eine Entwicklung von Raith Sienars Labor für Hochtechnologieprojekte, das mit unorthodoxen Raumschifftechnologien experimentiert. Sienar stattet häufig selbst Schiffe, die friedlichen Zwecken dienen, mit Waffensystemen aus.

Sienar: Vermächtnis und Bestimmung

Es gibt Gerüchte, dass Raith Sienar kurz davor steht, die tödlichen Raumschiffe einer neuen Raumflotte zu entwickeln. In der Tat werden aus Raith Sienars Unternehmen die Sienar Fleet Systems hervorgehen, die in den Tagen des Imperiums in der gesamten Galaxis bekannt und gefürchtet sind. Sienars Hochtechnologielabor wird eines Tages eine an den Infiltrator erinnernde Spezialversion des TIE-Jägers entwickeln, die von Mauls Nachfolger Darth Vader benutzt wird.

Droiden-Sternjäger

Die auf den Kriegsschiffen der Handelsföderation stationierten Raumjäger sind selbst Droiden, die ohne lebende Piloten auskommen. Die Droiden-Sternjäger fallen in riesigen Schwärmen und mit ungeheurer Wildheit über die Feinde her und sind für lebende Verteidiger schwer erfassbare Ziele und tödliche Gegner. Sie werden durch ein moduliertes Dauersignal des zentralen Droiden-Kontrollschiffcomputers gesteuert, das die Position jedes einzelnen Jägers zurückmeldet, während es durch die Prozessoren aller Kampfdroiden pulsiert. Der Signalempfänger und das Bordcomputergehirn sind im „Kopf" des Jägers untergebracht, und Zwillingssensorgruben dienen als Augen. Sie sind die höchstentwickeltsten automatisierten Sternjäger, die je gebaut wurden, und mit vier Laserkanonen und zwei Energietorpedowerfern bewaffnet, die ihnen eine für ihre Größe beispiellose Feuerkraft verleihen.

Angriffs- und Flugmodi

Um seine tödlichen Laserkanonen zu schützen und zu tarnen, zieht der Droiden-Sternjäger im Flugmodus seine Flügel ein (oben). In dieser Konfiguration kann der Droide seine militärische Natur verbergen und Überraschungsangriffe auf ahnungslose Gegner durchführen. Der Tarnmodus schützt die Waffen nicht nur vor Mikropartikeln und atmosphärischer Korrosion, sondern kann auch ihre Zielgenauigkeit minimal optimieren.

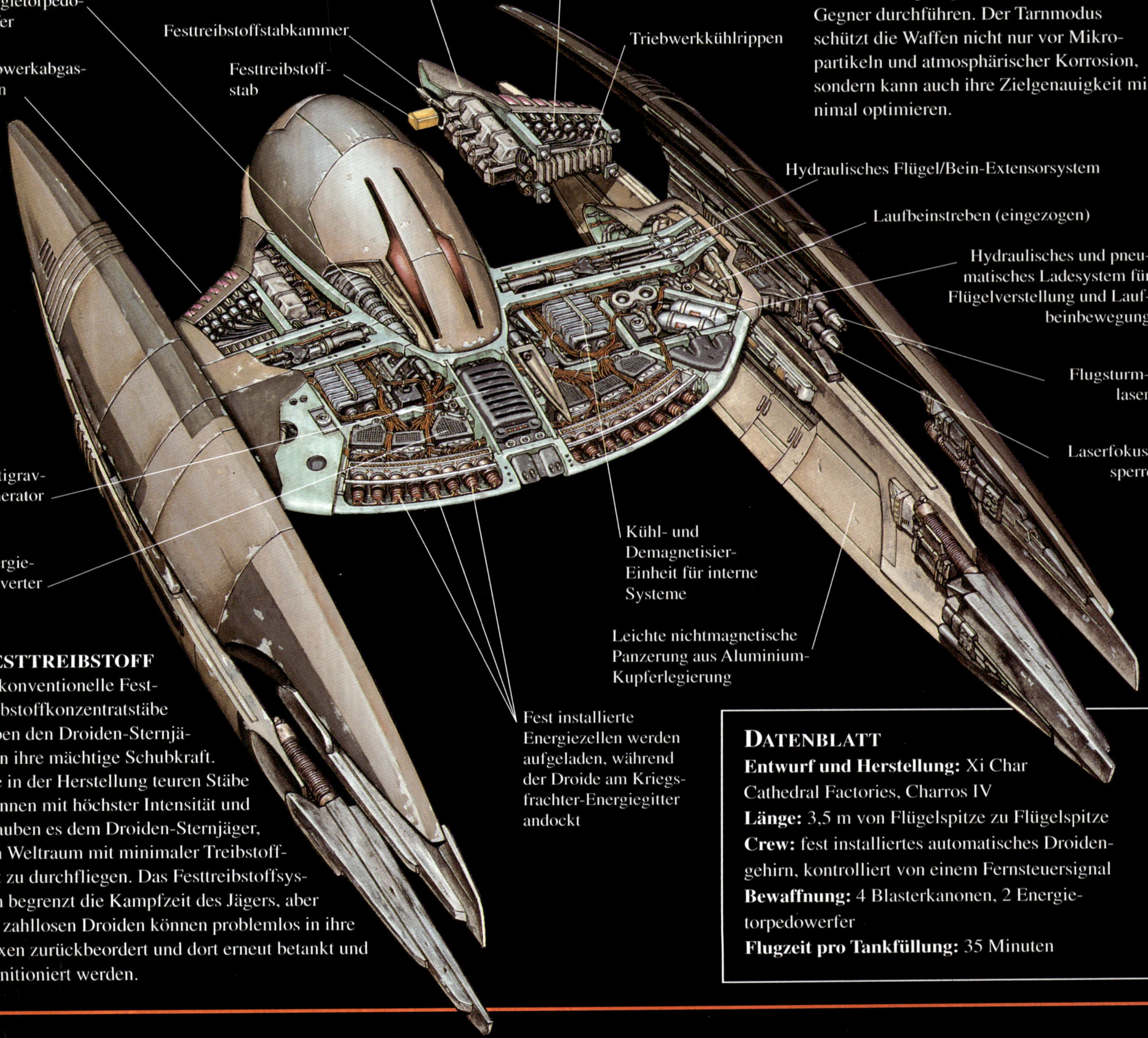

Festtreibstoff

Unkonventionelle Festtreibstoffkonzentratstäbe geben den Droiden-Sternjägern ihre mächtige Schubkraft. Die in der Herstellung teuren Stäbe brennen mit höchster Intensität und erlauben es dem Droiden-Sternjäger, den Weltraum mit minimaler Treibstofflast zu durchfliegen. Das Festtreibstoffsystem begrenzt die Kampfzeit des Jägers, aber die zahllosen Droiden können problemlos in ihre Boxen zurückbeordert und dort erneut betankt und munitioniert werden.

Datenblatt

Entwurf und Herstellung: Xi Char Cathedral Factories, Charros IV
Länge: 3,5 m von Flügelspitze zu Flügelspitze
Crew: fest installiertes automatisches Droidengehirn, kontrolliert von einem Fernsteuersignal
Bewaffnung: 4 Blasterkanonen, 2 Energietorpedowerfer
Flugzeit pro Tankfüllung: 35 Minuten

Erstaunliche Präzision

Für die Herstellung des flug- und lauffähigen formverändernden Droiden-Sternjägers sind hoch spezialisierte Fertigungssysteme erforderlich, wie man sie in den traditionellen Fabrikkathedralen von Xi Char findet, wo ultrapräzise Produktion eine Art religiöses Brauchtum ist, das von Tausenden ausgeübt wird. Die Adepten interessiert es nicht, wofür ihre tödlichen Konstruktionen am Ende eingesetzt werden, was die Xi Charianer zu idealen Werkzeugen für die dunklen Pläne der Handelsföderation macht.

Droiden-Sternjäger-Kolonielagerung

In den äußeren Hangarzonen der Handelsföderation-Kriegsschiffe, hängen die Droiden-Sternjäger in dichten Reihen an Deckenhalterungen. Die an ein Hochspannungs-Energiegitter angeschlossenen Droiden-Sternjäger summen leise, während sie von den Reaktoren des Mutterschiffs aufgeladen werden. Einzelne Jägerpiloten testen regelmäßig die Systeme der hängenden Schiffe, fahren deren Flügel aus und drehen die Köpfe, sodass sie den unheimlichen Eindruck einer Kolonie fliegender Höhlentiere erwecken.

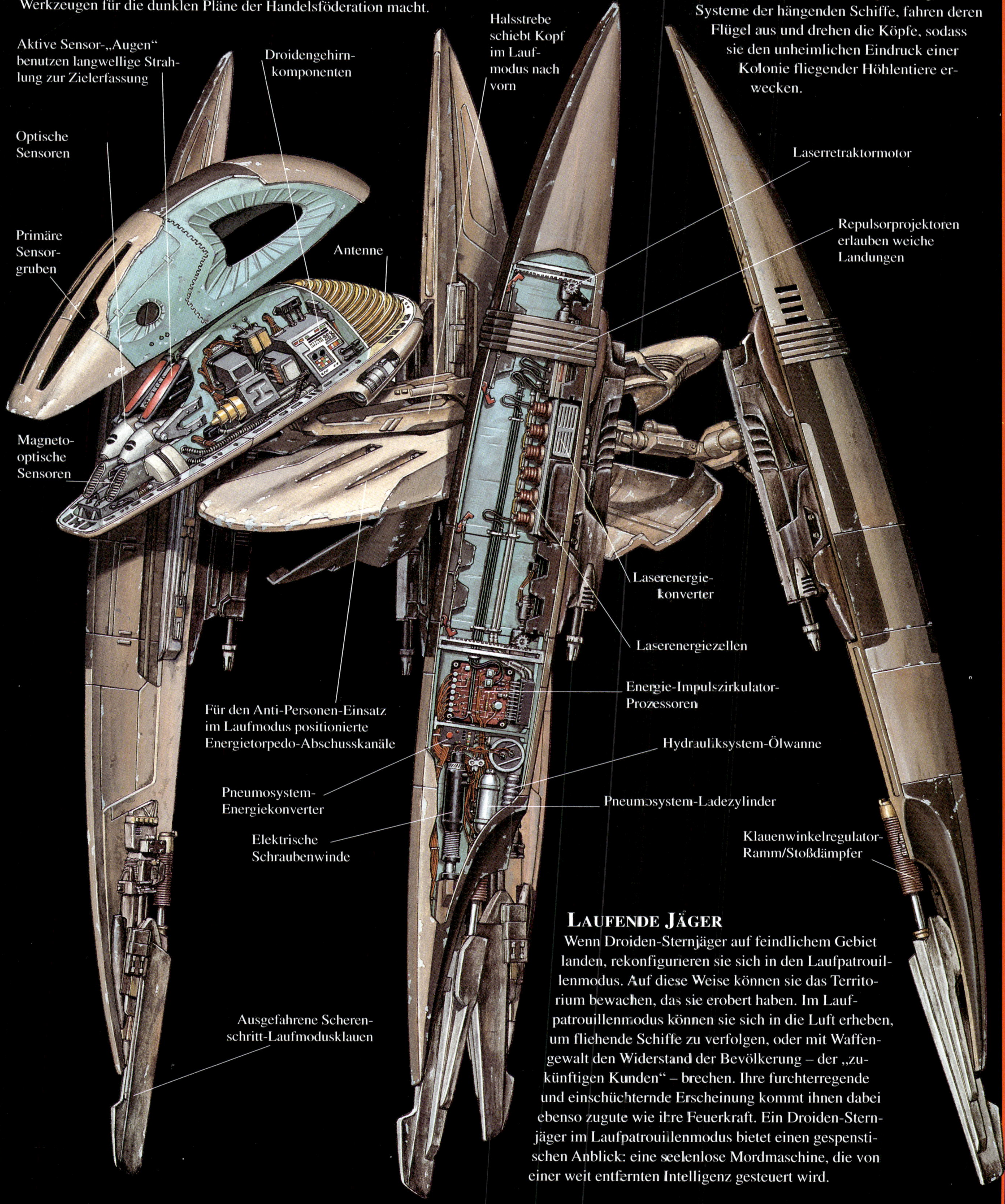

Laufende Jäger

Wenn Droiden-Sternjäger auf feindlichem Gebiet landen, rekonfigurieren sie sich in den Laufpatrouillenmodus. Auf diese Weise können sie das Territorium bewachen, das sie erobert haben. Im Laufpatrouillenmodus können sie sich in die Luft erheben, um fliehende Schiffe zu verfolgen, oder mit Waffengewalt den Widerstand der Bevölkerung – der „zukünftigen Kunden" – brechen. Ihre furchterregende und einschüchternde Erscheinung kommt ihnen dabei ebenso zugute wie ihre Feuerkraft. Ein Droiden-Sternjäger im Laufpatrouillenmodus bietet einen gespenstischen Anblick: eine seelenlose Mordmaschine, die von einer weit entfernten Intelligenz gesteuert wird.

Der beste Freund eines Piloten

Der Astromech-Droide an Bord, ein Standard-R2-Typ, ist für die Flugsystemkontrolle, die Optimierung der Flugleistung und kleinere Reparaturen zuständig. Die Pilot-Droide-Konfiguration hat sich als ideal für kleine Raumjäger erwiesen und wird wahrscheinlich noch für viele Generationen beibehalten werden.

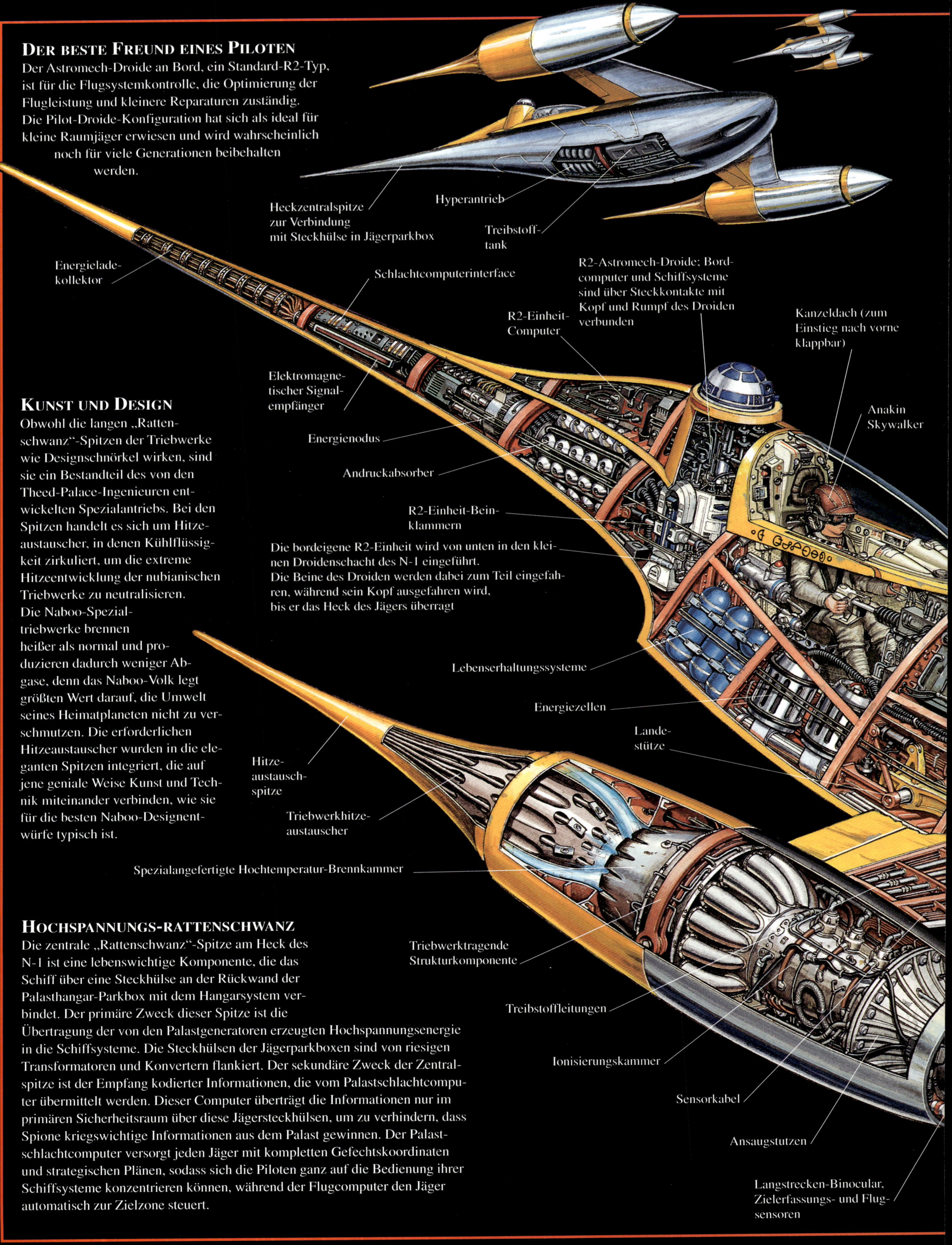

Kunst und Design

Obwohl die langen „Rattenschwanz"-Spitzen der Triebwerke wie Designschnörkel wirken, sind sie ein Bestandteil des von den Theed-Palace-Ingenieuren entwickelten Spezialantriebs. Bei den Spitzen handelt es sich um Hitzeaustauscher, in denen Kühlflüssigkeit zirkuliert, um die extreme Hitzeentwicklung der nubianischen Triebwerke zu neutralisieren. Die Naboo-Spezialtriebwerke brennen heißer als normal und produzieren dadurch weniger Abgase, denn das Naboo-Volk legt größten Wert darauf, die Umwelt seines Heimatplaneten nicht zu verschmutzen. Die erforderlichen Hitzeaustauscher wurden in die eleganten Spitzen integriert, die auf jene geniale Weise Kunst und Technik miteinander verbinden, wie sie für die besten Naboo-Designentwürfe typisch ist.

Hochspannungs-Rattenschwanz

Die zentrale „Rattenschwanz"-Spitze am Heck des N-1 ist eine lebenswichtige Komponente, die das Schiff über eine Steckhülse an der Rückwand der Palasthangar-Parkbox mit dem Hangarsystem verbindet. Der primäre Zweck dieser Spitze ist die Übertragung der von den Palastgeneratoren erzeugten Hochspannungsenergie in die Schiffssysteme. Die Steckhülsen der Jägerparkboxen sind von riesigen Transformatoren und Konvertern flankiert. Der sekundäre Zweck der Zentralspitze ist der Empfang kodierter Informationen, die vom Palastschlachtcomputer übermittelt werden. Dieser Computer überträgt die Informationen nur im primären Sicherheitsraum über diese Jägersteckhülsen, um zu verhindern, dass Spione kriegswichtige Informationen aus dem Palast gewinnen. Der Palastschlachtcomputer versorgt jeden Jäger mit kompletten Gefechtskoordinaten und strategischen Plänen, sodass sich die Piloten ganz auf die Bedienung ihrer Schiffsysteme konzentrieren können, während der Flugcomputer den Jäger automatisch zur Zielzone steuert.

Naboo-N-1-Sternjäger

Der einsitzige Königliche Naboo-N-1-Sternjäger wurde vom Theed Palace Space Vessel Engineering Corps für die Königlichen Naboo-Sicherheitsstreitkräfte entwickelt. Der wendige N-1 attackiert Agressoren mit Zwillingsblasterkanonen und einem Doppelmagazin Protonentorpedos. Sein Einsatzgebiet ist auf Naboo beschränkt, und selbst dort wird er nur selten gesehen. Wie das Königliche Raumschiff der Königin besteht der N-1 aus vielen galaktischen Standardsystemkomponenten und einer spezialgefertigten Hülle, die die Vorliebe des Naboo-Volkes für elegante Formen verrät. Die Naboo-Ingenieure stellen einige Bauteile selbst her, aber der Großteil der Hochtechnologiesysteme wird von anderen, höher industrialisierten Planeten bezogen. Die Theed-Palace-Ingenieure entwickelten jedoch ein spezielles Antriebssystem, das auf dem nubianischen Standardtriebwerk basierte, aber so modifiziert wurde, dass es die Atmosphäre mit bedeutend weniger Emissionen belastet. Da die Naboo ein friedliebendes Volk sind, wird das Raumjägerkorps nicht nur zu Verteidigungszwecken unterhalten, sondern auch aus Traditionspflege, und in erster Linie dient es als Ehrengarde für das Königliche Raumschiff der Königin. Dennoch trainieren die Piloten der Königlichen Naboo-Sicherheitsstreitkräfte regelmäßig mit dem N-1 und bereiten sich auf die ehrenvolle Aufgabe vor, der Königin notfalls auch im Kampf zu dienen.

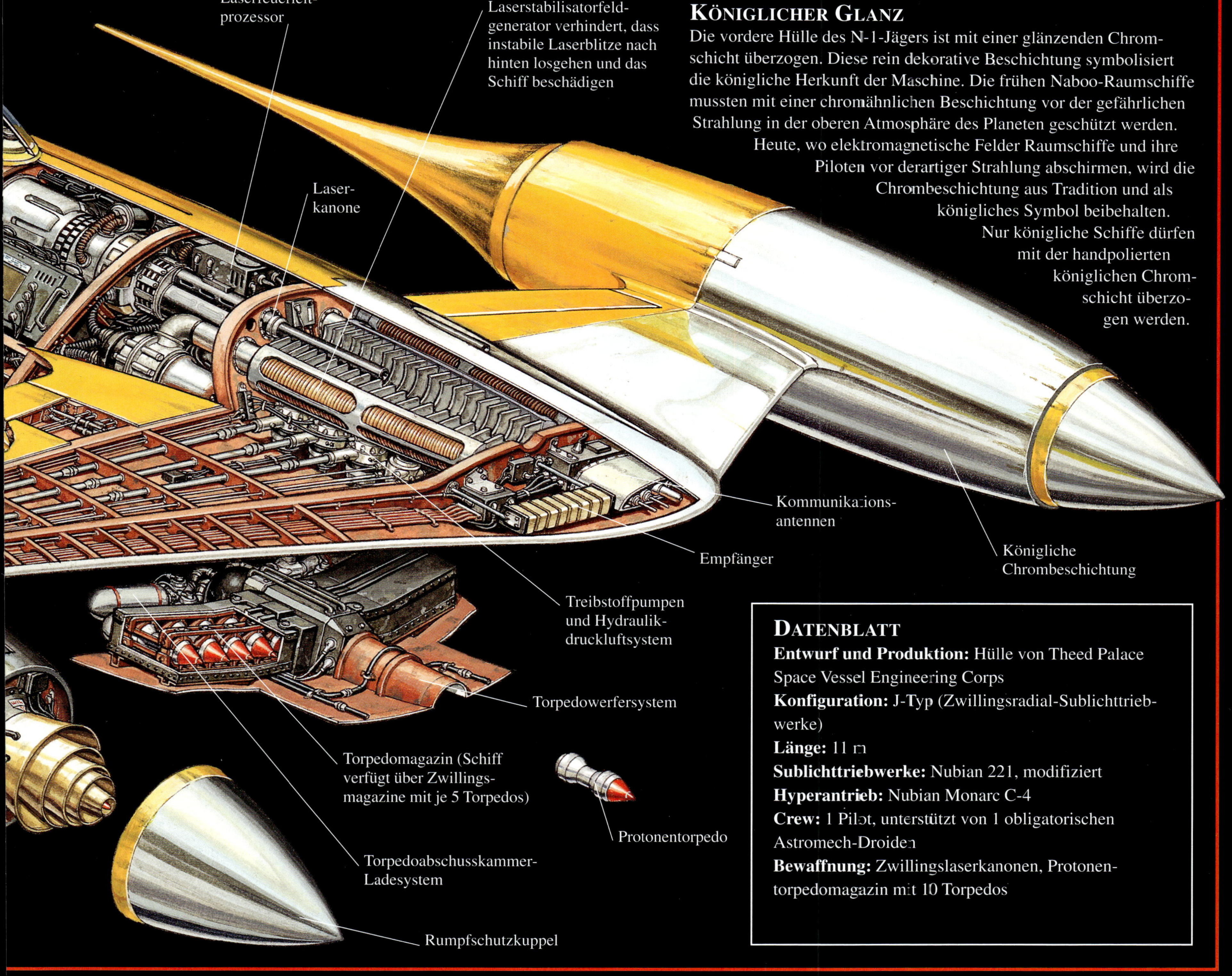

Königlicher Glanz

Die vordere Hülle des N-1-Jägers ist mit einer glänzenden Chromschicht überzogen. Diese rein dekorative Beschichtung symbolisiert die königliche Herkunft der Maschine. Die frühen Naboo-Raumschiffe mussten mit einer chromähnlichen Beschichtung vor der gefährlichen Strahlung in der oberen Atmosphäre des Planeten geschützt werden. Heute, wo elektromagnetische Felder Raumschiffe und ihre Piloten vor derartiger Strahlung abschirmen, wird die Chrombeschichtung aus Tradition und als königliches Symbol beibehalten. Nur königliche Schiffe dürfen mit der handpolierten königlichen Chromschicht überzogen werden.

Datenblatt

Entwurf und Produktion: Hülle von Theed Palace Space Vessel Engineering Corps
Konfiguration: J-Typ (Zwillingsradial-Sublichttriebwerke)
Länge: 11 m
Sublichttriebwerke: Nubian 221, modifiziert
Hyperantrieb: Nubian Monarc C-4
Crew: 1 Pilot, unterstützt von 1 obligatorischen Astromech-Droiden
Bewaffnung: Zwillingslaserkanonen, Protonentorpedomagazin mit 10 Torpedos

AAT (Kampfpanzer)

Der von Baktoid Armour Workshop für die Geheimarmee der Handelsföderation entwickelte und gebaute AAT trägt eine Crew von vier Kampfdroiden in die Schlacht, verfügt über eine massiv gepanzerte Frontseite und kann den Feind mit einem mörderischen Sturmfeuerhagel aus fünf Laserkanonen und sechs Energiegranatwerfern eindecken. Ihr Einsatz auf Naboo ist ihre erste Operation unter Kriegsbedingungen, aber die Panzer haben zuvor an ausgedehnten Manövern teilgenommen und sind von Energieschüssen zernarbt. Der AAT ist für den Sturmangriff in traditioneller Schlachtordnung konstruiert. Der Bug des AAT ist praktisch eine einzige massive Panzerung, die selbst dicke Mauern mühelos durchbrechen kann.

Im Cockpit

Ein Droidenpilot steuert den AAT und versorgt zwei Kanoniere mit Zielinformationen. Der Pilot benutzt eine stereoskopische Kamera, die die Informationen in einen Periskopscanner speist.

Datenblatt
Entwurf und Produktion: Baktoid Armour Workshop
Klasse: AAT (Armierter Angriffstank)
Länge: 9,75 m.
Höchstgeschwindigkeit: 55 km/h
Crew: 4 Kampfdroiden (Commander, Pilot, 2 Kanoniere)
Bewaffnung: primärer Laserkanonenturm; seitliche Zwillingslaser mit Entfernungsmesser; seitliche Zwillingslaser; 6 Energiegranatwerfer

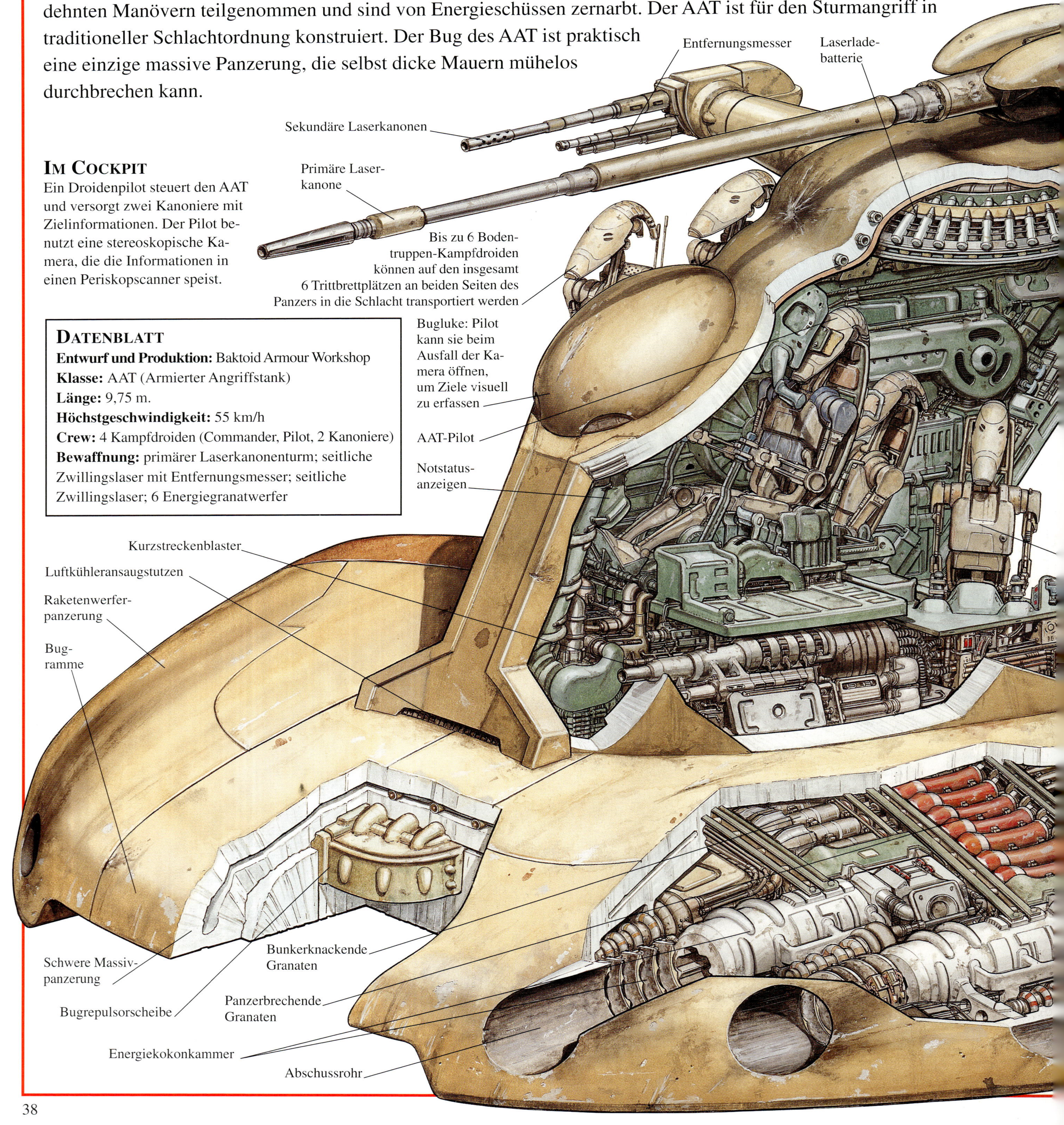

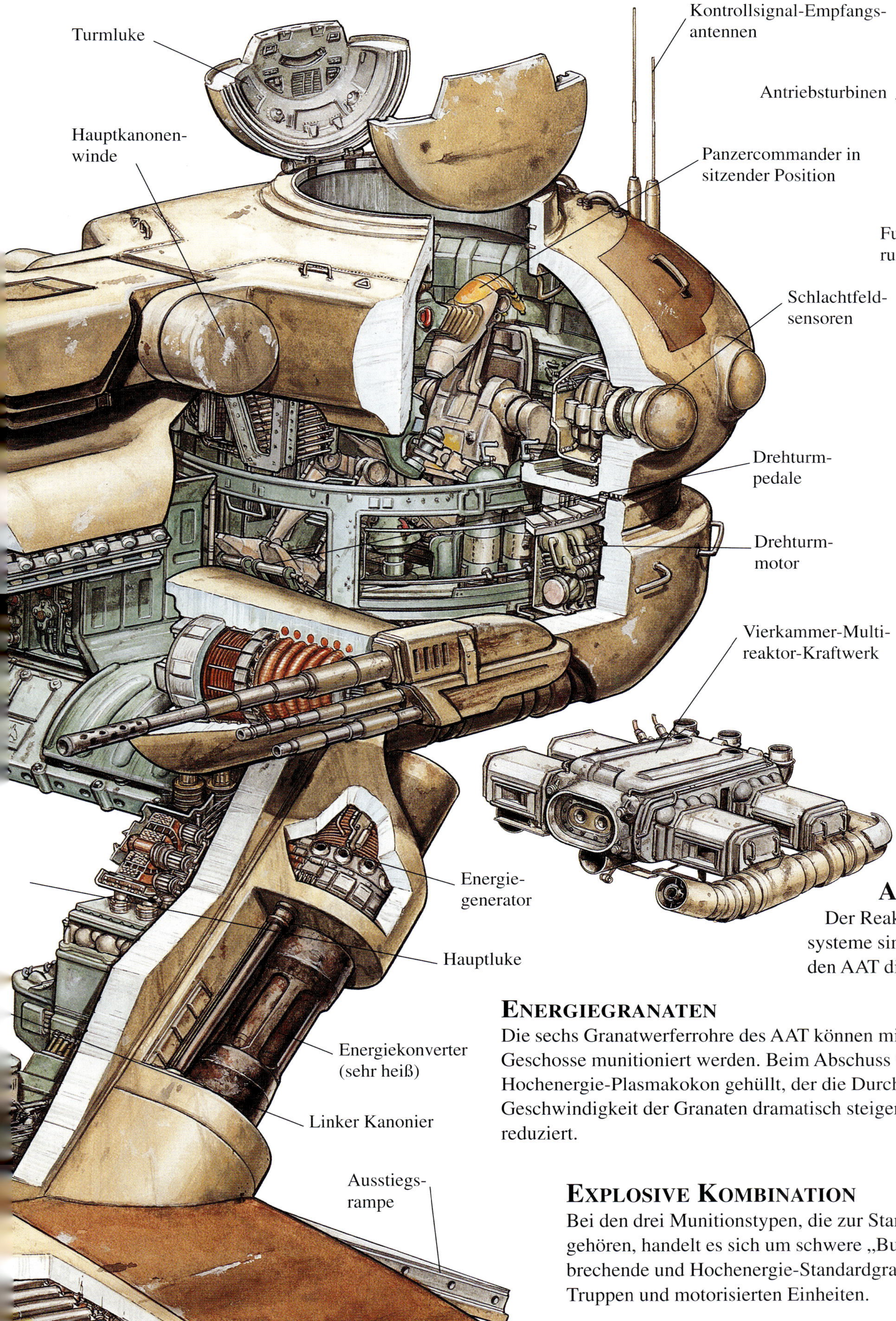

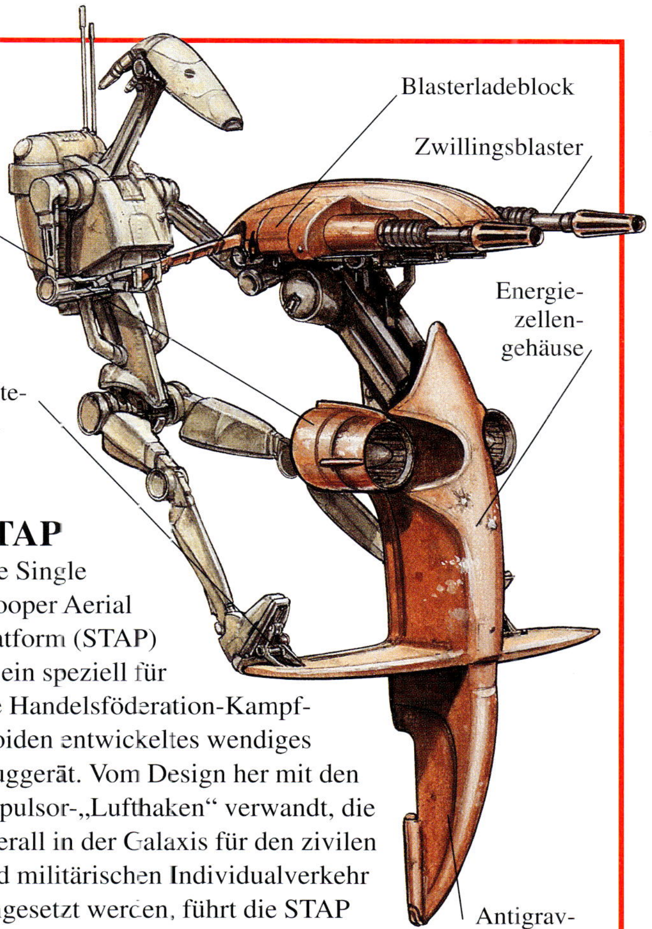

STAP

Die Single Trooper Aerial Platform (STAP) ist ein speziell für die Handelsföderation-Kampfdroiden entwickeltes wendiges Fluggerät. Vom Design her mit den Repulsor-„Lufthaken" verwandt, die überall in der Galaxis für den zivilen und militärischen Individualverkehr eingesetzt werden, führt die STAP Aufklärungs- und Anti-Personen-Jagdmissionen zur Unterstützung der Hauptgefechtsoperationen durch. Die kompakte Maschine verfügt über Hochspannungs-Energiezellen, die nach kurzem Gefechtsfeldeinsatz wieder aufgeladen werden müssen. Die schnelle STAP kann auch durch dichte Vegetation fliegen, ist mit Zwillingsblastern bewaffnet und ideal geeignet, um Widerstandsnester auszuheben.

Antrieb

Der Reaktor und die Hauptenergie- und Kommunikationssysteme sind im Heck untergebracht. Schwerlastrepulsoren lassen den AAT dicht über dem Boden schweben und treiben ihn an.

Energiegranaten

Die sechs Granatwerferrohre des AAT können mit einer Vielzahl verschiedener Geschosse munitioniert werden. Beim Abschuss werden die Granaten in einen Hochenergie-Plasmakokon gehüllt, der die Durchschlagskraft und die Geschwindigkeit der Granaten dramatisch steigert und gleichzeitig die Reibung reduziert.

Explosive Kombination

Bei den drei Munitionstypen, die zur Standardausrüstung des ATT gehören, handelt es sich um schwere „Bunkerknacker", panzerbrechende und Hochenergie-Standardgranaten zur Bekämpfung von Truppen und motorisierten Einheiten.

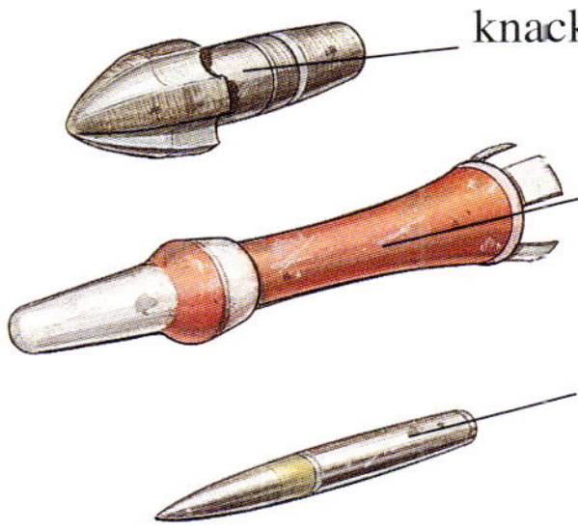

Energiegranatenmagazine

Die Energiegranaten des AAT können nicht von der Droidencrew an Bord nachgeladen werden. Die Bestückung erfolgt erst nach der Rückkehr des Panzers zum Landungs- oder Kriegsschiff, wo mechanische Vorrichtungen den gesamten „Fuß" des Panzers entfernen und durch eine Munitions-Einheit ersetzen.

Naboo-Gleiter

Die kleinen Bodenfahrzeuge der freiwilligen Königlichen Sicherheitsstreitkräfte sind nur leicht bewaffnet und gepanzert, da sie für den Streifendienst in einer sehr friedlichen Gesellschaft eingesetzt werden. Sie sind eher für schnelle Verfolgungsjagden und die Gefangennahme von Straftätern konstruiert als für den Kampf gegen einen bewaffneten Feind. Die Flash- und Gian-Gleiter sind die verbreitetsten Naboo-Bodensicherheitsmodelle; beide sind mit Laserwaffen ausgerüstet, die aber nur im äußersten Notfall benutzt werden. Der Flash-Gleiter ist ein wendiges Allzweckfahrzeug mit hochempfindlicher Schubkontrolle, die dem Piloten das Manövrieren auf engstem Raum im Stadtverkehr erlaubt. Der Gian-Gleiter ist schwerer und weniger manövrierfähig und für die Bekämpfung gefährlicher Gegner außerhalb der Städte konstruiert.

Datenblatt – Flash-Gleiter
Länge: 4,5 m
Crew: 1
Passagiere: 1
Bewaffnung: 1 Laserblaster

Datenblatt – Gian-Gleiter
Länge: 5,7 m
Crew: 1 Pilot, 1 Kanonier
Passagiere: 2
Bewaffnung: 3 Laserblaster

Flash-Gleiter

Der Flash-Gleiter ist eines von mehreren kleinen Bodenfahrzeugmodellen der Königlichen Naboo-Sicherheitsstreitkräfte und wird für den Streifendienst eingesetzt. Der Gleiter fliegt normalerweise einen knappen Meter über dem Boden und hat eine maximale „Schwebehöhe" von mehreren Metern, aber das genügt auf den asphaltierten Straßen und grasbewachsenen Ebenen von Naboo. Die Maschine, eine nur leicht modifizierte Version des zivilen Flash-Gleiters, ist nichtsdestotrotz streifendiensttauglich und gilt als robust und zuverlässig.

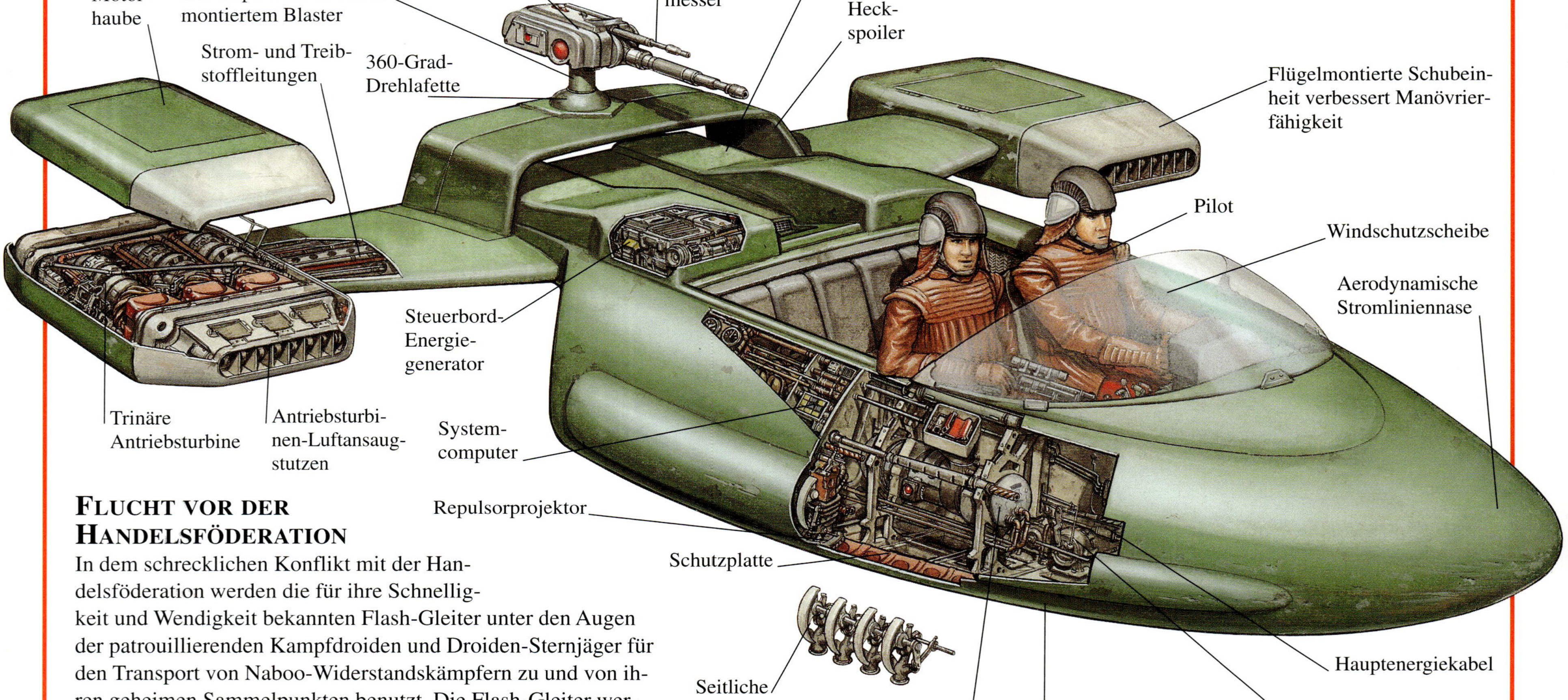

Flucht vor der Handelsföderation

In dem schrecklichen Konflikt mit der Handelsföderation werden die für ihre Schnelligkeit und Wendigkeit bekannten Flash-Gleiter unter den Augen der patrouillierenden Kampfdroiden und Droiden-Sternjäger für den Transport von Naboo-Widerstandskämpfern zu und von ihren geheimen Sammelpunkten benutzt. Die Flash-Gleiter werden von den schwerer bewaffneten Gian-Gleitern unterstützt.

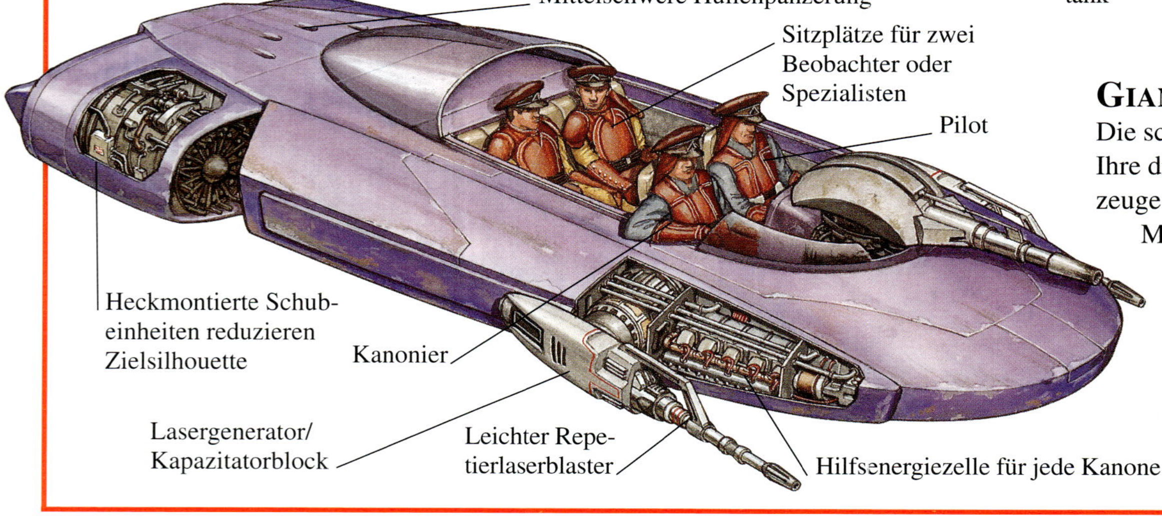

Gian-Gleiter

Die schweren Gian-Gleiter werden nur in Krisenfällen eingesetzt. Ihre drei Laserblaster können mühelos nichtmilitärische Fahrzeuge ausschalten. Sie haben massivere Hüllen als die zivilen Modelle, und ihre verstärkten Karosserien können sogar Volltreffern widerstehen. Ihre kompakte Bugsilhouette mit den am Heck montierten Schubeinheiten reduziert die Manövrierfähigkeit des Gians, macht ihn aber zu einem schwerer zu treffenden Ziel für Feinde, die von vorne und hinten angreifen. Für taktische Missionen können diese Gleiter mit modifizierten holografischen Plansystemen ausgerüstet werden.

Coruscant-Taxi

Datenblatt
Länge: 8 m
Höchstgeschwindigkeit: 191 km/h
Maximale Flughöhe: 3,4 km
Max. Standardreichweite: 210 km
Crew: 1
Passagiere: Abhängig von Spezies
Bewaffnung: keine

Die Lufttaxis, die durch die breiten Schluchten zwischen den hohen Wolkenkratzern flitzen, gehören auf der berühmten Metropolenwelt Coruscant zum Straßenbild. Diese Lufttaxis werden im „Freiflug“-Modus manuell gesteuert und dürfen die Autonavigations-Luftkorridore verlassen, um ihre Ziele direkt anzusteuern. Der größte Teil des Fernverkehrs ist auf vorgegebene Flugkorridore beschränkt, ohne die es im Luftverkehr zu chaotischen Verhältnissen kommen würde. Um die „Freiflug“-Lizenz zu erhalten, müssen sich die Lufttaxipiloten strengen Tests unterziehen und beweisen, dass sie in der Lage sind, sicher durch die einzigartige Stadtlandschaft zu navigieren.

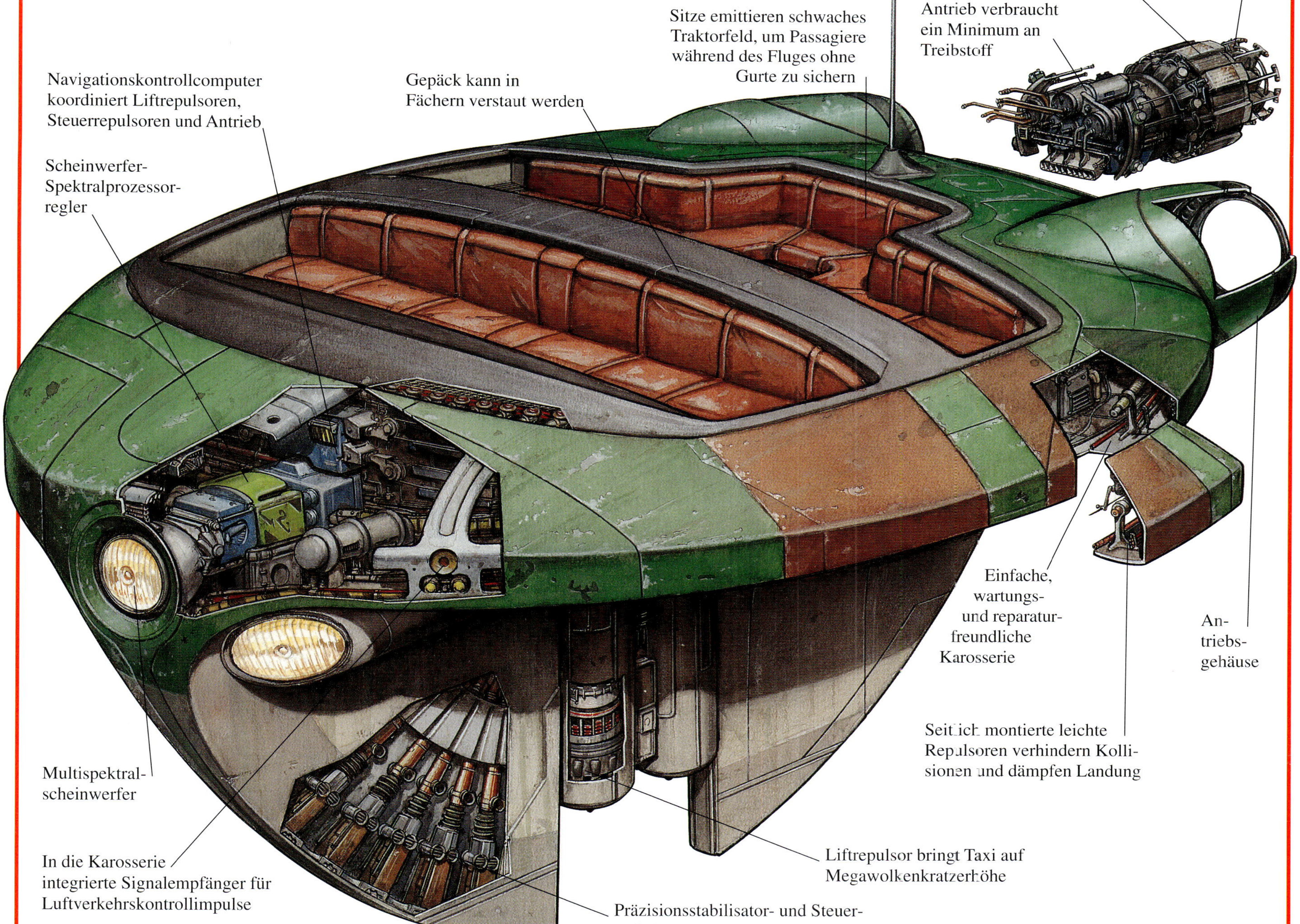

Perfekt ausgestattete Lufttaxis

Das Standard-Coruscant-Lufttaxi verfügt über einen leistungsstarken Repulsor, der das Überfliegen selbst höchster Wolkenkratzer erlaubt. Dank einer radialen Batterie leistungsschwächerer Antigravmodule ist das Taxi in der Luft extrem manövrierfähig; es kann mit äußerster Präzision zwischen den Hochhäusern navigieren und sanft an seinem Zielort landen. Eine relativ leise Schubeinheit mit erstaunlichen Beschleunigungswerten treibt das Taxi an. Hochempfindliche Empfangssysteme überwachen die vielen Kanäle der Coruscant-Luftverkehrskontrolle und erlauben es dem Piloten, jederzeit von der Autonavigation auf manuelle Steuerung umzuschalten.

Oben und unten

Der Großteil des Verkehrs auf Coruscant ist Luftverkehr – die ursprünglichen Bodenebenen und Straßen sind schon vor langer Zeit aufgegeben worden. In den unteren Regionen gibt es versiegelte Tunnel für den Schwerlasttransport von Gütern und Rohstoffen, da die überfüllten Luftstraßen für den Personenverkehr reserviert sind.

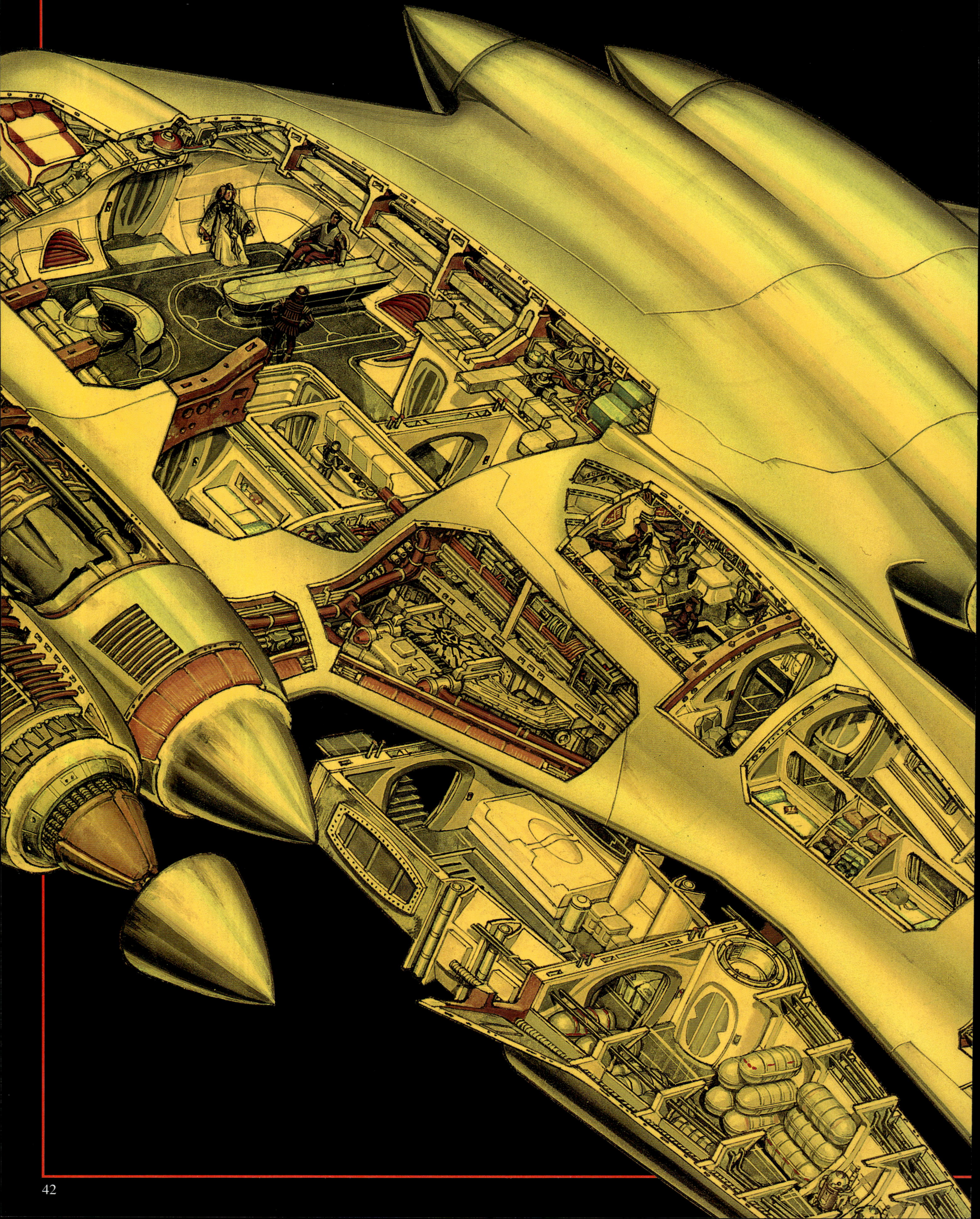

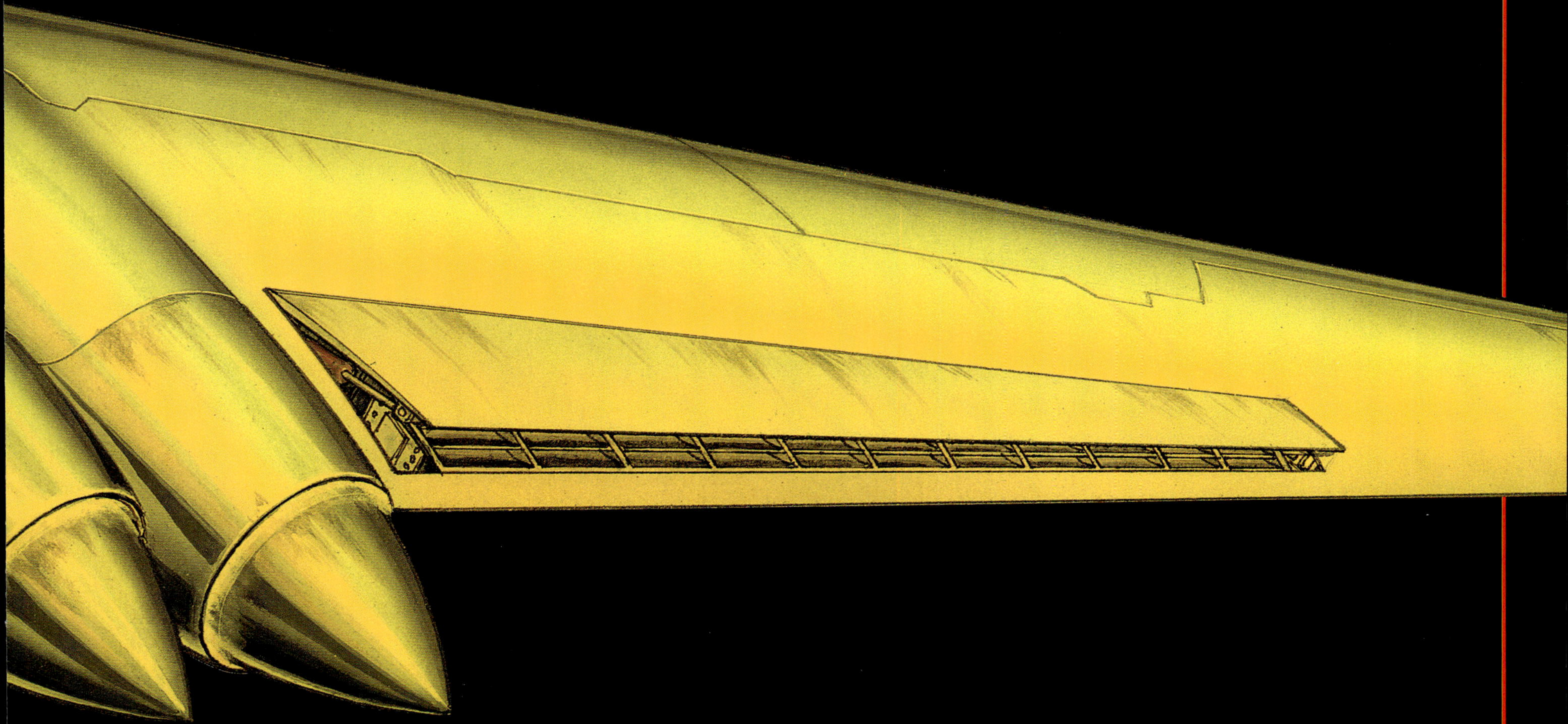

Episode II

Angriff der Klonkrieger

Seit der Blockade von Naboo durch die Handelsföderation sind zehn Jahre vergangen. Die Einheit der Galaxis ist in Gefahr, als Tausende von Sternsystemen der Republik den Rücken kehren und sich der von dem rätselhaften Count Dooku angeführten Separatistenbewegung anschließen. Das Verhalten der Separatisten erschwert den wenigen Jedi-Rittern die Bewahrung von Frieden und Ordnung in der Galaxis. Nach einer stürmischen Debatte passiert ein Gesetz zur Mobilmachung den Senat, das der Republik die Bekämpfung der Separatisten mit einer Klonarmee erlaubt. Zur gleichen Zeit wird Anakin Skywalker Obi-Wan Kenobis Jedi-Padawan, doch die Ungeduld des Schülers bereitet seinem Meister immer wieder Kopfzerbrechen und nährt Anakins Unzufriedenheit mit dem Jedi-Orden. Und während die Galaxis unaufhaltbar auf einen Krieg zusteuert, erblüht die Freundschaft zwischen Anakin und der Senatorin Padmé Amidala zu einer geheimen, verbotenen Liebe.

NABOO-KREUZER

WENIGE SIND ÜBERRASCHT, als Padmé Amidala auf den Thron von Naboo verzichtet und Verantwortung als Abgeordnete im Senat übernimmt. Ihr Ansehen am Hof ist aber immer noch so groß, dass sie weiterhin ein Raumschiff benutzt, das die unverwechselbare Chromverkleidung und die schnittigen Formen besitzt, die früher nur für Monarchen reserviert waren. Wie es sich für das neueste Modell aus dem Theed-Hangar gehört, ist der Naboo-Kreuzer so poliert, dass nur die Ziernähte sichtbar bleiben. Obwohl der Kreuzer nicht bewaffnet ist, reist er mit einem Wachkonvoi Sternjäger, die das Schiff zu seiner schicksalhaften Ankunft auf Coruscant begleiten.

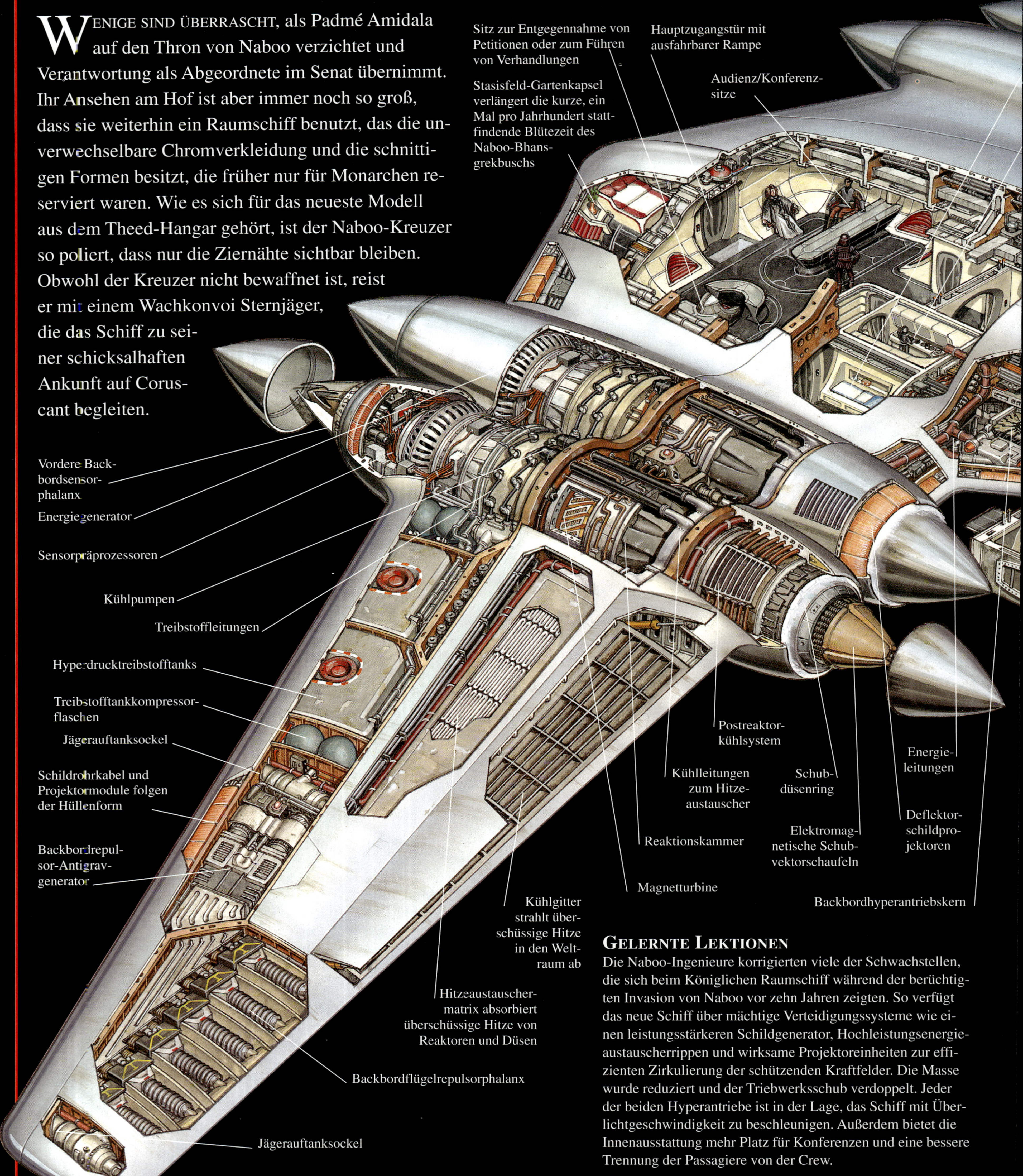

GELERNTE LEKTIONEN

Die Naboo-Ingenieure korrigierten viele der Schwachstellen, die sich beim Königlichen Raumschiff während der berüchtigten Invasion von Naboo vor zehn Jahren zeigten. So verfügt das neue Schiff über mächtige Verteidigungssysteme wie einen leistungsstärkeren Schildgenerator, Hochleistungsenergieaustauscherrippen und wirksame Projektoreinheiten zur effizienten Zirkulierung der schützenden Kraftfelder. Die Masse wurde reduziert und der Triebwerksschub verdoppelt. Jeder der beiden Hyperantriebe ist in der Lage, das Schiff mit Überlichtgeschwindigkeit zu beschleunigen. Außerdem bietet die Innenausstattung mehr Platz für Konferenzen und eine bessere Trennung der Passagiere von der Crew.

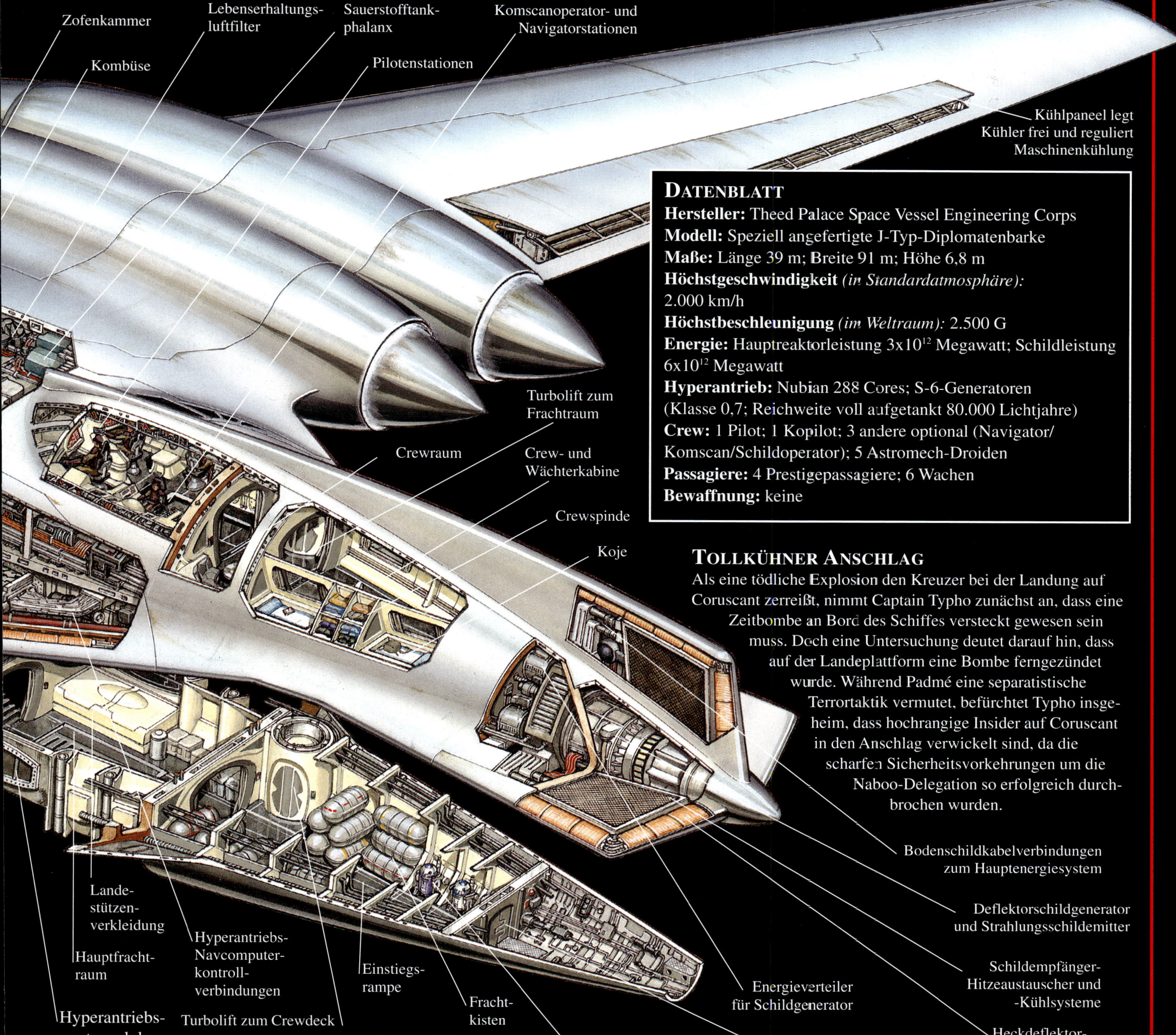

Datenblatt

Hersteller: Theed Palace Space Vessel Engineering Corps
Modell: Speziell angefertigte J-Typ-Diplomatenbarke
Maße: Länge 39 m; Breite 91 m; Höhe 6,8 m
Höchstgeschwindigkeit *(in Standardatmosphäre):* 2.000 km/h
Höchstbeschleunigung *(im Weltraum):* 2.500 G
Energie: Hauptreaktorleistung $3x10^{12}$ Megawatt; Schildleistung $6x10^{12}$ Megawatt
Hyperantrieb: Nubian 288 Cores; S-6-Generatoren (Klasse 0,7; Reichweite voll aufgetankt 80.000 Lichtjahre)
Crew: 1 Pilot; 1 Kopilot; 3 andere optional (Navigator/ Komscan/Schildoperator); 5 Astromech-Droiden
Passagiere: 4 Prestigepassagiere; 6 Wachen
Bewaffnung: keine

Tollkühner Anschlag

Als eine tödliche Explosion den Kreuzer bei der Landung auf Coruscant zerreißt, nimmt Captain Typho zunächst an, dass eine Zeitbombe an Bord des Schiffes versteckt gewesen sein muss. Doch eine Untersuchung deutet darauf hin, dass auf der Landeplattform eine Bombe ferngezündet wurde. Während Padmé eine separatistische Terrortaktik vermutet, befürchtet Typho insgeheim, dass hochrangige Insider auf Coruscant in den Anschlag verwickelt sind, da die scharfen Sicherheitsvorkehrungen um die Naboo-Delegation so erfolgreich durchbrochen wurden.

Zuverlässiger Transporter

Als hochrangige Emissärin hat sich Padmé bei ihren Missionen im ganzen Sektor auf ihr anmutiges Diplomatenschiff verlassen. Doch selbst mit diesem robusten Schiff kann eine Reise durch ihren heimatlichen Wahlkreis eine Lebenszeit dauern. Zu Padmés dünn besiedeltem Chommell-Sektor gehören 36 Mitgliedswelten, über 40.000 besiedelte Kolonien und 300.000.000 unbewohnte Sterne. Bei über 1.000 Sektoren hängt die fragile Harmonie von der Effizienz der Behörden in der vielstufigen Regierung und der Weisheit ihrer umherstreifenden Funktionäre und Gesetzgeber ab.

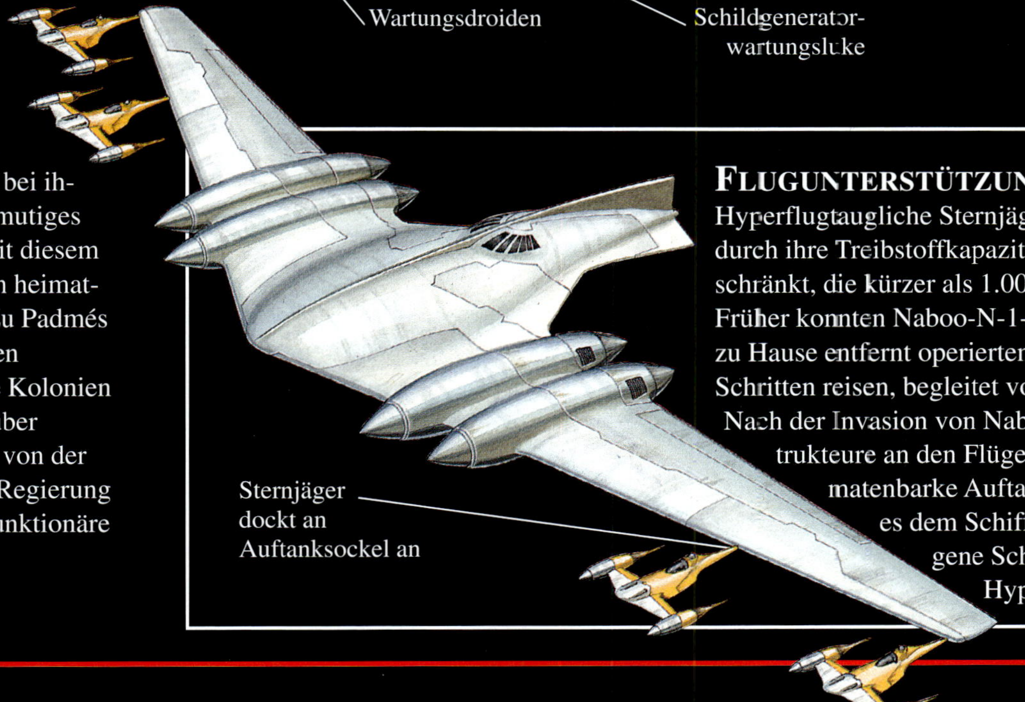

Flugunterstützung

Hyperflugtaugliche Sternjäger werden natürlich durch ihre Treibstoffkapazität auf Sprünge beschränkt, die kürzer als 1.000 Lichtjahre sind. Früher konnten Naboo-N-1-Jäger, die weit von zu Hause entfernt operierten, nur in kleinen Schritten reisen, begleitet von einem Tanker. Nach der Invasion von Naboo fügten die Konstrukteure an den Flügeln der neuen Diplomatenbarke Auftanksockel hinzu, die es dem Schiff erlauben, seine eigene Schutzeskorte durch den Hyperraum zu befördern.

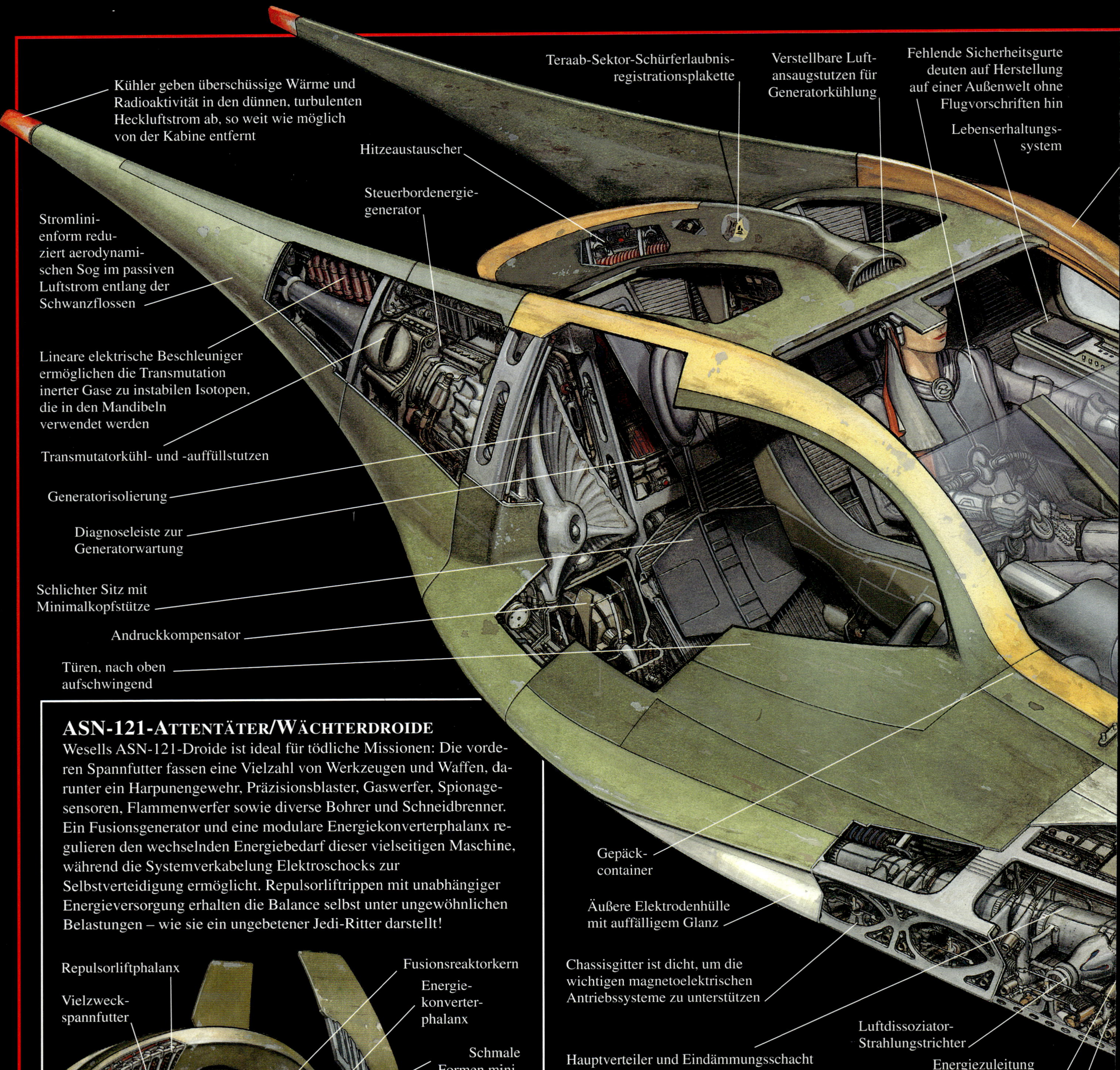

ASN-121-Attentäter/Wächterdroide

Wesells ASN-121-Droide ist ideal für tödliche Missionen: Die vorderen Spannfutter fassen eine Vielzahl von Werkzeugen und Waffen, darunter ein Harpunengewehr, Präzisionsblaster, Gaswerfer, Spionagesensoren, Flammenwerfer sowie diverse Bohrer und Schneidbrenner. Ein Fusionsgenerator und eine modulare Energiekonverterphalanx regulieren den wechselnden Energiebedarf dieser vielseitigen Maschine, während die Systemverkabelung Elektroschocks zur Selbstverteidigung ermöglicht. Repulsorliftrippen mit unabhängiger Energieversorgung erhalten die Balance selbst unter ungewöhnlichen Belastungen – wie sie ein ungebetener Jedi-Ritter darstellt!

Wildnis-Hardware

Die Bugmandibeln des Koro-2 fungieren als externes elektromagnetisches Antriebssystem. Sie ionisieren die Luft, um sie leitfähig zu machen. Elektroden projizieren die elektrifizierten Ströme in die Lücke zwischen ihnen, die durch das Heck ausgestoßen werden, wodurch der Gleiter angetrieben wird. Der Koro-2 wurde für Scouts konstruiert, die Ödwelten ohne komplexes einheimisches Leben erforschen. Zam erwarb ihren Gleiter auf einem der zahllosen metallreichen Planeten, die von der Minengilde ausgebeutet werden. Sein Einsatz in dicht besiedelten, urbanen Gebieten würde die Konstrukteure entsetzen.

Zams Luftgleiter

Die Attentäterin Zam Wesell fliegt einen Luftgleiter, der so ungewöhnlich ist wie sie selbst. Das luftdichte Fluggerät hat keine externen Antriebsdüsen und nur wenige Luftansaugstutzen, da es für den Einsatz auf unwirtlichen Welten konstruiert wurde. Seine Repulsorlifteinheiten erzeugen ein Antigravkissen, während andere Mechanismen Strahlung und elektromagnetische Felder generieren, die das Fluggerät bewegen, indem sie die Luft als Antriebsmedium benutzen. Dieses System kann in verschiedensten Atmosphären eingesetzt werden, obwohl in urbanen Gebieten die Überlandstromleitungen an den Antriebsfeldern zerren und die Steuerung erschweren können – doch eine gerissene Söldnerin wie Wesell nutzt dieses Phänomen als zusätzliche Antriebskraft.

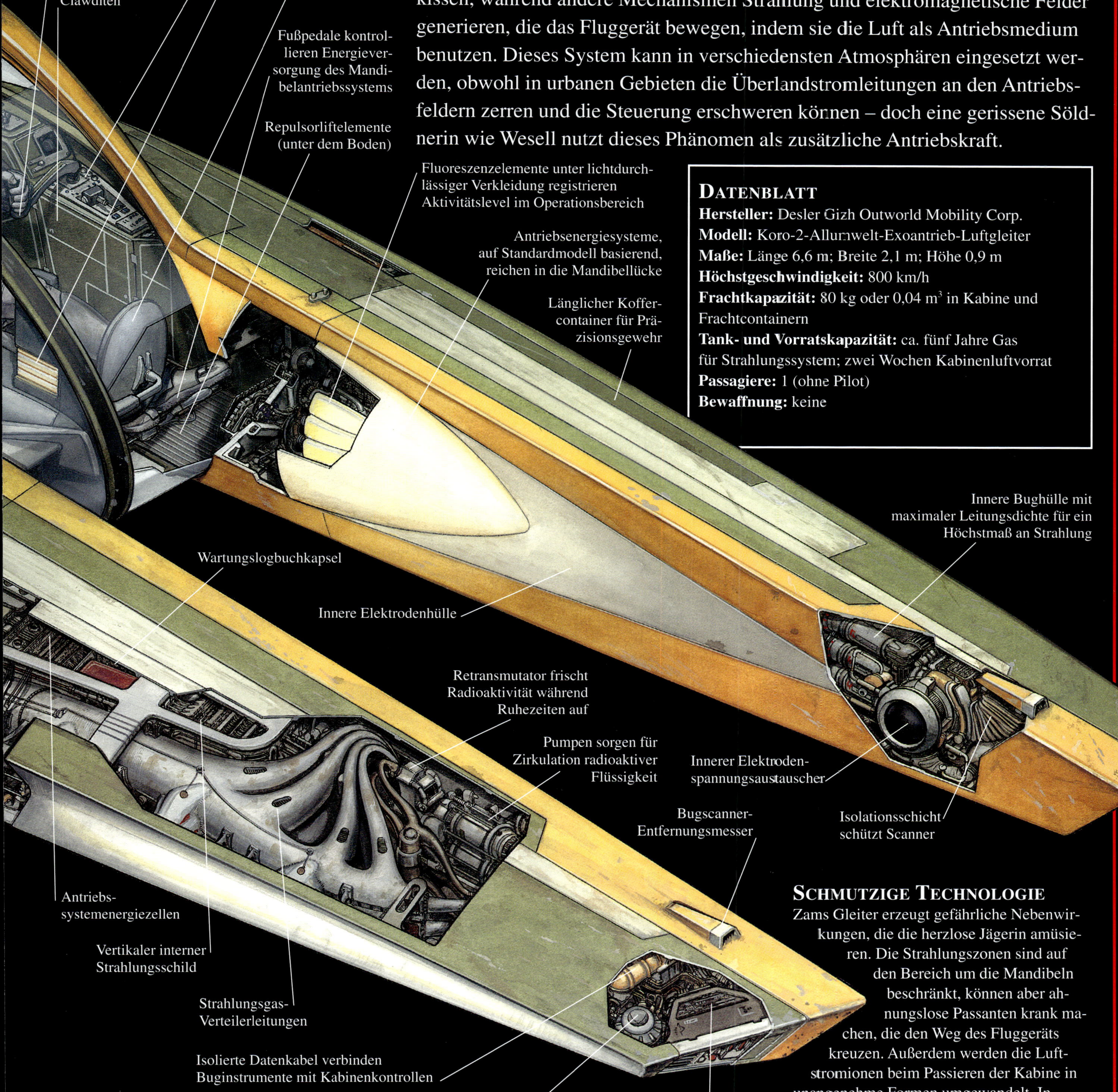

Datenblatt

Hersteller: Desler Gizh Outworld Mobility Corp.
Modell: Koro-2-Allumwelt-Exoantrieb-Luftgleiter
Maße: Länge 6,6 m; Breite 2,1 m; Höhe 0,9 m
Höchstgeschwindigkeit: 800 km/h
Frachtkapazität: 80 kg oder 0,04 m³ in Kabine und Frachtcontainern
Tank- und Vorratskapazität: ca. fünf Jahre Gas für Strahlungssystem; zwei Wochen Kabinenluftvorrat
Passagiere: 1 (ohne Pilot)
Bewaffnung: keine

Schmutzige Technologie

Zams Gleiter erzeugt gefährliche Nebenwirkungen, die die herzlose Jägerin amüsieren. Die Strahlungszonen sind auf den Bereich um die Mandibeln beschränkt, können aber ahnungslose Passanten krank machen, die den Weg des Fluggeräts kreuzen. Außerdem werden die Luftstromionen beim Passieren der Kabine in unangenehme Formen umgewandelt. In atembaren Atmosphären kann dies zu giftigen, stinkenden Gasen führen, die der Gleiter als Schweif hinter sich herzieht.

Symbol der Extravaganz

Dieser hoch entwickelte, schnittige Luftgleiter verkörpert die Eigenschaften seines jugendlichen Besitzers Simon Greyshade, neu ernannter Senator des Vorzyd-Sektors. Dieser schlaue Politiker genießt allmählich die Vorzüge seines Amtes und die lukrativen Einblicke, die ihm an der Schnittstelle zwischen Regierung und Industrie gewährt werden. Er wird als einer der wenigen neutralen Senatoren, die in den Klon-Kriegen Karriere machten, in die Geschichte eingehen.

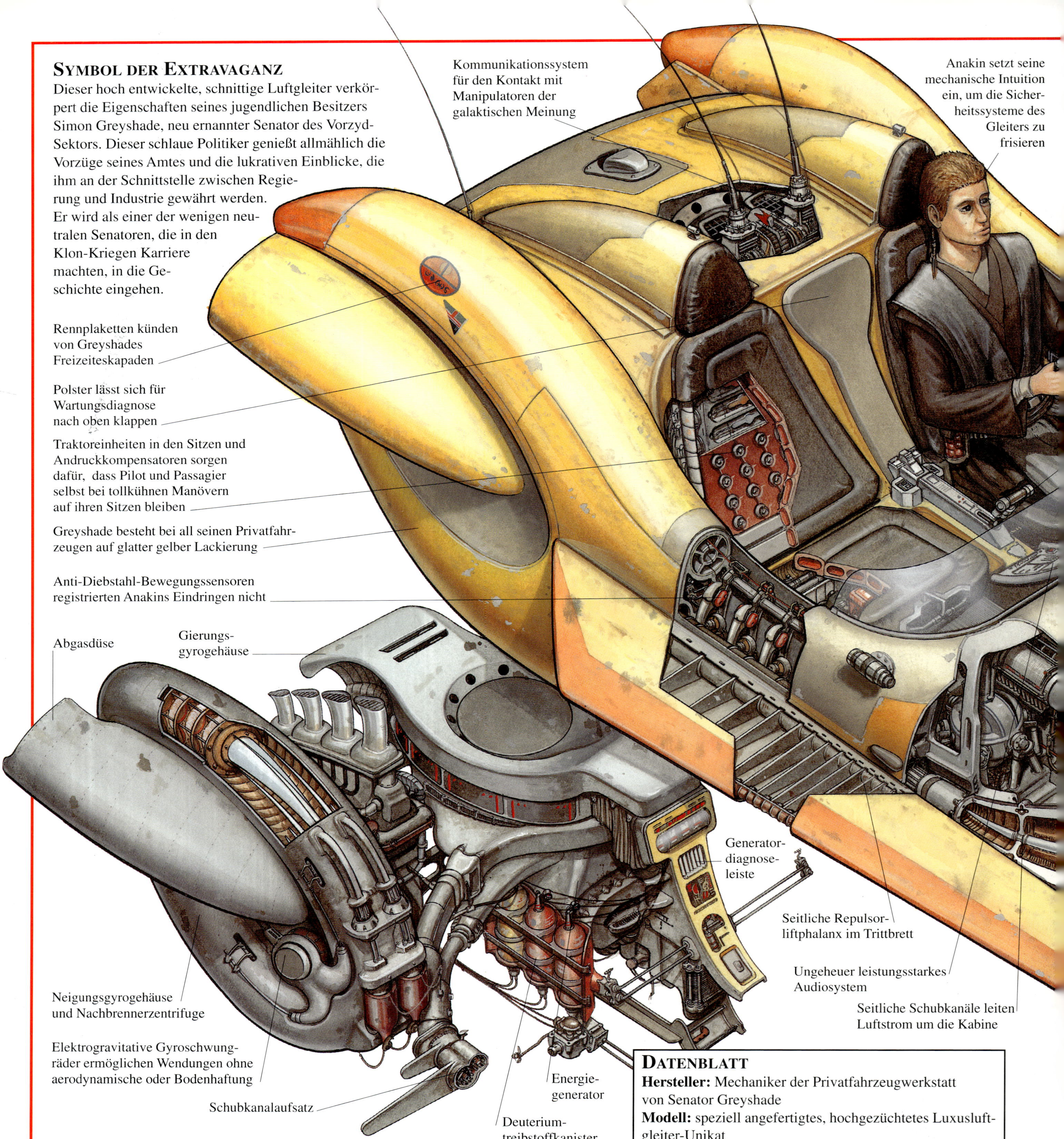

Schubkanäle

Der Gleiter wird in der Luft durch ein hoch entwickeltes System von Schubkanälen angetrieben. Hoch verdichtete Luft aus den Turbojets wird gezündet und mit Überschallgeschwindigkeit durch schmale Schubkanäle geleitet. Die Hauptkanäle führen durch die Seitenwände der Kabine. Freiliegende sekundäre Kanäle an der Unterseite des Gleiters sorgen bei Luftkontakt für Kühlung. Die Luftströme passieren die Nachbrennerzentrifugen und treten durch Abgasdüsen am Heck aus. Die Düsen sind teilweise von Schutzgittern bedeckt und verfügen über interne Verschlüsse, die den Abgasstrom verlangsamen oder umlenken.

Datenblatt

Hersteller: Mechaniker der Privatfahrzeugwerkstatt von Senator Greyshade
Modell: speziell angefertigtes, hochgezüchtetes Luxusluftgleiter-Unikat
Maße: Länge 6,23 m; Breite 2,66 m; Höhe (ohne Antennen) 1,4 m
Masse: 1.600 kg
Maschinenleistung: 30 Megawatt
Höchstgeschwindigkeit *(in der Luft):* 720 km/h
Höchstbeschleunigung: 70 G (geschätztes Triebwerkslimit)
Passagiere: 1 (ohne Pilot)
Bewaffnung: keine

Anakins Luftgleiter

Nachdem ein Anschlag auf die Senatorin von Naboo scheitert und sein Jedi-Meister in die Nacht entführt wird, braucht Anakin Skywalker einen schnellen Transporter. Mit untrüglicher Intuition findet er auf dem Senatsparkplatz das perfekte Verfolgungsvehikel. Dieser übermotorisierte, preisgekrönte Freizeitgleiter, der einem verschwenderischen Politiker gehört, ist so schnell wie kaum ein ziviler Luftgleiter oder ein Wolkenwagen an Coruscants Himmel. Sein komplexes und reaktionsschnelles System aus Repulsoreinheiten, Schubkanälen und dem unkonventionellen Antriebsblock ist dem besten Sternpiloten der Galaxis bestens vertraut und ermöglicht ihm die tollkühnen Manöver bei seiner Verfolgungsjagd mit Zam Wesell.

Originelles Maschinendesign

Die starken Zwillingsturbojettriebwerke wurden für den Einsatz in Fünfzigergruppen an den Flügelgondeln eines kolossalen siebenstufigen Bankkurier-Repulsortrucks auf Aargau konstruiert. Bei diesem kleinen Gleiter sorgen sie für enorme Schubkraft – und Kosten. Die unorthodoxe Anordnung der Zwillingsturbojettriebwerke an der Frontseite des Gleiters minimiert seine Breite, was die Manövrierfähigkeit im Luftverkehr oder bei improvisierten Rennen durch dicht bebaute Gebiete verbessert.

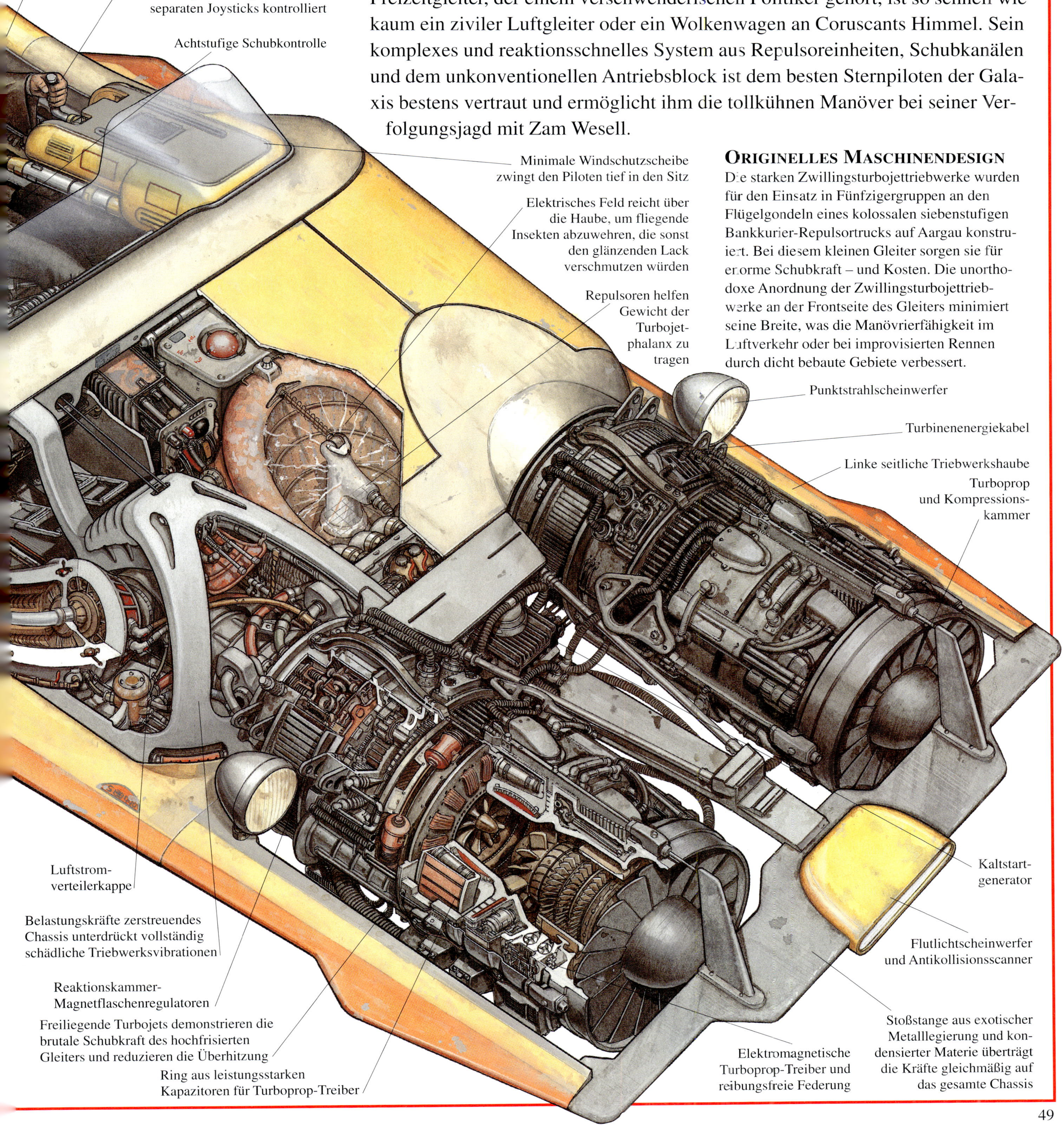

Jedi-Sternjäger

Als Obi-Wan Kenobi nach Kamino aufbricht, requiriert er einen der modifizierten leichten Delta-7-*Aethersprite*-Abfangjäger des Jedi-Tempels. Dieses ultraleichte Schiff ist stark gegen Einschläge und Explosionen gepanzert und mit zwei Zwillingslaserkanonen bewaffnet, die einen verheerenden Frontalangriff entfesseln können. Seine schlanke, klingenähnliche Form erleichtert den Schildaufbau und erlaubt optimale Sicht, vor allem nach vorn und zur Seite. Ein Jäger dieser Größe kann normalerweise nicht aus eigener Kraft weit in den Tiefraum fliegen, doch die Jedi-Version verfügt über einen Sockel für einen Droidennavigator und kann mit einem externen Hypertriebwerksring andocken. Das Design garantiert Überlegenheit über jeden Feind – unentbehrlich für einen seherisch begabten Jedi oder nervenstarken Piloten, der für Frontalangriffe trainiert wurde.

Stoischer Droide

R4-P17, ursprünglich ein Astromech-Droide der R4-Serie, wurde bei der Reparatur von defekten Kompaktoren in den KDY-Forschungswerften über Gyndine zerquetscht. Anakin Skywalker entdeckte das Wrack, als er die Jedi-Modifikationen des Delta-7-Designs inspizierte, und stattete es mit der Kuppel eines R2-Astromechs aus. R4 ist der Prototyp für andere integrierte Droidennavigatoren in den Jedi-Delta-7-Schiffen.

Datenblatt

Hersteller: Kuat Systems Engineerings, Tochtergesellschaft von Kuat Drive Yards (Jäger); TransGalMeg Industries Inc. (Hypertriebwerksring)
Modell: Leichter Abfangjäger der Delta-7-*Aethersprite*-Klasse; Syliure-31-Langstreckenhypertriebwerksmodul
Maße: Länge 8 m; Breite 3,92 m; Höhe 1,44 m
Höchstgeschwindigkeit *(in Standardatmosphäre):* 12.000 km/h
Höchstbeschleunigung *(linear, im offenen Weltraum):* 10.000 G
Frachtkapazität *(im Cockpit):* 60 kg oder 0,03 m^3
Verbrauchsgüter: Treibstoff und Luft für fünf Stunden bei normaler Sublichtoperation (Luftvorrat wird gestreckt, wenn Pilot Jedi-Hibernations-Trance benutzt)
Crew: 1 Pilot und 1 modifizierter, integrierter Astromech-Droide
Bewaffnung: 2 Taim Co. sds8/5-Zwillingslaserkanonen

Uraltes Symbol

Der Steuerbordflügel von Obi-Wans Jäger ist mit dem Symbol einer achtspeichigen Scheibe gekennzeichnet. Dieses uralte Zeichen geht auf das Numerologiestudium der Bendu-Mönche zurück, bei denen die Zahl Neun (acht Speichen, die mit einer Scheibe verbunden sind) die wohltätige Präsenz der Macht in einer vereinten Galaxis symbolisiert. Nach dem Untergang der Galaktischen Republik 1.000 Generationen später wird der Imperator dieses Emblem personalisieren, indem er das Zeichen durch die Entfernung zweier Speichen entweiht.

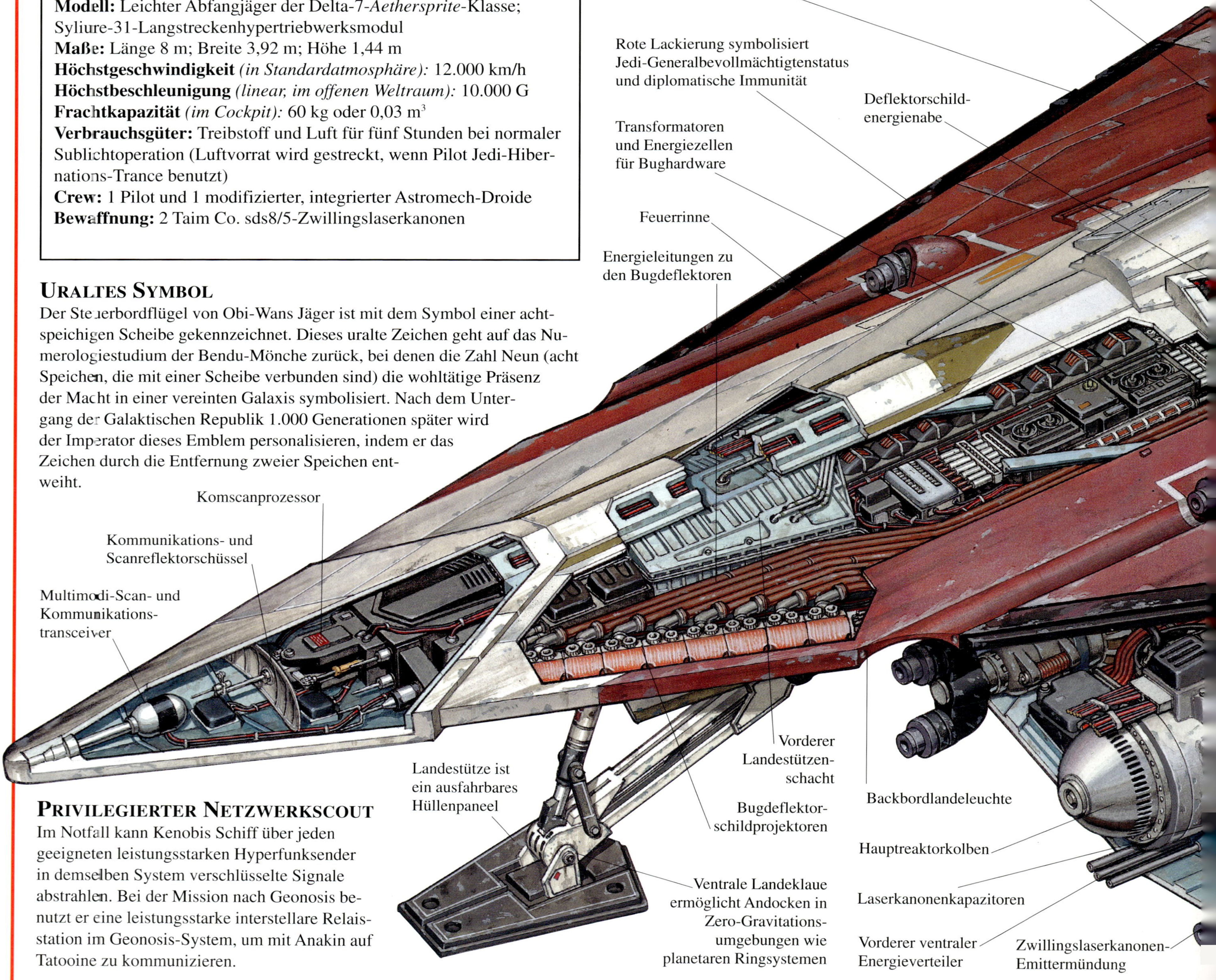

Privilegierter Netzwerkscout

Im Notfall kann Kenobis Schiff über jeden geeigneten leistungsstarken Hyperfunksender in demselben System verschlüsselte Signale abstrahlen. Bei der Mission nach Geonosis benutzt er eine leistungsstarke interstellare Relaisstation im Geonosis-System, um mit Anakin auf Tatooine zu kommunizieren.

Mönchische Aufmachung

Bei dieser Mission verzichtete Obi-Wan auf den luftdichten, halbgepanzerten Raumanzug, der jedem Jedi für Raumflüge zur Verfügung steht. Viele Jedi-Ritter tragen die einfache Meditationsrobe auch in Situationen, in denen weltliche Spezialkleidung praktischer wäre.

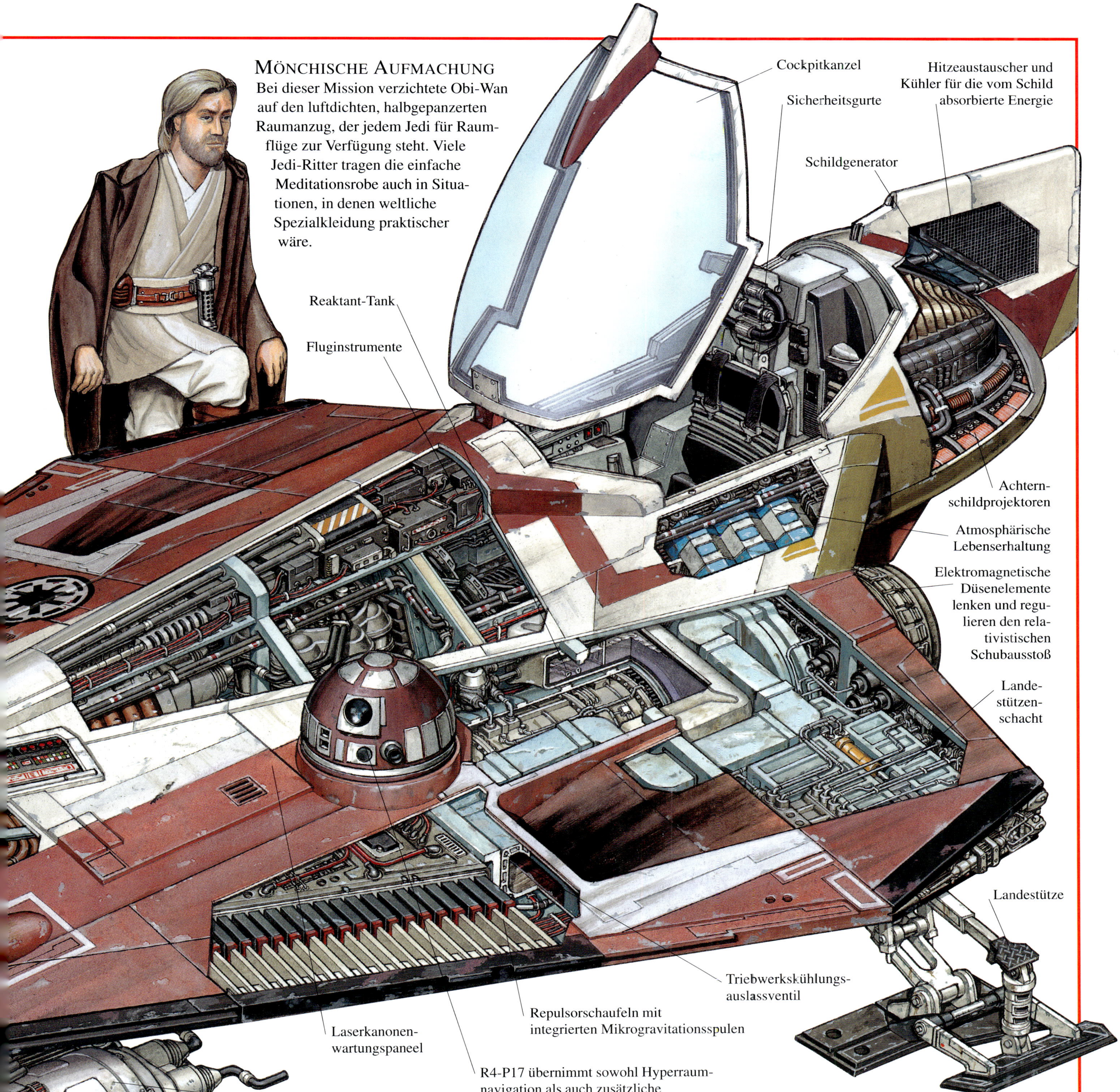

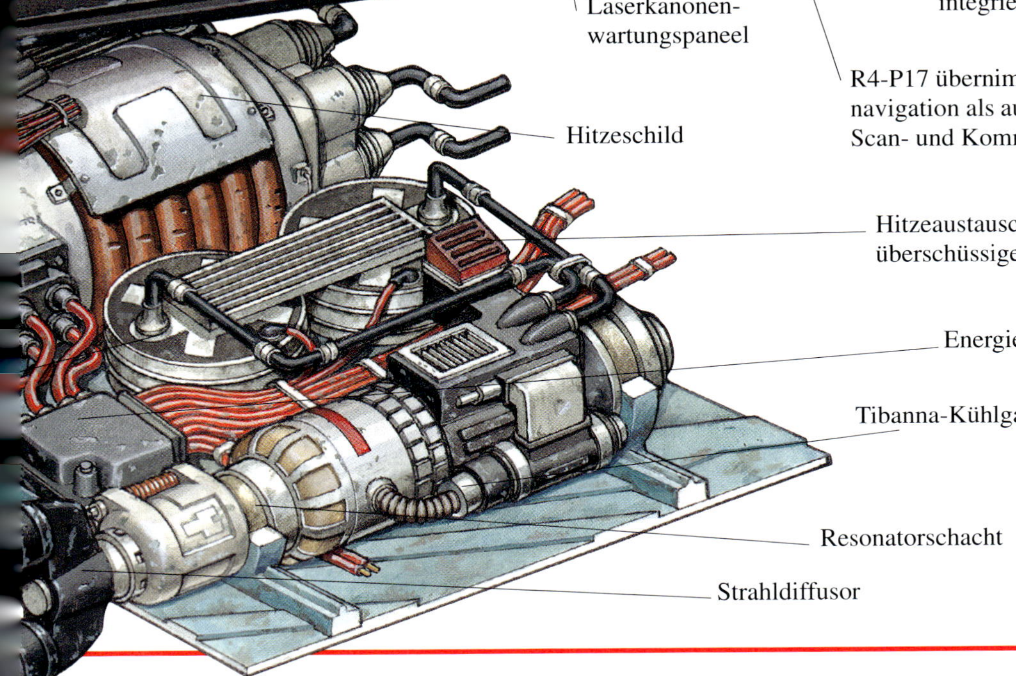

Vorgeschmack auf den Erfolg

Zollschranken und Embargos zwischen den galaktischen Sektoren verhindern den direkten Wettbewerb zwischen Kuat Drive Yards, Republic Sienar Systems, Incom und anderen Schiffsbauern. In den nächsten Jahren wird KDY zum Quasi-Monopollieferanten für Palpatines zentralisierte Flotte aufsteigen, obwohl Rivale Sienar die meisten Regierungsaufträge für Sternjäger an sich ziehen wird. Daher wird der technisch hervorragende Delta-7-Sternjäger in zehn Jahren nicht mehr auf dem Markt sein, während seine kilometerlangen Vettern, die Sternzerstörer, weiterhin die Kataloge von KDY zieren werden.

Slave I

Jango Fett fliegt ein effektives, spezialangefertigtes Raumschiff mit überlegenen Schilden, hoher Belastbarkeit und einem großen Arsenal offener und versteckter Waffen. Auf den ersten Blick wirkt das ramponierte Schiff wie ein normales Polizeipatrouillenboot der *Firespray*-Klasse. Doch eine genauere Untersuchung würde eine umgebaute und verbesserte Ausstattung enthüllen, die auf seine fragwürdige Verwendung schließen lässt. Jango wählte dieses Schiff auf Grund des Tarnelements; obwohl er einer der fähigsten Söldner der Galaxis ist, zieht er es dennoch vor, diskret im Dunkeln zu arbeiten, ohne von hochrangigen Sicherheitsbeamten und Verbrechern erkannt zu werden. Wenn Jangos Sohn Boba die Slave I erbt, wird dieser einige Veränderungen vornehmen, um sie seiner noch größeren Niedertracht und seinem aggressiveren Stil anzupassen; dazu gehören eine größere interstellare Reichweite und Treibstoffkapazität sowie überlegene Sensorstörgeräte und andere Tarnvorrichtungen.

Datenblatt

Hersteller: Kuat Systems Engineering
Modell: Patrouillen- und Angriffsboot der *Firespray*-Klasse
Maße: Länge 21,5 m; Flügelspannweite 21,3 m; Höhe (ohne Waffen) 7,8 m
Höchstgeschwindigkeit *(in Standardatmosphäre):* 1.000 km/h
Höchstbeschleunigung *(linear, im offenen Weltraum):* 2.500 G
Hyperantrieb: Klasse 1,0
Crew: 1 Pilot; bis zu 2 Kopiloten/Navigatoren/Kanoniere
Bewaffnung: 2 Blasterkanonen (600 Gigajoule pro Schuss); 2 Laserkanonen ($8x10^{12}$ Joule pro Schuss); Raketenwerfer ($8x10^{17}$ Joule pro Schuss); Minenwerfer ($5x10^{19}$ pro Schuss); andere unbekannte Waffen

Modifiziertes Innenleben

Die Slave I, ursprünglich von Jango in einem Duell gewonnen, ist nach einigen harten Raumschlachten umfassend modifiziert worden. Dazu zählen spartanische Crewquartiere für lange Jagden, da die Original-*Firespray* für kürzere Patrouillen konstruiert war. Zusätzlich wurden die Arrestzellen im Gefängnistrakt in sargähnliche Wandschränke umgebaut, um die Gefangenen besser sichern zu können.

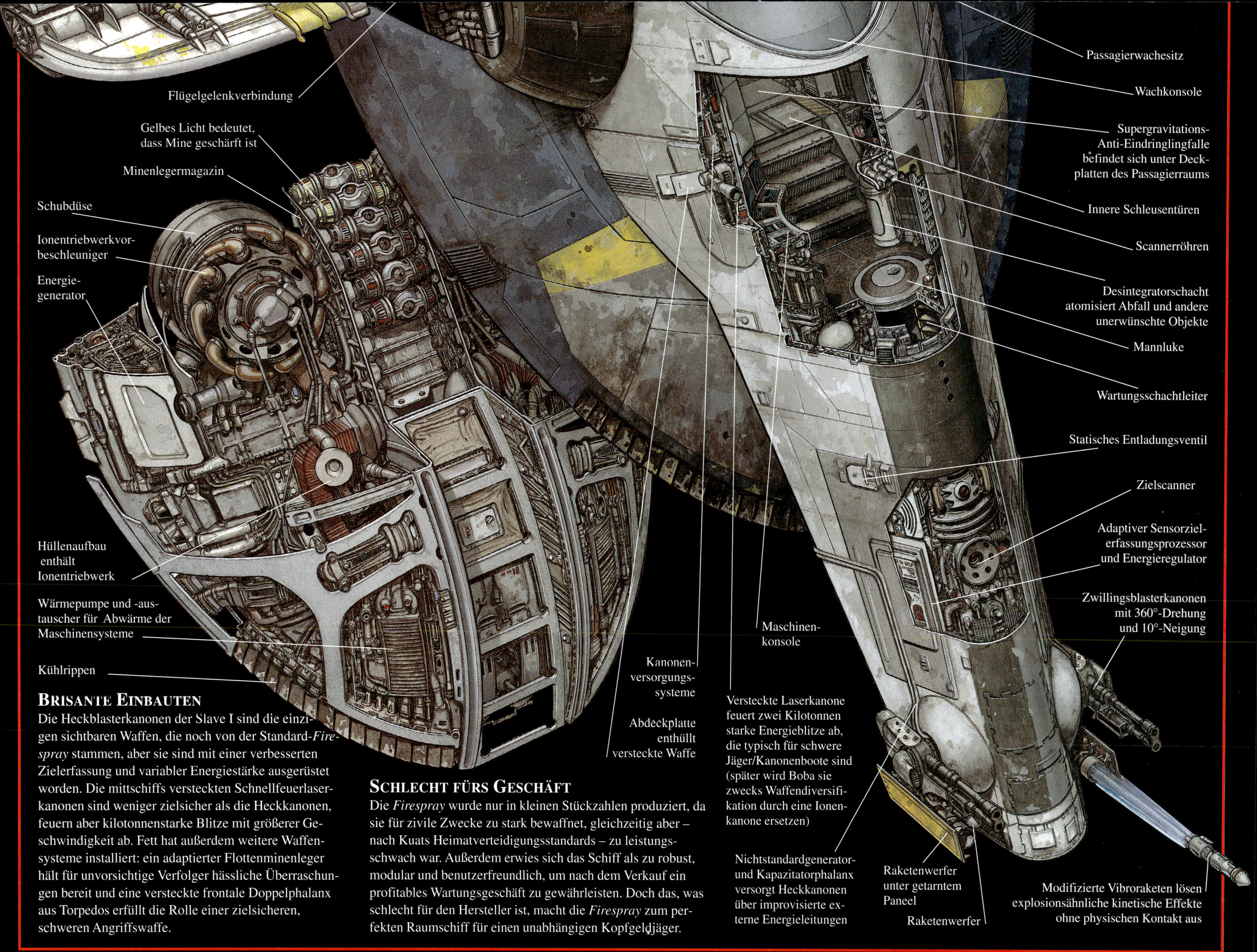

Brisante Einbauten

Die Heckblasterkanonen der Slave I sind die einzigen sichtbaren Waffen, die noch von der Standard-*Firespray* stammen, aber sie sind mit einer verbesserten Zielerfassung und variabler Energiestärke ausgerüstet worden. Die mittschiffs versteckten Schnellfeuerlaserkanonen sind weniger zielsicher als die Heckkanonen, feuern aber kilotonnenstarke Blitze mit größerer Geschwindigkeit ab. Fett hat außerdem weitere Waffensysteme installiert: ein adaptierter Flottenminenleger hält für unvorsichtige Verfolger hässliche Überraschungen bereit und eine versteckte frontale Doppelphalanx aus Torpedos erfüllt die Rolle einer zielsicheren, schweren Angriffswaffe.

Schlecht fürs Geschäft

Die *Firespray* wurde nur in kleinen Stückzahlen produziert, da sie für zivile Zwecke zu stark bewaffnet, gleichzeitig aber – nach Kuats Heimatverteidigungsstandards – zu leistungsschwach war. Außerdem erwies sich das Schiff als zu robust, modular und benutzerfreundlich, um nach dem Verkauf ein profitables Wartungsgeschäft zu gewährleisten. Doch das, was schlecht für den Hersteller ist, macht die *Firespray* zum perfekten Raumschiff für einen unabhängigen Kopfgeldjäger.

Unwirtliches Terrain

Tatooines sengendes Klima ist weit entfernt vom Klischee der beschaulichen Farmarbeit unter hydroponischen Kuppeln auf prestigeträchtigen agroindustriellen Welten wie Fengrine. Owen verbringt seine Tage damit, auf seinem Swoop große Strecken durch ein menschenfeindliches, sonnenverbranntes Land zurückzulegen, um Feuchtigkeitsvaporatoren zu warten, Schädlinge auszumerzen und Lücken in schwachen Perimeterschilden zu überprüfen, die Raubtiere und Tusken-Räuber abwehren sollen.

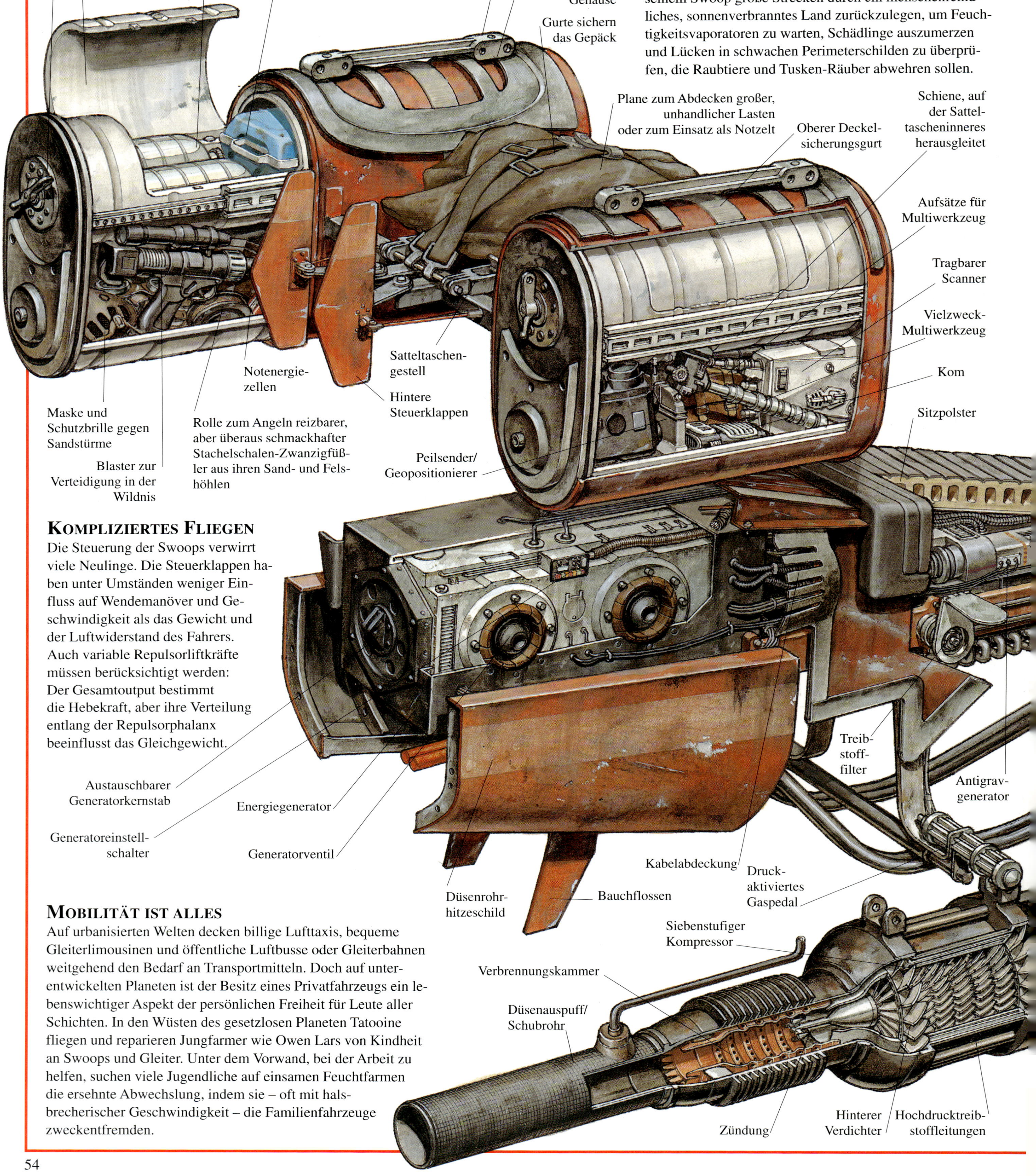

Kompliziertes Fliegen

Die Steuerung der Swoops verwirrt viele Neulinge. Die Steuerklappen haben unter Umständen weniger Einfluss auf Wendemanöver und Geschwindigkeit als das Gewicht und der Luftwiderstand des Fahrers. Auch variable Repulsorliftkräfte müssen berücksichtigt werden: Der Gesamtoutput bestimmt die Hebekraft, aber ihre Verteilung entlang der Repulsorphalanx beeinflusst das Gleichgewicht.

Mobilität ist alles

Auf urbanisierten Welten decken billige Lufttaxis, bequeme Gleiterlimousinen und öffentliche Luftbusse oder Gleiterbahnen weitgehend den Bedarf an Transportmitteln. Doch auf unterentwickelten Planeten ist der Besitz eines Privatfahrzeugs ein lebenswichtiger Aspekt der persönlichen Freiheit für Leute aller Schichten. In den Wüsten des gesetzlosen Planeten Tatooine fliegen und reparieren Jungfarmer wie Owen Lars von Kindheit an Swoops und Gleiter. Unter dem Vorwand, bei der Arbeit zu helfen, suchen viele Jugendliche auf einsamen Feuchtfarmen die ersehnte Abwechslung, indem sie – oft mit halsbrecherischer Geschwindigkeit – die Familienfahrzeuge zweckentfremden.

Owen Lars' Swoop Bike

Von allen Bewohnern des öden Planeten Tatooine haben die Feuchtfarmer die pragmatischste Einstellung zur Fahrzeugtechnologie, von der ihr tägliches Überleben abhängt. Der junge Owen Lars verkörpert dieses Prinzip, wenn er auf seinem schnellen, vom Sand zerkratzten Swoop das Land seiner Familie durchstreift. Dieses Farmvehikel ist zwar nicht sehr zuverlässig, wird aber häufiger benutzt als jedes andere Fahrzeug des Anwesens, da es wenig Treibstoff verbraucht und sich leicht mit Jawa-Ersatzteilen reparieren lässt. Owen kaufte seinen Swoop auf einer Auktion im fernen Mos Nytram bei einem Revwien-Händler. Er erkannte sofort die Robustheit und den Nutzen des ehemaligen Rennvehikels. Die Städter mögen beim Anblick des einstigen Rennfahrzeugs, das Wassertanks oder Ungezieferfallen hinter sich herzieht, die Nase rümpfen, aber soweit es Owen betrifft, ist Zweckmäßigkeit die wahre Essenz der Anmut.

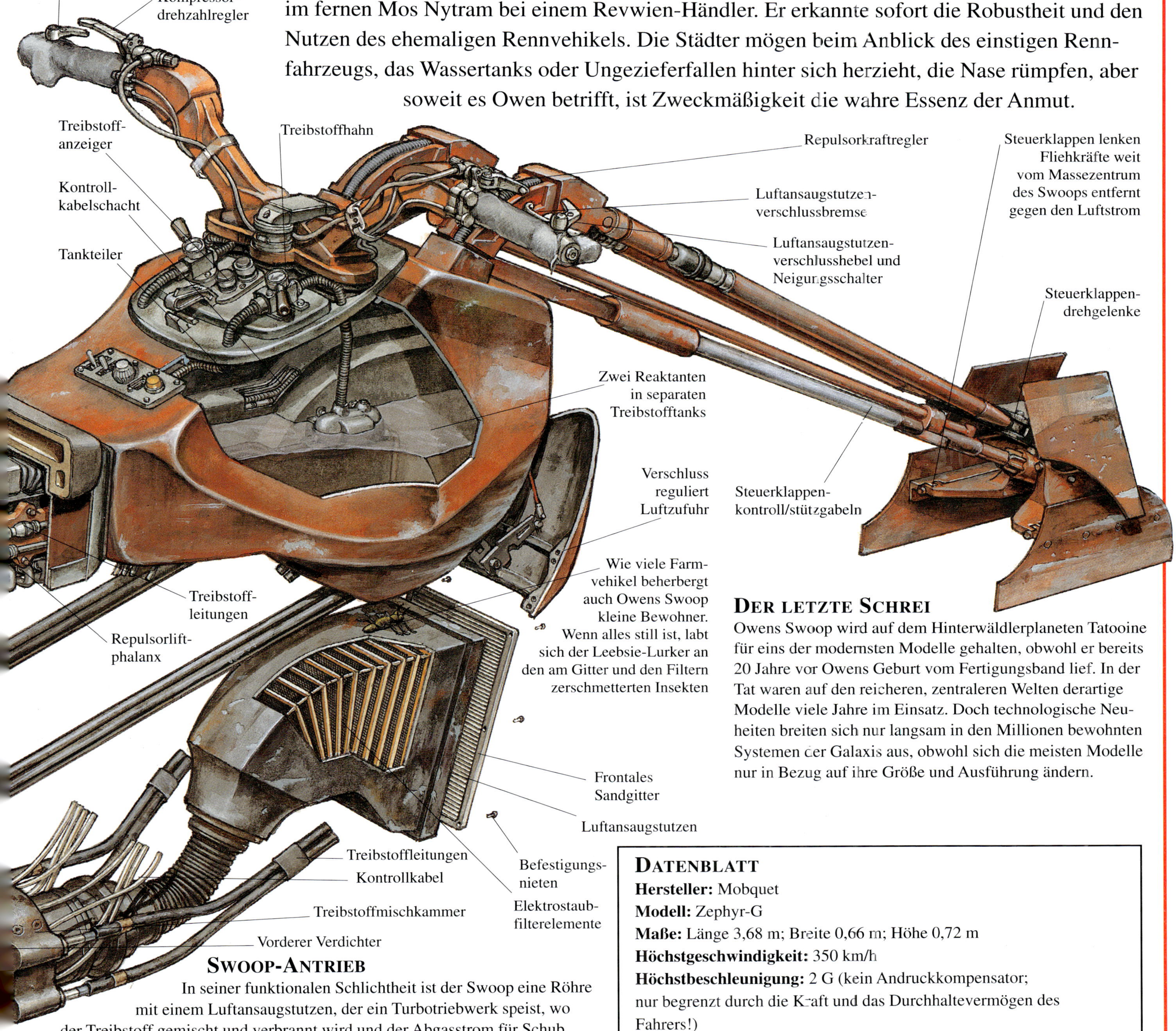

Der letzte Schrei

Owens Swoop wird auf dem Hinterwäldlerplaneten Tatooine für eins der modernsten Modelle gehalten, obwohl er bereits 20 Jahre vor Owens Geburt vom Fertigungsband lief. In der Tat waren auf den reicheren, zentraleren Welten derartige Modelle viele Jahre im Einsatz. Doch technologische Neuheiten breiten sich nur langsam in den Millionen bewohnten Systemen der Galaxis aus, obwohl sich die meisten Modelle nur in Bezug auf ihre Größe und Ausführung ändern.

Swoop-Antrieb

In seiner funktionalen Schlichtheit ist der Swoop eine Röhre mit einem Luftansaugstutzen, der ein Turbotriebwerk speist, wo der Treibstoff gemischt und verbrannt wird und der Abgasstrom für Schub sorgt. Eine Repulsorphalanx unter dem Sitz, die von Energiebasiszellen und einem Generator gespeist wird, hält alles im Gleichgewicht. Die einzigen beweglichen Teile sind die Ventilatoren und Getriebe des Kompressors. Allerdings müssen diese durch ein grobmaschiges Gitter am Luftansaugstutzen sowie mehrere Schichten reaktionsschneller elektrostatischer Filter vor Sand und Staub geschützt werden.

Datenblatt

Hersteller: Mobquet
Modell: Zephyr-G
Maße: Länge 3,68 m; Breite 0,66 m; Höhe 0,72 m
Höchstgeschwindigkeit: 350 km/h
Höchstbeschleunigung: 2 G (kein Andruckkompensator; nur begrenzt durch die Kraft und das Durchhaltevermögen des Fahrers!)
Frachtkapazität: 50 kg pro Satteltasche; 200 kg Tragkapazität inklusive Fahrer
Tankkapazität: Treibstoff für ca. 3.000 km
Crew: 1 (und 1 Passagier auf dem Notsitz)
Bewaffnung: keine

Padmés Sternkreuzer

Diese schnittige Jacht aus den königlichen Hangars von Naboo ist keine geräumige diplomatische Plattform für Langstreckenreisen und Konferenzen. Sie ist ein relativ schnelles Schiff, geeignet für diskrete Absetzmanöver. Zu ihren Sicherheitseinrichtungen gehören ein leistungsstarkes Naboo-Schildsystem, elektronische Verteidigungsmaßnahmen und eine Fluchtkapsel für den Notfall. Königin Jamillias Sternkreuzer sind normalerweise zur Tatenlosigkeit verdammt, da sie es vorzieht, sich auf die inneren Angelegenheiten von Naboo zu konzentrieren und die Außenpolitik Senatorin Padmé Amidala zu überlassen. Deshalb ist die kleinste königliche Jacht verfügbar und ideal für Padmés Geheimmissionen. Ihr geringer Crewbedarf minimiert das Sabotagerisiko und erlaubt es Padmé und Anakin, das Schiff allein zu steuern, unterstützt von den Droiden C-3PO und R2-D2. Die Jacht bewährt sich gut bei ihrer gefährlichen Reise von Tatooine zum benachbarten Geonosis-System.

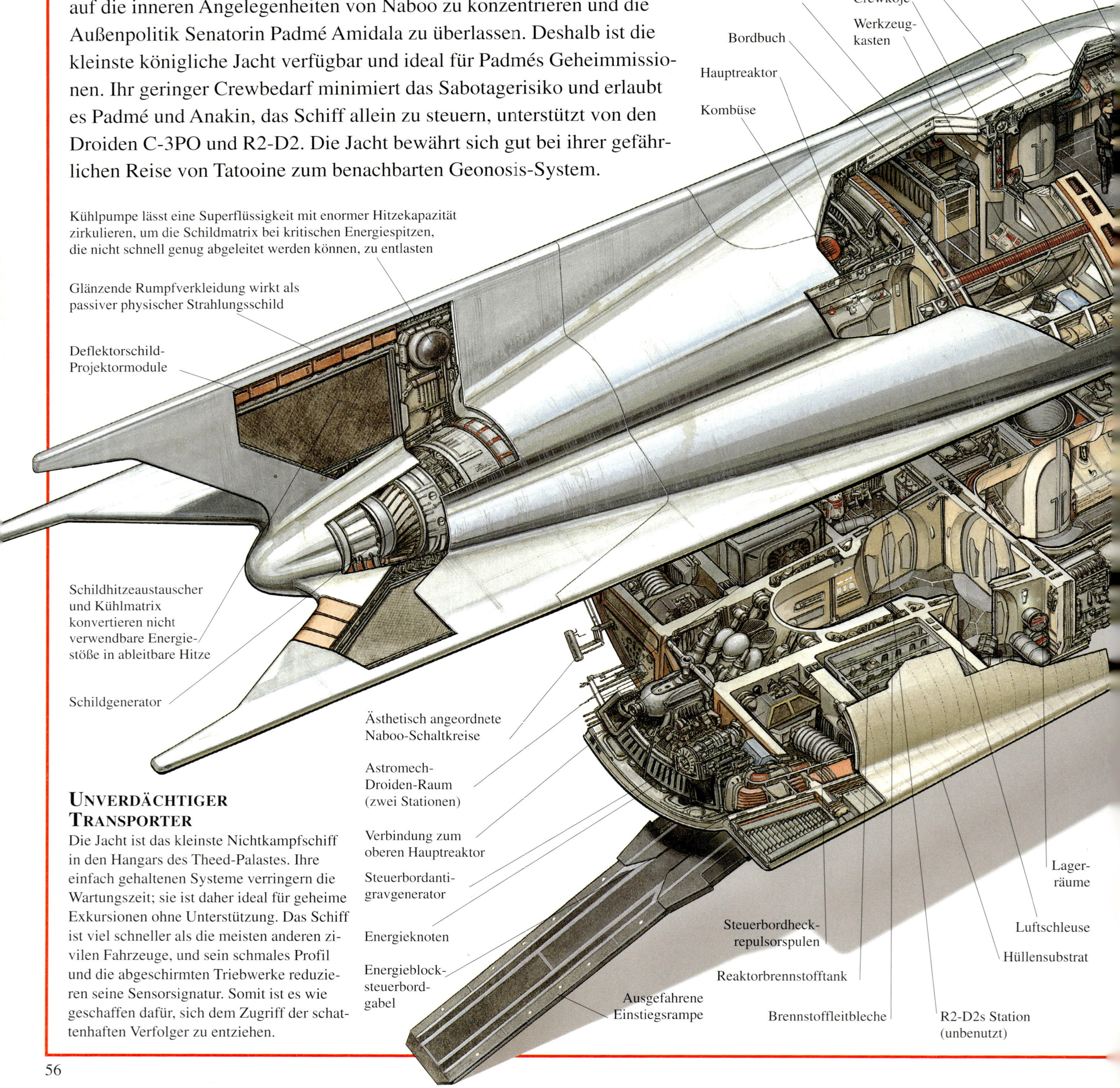

Unverdächtiger Transporter

Die Jacht ist das kleinste Nichtkampfschiff in den Hangars des Theed-Palastes. Ihre einfach gehaltenen Systeme verringern die Wartungszeit; sie ist daher ideal für geheime Exkursionen ohne Unterstützung. Das Schiff ist viel schneller als die meisten anderen zivilen Fahrzeuge, und sein schmales Profil und die abgeschirmten Triebwerke reduzieren seine Sensorsignatur. Somit ist es wie geschaffen dafür, sich dem Zugriff der schattenhaften Verfolger zu entziehen.

Respektierte Padmé Naberrie

Nach ihrer Rückkehr nach Naboo sucht Padmé in heimatlichen Gefilden die Sicherheit von Freunden und Verbündeten. Hier wird sie, wie auf Coruscant, mit „M'lady" statt mit „Senatorin" angesprochen, wie es das Protokoll nach ihren Jahren im Dienst der Königin verlangt. Als sie sich entschließt, Anakin nach Tatooine zu begleiten, sind die Naboo-Behörden bereit, Padmé zu vertrauen, und stellen ihr einen königlichen Sternkreuzer zur Verfügung.

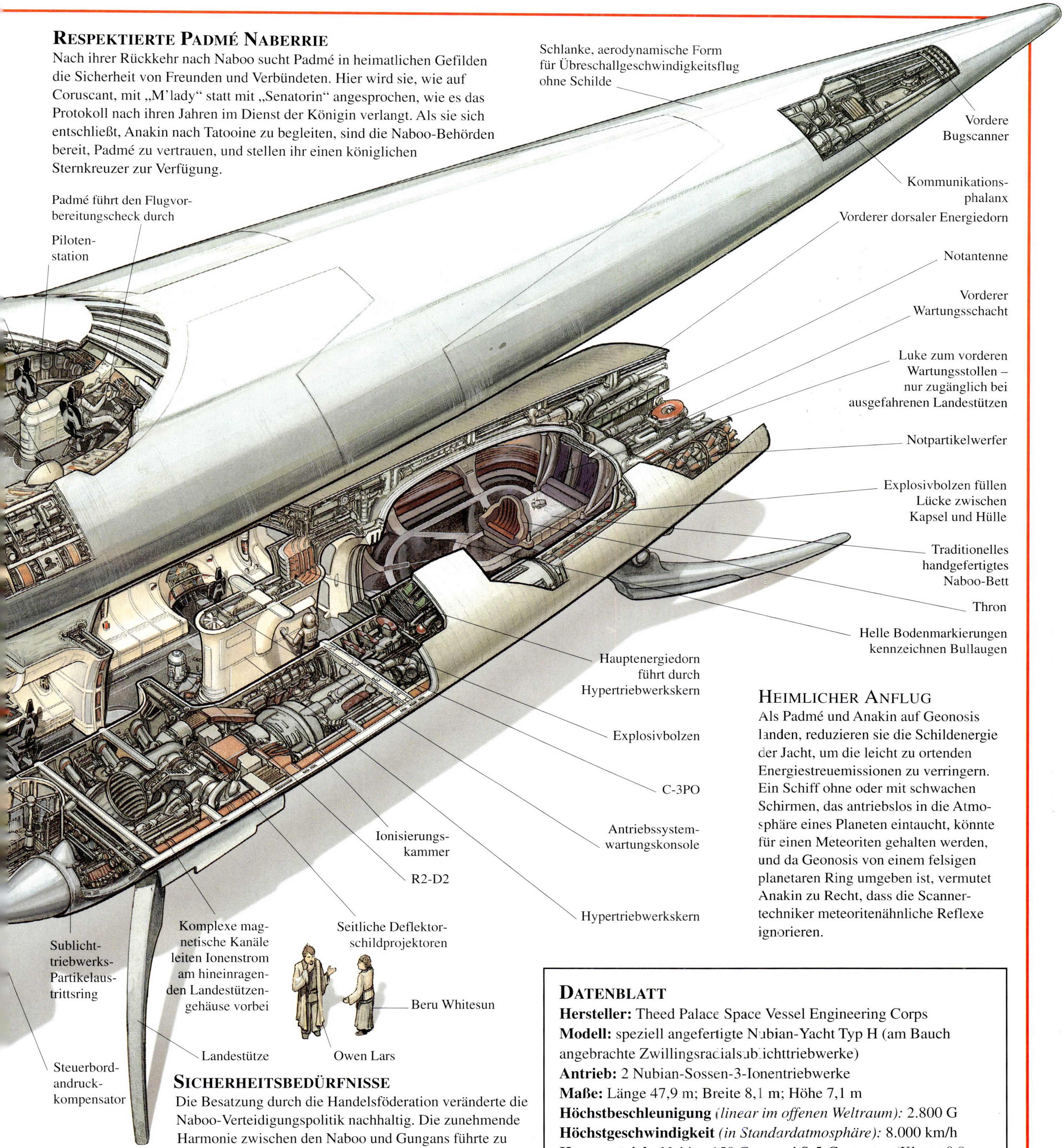

Heimlicher Anflug

Als Padmé und Anakin auf Geonosis landen, reduzieren sie die Schildenergie der Jacht, um die leicht zu ortenden Energiestreuemissionen zu verringern. Ein Schiff ohne oder mit schwachen Schirmen, das antriebslos in die Atmosphäre eines Planeten eintaucht, könnte für einen Meteoriten gehalten werden, und da Geonosis von einem felsigen planetaren Ring umgeben ist, vermutet Anakin zu Recht, dass die Scannertechniker meteoritenähnliche Reflexe ignorieren.

Sicherheitsbedürfnisse

Die Besatzung durch die Handelsföderation veränderte die Naboo-Verteidigungspolitik nachhaltig. Die zunehmende Harmonie zwischen den Naboo und Gungans führte zu koordinierten Maßnahmen, um einer erneuten Belagerung zu widerstehen. So wurde die Schildtechnologie der Gungans mit der Naboo-Energieerzeugung zu einem Schildnetzwerk kombiniert, das binnen Minuten aktiviert ist, um Bombardements oder feindliche Landungsmanöver abzuwehren. Die Notwendigkeit einer derart effektiven, wenngleich diskreten Heimatweltverteidigung wird allgemein anerkannt. Captain Panakas Sicherheitskräfte erfreuen sich eines steten Zustroms von Freiwilligen, und die Theed-Palast-Ingenieure entwickeln laufend neue Raumschiffe für die Würdenträger.

Datenblatt

Hersteller: Theed Palace Space Vessel Engineering Corps
Modell: speziell angefertigte Nubian-Yacht Typ H (am Bauch angebrachte Zwillingsradialsublichttriebwerke)
Antrieb: 2 Nubian-Sossen-3-Ionentriebwerke
Maße: Länge 47,9 m; Breite 8,1 m; Höhe 7,1 m
Höchstbeschleunigung *(linear im offenen Weltraum):* 2.800 G
Höchstgeschwindigkeit *(in Standardatmosphäre):* 8.000 km/h
Hyperantrieb: Nubian 150 Core und S-5-Generator (Klasse 0,9; Reichweite voll aufgetankt 20.000 Lichtjahre)
Crew: 1 Pilot; 1 Kopilot, 2 optional (Navigator/Comscan plus Schildoperator); 2 Astromech-Droiden
Passagiere: 1 Prestigekabine
Bewaffnung: keine

HANDELSFÖDERATION-KERNSCHIFF

DATENBLATT
Hersteller: Hoersch-Kessel Drive Inc. (eigentliches Kernschiff); Baktoid Combat Automata (Droidenarmee-Kontrollkern)
Modell: modularer Kontrollkern der *Lucrehulk*-Klasse (LH-1740)
Maße: Durchmesser 696 m; Breite (wenn gelandet, ohne Sendemast) 914 m
Höchstbeschleunigung (linear, im offenen Weltraum): 300 G
Energie: Hauptreaktorleistung 3×10^{24} Watt; Schildleistung 6×10^{23} Watt
Frachtkapazität: ca. 66 Millionen m^3
Verbrauchsgüter: 3 Jahre Vorräte
Crew: 60 Handelsföderationsaufseher; 3.000 Droidencrewmitglieder; 200.000 Wartungsdroiden
Passagiere: Kabinenkapazität für 60.000 Handelsvertreter
Bewaffnung: 280 leichte Punktstrahlabwehrlaserkanonen (max. 8 Kilotonnen pro Schuss)

MIT IHREN FLOTTEN AUS FRACHTER-KRIEGSSCHIFFEN ist die Handelsföderation für ihre Rolle als eine der mächtigen Wirtschaftsfraktionen zu Beginn der Klon-Kriege gut gerüstet. Das Herz und Gehirn jedes Kriegsschiffs ist ein abtrennbares Kernschiff mit einem mächtigen Zentralcomputer und zahlreichen Energiesystemen. Diese riesigen Schiffe werden in speziellen Landegruben auf Planeten gewartet, die zur Handelsföderation gehören, während die empfindlichen Frachtarme und Maschinenblöcke im Orbit bleiben. Die Ionenantriebsdüsen der Kernschiffe sorgen für elementare Manövrierfähigkeit und langsame Beschleunigung und erlauben es ihnen, in mächtigen Antigrav-Repulsorlift-Kissen anzudocken, während acht Landebeine für Stabilität sorgen. Hunderte dieser Schiffe sind auf Geonosis stationiert, wo sie für die Koordination mit den neu verstärkten Baktoid-Droidenarmeen aufgerüstet werden. Während der Schlacht um Geonosis werden diese Kernschiffe mit Boden- und Luftverteidigungssystemen ausgestattet, die vielen von ihnen den sicheren Rückzug zum Himmel erlauben.

VERTIKALE ORGANISATION
Die Hierarchie in den bewohnbaren Teilen der Kernschiffe entspricht der in den neimoidianischen Stöcken. Kontrollbrücken, Managersuiten und Kassen sind im oberen Pol und den Türmen der Kugel konzentriert und erinnern an Neimoidias Oberflächenpaläste. Die tieferen Stockwerke sind für untergeordnete Manager, PR-Agenten, Broker und Droidenlager reserviert. Die untersten Decks enthalten Maschinen- und Konferenzräume für Treffen mit Außenstehenden; wie die unbeliebten trockenen und heißen Keller der neimoidianischen Baue, in denen Aasfresser und Parasiten hausen, sind diese Decks gesperrt.

STANDARDTEIL
Das Kernschiffdesign hat sich im letzten Jahrhundert wenig geändert. Als Ergebnis der neimoidianischen Sparsamkeit können die Kugeln einer Vielzahl von Raumschiffen dienen: den Frachter-Kriegsschiffen der Naboo-Blockade; unbewaffneten Containerschiffen und Tankern; und Kriegsschiffen der Post-Naboo-Ära, darunter auch Kreuzer mit verbesserten Waffen und schnellere Zerstörer, die Flotten verteidigen und Blockadebrecher zur Strecke bringen.

Hyperstrassenkontrolle

Die Navcomputer der Kernschiffe enthalten wertvolle interstellare Datenkarten. In früheren Zeitaltern teilten Regierungen und Privatunternehmen derartige Informationen mit der Öffentlichkeit, aber jetzt schützt die Handelsföderation aggressiv die Koordinaten, die ihr gehören. Da Veränderungen der astronomischen Bedingungen Routen unsicher machen können, hat die Handelsföderation in manchen galaktischen Regionen ein virtuelles Transportmonopol. Heute können es sich nur die Jedi und das Büro des Obersten Kanzlers erlauben, umfassendere Karten zu führen.

Neue Gelegenheit

Nachdem die Handelsföderation ein Jahrzehnt lang ihre Interessen heimlich verfolgte, erkennt sie den strategischen Wert von Count Dooku. Als fesselnder Redner mit einer treuen Gefolgschaft auf Tausenden von separatistischen Welten, Geonosis eingeschlossen (Heimat der bevorzugten Werften und Waffenproduzenten der Föderation), dient er nun dazu, die Uneinigkeit in der Galaxis zu vergrößern – denn, so weiß Nute Gunray, zerstrittene, schwache Regierungen sind gut für das Geschäft.

Immer der Nase nach

Ein Duftstimulator in den Pilotenmasken nutzt den hoch empfindlichen geonosianischen Geruchssinn zur Übertragung des Flugstatusfeedbacks. Die Maske gibt zudem subverbale Pheromonsignale ab, sodass Luftmarshals und Fluglotsen per Fernsteuerung die Stimmung der Piloten modifizieren und kollektive Prioritäten übermitteln können.

Flexible Hülle

Geonosianische Raumschiffhüllen sind aus Laminalstahlfäden gefertigt, die bei hohen Temperaturen gewebt und gewickelt werden und die Schiffskomponenten zusammenhalten. Die Hülle kühlt zu metallischer Härte ab, bleibt aber flexibel genug, um Impakte zu überstehen, bei denen ein starrer konstruiertes Schiff zerbrechen würde.

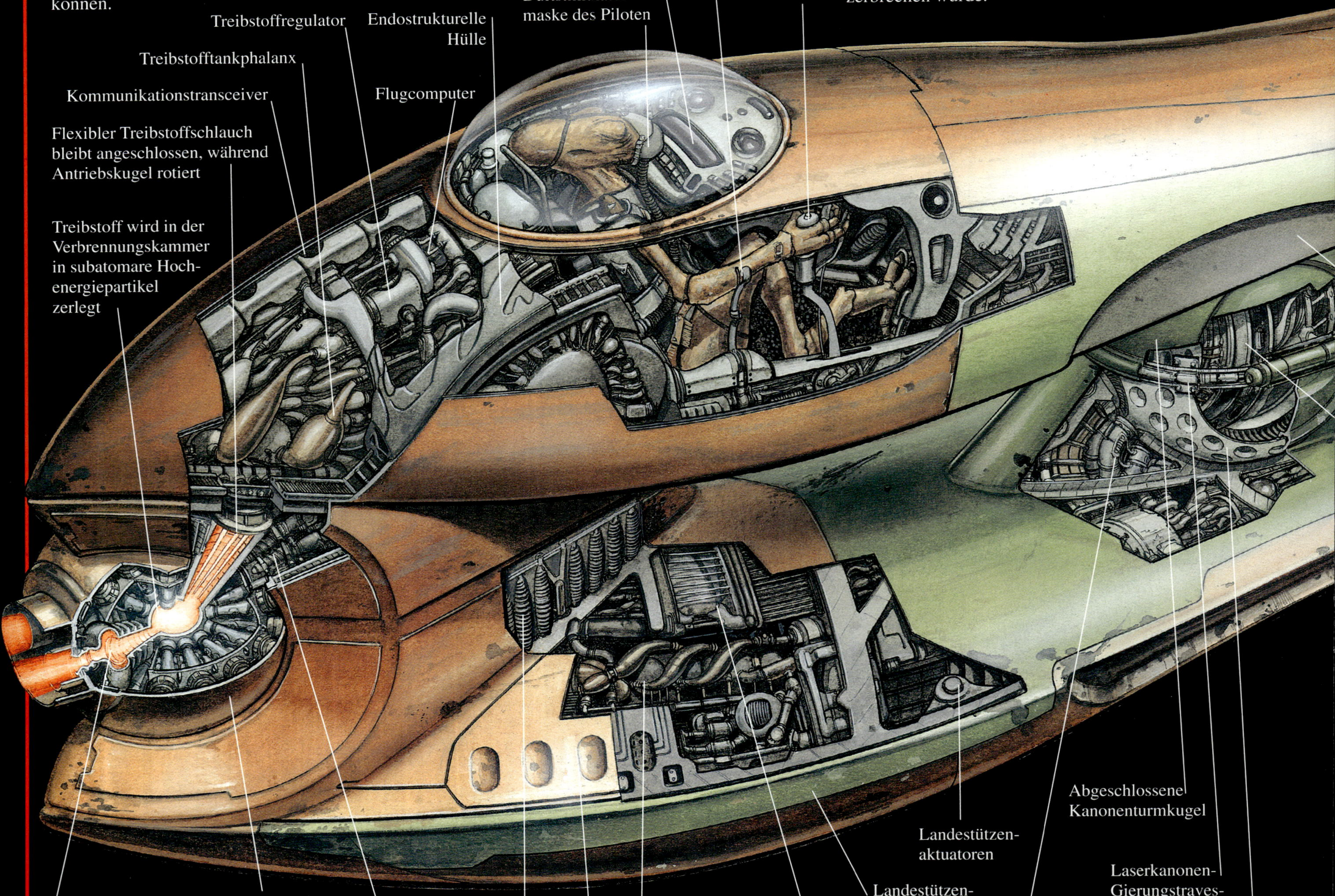

Geonosianischer Jäger

Auf dem Höhepunkt der Schlacht starten die Geonosianer Tausende von bereitstehenden Jägern, um den Orbitalkordon der Republik zu durchbrechen, der die Verstärkung der Bodentruppen der Handelsallianz blockiert. Diese Streitmacht kombiniert lineare Beschleunigung mit phänomenaler Manövrierfähigkeit, ein Ergebnis der reibungsfrei rotierenden Schubdüsensockel. Trotz ihrer überlegenen Wendigkeit werden nur wenige Jäger exportiert, da sich die geonosianischen Sinne und Kommunikationsmethoden von denen der humanoiden Bevölkerungsmehrheit unterscheiden. Zudem ist die geonosianische Politik mit der Stagnation der Republik extrem isolationistisch geworden, und ihr misstrauischer Erzherzog Poggle der Geringere glaubt, dass die Bewahrung technischer Vorteile ein Garant für Macht und Sicherheit ist.

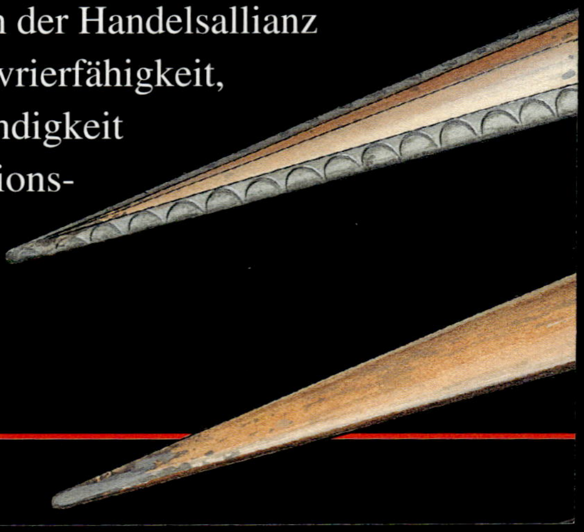

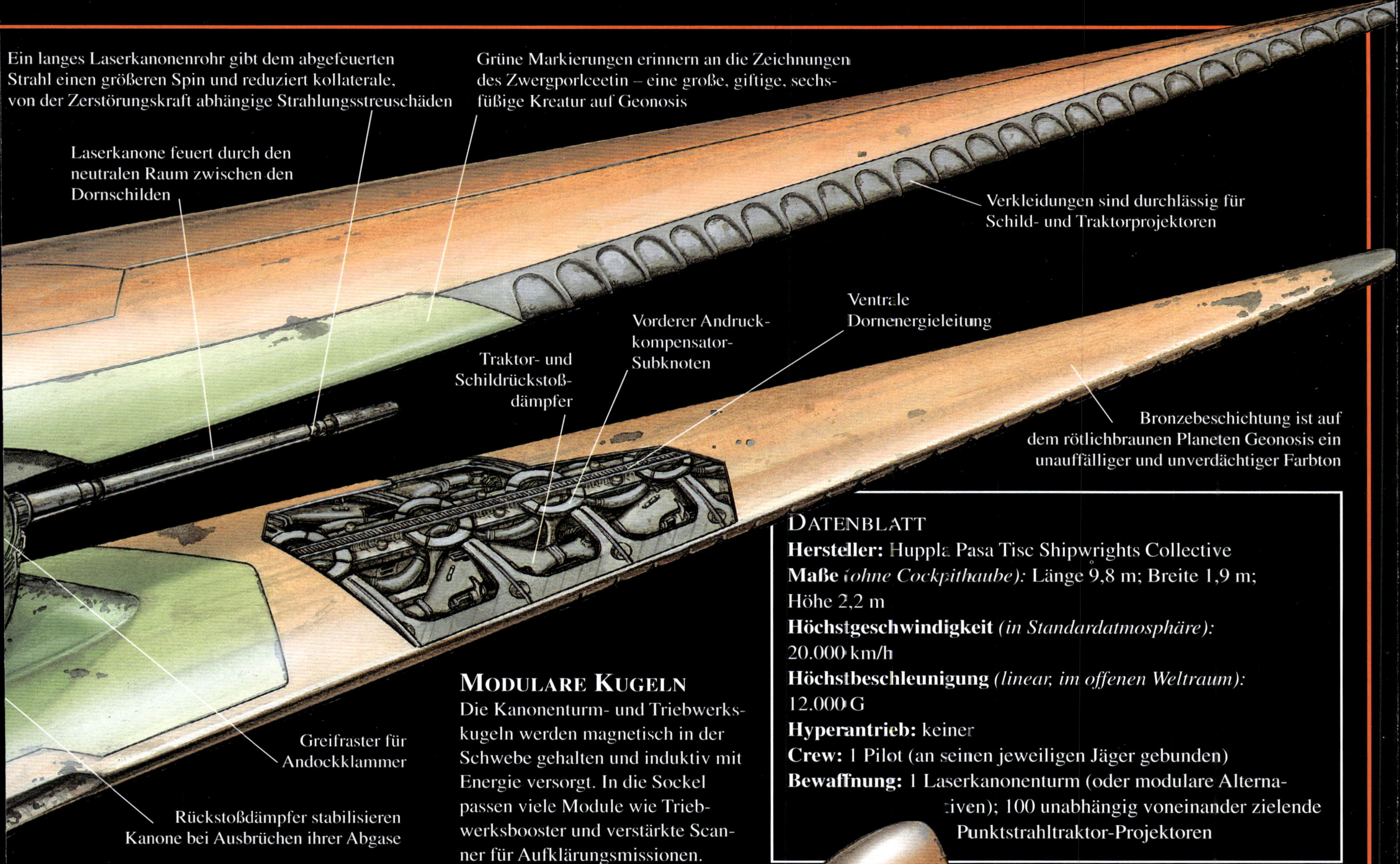

Modulare Kugeln

Die Kanonenturm- und Triebwerkskugeln werden magnetisch in der Schwebe gehalten und induktiv mit Energie versorgt. In die Sockel passen viele Module wie Triebwerksbooster und verstärkte Scanner für Aufklärungsmissionen.

Datenblatt

Hersteller: Huppla Pasa Tisc Shipwrights Collective
Maße *(ohne Cockpithaube):* Länge 9,8 m; Breite 1,9 m; Höhe 2,2 m
Höchstgeschwindigkeit *(in Standardatmosphäre):* 20.000 km/h
Höchstbeschleunigung *(linear, im offenen Weltraum):* 12.000 G
Hyperantrieb: keiner
Crew: 1 Pilot (an seinen jeweiligen Jäger gebunden)
Bewaffnung: 1 Laserkanonenturm (oder modulare Alternativen); 100 unabhängig voneinander zielende Punktstrahltraktor-Projektoren

Stockpiloten

Die Geonosianer sind nicht nur Meister des Kampfdroidenbaus, sie züchten in riesigen Luftverteidigungsstöcken auch eine Kaste lebender Kampfpiloten heran. Theoretisch können diese jahrelang in Bereitschaft bleiben, da ihre Spezies keinen Schlaf benötigt. In der Ausbildung wird jede Pilotenpuppe dem Flugcomputer eines Jägers zugeteilt, und sie entwickeln ein idiosynkratisches Verhältnis zueinander.

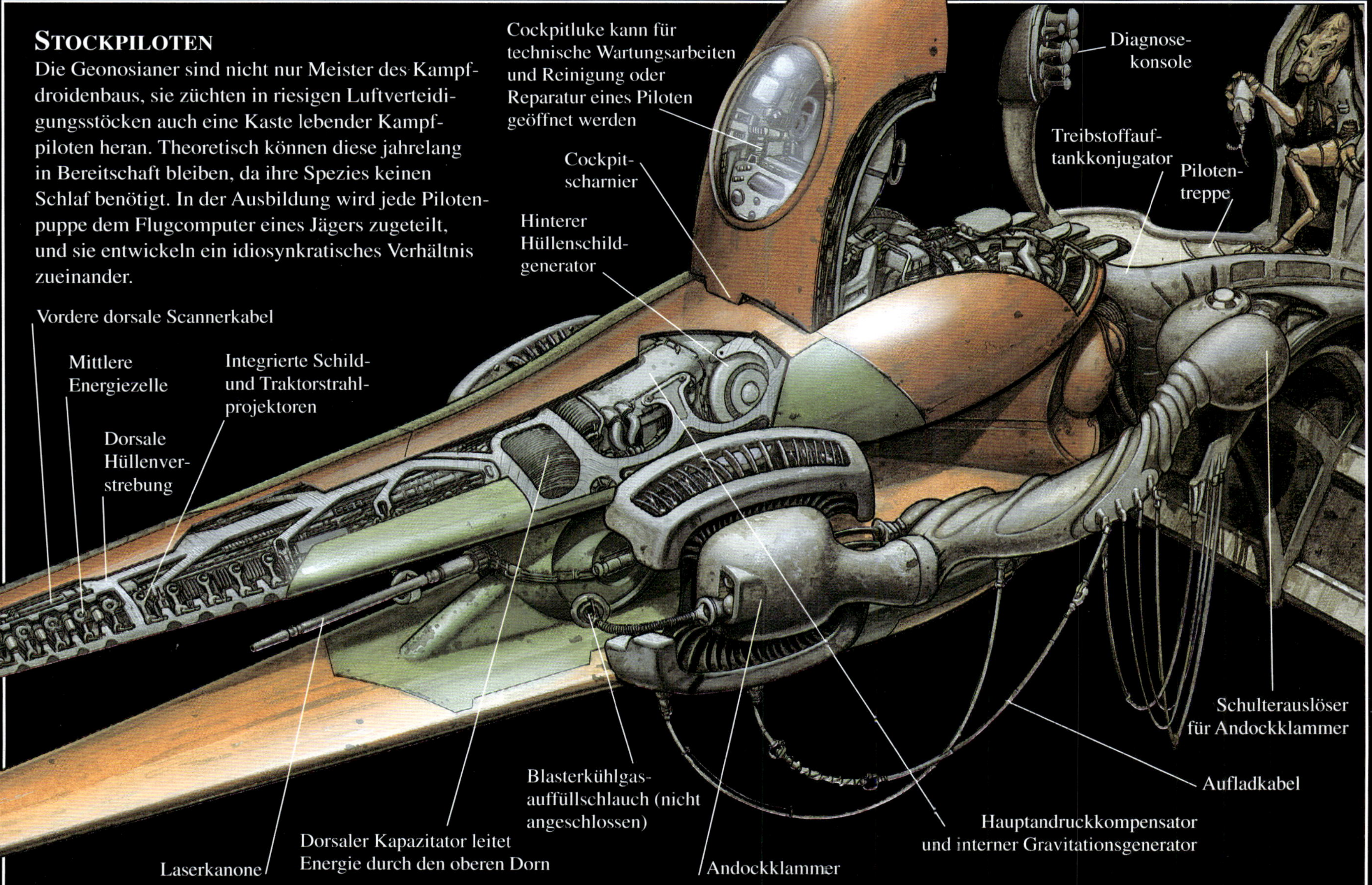

Republikanisches Angriffsschiff

Die Ankunft der riesigen Truppenschiffe der *Acclamator*-Klasse über Geonosis ist ein zentraler Moment in der galaktischen Militärgeschichte. Die Separatisten, die mit ruchlosen Handelsorganisationen zusammenarbeiten, sind nicht nur geschockt von der Entschlusskraft der bis dato tatenlosen Republik, sondern mehr noch von ihrer gut gerüsteten Klonarmee – es ist das erste Mal seit ihrer Gründung, dass die Republik eine Streitmacht entsendet. Am Wendepunkt der Schlacht landen die Truppenschiffe und schleusen unter dem Schutz von Turbolaserfeuer Schwärme von bewaffneten Transportkanonenbooten aus. Die Schiffe werden von schweren Bodenfahrzeugen und Tausenden von gut ausgebildeten, motivierten Klonkriegern begleitet.

Aus Verrat geboren

Das neue Arsenal der Galaktischen Armee wurde von einem mächtigen Konzern gebaut, der die Führung der Separatisten übernommen hätte, wäre es nicht zu blutigem Verrat gekommen. Führende Kuati-Manager wurden ermordet, als ein Jahrzehnt zuvor die Neimoidianer die Handelsföderation bei der berüchtigten Eriadu-Konferenz übernahmen. Die empörten Industriellen haben sich daraufhin mit dem Obersten Kanzler verbündet. Währenddessen laufen die geheimen Bauten in den hermetisch abgeriegelten Schiffswerften und den Fabriken von Rothana auf Hochtouren.

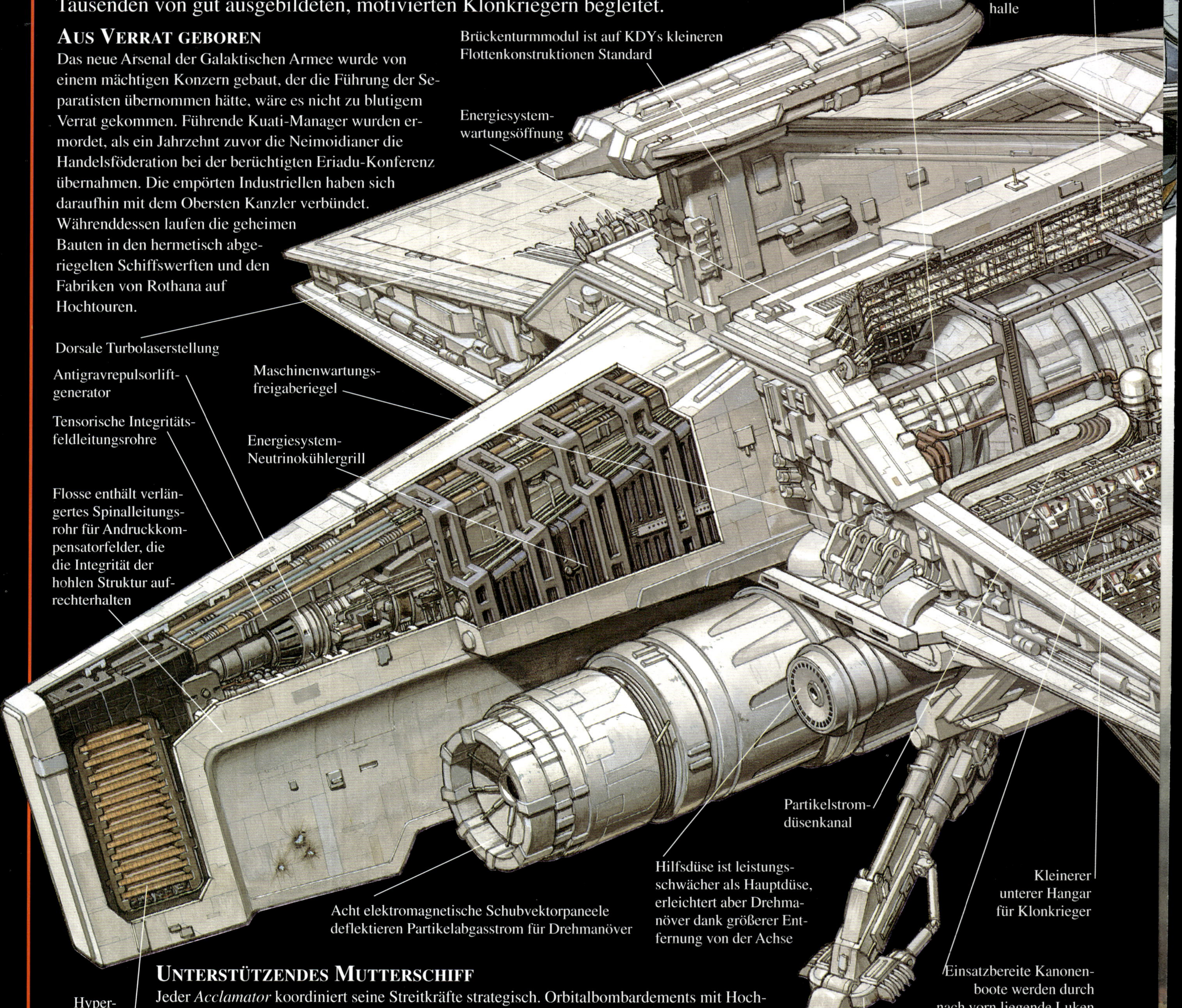

Unterstützendes Mutterschiff

Jeder *Acclamator* koordiniert seine Streitkräfte strategisch. Orbitalbombardements mit Hochleistungsprotonentorpedos und Laserschläge zerstören feindliche Befestigungsanlagen, sofern die Eroberung keine Priorität hat. Im Boden verschanzte Armeen werden mit einem ultimativen „Basis Delta Zero"-Flottenbombardement ausgeschaltet. Derartige Operationen reduzieren die Planetenkruste zu geschmolzener Schlacke – ein Spektakel, das bis zu den Klonkriegen in der Republik jahrhundertelang nicht gesehen wurde.

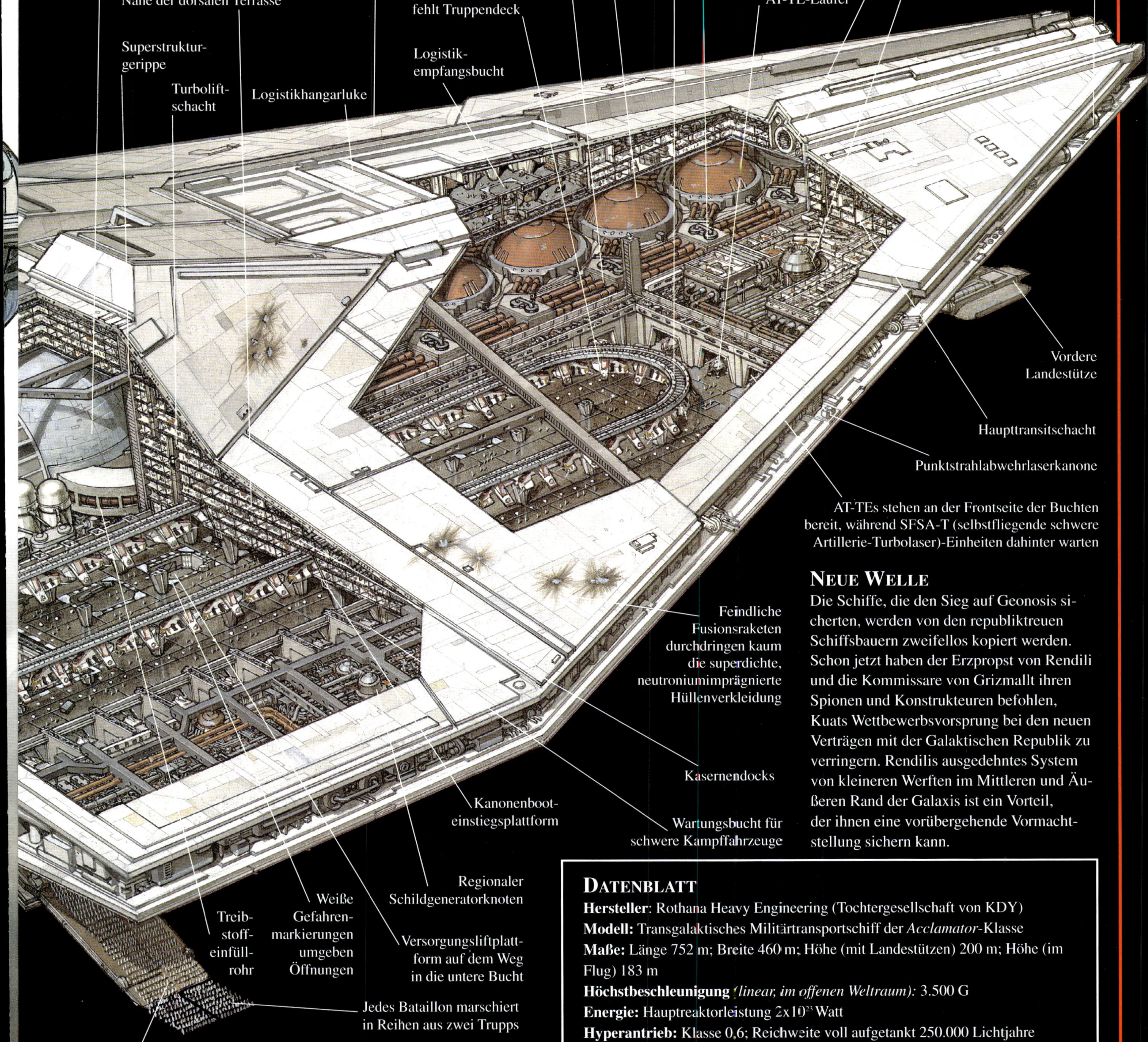

Neue Welle

Die Schiffe, die den Sieg auf Geonosis sicherten, werden von den republiktreuen Schiffsbauern zweifellos kopiert werden. Schon jetzt haben der Erzpropst von Rendili und die Kommissare von Grizmallt ihren Spionen und Konstrukteuren befohlen, Kuats Wettbewerbsvorsprung bei den neuen Verträgen mit der Galaktischen Republik zu verringern. Rendilis ausgedehntes System von kleineren Werften im Mittleren und Äußeren Rand der Galaxis ist ein Vorteil, der ihnen eine vorübergehende Vormachtstellung sichern kann.

Zukunftsaussichten

In den friedlichen Jahrhunderten vor den Klonkriegen wurden viele größere und mächtigere Kriegsschiffe gebaut, um die reichen, industrialisierten Sektoren Corellia, Humbarine und Kuat zu verteidigen, aber die Sprungreichweite ihrer Hypertriebwerke war begrenzt. Die Rückkehr der wahrhaft transgalaktischen Kriegsschiffe und Armeen ist eine unheilvolle Innovation.

Datenblatt

Hersteller: Rothana Heavy Engineering (Tochtergesellschaft von KDY)
Modell: Transgalaktisches Militärtransportschiff der *Acclamator*-Klasse
Maße: Länge 752 m; Breite 460 m; Höhe (mit Landestützen) 200 m; Höhe (im Flug) 183 m
Höchstbeschleunigung *(linear, im offenen Weltraum):* 3.500 G
Energie: Hauptreaktorleistung 2×10^{23} Watt
Hyperantrieb: Klasse 0,6; Reichweite voll aufgetankt 250.000 Lichtjahre
Crew: 6.000 Klonkrieger und Unterstützungspersonal
Frachtkapazität: 320 Speeder Bikes; 80 Infanterie- und Frachtkanonenboote; 48 gepanzerte Läufer; 36 schwere, selbstfliegende Artillerie-Einheiten; 200.000 m³ Frachtraum zusätzlich zu den Hangars und Laderäumen für Verbrauchsgüter
Crew: 700
Passagiere: 6.000 Klonkrieger und Unterstützungspersonal
Bewaffnung: 12 Quadroturbolasertürme (200 Gigatonnen max.); 12 Punktstrahlabwehrlaserkanonen (am Rand); 4 Raketen/Torpedowerferröhren

Bodenkontrolle

Im Gegensatz zu Flugzeugen und Jägern stellen die AT-TEs eine mächtige Präsenz am Boden dar. Sie besetzen Territorium und gleichen den Kampf zwischen den Klonsoldaten und den Kriegsmaschinen der Separatisten aus. Um den schnellen Einsatz zu ermöglichen, werden die AT-TEs von TFAT/f-Frachtkanonenbooten an die Front transportiert. Sobald die Passagierlast abgesetzt ist, können sie den Feind mit größerer Geschwindigkeit überrennen.

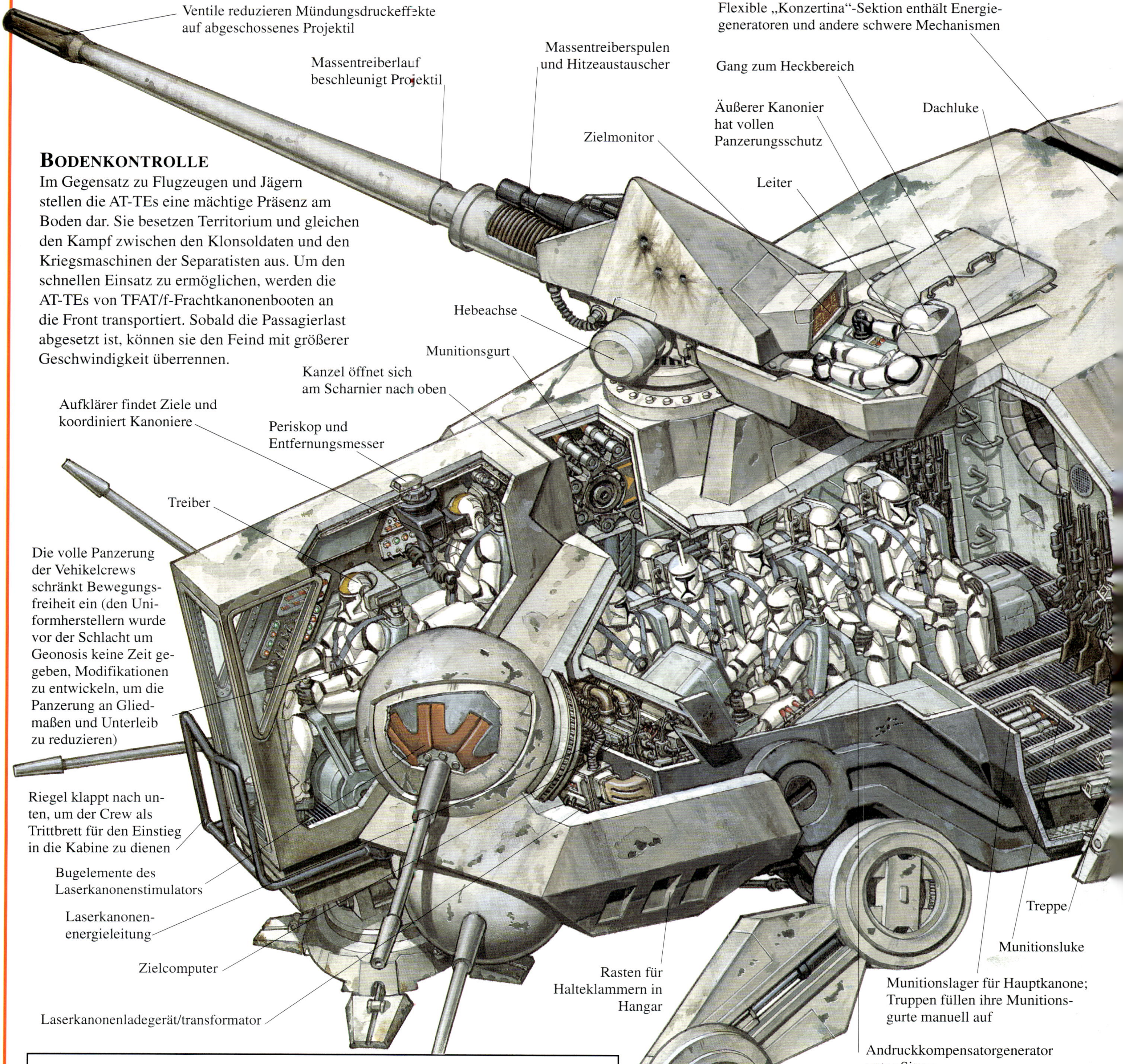

Datenblatt

Hersteller: Rothana Heavy Engineering (lokale Tochtergesellschaft von Kuat Drive Yards)
Modell: AT-TE (Allterrain-Taktikenforcer)-Angriffsläufer
Maße *(nur Hülle)*: Länge 12,4 m; Breite 5,32 m; Höhe: 5,02 m
Maximale Bodengeschwindigkeit: 60 km/h
Verbrauchsgüter: Treibstoff für 500 km Laufen; Luftvorrat und Rationen für drei Standardwochen
Crew: 1 Pilot; 1 Aufklärer; 4 Kanoniere/Unterstützungscrewmitglieder; ein Turmkanonier außen
Passagiere: 20 Klonkrieger; 1 IM-6-Schlachtfeld-Medidroide (untergebracht im Notfrachtraum)
Bewaffnung: 6 Anti-Personen-Laserkanonentürme (4 vorn; 2 hinten) mit maximaler Energie von 5 x 10^9 Joule pro Schuss; 1 schwere Projektilkanone (variabel schwenkbar)

Effektive Vorhut

Die AT-TEs sind effektiv bei der Durchdringung mächtiger Energieschilde. Beim Laufen nutzen sie die Bodenhaftung, während der Hochgeschwindigkeitsschubstrahl, der einen Gleiter oder ein Raumschiff antreibt, von Partikelschilden unterdrückt wird. Flugzeuge können durch Energieentladungen beschädigt werden, doch die natürliche Erdung eines Läufers bewahrt ihn vor diesem Effekt. AT-TEs sind außerdem gut gegen elektromagnetische Impulswaffen und Ionenkanonenfeuer geschützt.

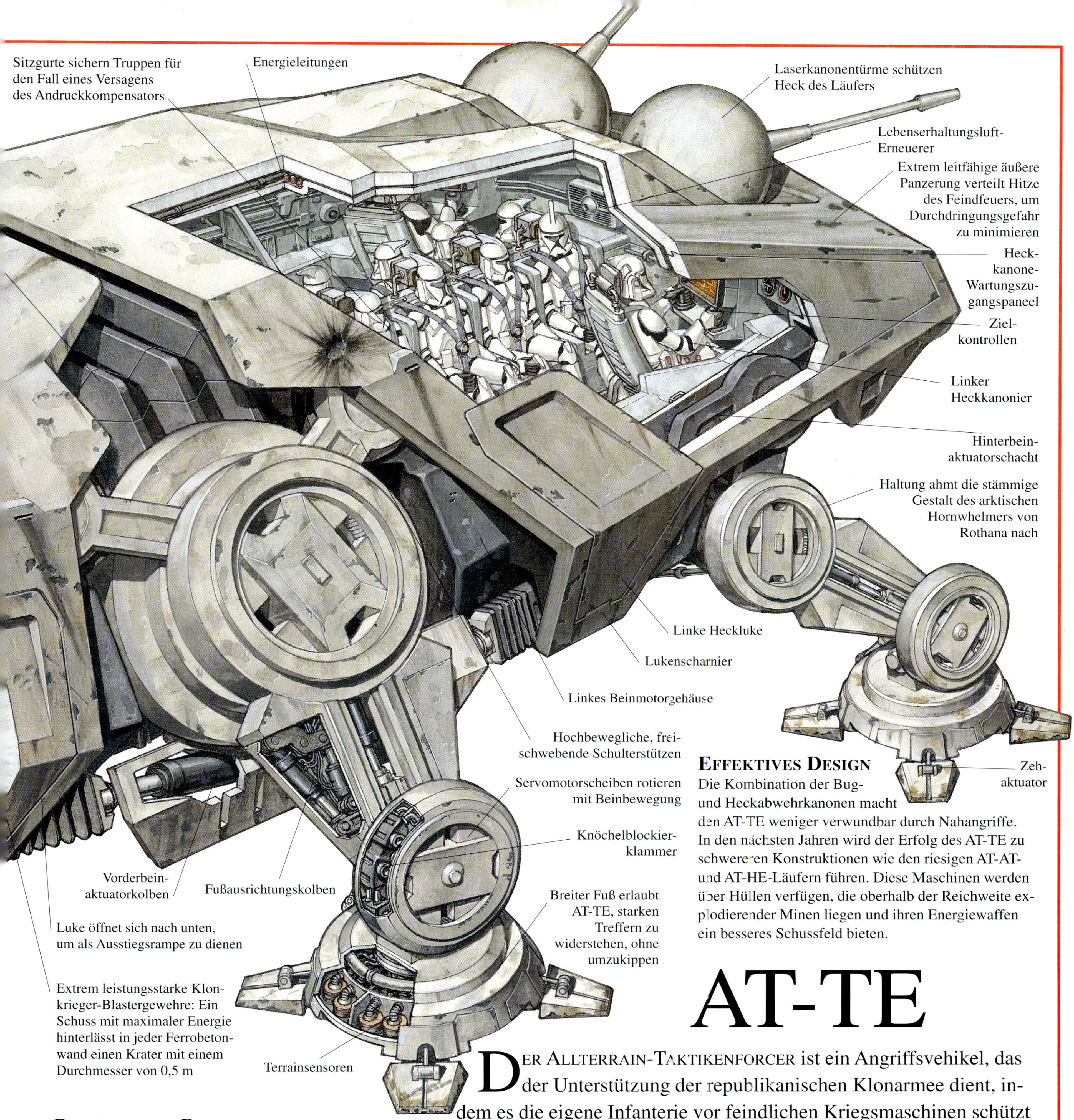

Effektives Design

Die Kombination der Bug- und Heckabwehrkanonen macht den AT-TE weniger verwundbar durch Nahangriffe. In den nächsten Jahren wird der Erfolg des AT-TE zu schwereren Konstruktionen wie den riesigen AT-AT- und AT-HE-Läufern führen. Diese Maschinen werden über Hüllen verfügen, die oberhalb der Reichweite explodierender Minen liegen und ihren Energiewaffen ein besseres Schussfeld bieten.

AT-TE

Der Allterrain-Taktikenforcer ist ein Angriffsvehikel, das der Unterstützung der republikanischen Klonarmee dient, indem es die eigene Infanterie vor feindlichen Kriegsmaschinen schützt und taktische Kontrolle durchsetzt. Wenn der Läufer durch das wilde Schlachtengetümmel marschiert, kann er dank seiner sechs standfesten Beine Bodenspalten überqueren oder sonst unpassierbare steile Hänge erklimmen. Sein turmgestützter Raketenwerfer bombardiert stationäre Befestigungsanlagen oder zerstört langsame Flugzeuge, während die sechs Laserkanonentürme schnell genug rotieren, um in Sichtweite liegende, bewegliche Ziele zu vernichten. Für den Fall eines Nahangriffs durch feindliche Infanterie kann ein AT-TE zwei Klonkrieger-Züge absetzen, um die Umgebung freizukämpfen und zu sichern.

Produkt von Rothana

Als die Kaminoaner Waffen und Vehikel für ihre Klonkrieger benötigten, erteilten sie den Geheimauftrag Rothana Heavy Engineering, einer Tochtergesellschaft von Kuat Drive Yards und kein Freund der Handelsföderation oder Technologie-Union. Die in unterirdischen Fabriken und wabenartigen orbitalen Schiffswerften schuftende hummerähnliche Belegschaft von RHE ist berühmt für ihren Fleiß. Ihr Sonnensystem ist frei von Spionen der Handelsföderation, dank Faktoren, die von der undurchschaubar komplexen rothanianischen Etikette über eine große KDY-Konzernsicherheitsflotte bis hin zu den raffiniert verminten Hyperflugstraßen reichen.

SEGELKRAFT

Die hauchdünnen Reflektoroberflächen der meisten „Solar"-Segel entfalten sich zu mondähnlicher Größe und werden eher von Tachyonenströmen und Ultraviolettlasern als von Sonnenlicht angetrieben. Dookus einzigartiges Segel jedoch erreicht beim Flug durch die gesamte Galaxis mit einer viel kleineren Spannweite und ohne erkennbare Unterstützungssysteme ähnliche Leistungswerte. Diese unerklärliche Mobilität verstärkt Dookus charismatische, geheimnisvolle Aura in den Augen der Geonosianer.

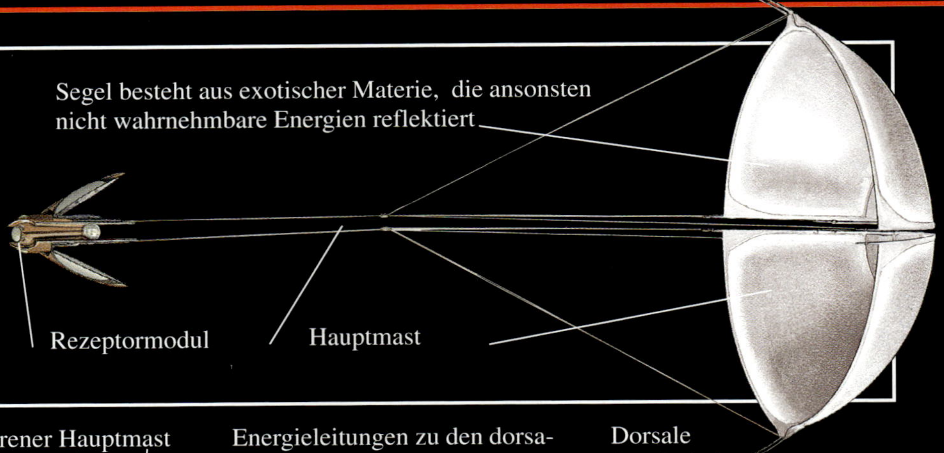

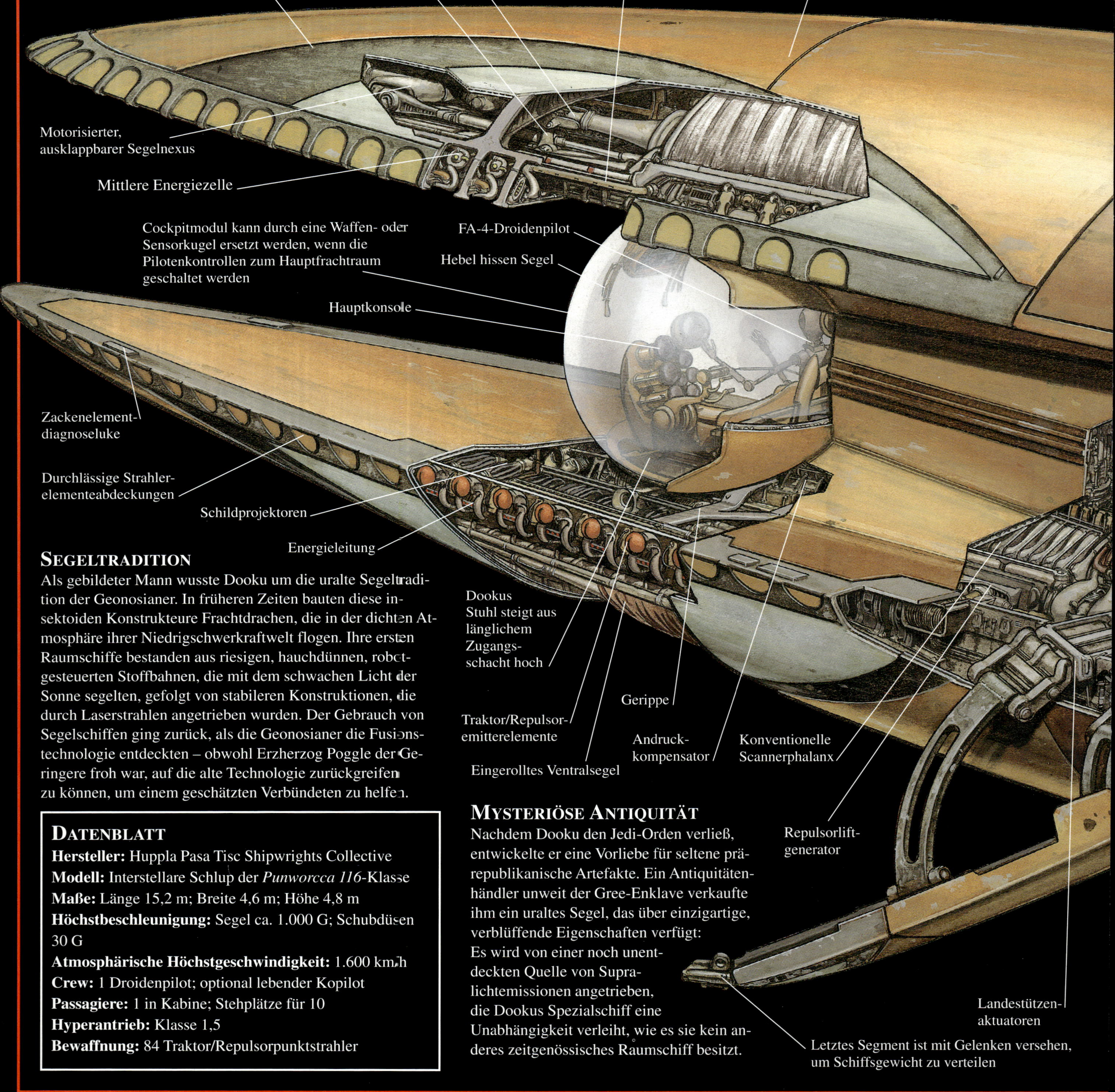

SEGELTRADITION

Als gebildeter Mann wusste Dooku um die uralte Segeltradition der Geonosianer. In früheren Zeiten bauten diese insektoiden Konstrukteure Frachtdrachen, die in der dichten Atmosphäre ihrer Niedrigschwerkraftwelt flogen. Ihre ersten Raumschiffe bestanden aus riesigen, hauchdünnen, robotgesteuerten Stoffbahnen, die mit dem schwachen Licht der Sonne segelten, gefolgt von stabileren Konstruktionen, die durch Laserstrahlen angetrieben wurden. Der Gebrauch von Segelschiffen ging zurück, als die Geonosianer die Fusionstechnologie entdeckten – obwohl Erzherzog Poggle der Geringere froh war, auf die alte Technologie zurückgreifen zu können, um einem geschätzten Verbündeten zu helfen.

DATENBLATT

Hersteller: Huppla Pasa Tisc Shipwrights Collective
Modell: Interstellare Schlup der *Punworcca 116*-Klasse
Maße: Länge 15,2 m; Breite 4,6 m; Höhe 4,8 m
Höchstbeschleunigung: Segel ca. 1.000 G; Schubdüsen 30 G
Atmosphärische Höchstgeschwindigkeit: 1.600 km/h
Crew: 1 Droidenpilot; optional lebender Kopilot
Passagiere: 1 in Kabine; Stehplätze für 10
Hyperantrieb: Klasse 1,5
Bewaffnung: 84 Traktor/Repulsorpunktstrahler

MYSTERIÖSE ANTIQUITÄT

Nachdem Dooku den Jedi-Orden verließ, entwickelte er eine Vorliebe für seltene prärepublikanische Artefakte. Ein Antiquitätenhändler unweit der Gree-Enklave verkaufte ihm ein uraltes Segel, das über einzigartige, verblüffende Eigenschaften verfügt: Es wird von einer noch unentdeckten Quelle von Supralichtemissionen angetrieben, die Dookus Spezialschiff eine Unabhängigkeit verleiht, wie es sie kein anderes zeitgenössisches Raumschiff besitzt.

BUGZACKEN
Geonosianische Raumschiffe sind typischerweise mit zwei oder mehr multifunktionellen Bugzacken ausgestattet. Punktstrahl-Traktor/Repulsoremitter entlang der Zacken dienen als Offensivgreifer oder Steuerhilfen, wenn es Objekte in der Umgebung gibt, an denen man ziehen oder von denen man sich abstoßen kann. Außerdem kann die Streuung der Strahlungsschildenergien um die Zacken selektiv angepasst werden, um dem Schiff zusätzliche Manövrierfähigkeit zu verleihen.

SOLARSEGLER

DOOKUS SCHIFF, EIN GESCHENK von seinen geonosianischen Kollegen, ist eine einzigartige, auf einer Schlup der *Punworcca-116*-Klasse basierende Konstruktion mit einem eleganten Segel, das der Count selbst beigesteuert hat. Auf seine Anweisungen hin fügten die geonosianischen Ingenieure dieses mysteriöse Accessoire dem Schiff hinzu, um es mit einem Antriebssystem auszurüsten, das keinen Treibstoff benötigt (abgesehen von den Steuerdüsen). Das Innere des Schiffs mit seiner umfangreichen Datenbuchbibliothek und den kunstvollen Dekorationen entspricht dem kultivierten Geschmack des Counts. Als sich das Schlachtenglück wendet, entkommt er zu seinem Fluchtschiff und stiehlt sich davon ...

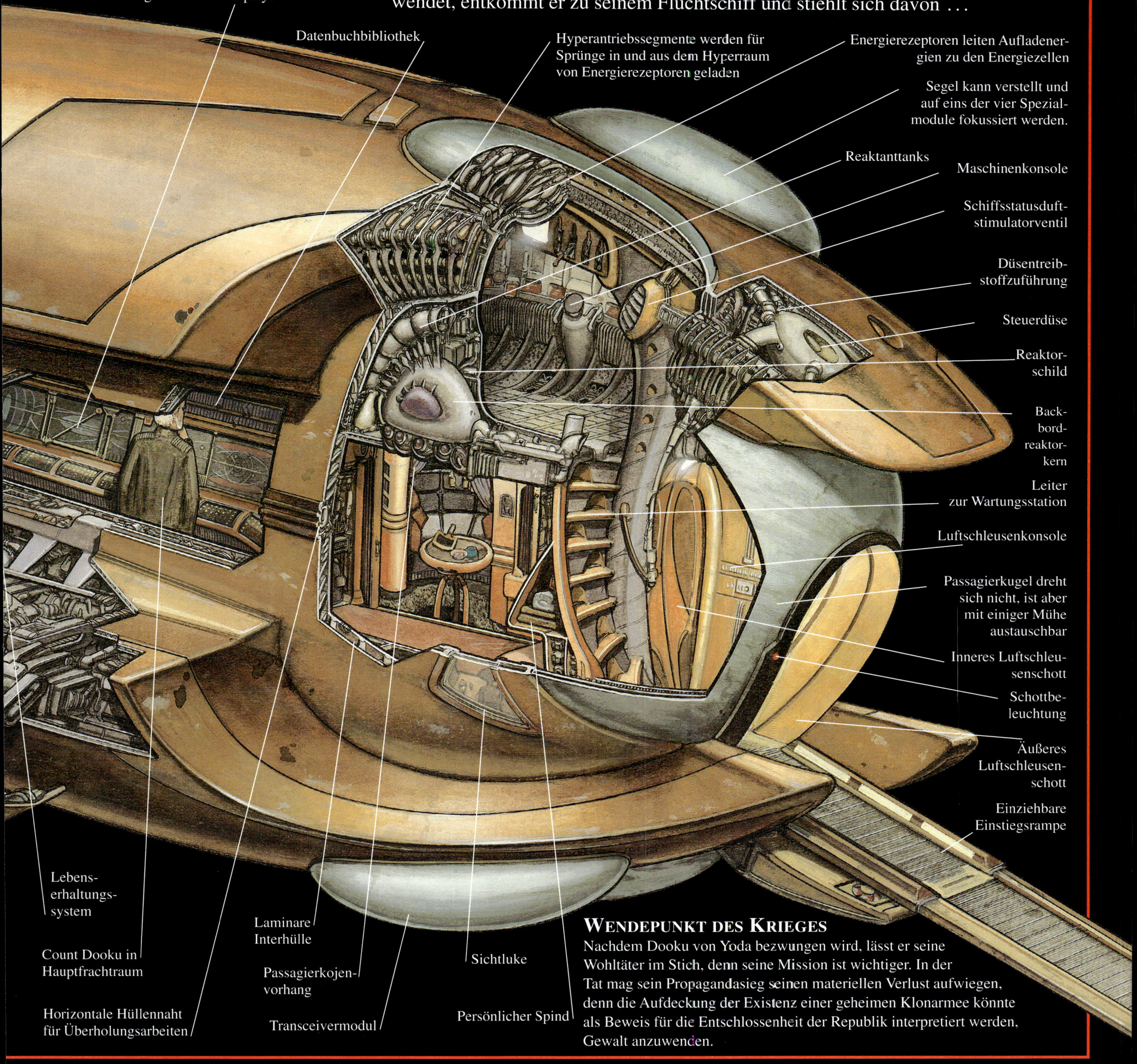

WENDEPUNKT DES KRIEGES
Nachdem Dooku von Yoda bezwungen wird, lässt er seine Wohltäter im Stich, denn seine Mission ist wichtiger. In der Tat mag sein Propagandasieg seinen materiellen Verlust aufwiegen, denn die Aufdeckung der Existenz einer geheimen Klonarmee könnte als Beweis für die Entschlossenheit der Republik interpretiert werden, Gewalt anzuwenden.

EPISODE III

DIE RACHE DER SITH

DIE KLONKRIEGE haben sich zu einer Katastrophe ausgeweitet, die tausend Mal verheerender ist als die Eröffnungsschlacht von Geonosis. Die meisten Jedi-Ritter und Klontruppen der Republik sind überall in der Galaxis in verzweifelte Abwehrgefechte verwickelt. Die Separatisten schnüren der Republik unter ihrem neuen Namen „Konföderation Unabhängiger Systeme“ den Lebensnerv ab und rücken unaufhaltsam auf die Systeme des Galaktischen Kerns vor. Doch keine Seite ahnt, dass sich ihre Führer insgeheim verbündet haben. Der Oberste Kanzler Palpatine entpuppt sich schließlich als der Sith-Lord Darth Sidious; sein Schüler Darth Tyranus tarnt sich als Count Dooku, Anführer der Separatisten. Aber Sidious spielt auf Zeit, bis er Tyranus durch einen neuen, noch mächtigeren Schüler ersetzen kann, mit dessen Hilfe er sein eigentliches Ziel erreichen will: die Unterwerfung der Galaxis unter die Herrschaft der Sith und die Errichtung der gnadenlosen neuen Ordnung des Galaktischen Imperiums.

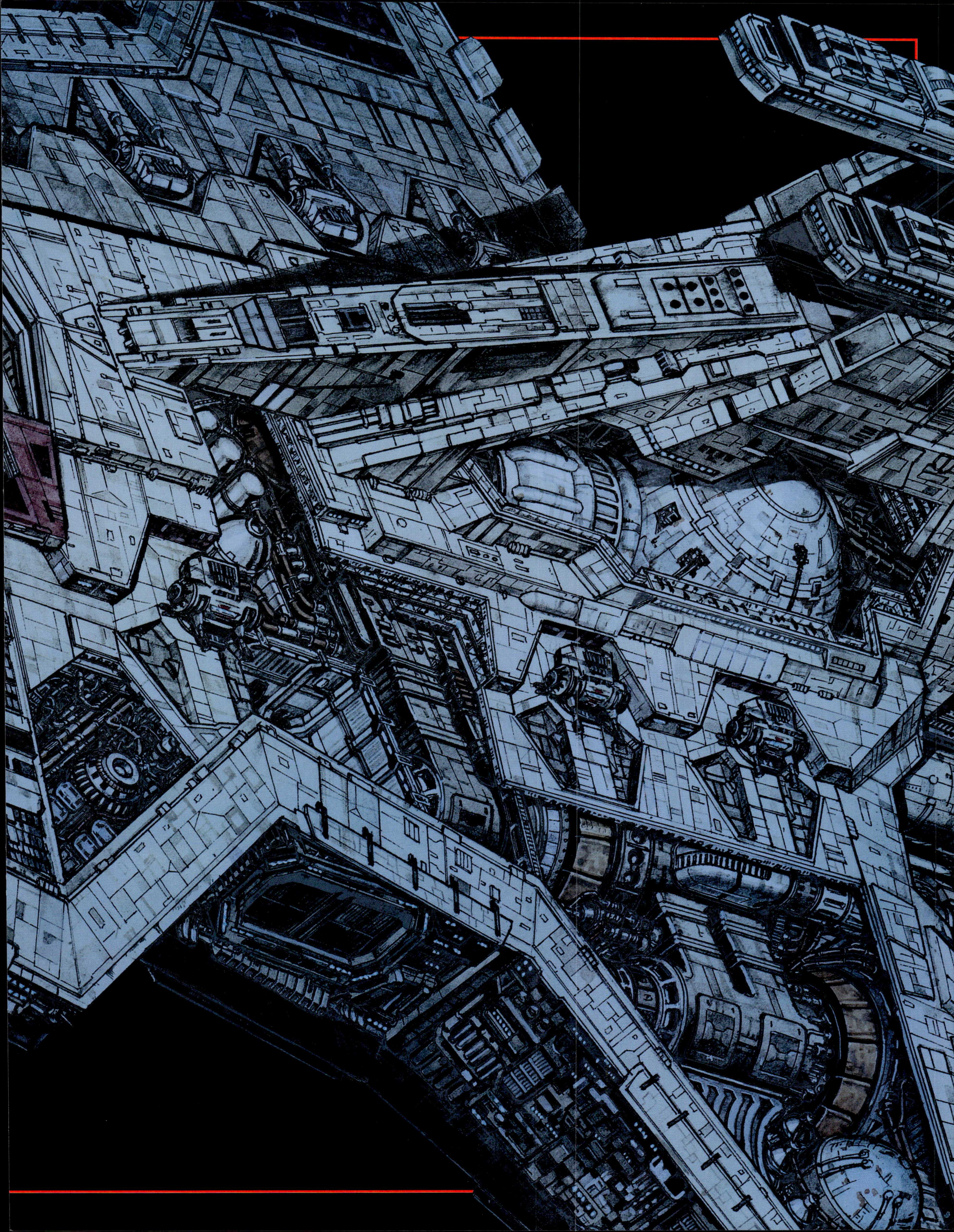

Sternzerstörer-*Venator*-Klasse

Der *Venator*-Sternzerstörer der Galaktischen Republik ist schnell genug, um Blockadebrecher zu jagen, und groß genug, um eigenständige Operationen wie etwa die Befreiung Utapaus durchzuführen. Eine Flottille dieser mittelschweren, wendigen Multifunktions-Kriegsschiffe vermag problemlos die Schilde eines Handelsföderation-Schlachtschiffes zu durchbrechen. Die Hangars der *Venator*-Klasse sind erheblich größer als beispielsweise die der Sternzerstörer der *Victory*-Klasse und können Hunderte von Kampfjägern aufnehmen. Zudem ist das Schiff imstande, als Militärtransporter auf Planeten zu landen und Schlachtschiffe der Republik-Armada zu eskortieren. Doch es ist vor allem ihre Hauptfunktion als Kampfschiffe und Raumjäger-Trägereinheiten, welche die *Venator*-Klasse zur ersten Wahl für Jedi-Fliegerasse macht.

Datenblatt

Hersteller: Kuat Drive Yards

Modell: Sternzerstörer der *Venator*-Klasse

Maße: Länge 1.137 m; Flügelspannweite 548 m; Höhe (im Flug) 268 m

Höchstbeschleunigung *(linear, im offenen Weltraum)***:** 3.000 G

Hyperantrieb: Klasse 1.0; effektive Reichweite: 60.000 Lichtjahre

Crew: 7.400

Bewaffnung: 8 schwere Turbolasertürme; 2 mittelschwere Doppelturbolaserkanonen; 52 Punktstrahlabwehrlaserkanonen; 4 Protonentorpedowerferröhren; 6 Traktorstrahlprojektoren

Kapazität: 192 V-Wing-Jäger; 192 Eta-2-Actis-Abfangjäger; 36 ARC-170-Jäger; 24 Kampfläufer; 40 LAAT/i (Low Altitude Assault Transport)-Kanonenboote; diverse Shuttles

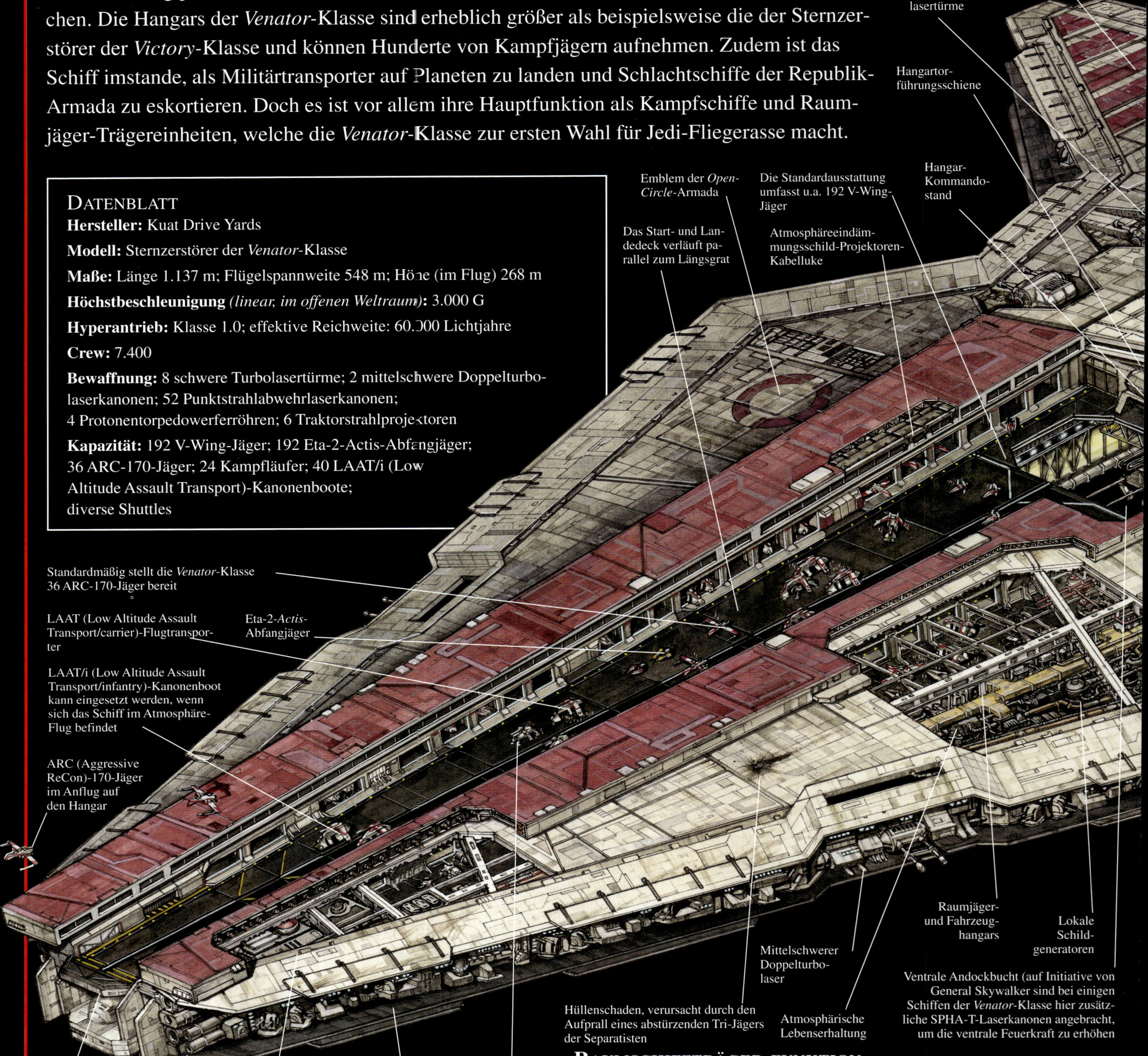

Raumschiffträger-Funktion

Das lange dorsale Start- und Landedeck der *Venator*-Klasse erlaubt es Hunderten von Raumjägern, in Sekundenschnelle zu starten. Allerdings stellt die sich nur langsam öffnende und schließende Bugluke einen potenziellen Schwachpunkt des Schiffes dar. Dieses Manko wird mit schweren, an der Decksöffnung angebrachten Deflektorschilden kompensiert und in Sternzerstörern kommender Jahre schon in der Konstruktionsphase vermieden.

Das Kuat-Vermächtnis

Kuat Drive Yards beteuert, dass die Republik mithilfe ihres *Venator*-Zerstörers und anderer Schiffe aus ihrer Fertigung als Sieger aus den Klon-Kriegen hervorgehen wird. Doch die Produktion der *Venator*-Klasse ist bereits rückläufig zugunsten der robusteren und etwa 1.600 m langen *Imperator*-Klasse (nach der Jedi-Säuberungsaktion umbenannt in *Imperial*-Klasse) sowie der hangarlosen *Tector*-Sternzerstörer. Die Schiffe werden in Zukunft verstärkt zum Einsatz kommen, wenn sich die Republik zum Imperium wandelt. Rechtfertigen wird die Imperiale Sternenflotte dies mit endlosen Gefechten gegen Separatisten, Rebellen und sogar, Gerüchten zufolge, mit der Abschreckung barbarischer Aggressoren von außerhalb der Galaxis.

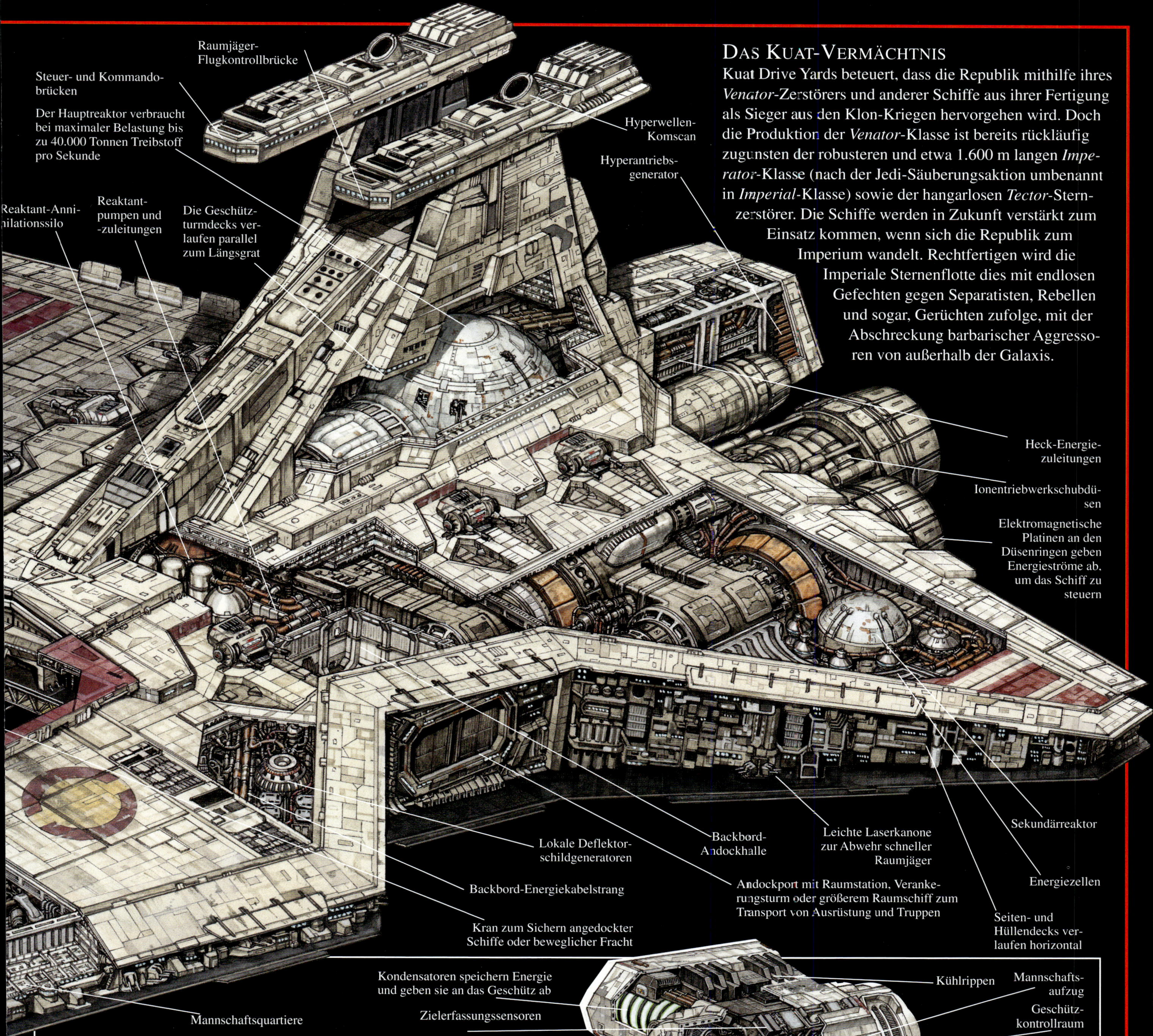

Hochleistungsfeuerkraft

Die acht schweren DBY-827-Turbolasertürme der *Venator*-Klasse gehören zum Standard von Schiffsgeschützständen, die für schwere Gefechte im All und zum Planeten-Bombardement ausgelegt sind. Die präzise Fernziel-Erfassung des DBY-827 kann ein Ziel bereits auf eine Entfernung von über zehn Lichtminuten treffen, und in nur drei Sekunden kann der Geschützturm herumgefahren und in den Nahkampfmodus mit Kurzstreckenzielerfassung gebracht werden. Die Bandbreite der in sieben Stufen regelbaren Feuerstärke reicht von der Kampfunfähigmachung bis hin zur Auslöschung des Gegners. Als hochkarätiges Schlachtschiff kann ein *Venator*-Zerstörer sämtliche Schiffsenergie auf die schweren Bordgeschütze legen.

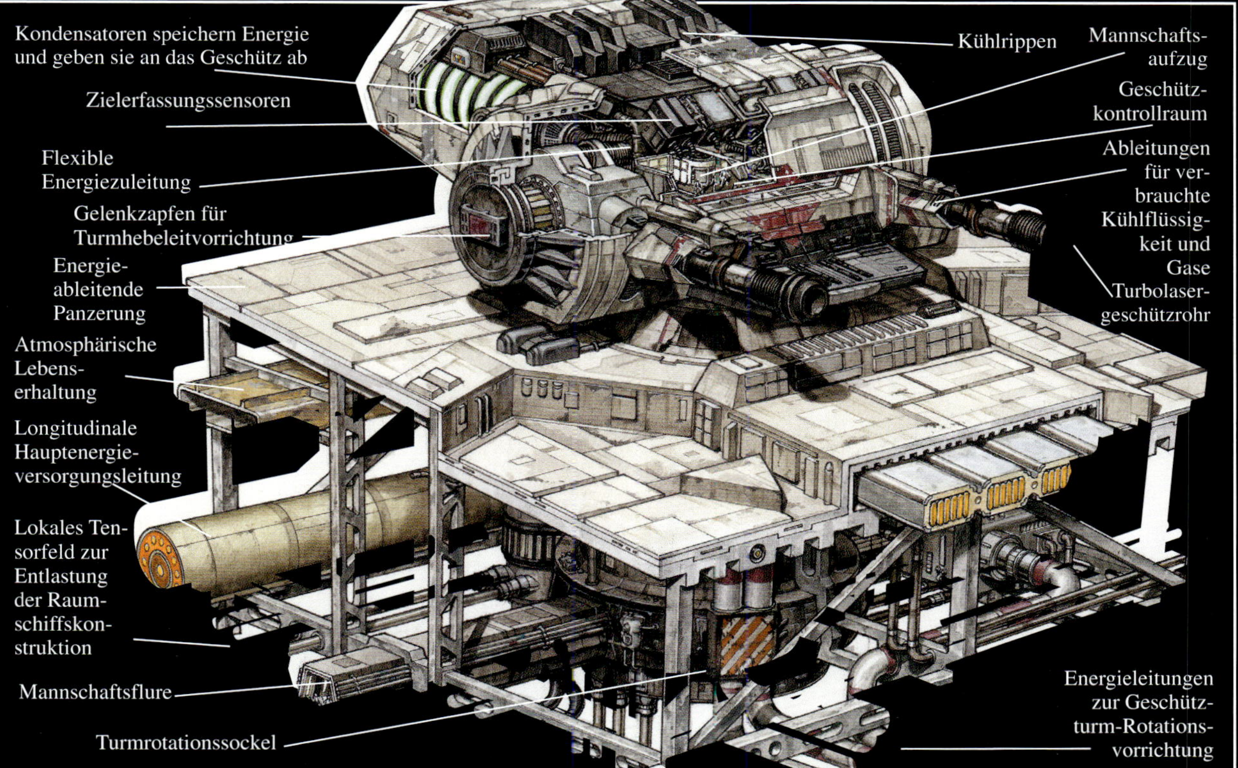

Für die Gefahr gerüstet

Die transversal unterteilten Flügel des ARC-170 lassen sich auffächern, um Hitzeaustauscher und aktive Kühler freizulegen, welche die Schilde und die thermische Stabilität des Jägers im Kampf oder während heißer Verfolgungsjagden unterstützen. Die schwere Nase des ARC-170 beherbergt eine multifunktionale, hoch empfindliche Phalanx von Langstreckensensoren, Scannern und Störsendern – ideal für gefährliche Aufklärungsmissionen. Der Jäger gleicht anderen Incom/Subpro-Schiffen, die von den Republik-Streitkräften in den Äußeren Randgebieten eingesetzt werden. Erwähnenswert sind hier die schwereren PTB-625- und NTB-630-Bomber sowie der leichte Ein-Mann-Jäger Z-95-Headhunter (aus dem der T-65-X-Wing-Jäger hervorgehen soll).

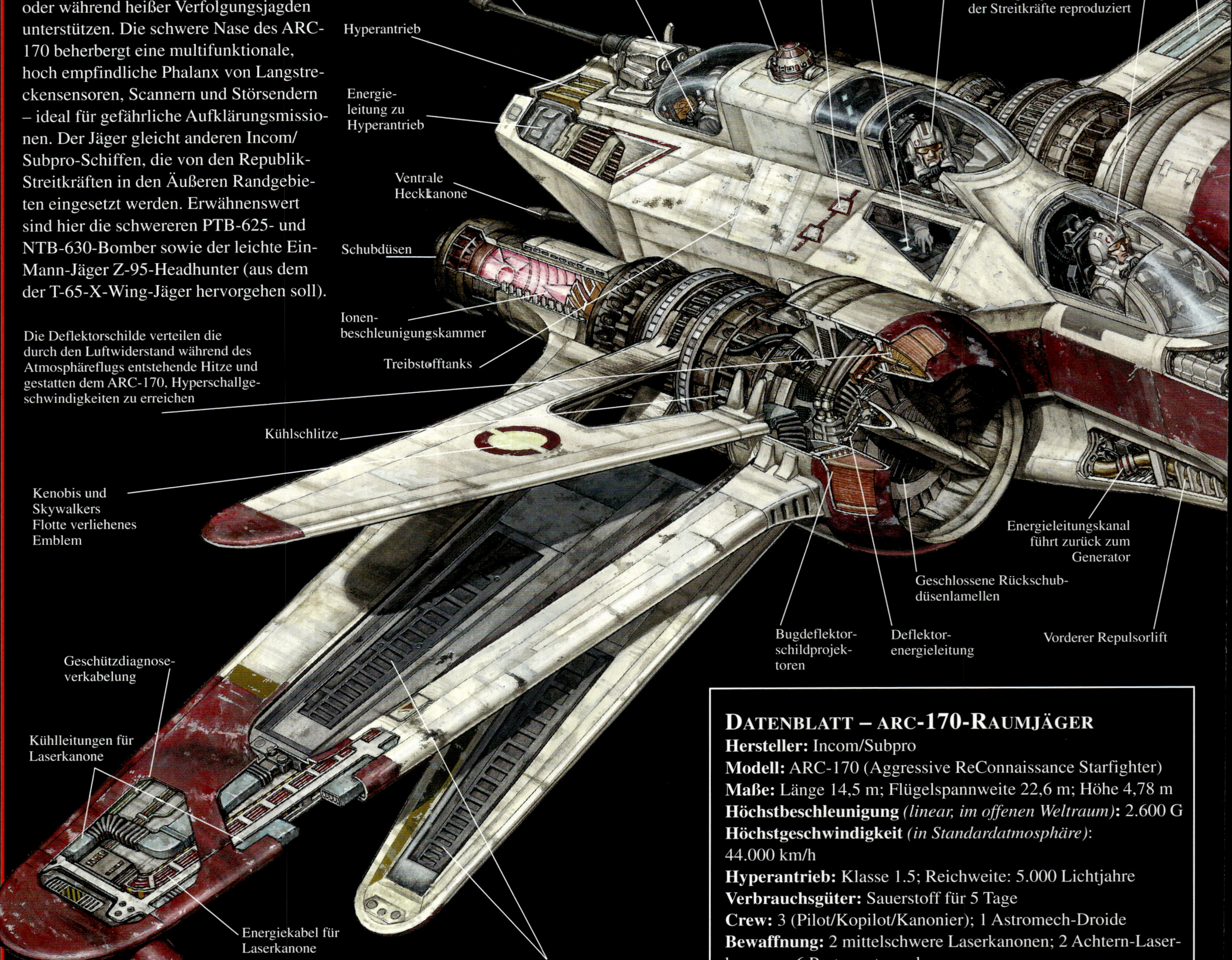

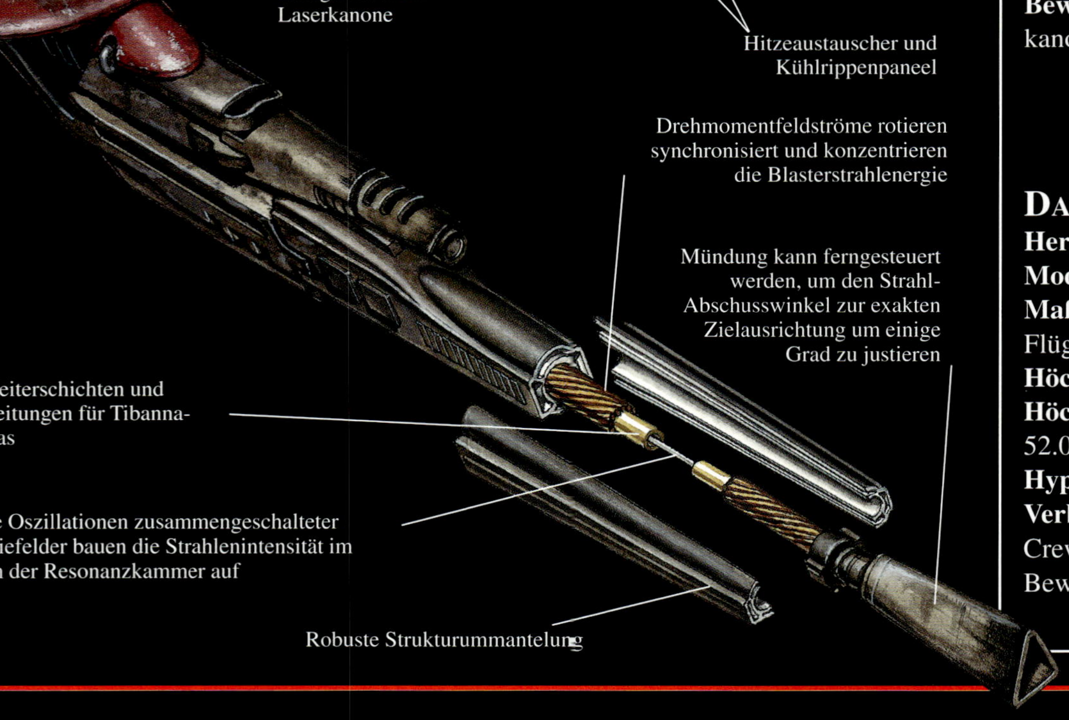

Datenblatt – ARC-170-Raumjäger

Hersteller: Incom/Subpro
Modell: ARC-170 (Aggressive ReConnaissance Starfighter)
Maße: Länge 14,5 m; Flügelspannweite 22,6 m; Höhe 4,78 m
Höchstbeschleunigung *(linear, im offenen Weltraum)*: 2.600 G
Höchstgeschwindigkeit *(in Standardatmosphäre)*: 44.000 km/h
Hyperantrieb: Klasse 1.5; Reichweite: 5.000 Lichtjahre
Verbrauchsgüter: Sauerstoff für 5 Tage
Crew: 3 (Pilot/Kopilot/Kanonier); 1 Astromech-Droide
Bewaffnung: 2 mittelschwere Laserkanonen; 2 Achtern-Laserkanonen; 6 Protonentorpedos

Datenblatt – V-wing-Raumjäger

Hersteller: Kuat Systems Engineering
Modell: Alpha-3-Nimbus-»V-Wing«-Raumjäger
Maße: Länge 7,9 m; Breite 3,8 m; Höhe mit ausgeklappten Flügeln 5,84 m
Höchstbeschleunigung *(linear, im offenen Weltraum)*: 4.800 G
Höchstgeschwindigkeit *(in Standardatmosphäre)*: 52.000 km/h
Hyperantrieb: nicht vorhanden
Verbrauchsgüter: Sauerstoff für 15 Stunden
Crew: 1 Pilot und 1 Astromech-Droide
Bewaffnung: 2 Zwillingslaserkanonen

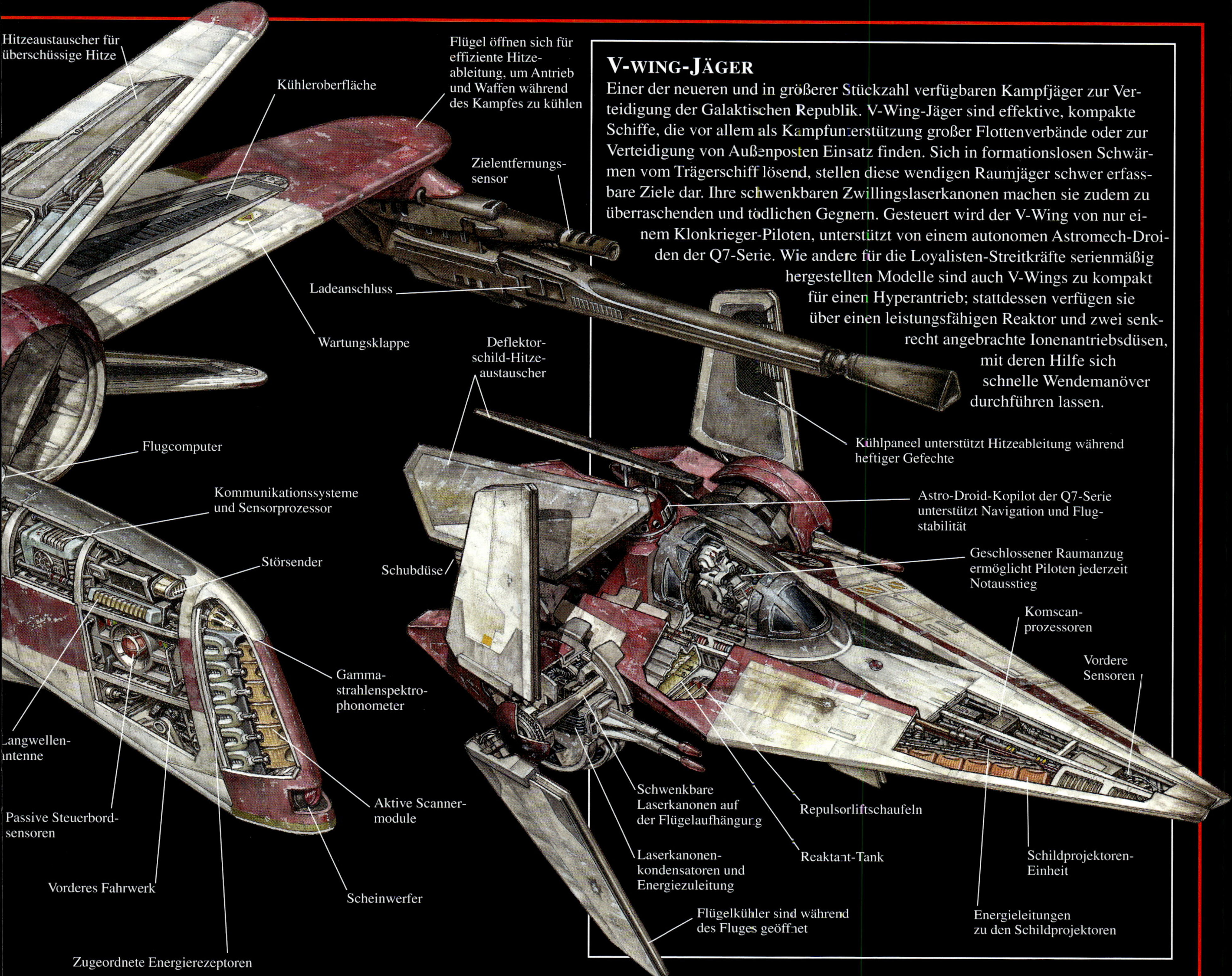

V-Wing-Jäger

Einer der neueren und in größerer Stückzahl verfügbaren Kampfjäger zur Verteidigung der Galaktischen Republik. V-Wing-Jäger sind effektive, kompakte Schiffe, die vor allem als Kampfunterstützung großer Flottenverbände oder zur Verteidigung von Außenposten Einsatz finden. Sich in formationslosen Schwärmen vom Trägerschiff lösend, stellen diese wendigen Raumjäger schwer erfassbare Ziele dar. Ihre schwenkbaren Zwillingslaserkanonen machen sie zudem zu überraschenden und tödlichen Gegnern. Gesteuert wird der V-Wing von nur einem Klonkrieger-Piloten, unterstützt von einem autonomen Astromech-Droiden der Q7-Serie. Wie andere für die Loyalisten-Streitkräfte serienmäßig hergestellten Modelle sind auch V-Wings zu kompakt für einen Hyperantrieb; stattdessen verfügen sie über einen leistungsfähigen Reaktor und zwei senkrecht angebrachte Ionenantriebsdüsen, mit deren Hilfe sich schnelle Wendemanöver durchführen lassen.

ARC-170-Jäger

Stabil und robust, wurde der ARC (Aggressive ReConnaissance)-170-Jäger dafür konstruiert, autonom auch einsamste Patrouillen oder waghalsigste Angriffe zu fliegen, während er tief in feindliches Gebiet vordringt. Mit seinem integrierten Hyperantrieb und Raum für einen Droidennavigator dient dieser Langstreckenjäger vor allem der Durchführung interstellarer Sondermissionen, die den Aktionsradius der Jedi-Sternenflotte über den Einsatz von Kriegsschiffen und trägerschiffabhängigen Raumjägern hinaus oft entscheidend vergrößern. Die primären Laserkanonen des ARC-170 sind von äußerst durchschlagender Wirkung und auch gegen größere Feindschiffe noch überraschend effektiv. Die starke Panzerung, die leistungsfähigen Schilde sowie die Achternkanonen erhöhen die Überlebenschancen erheblich, sollte das Schiff einmal von Dutzenden oder gar Hunderten leichter Droidenjäger eingekreist werden. In Raumschlachten, inmitten wendiger V-Wing-Raumjäger und Jedi-Abfangjäger, sind die ARC-170-Geschwader die perfekte Ergänzung eines Einheitenmix von erschreckender Vernichtungskraft.

Die tapfersten der Tapferen

Die Open-Circle-Flotte unter dem Kommando der Generäle Kenobi und Skywalker verfügt über Tausende von ARC-170-Jägern und ähnlichen Schiffen, die während der Belagerungen im Äußeren Rand qualvolle Monate lang in fortwährende Gefechte verwickelt waren. Zu den erfahrensten ARC-170-Einheiten zählt das Geschwader Sieben, ein Team von Fliegerveteranen, allesamt berühmt für ihren unerschrockenen Mut. Das Geschwader Sieben besteht aus Klonen des Kopfgeldjägers Jango Fett, dessen genetischer Bauplan schon bei den ersten Klonkriegern Pate stand. Zunehmend werden auch Kloneinheiten aus nach strengen Kriterien ausgewählten Freiwilligen geschaffen. Schon bald werden die tapfersten und verdienstvollsten Persönlichkeiten dadurch geehrt, dass ihr genetisches Material die Basis für neue Klongenerationen bilden wird und sie als Zeichen dieser Annerkennung schwarze Ausgehuniformen erhalten.

Die Kühnheit der Jedi

Unter Verzicht auf schützende Raumanzüge gehen Anakin und Obi-Wan ihren Klonpiloten mutig mit gutem Beispiel voran. Das kleinste Leck in der Sichtkuppel oder ein Notausstieg in den Weltraum wären der sichere Tod. Zahlreiche Jedi haben ihren Einsatz an vorderster Front mit dem Leben bezahlt. Dennoch beharren die Übriggebliebenen auf dem Standpunkt, dass Kampfgeist und Mut ein unschlagbarer Vorteil in Gefechtssituationen darstellen. Das hartnäckige Überleben der Loyalisten im Kampf gegen die weitaus größeren Droiden-Streitkräfte mag einmal mehr einen Beweis dafür liefern, dass es tatsächlich „auf die Größe nicht ankommt".

Jedi-Abfangjäger

Um dem entführten Obersten Kanzler Palpatine zu Hilfe zu eilen, verloren Obi-Wan Kenobi und Anakin Skywalker keine Zeit damit, zuvor in ihre Kampfschiffe zu klettern. In ihren Jedi-Abfangjägern setzten sie sich an die Spitze der Republikstreitkräfte und flitzten durch das umkämpfte Gebiet. Das kompakte Design ihrer Jäger trägt den auf den Einsatz der Macht basierenden taktischen Fähigkeiten eines Jedi-Piloten Rechnung – schweres Fluggerät, Sensoren und Schilde sind nicht nötig. Während der letzten drei Jahre wurde die charakteristische Form des Jedi-Abfangjägers für die Klonstreitmächte der Republik zunehmend zu einem Symbol von Autorität und Hoffnung – und für die Separatisten zu einem frustrierenden Spuk.

Datenblatt

Hersteller: Kuat Systems Engineering, Unternehmen von Kuat Drive Yards (Jäger); TransGalMeg Industries Inc. (Hypertriebwerksring)

Modell: Eta-2-*Actis*-Abfangjäger; Syliure-45-Hypertriebwerksmodul

Maße: Länge 5,47 m; Breite 4,3 m; Höhe mit ausgeklappten Flügeln 2,5 m

Höchstbeschleunigung *(linear, im offenen Weltraum)*: 5.200 G

Höchstgeschwindigkeit *(in Standardatmosphäre)*: 15.000 km/h

Crew: 1 Pilot und 1 Astromech-Droide

Schilde: keine

Bewaffnung: 2 Doppellaserkanonen; 2 sekundäre Ionenkanonen

Hypertriebwerksbooster

Viele Jedi-Raumjäger sind zu klein, um gefahrlos einen Hyperantrieb darin unterzubringen. Somit müssen die Schiffe an einen externen Boosterring angekoppelt werden. Angetrieben von Zwillingsreaktoren und Ionentriebwerken, enthält der Ring die nötige „Hypermaterie“ und bietet damit dem angedockten Raumjäger den unverzichtbaren Ballast während eines Hyperraumsprunges. Beim Hypergeschwindigkeitsflug schützen Schilde Schiff und Ring vor den sonst fatalen Folgen einer Kollision mit interstellaren Gasen und Partikeln. Ein Stasisfeld verlangsamt die Reise auf Bordzeit, sodass der Pilot nicht schneller altert als der Rest der Galaxis.

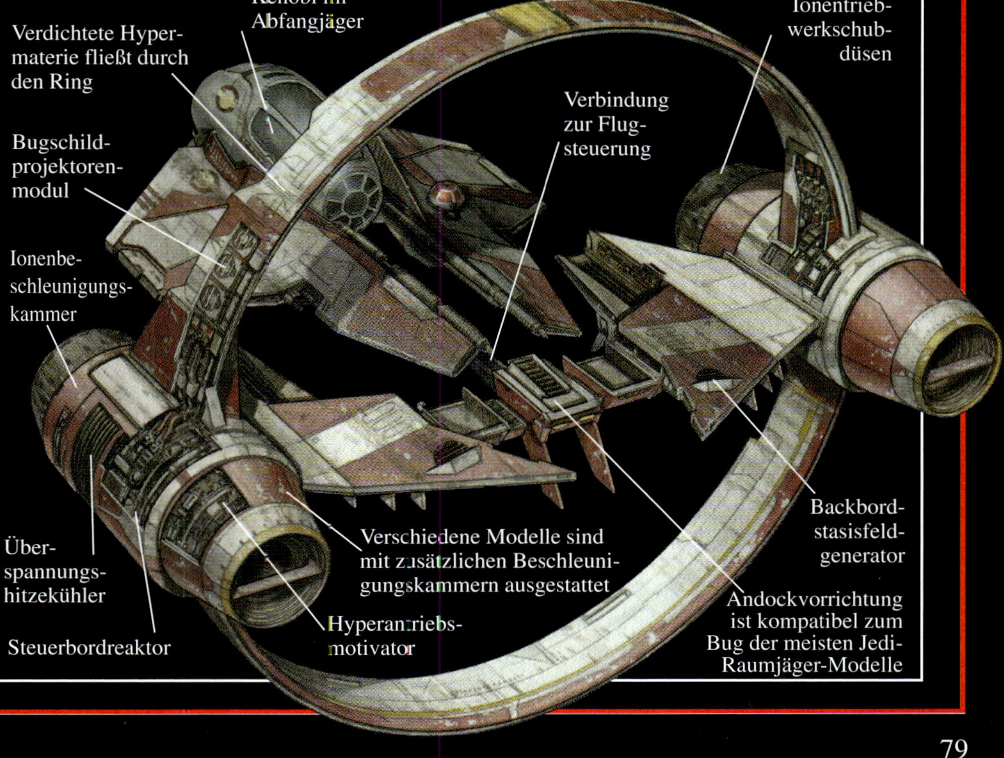

Wendiger Gegner

In den letzten Schlachten der Klon-Kriege fliegen einige Jedi einen der wendigsten Raumjäger jenes Jahrtausends. Kaum größer als ein herkömmlicher Luftgleiter, verfügt der Eta-2-*Actis*-Abfangjäger, verglichen mit dem ebenfalls leichten Delta-7-*Aethersprite,* über eine hervorragende Beschleunigung und Manövrierfähigkeit. Ein wesentliches Problem bei der Unterbringung der enorm leistungsfähigen Kampfjäger-Technologie auf engstem Raum stellt die Überhitzungsgefahr dar – gegen die ein komplexes System aus Hitzeaustauschern, Pumpen und Kühlpaneelen Abhilfe schafft. Die großen Laserkanonen des Abfangjägers besitzen eine äußerst hohe Feuerkraft, wenngleich aufgrund der leistungsschwachen Kondensatoren der Dauerfeuer-Einsatz beschränkt ist – indes kein echtes Handicap für einen Jedi-Piloten, der sein Ziel ohnehin selten verfehlt.

TRI-JÄGER

DIESE HEIMTÜCKISCHE UND ZIELSTREBIGE Kampfeinheit stellt eine Furcht einflößende Streitmacht zur Verteidigung der Separatisten-Schlachtschiffe dar. Die schnellen, wendigen Tri-Jäger wurden für den Nahkampf entwickelt. Mit mehr modernen Droidengehirnen ausgestattet als ein Vulture-Droidenjäger der Handelsföderation, bedeuten Tri-Jäger selbst für die besten Sternenpiloten eine Herausforderung. Obwohl den Jedi-Abfangjägern an Geschwindigkeit unterlegen, machen Panzerung und Bewaffnung den Tri-Jäger zu einem Gegner, den man nicht unterschätzen sollte.

COLICOID-DESIGN

Die furchterregende Optik des Tri-Jägers und seine aggressive Programmierung ist das Werk der Colicoiden – der Erbauer der schweren Droideka-Infanterie der Handelsföderation. Das wulstige Design geht auf die Schädelform eines prähistorischen Raubtiers zurück, das auf dem Planeten Colla IV beheimatet war. Drei unabhängige Schubdüsen verleihen dem Raumschiff seine Wendigkeit; Ein starker Reaktor sowie Kontroll-/Kom-Transceiver ermöglichen die für einen Droidenjäger ungewöhnlich hohe Reichweite.

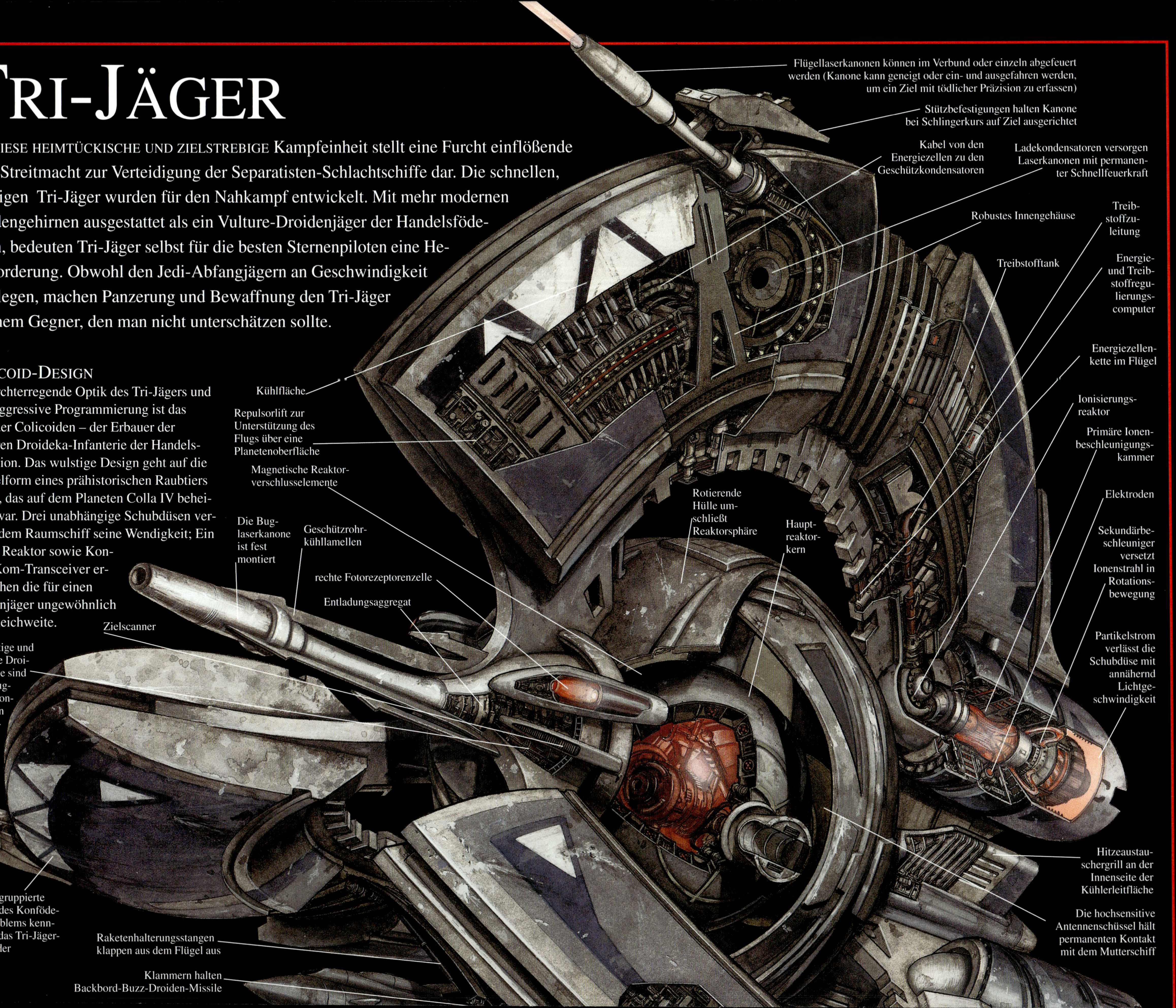

Datenblatt

Hersteller: Colla Designs und Phlac-Arphocc Automata Industries
Modell: Schwerer Raumjäger
Maße: Länge 5,4 m; Flügel Ø 1,96 m; Breite 3,45 m
Höchstbeschleunigung *(linear, im offenen Weltraum)*: 3.600 G
Höchstgeschwindigkeit *(in Standardatmosphäre)*: 37.000 km/h
Hyperantrieb: nicht vorhanden
Crew: intergrierte Droidengehirne
Bewaffnung: 1 mittelschwere Laserkanone; 3 leichte Laserkanonen; 2 – 6 Buzz-Droiden-Missiles

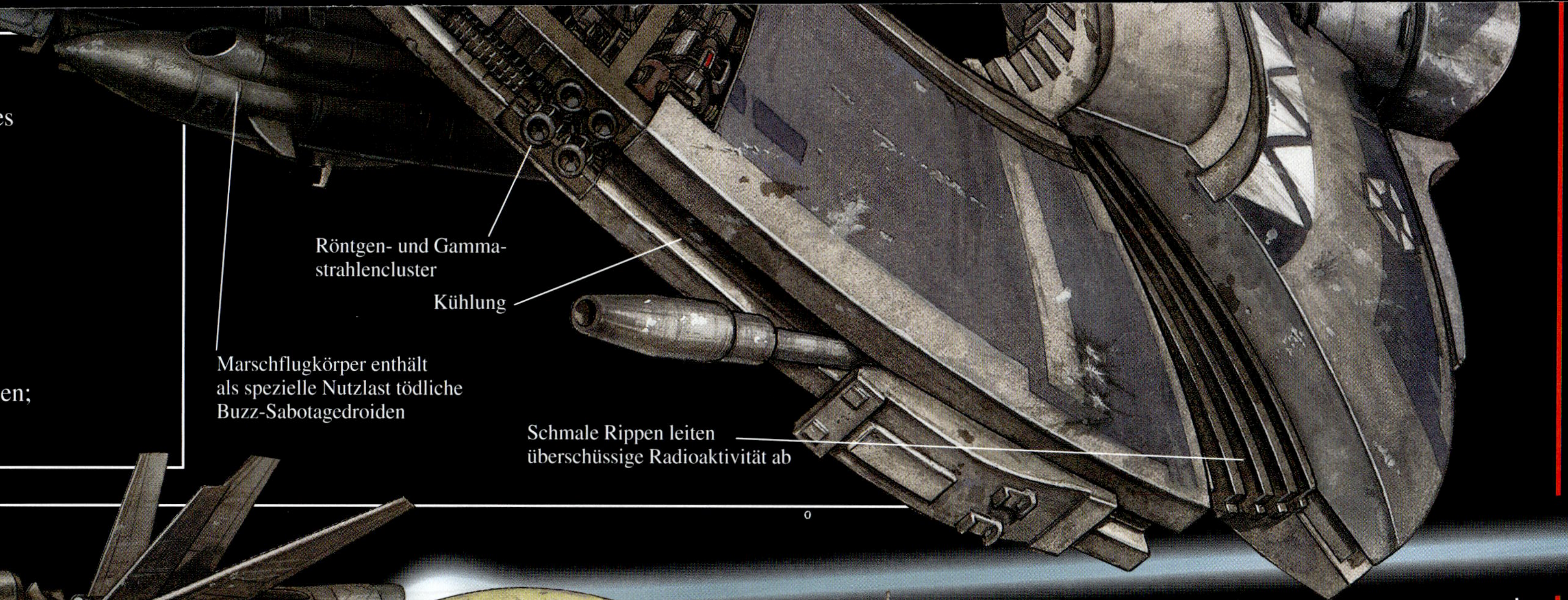

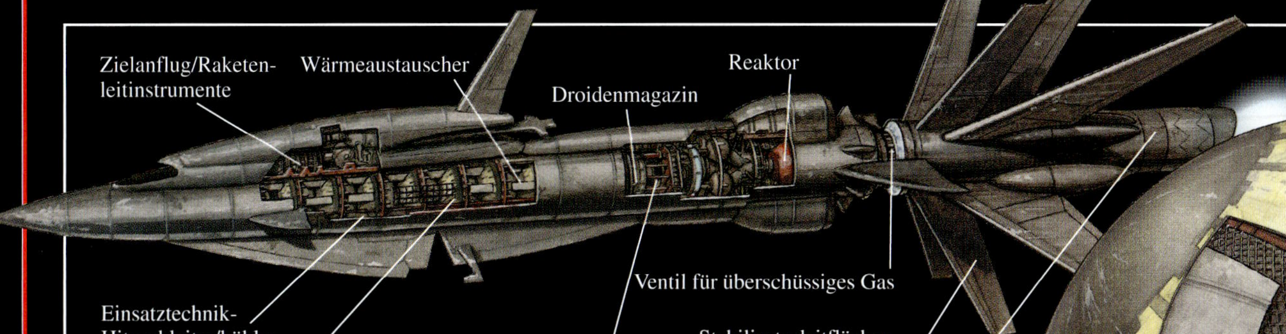

BUZZ-DROIDEN-MARSCHFLUGKÖRPER

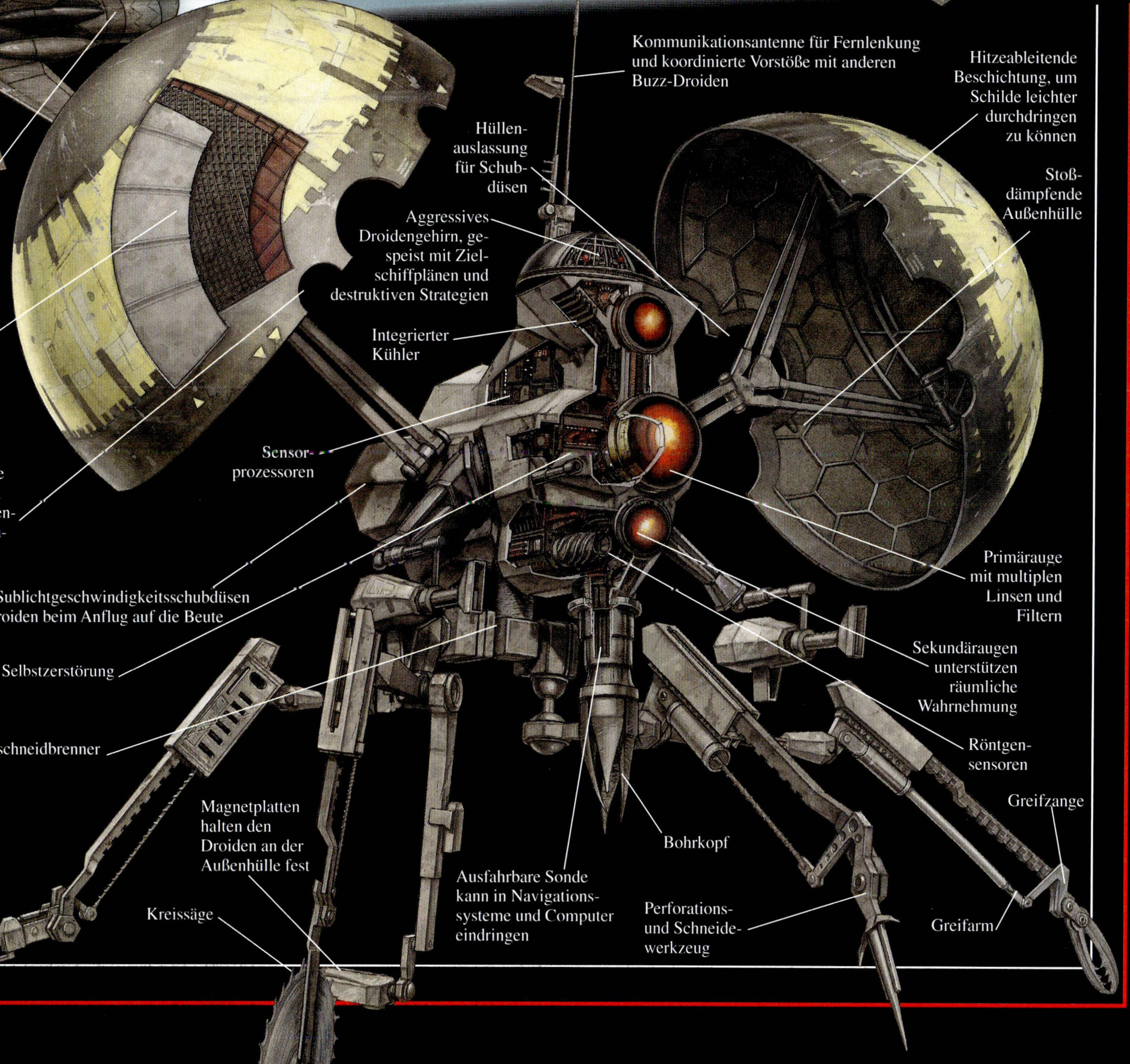

BUZZ-DROIDE

Buzz-Droide der Konföderation

Während der Schlacht von Coruscant verteidigen Tri-Jäger General Grievous' angeschlagenes Schlachtschiff, indem sie die Jedis mit einer neuen, tödlichen Waffe bedrängen. Diese Missiles sind in der Lage, beinahe jedes bemannte Sternenschiff anzuvisieren und einzuholen. Doch ihr Zweck ist nicht die direkte Vernichtung des Feindes. Anstatt beim Einschlag zu explodieren, entlässt der Flugkörper einen Schwarm Buzz-Droiden: mechanische Gremlins, programmiert auf die hohe Kunst der Sabotage. Winzige Navigationsschubdüsen und eine abgeschirmte Kapsel befähigen den Buzz-Droiden, die Schilde eines Zielschiffes zu durchdringen und bis zu dessen Hülle vorzustoßen. Einmal „geschlüpft“, entfaltet ein Buzz-Droide ein ganzes Arsenal von Werkzeugen, um maximalen Schaden zu verursachen. Die Datenbank eines Buzz-Droiden enthält die Pläne zahlreicher Raumschiffe und militärischer Ziele, sodass Schwachstellen schnell gefunden sind. Eben diesen höchst effektiven Saboteuren gelingt es, General Kenobis Jedi-Abfangjäger lahmzulegen.

Dauerfeuer

Das von Baktoid Fleet Ordnance gebaute HMP (Heavy Missile Platform)-Droiden-Kanonenboot zeichnet sich durch eine wuchtige, waffenstarrende Bugschnauze aus. Bei dieser über dem Schlachtfeld schwebenden Geschützplattform sorgen starke Repulsorliftphalangen für Stabilität und tödliche Effektivität in kleineren und größeren Gefechten. Dank der Hochleistungsschilde und des untertassenförmigen Rumpfs kann die HMP selbst schwersten Blasterbeschuss ablenken und absorbieren. Die nötige Schubkraft liefern Ionenantriebsdüsen am Heck des Schiffes.

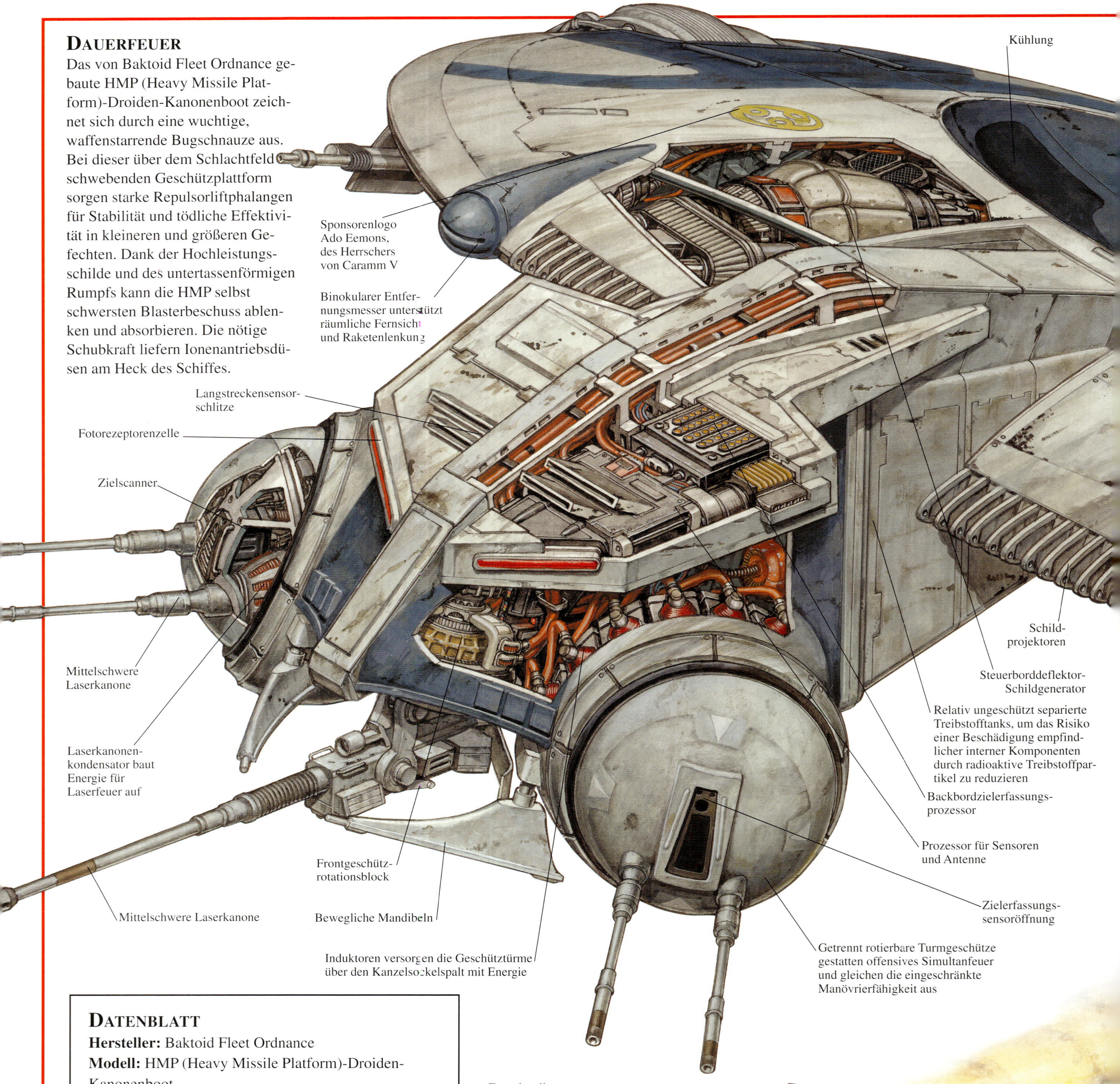

Datenblatt

Hersteller: Baktoid Fleet Ordnance
Modell: HMP (Heavy Missile Platform)-Droiden-Kanonenboot
Funktion: Angriffsjäger für Bodenziele
Maße *(ohne Waffen)***:** Länge 12,3 m; Breite 11 m; Höhe 3,1 m
Höchstbeschleunigung *(linear, im offenen Weltraum)***:** 100 G
Höchstgeschwindigkeit *(in Standardatmosphäre)***:** 14.200 km/h
Crew: intergriertes Droidengehirn
Bewaffnung *(Standardausstattung)***:** 2 Laserkanonentürme; 1 mittelschwere Laserkanone; 2 leichte Laserkanonen; 14 Marschflugkörper

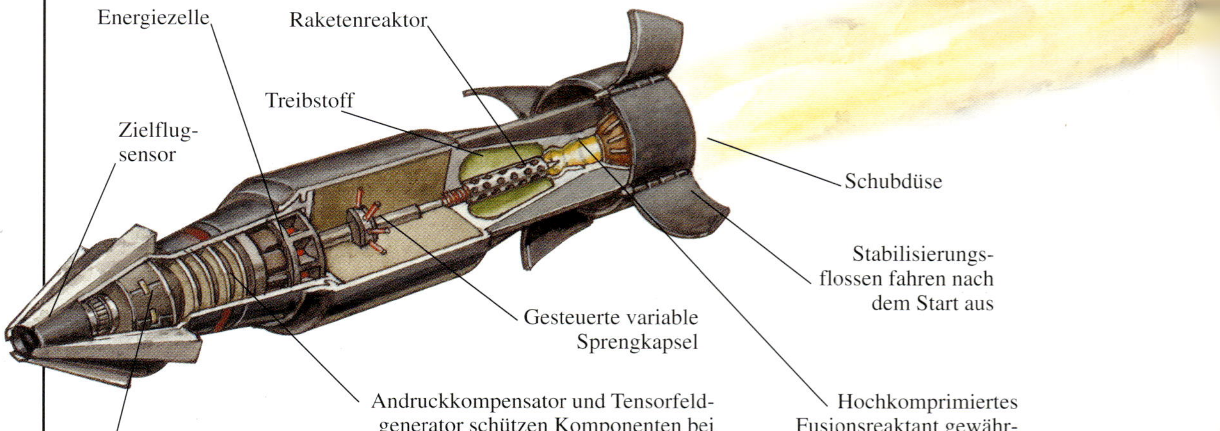

Droiden-Kanonenboot

Von bedrohlichem Äusseren und immenser Zähigkeit, stellt das Droiden-Kanonenboot eine schlag- und abwehrkräftige Raketenabschussplattform dar. Entwickelt für den planetaren Luft-Boden-Angriff in der Atmosphäre, bewegt es sich relativ langsam und verfügt nur über durchschnittliche Manövrierfähigkeit, was jedoch durch seine Feuerkraft mehr als wettgemacht wird. Zwei Laserkanonentürme erlauben das unabhängige Erfassen von Zielen, während Torpedos und Missiles gegen Bodenanlagen oder bewegliche Nahziele entfalten. Die Flügelmodule können zusätzliche Laserkanonen, seismische Bomben oder verbesserte Zielscanner tragen. Das Droiden-Kanonenboot ist ein Symbol für die militärische Schlagkraft der Separatisten.

Skrupellose Verbündete

Das von Baktoid auf vielen Konföderationswelten in Serie produzierte Droiden-Kanonenboot spielt bei den Separatistenstreitkräften eine wichtige Rolle. So mancher machthungrige Despot machte sich diese Schiffe für seine eigenen Interessen zunutze. Etliche der Kanonenboote, die bei Grievous' Angriff auf Coruscant zum Einsatz kommen, zeigen auf ihren Tragflächen das Dreierspiralen-Sponsorenlogo von Ado Eemon, dem glattzüngigen Herrscher von Caramm V. Eemon nutzt seine persönliche Kanonenboot-Flotte, um rücksichtslos seine Macht zu verteidigen, wobei er seine einst so schöne Welt mehr und mehr verwüstet.

Modulare Flanken

Die Flanken des Droiden-Kanonenboots können eine beachtliche Bandbreite an einsatzspezifischer Nutzlast tragen. Dutzende von Raketen- und Torpedotypen können so flexibel eingesetzt werden. Dazu gehören konzentriertes oder Flächenfeuer, elektromagnetische Impulse zur Ausschaltung gegnerischer Elektrik, gezielter Einsatz von Sabotagegerät oder heftiger Strahlenbeschuss. Seismische Bomben sind gegen größere Bodenziele effektiv, jedoch zu schwerfällig, um einen Raumjäger präzise zu treffen. Die Flankenspitzen können zusätzliche Laserkanonen für Fern- und Nahkampfgefechte tragen.

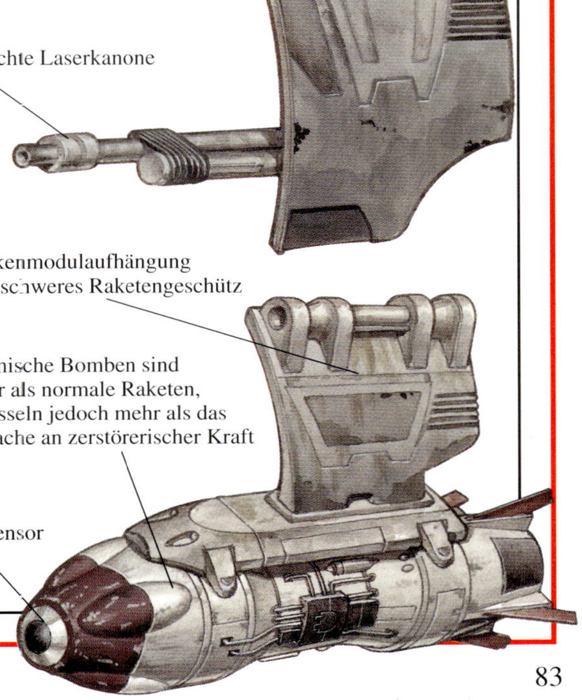

Gewaltige Feuerkraft

Juggernauts werden wegen ihrer immensen Feuerkraft gebaut, um geschützte gegnerische Einrichtungen zu stürmen, von denen einige dem Sperrfeuer eines einzelnen Juggernauts mehrere Stunden standhalten können. Handelt es sich aber um ein ungeschütztes Ziel, kann ein Juggernaut verheerende Feuerbälle mit der Stärke von Nuklearbomben entfesseln.

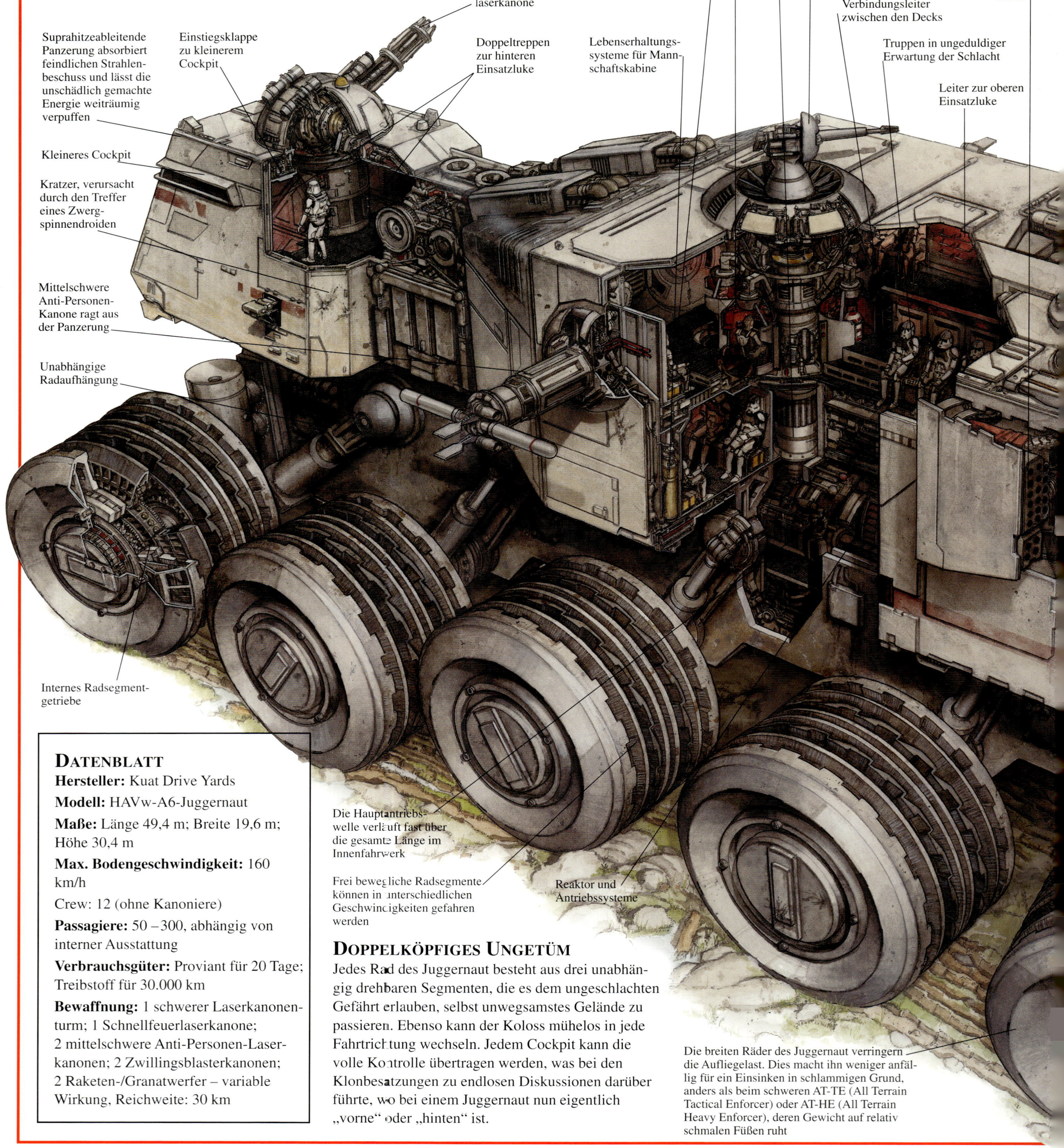

Datenblatt

Hersteller: Kuat Drive Yards

Modell: HAVw-A6-Juggernaut

Maße: Länge 49,4 m; Breite 19,6 m; Höhe 30,4 m

Max. Bodengeschwindigkeit: 160 km/h

Crew: 12 (ohne Kanoniere)

Passagiere: 50 – 300, abhängig von interner Ausstattung

Verbrauchsgüter: Proviant für 20 Tage; Treibstoff für 30.000 km

Bewaffnung: 1 schwerer Laserkanonenturm; 1 Schnellfeuerlaserkanone; 2 mittelschwere Anti-Personen-Laserkanonen; 2 Zwillingsblasterkanonen; 2 Raketen-/Granatwerfer – variable Wirkung, Reichweite: 30 km

Doppelköpfiges Ungetüm

Jedes Rad des Juggernaut besteht aus drei unabhängig drehbaren Segmenten, die es dem ungeschlachten Gefährt erlauben, selbst unwegsamstes Gelände zu passieren. Ebenso kann der Koloss mühelos in jede Fahrtrichtung wechseln. Jedem Cockpit kann die volle Kontrolle übertragen werden, was bei den Klonbesatzungen zu endlosen Diskussionen darüber führte, wo bei einem Juggernaut nun eigentlich „vorne“ oder „hinten“ ist.

JUGGERNAUT

JUGGERNAUT! Allein der Name dieses rollenden Giganten ruft bei Trillionen von Kampfdroiden und deren separatistischen Herren Erinnerungen an verheerende Niederlagen wach. Jeder einzelne der HAVw-A6-Juggernauts ist ein zehnrädriger, schwer gepanzerter und um einen leistungsstarken Reaktorkern und Antrieb herum gebauter Kasten, der rundum gespickt ist mit Granatwerfern und Blastern. Als Angriffsfahrzeug an vorderster Front bietet der Koloss darüber hinaus einer ganzen Klonkrieger-Kompanie Transportmöglichkeit und Schutz. Die stabilen, kraftstrotzenden Juggernauts stellen das taktische Rückgrat der Klonarmeen dar. Unter dem Kommando des Jedi-Meisters Yoda sind sie integraler Bestandteil eines Feldzuges mit dem Ziel, die Kampfdroiden-Invasoren von Kashyyyk, der strategisch wichtigen Wookiee-Welt, zu vertreiben.

ROLLENDE KRIEGSMASCHINE

Obwohl der Transport auf Rädern wie ein Relikt aus archaischen Zeiten anmutet, schützt der Bodenkontakt den Juggernaut vor elektromagnetischen Angriffen und Schildentladungen. Auch hat er einen geringeren Bremsweg und Manövrierradius als jedes repulsorliftbetriebene Gefährt, wobei er Zwergspinnen- und Kampfdroiden einfach unter sich zermalmt. Die fast undurchdringliche Panzerung und ein Arsenal an Strahlen- und Geschosswaffen machen ihn für die meisten Bodeneinheiten zu einem ernst zu nehmenden Gegner.

AT-RT-LÄUFER

Der AT-RT (All Terrain Recon Transport) ist eine gepanzerte, mobile Kampfplattform für einen einzelnen Soldaten auf Patrouille oder Aufklärungsmission. Läufer dieses Modells unterstützen Polizeiaktionen in dicht bewohnten Gebieten und können als Kampfeinheit in peripheren Gefechtszonen eingesetzt werden. Ihr geringes Gewicht erlaubt es ihnen, sich schneller fortzubewegen als der seltenere Ein-Mann-AT-PT (All Terrain Personal Transport). Das Fehlen einer Kabine lässt dem Benutzer zwar freie Sicht, setzt ihn jedoch schutzlos dem Feuer selbst kleinerer Waffen aus. Die Blasterkanone des AT-RT ist gegen Infanterie äußerst effektiv, doch kaum wirksam gegen Panzer-, Spinnen- und Krabbendroiden.

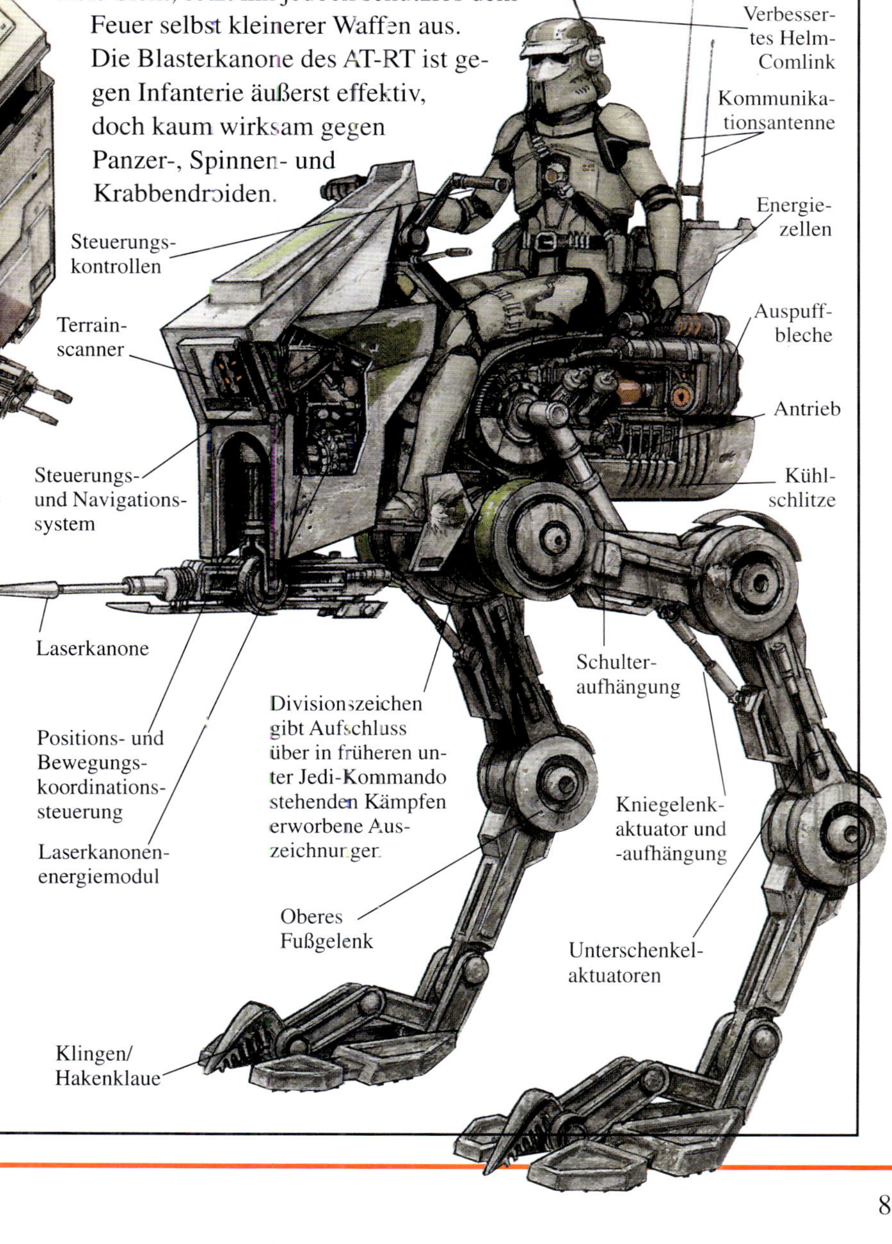

Separatistenschiffe

Während Millionen von Separatistenschiffen an groß angelegten Feldzügen im Äußeren Rand teilnehmen, führen einige Dutzend Schlachschiffe Tausende von Zerstörern und Fregatten zu einem kühnen Angriff auf die galaktische Hauptwelt Coruscant an. Diese leichten Kriegsschiffe, die vor Lasertürmen und gewaltigen Kanonen strotzen, wurden Count Dooku von den Regierungen aggressiver, unabhängiger Sektoren unterstellt. Da die Schiffe weitestgehend von Droidengehirnen gesteuert werden, bedarf es nur wenig Raumes für die Mannschaft – ein Umstand, dem die Schiffe ihr skelettartiges Äußeres verdanken. Weder Zerstörer noch Fregatten verfügen über Hangars oder Bodentruppen, führen jedoch genügend Sicherheitsdroiden zur Bordverteidigung mit sich. Darüber hinaus können die Schiffe als „Unterschlupf“ für Separatistenraumjäger dienen, die in den Nischen des ausgedehnten Rumpfes Deckung finden. Doch gerade die ausgehöhlte Hüllenkonstruktion lässt diese Schlachtschiffe, sollten die Deflektorschilde versagen, zu verwundbaren Zielen für die loyalistischen Verteidigungskräfte werden.

Datenblatt – Zerstörer der Separatisten
Hersteller: Hoersch-Kessel Drive Inc. und Free Dac Volunteers Engineering Corps
Modell: Leichter Sternzerstörer der *Recusant*-Klasse
Maße: Länge 1.187 m; Breite 157 m; Höhe 163 m
Höchstbeschleunigung *(linear, im offenen Weltraum)*: 2.800 G
Hyperantrieb: Klasse 2.0; effektive Reichweite: 30.000 Lichtjahre
Crew: 300; bis zu 40.000 deaktivierte Kampfdroiden
Bewaffnung: 1 schwere Bugturbolaserkanone; 4 schwere Turbolaserkanonen; 6 schwere Turbolasertürme; 5 Turbolaserkanonen; 30 Doppellaserkanonen; 12 leichte Doppellaserkanonen; 60 Punktstrahlabwehrlaserkanonen

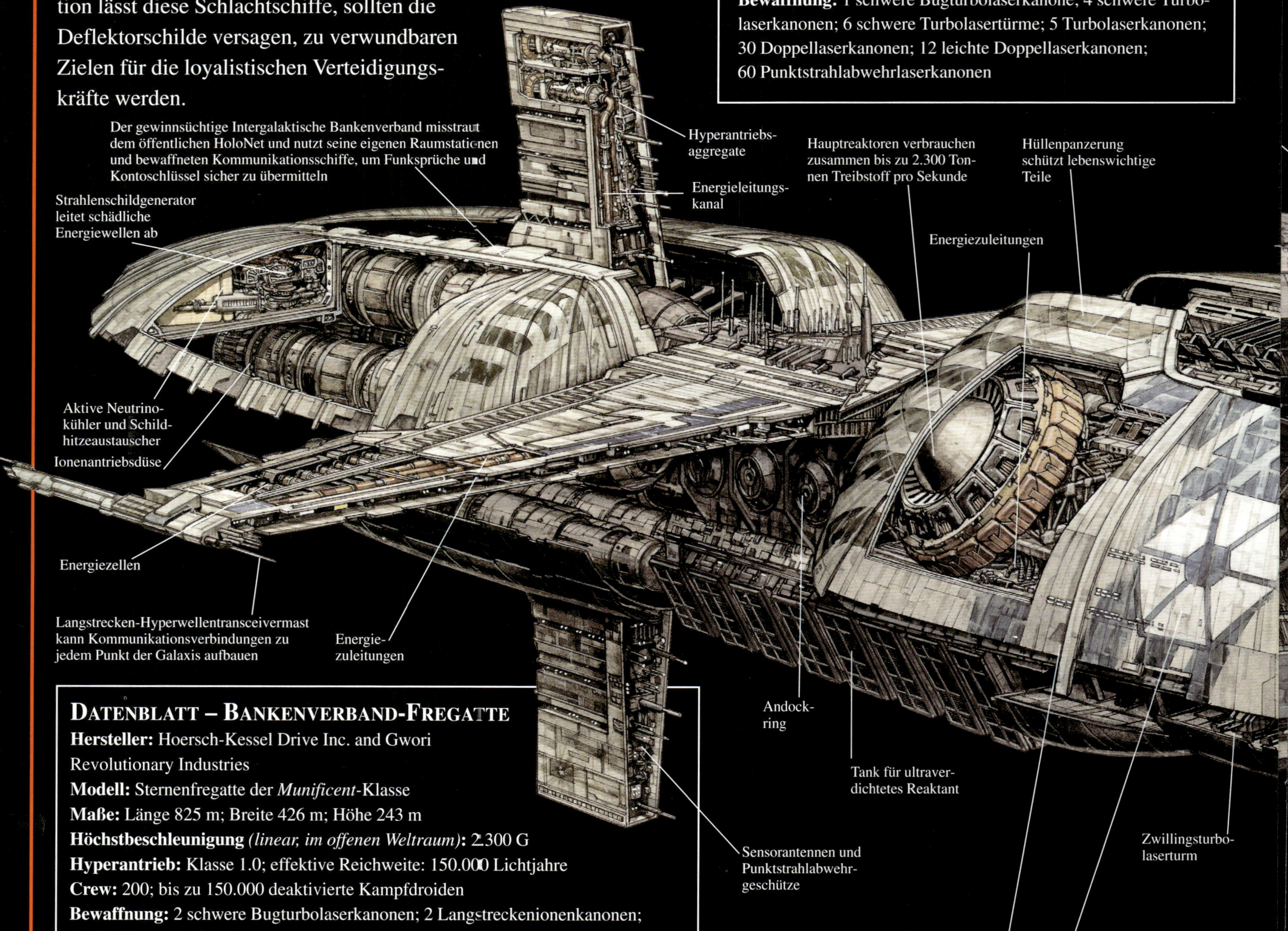

Datenblatt – Bankenverband-Fregatte
Hersteller: Hoersch-Kessel Drive Inc. and Gwori Revolutionary Industries
Modell: Sternenfregatte der *Munificent*-Klasse
Maße: Länge 825 m; Breite 426 m; Höhe 243 m
Höchstbeschleunigung *(linear, im offenen Weltraum)*: 2.300 G
Hyperantrieb: Klasse 1.0; effektive Reichweite: 150.000 Lichtjahre
Crew: 200; bis zu 150.000 deaktivierte Kampfdroiden
Bewaffnung: 2 schwere Bugturbolaserkanonen; 2 Langstreckenionenkanonen; 26 Zwillingsturbolaserkanonen; 20 leichte Turbolasertürme; 38 Punktstrahlabwehrlaserkanonen

Unterstützender Zerstörer der Handelsgilde

Die leichten Zerstörer der *Recusant*-Klasse werden serienmäßig von eifrigen Arbeitern unter Aufsicht von Technologie-Union-Vorarbeitern produziert. Die erforderlichen Komponenten und Rohstoffe liefern die zahlreichen Handelsgilden. Seit dem Beginn der Klon-Kriege wurden unzählige dieser unterstützenden Einheiten gebaut, in Gefechten vernichtet und wieder ersetzt. Einzelne Schiffe der *Recusant*-Klasse greifen gern Handelsfrachter an, doch ihre wahre Kampfstärke zeigt sich erst, wenn sie in großer Zahl auftauchen. Vier bis sechs von ihnen können Sternzerstörern der *Venator*- oder *Victory*-Klasse durchaus gefährlich werden. Um es allerdings mit einem *Mandator-II*-Dreadnaught von Kuat Drive Yards aufnehmen zu können, bedürfte es etwa 1.000 *Recusant*-Zerstörer.

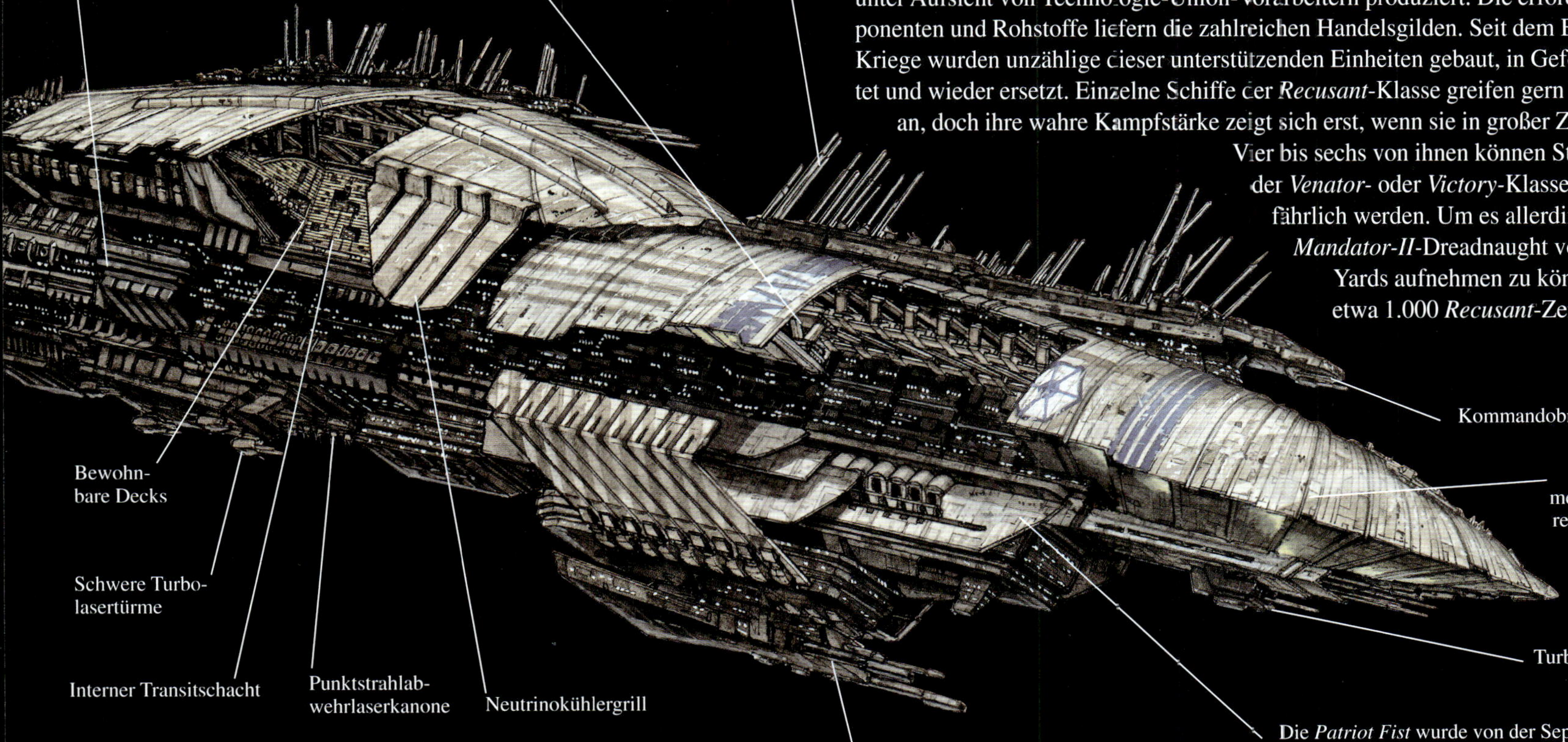

Die *Patriot Fist* wurde von der Separatisten-Junta auf der entlegenen Wasserwelt Minntooine gebaut, mit Unterstützung verbannter radikaler Quarren

Bankenverband-Fregatte

Die Bankenverband-Sternenfregatte der *Munificent*-Klasse ist ein Kampf- und Kommunikationsschiff, das tief in feindliches Gebiet vordringende Separatistenflotten bei Navigation und Koordinierung unterstützt. Extrem leistungsstarke Antennen kanalisieren Supralichtsignale von Hyperwellentransceivern, während Störsender feindliche Sensoren und Zielerfassungssysteme behindern. Zwei riesige Turbolaserkanonen können einen Eismond von 1.000 Kilometer Durchmesser zum Schmelzen bringen oder die Schilde einer 10 Kilometer entfernten Klasse-III-Kampfstation durchdringen. Ehemals wurden diese Schiffe eingesetzt, die Werttransporte der Äußeren Randwelten zu schützen oder beim Bankenverband verschuldete Planeten zu bedrohen. Heute eskortieren und koordinieren sie Einsätze der Separatistenflotte wie etwa Angriffe auf Relaisstationen des interstellaren HoloNets, um die Loyalisten-Streitkräfte zu isolieren und den Informationsfluss zu blockieren.

Die *Tide of Progress* XII stammt von einer geheimen Raumstation des Bankenverbandes irgendwo zwischen der galaktischen Spirale und der nächstgelegenen Satelliten-Zwerggalaxis

Utapau P-38-Jäger

Der Planet Utapau, im abgelegenen Tarabba-Sektor gelegen, verlässt sich im defensiven wie offensiven Gefecht auf den kompakten Porax-38 (P-38)-Raumjäger. Diese robuste Hyperantrieb-Kampfeinheit verfügt über interstellare Reichweite und besitzt ein hochempfindliches Langstreckensensorsystem, das sie frühzeitig vor Feindaktivitäten warnt. Schwenkbare Schubdüsen, Doppelreaktorsysteme und Hochleistungsdeflektorschilde machen sie zu einem enormen Gewinn für jede Sternenflotte. Als Tion Medon, Leiter der Utapau-Raumhafenverwaltung, klar wird, dass General Grievous' Separatistenstreitkräfte im Begriff stehen, auf dem Planeten zu landen, erteilt er seiner angeschlagenen P-38-Flotte den Befehl zum Untertauchen. Doch mit dem Eintreffen General Kenobis und der Aussicht auf das Eingreifen der Loyalistenstreitkräfte beordert er in seinem leidenschaftlichen Wunsch nach Freiheit seine Piloten wieder aus ihren geheimen Hangars in die Tiefen des Weltraums zurück.

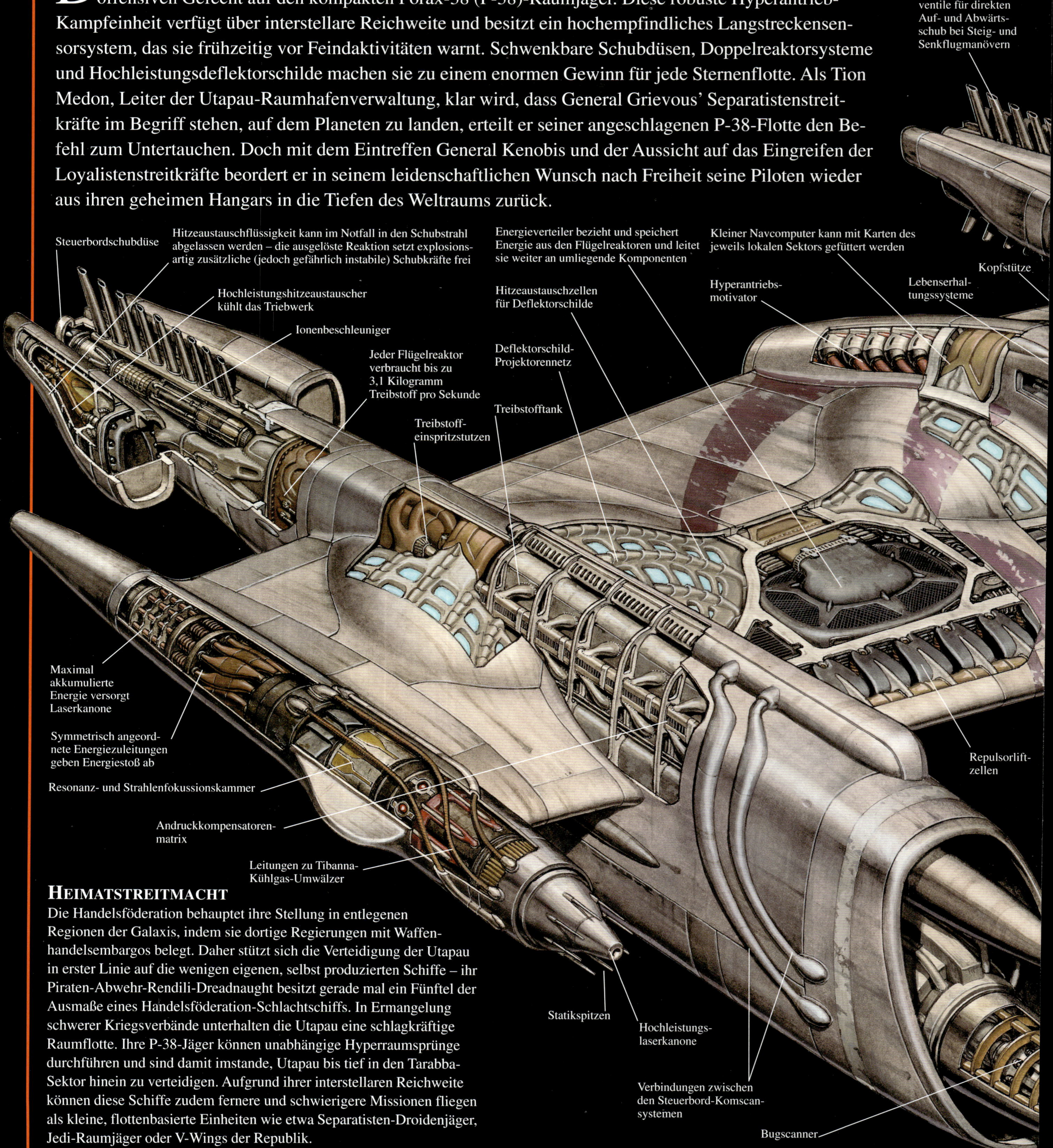

Heimatstreitmacht

Die Handelsföderation behauptet ihre Stellung in entlegenen Regionen der Galaxis, indem sie dortige Regierungen mit Waffenhandelsembargos belegt. Daher stützt sich die Verteidigung der Utapau in erster Linie auf die wenigen eigenen, selbst produzierten Schiffe – ihr Piraten-Abwehr-Rendili-Dreadnaught besitzt gerade mal ein Fünftel der Ausmaße eines Handelsföderation-Schlachtschiffs. In Ermangelung schwerer Kriegsverbände unterhalten die Utapau eine schlagkräftige Raumflotte. Ihre P-38-Jäger können unabhängige Hyperraumsprünge durchführen und sind damit imstande, Utapau bis tief in den Tarabba-Sektor hinein zu verteidigen. Aufgrund ihrer interstellaren Reichweite können diese Schiffe zudem fernere und schwierigere Missionen fliegen als kleine, flottenbasierte Einheiten wie etwa Separatisten-Droidenjäger, Jedi-Raumjäger oder V-Wings der Republik.

Raumjäger der Technologie-Union

Zahllose Mankvim-814-Abfangjäger schwärmen aus, um die Separatistenstellungen auf Utapau zu verteidigen. Die Technologie-Union hat diese kleinen Kurzstrecken-Raumjäger aus planeteneigenen Rohstoffen gebaut. Unter Hochdruck errichtete sie in den uralten Großen Hallen ihre Fabriken, ohne Rücksicht auf das architektonische Erbe der Utapau. Die simple Konstruktion des Mankvim basiert auf einem reaktorenergie- und plasmagespeisten Hochgeschwindigkeits-ionenantrieb. Ein magnetisiertes Steuerruder reguliert den Ionenstrom für den Hauptachsenschub, während kleinere Seitenschubdüsen Steig-/ Senkflug- und Giermanöver unterstützen. Der Raumjäger ist mit Zwillingsschnellfeuerlaserkanonen und starken Gefechtsschilden ausgestattet. Repulsorliftgestützte aerodynamische Tragflächen gewähren exzellente Manövrierfähigkeit.

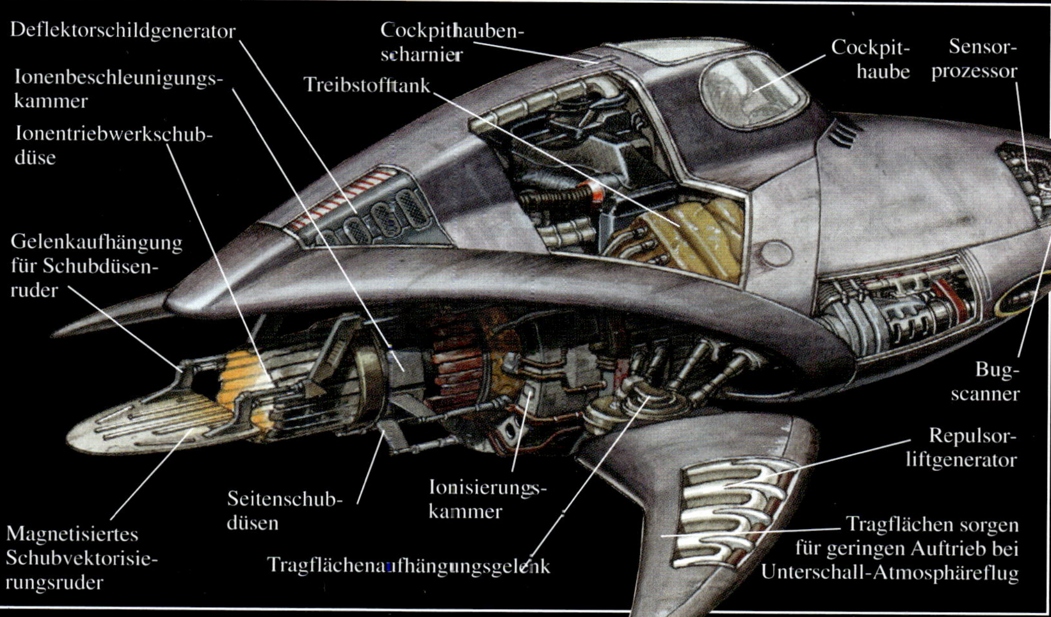

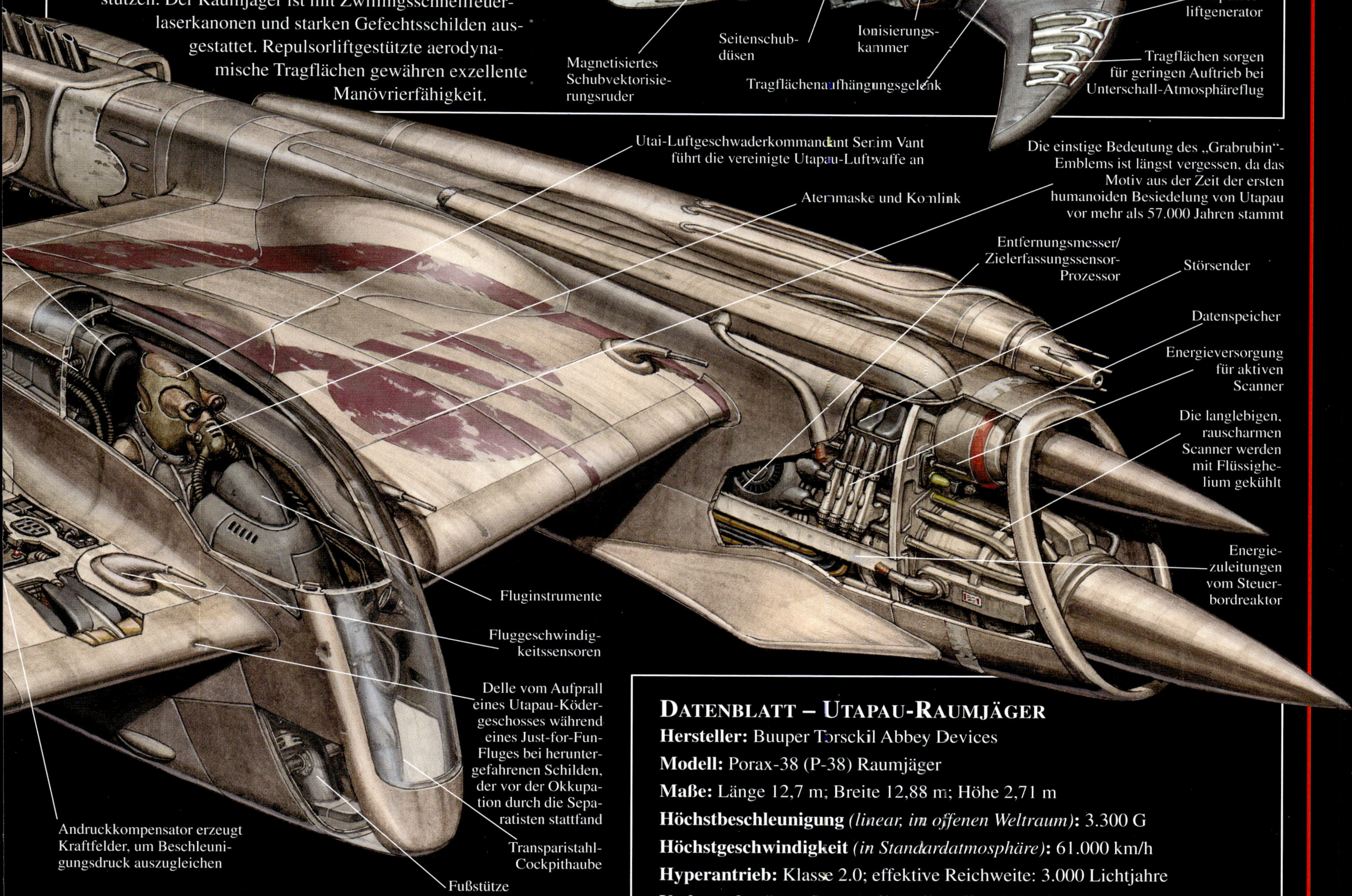

Die Rückeroberung Utapaus

Die Utapau leben in einer Welt der Stürme, Klüften und Höhlen weit entfernt von Tarabba Prime, dem nächsten nennenswerten Raumfahrt-Stützpunkt. Der Planet wird bewohnt von zwei humanoiden Spezies, den Utai und den Pau – in ihrer Gesamtheit als Utapau bezeichnet. Der einzige Vorzug des Planeten besteht in seiner Unbekanntheit, die sich General Grievous zunutze macht, um sein neues Hauptquartier vor den Streitkräften der Republik geheim zu halten. Als die Utapau beschließen, sich gegen die Okkupation durch die Separatisten zu wehren, befinden sie sich ob ihrer Ortskenntnisse und der hervorragenden Scannersysteme des P-38 bei den mörderischen Vefolgungsjagden durch die tückischen Canyons ihrer Welt klar im Vorteil. Auch erweisen sich ihre leistungsstarken Störsender als sehr effektiv. Sämtliche in Reichweite befindlichen Droiden werden so von jeglicher Kommunikation abgeschnitten und sind auf ihre nur über eingeschränkte Intelligenz verfügenden Droidengehirne angewiesen.

Datenblatt – Utapau-Raumjäger

Hersteller: Buuper Torsckil Abbey Devices
Modell: Porax-38 (P-38) Raumjäger
Maße: Länge 12,7 m; Breite 12,88 m; Höhe 2,71 m
Höchstbeschleunigung *(linear, im offenen Weltraum)*: 3.300 G
Höchstgeschwindigkeit *(in Standardatmosphäre)*: 61.000 km/h
Hyperantrieb: Klasse 2.0; effektive Reichweite: 3.000 Lichtjahre
Verbrauchsgüter: Sauerstoff, Treibstoff und Proviant für 20 Tage
Crew: 1
Bewaffnung: 2 Laserkanonen

Datenblatt – Raumjäger der Technologie-Union

Hersteller: Feethan Ottraw Scalable Assemblies
Modell: Leichter Mankvim-814-Abfangjäger
Maße: Länge 10,7 m; Breite 6,46 m; Höhe 3,45 m
Höchstbeschleunigung *(linear, im offenen Weltraum)*: 3.400 G
Höchstgeschwindigkeit *(in Standardatmosphäre)*: 62.000 km/h
Hyperantrieb: nicht vorhanden
Verbrauchsgüter: Treibstoff für 2 Stunden
Crew: 1
Bewaffnung: 2 Laserkanonen

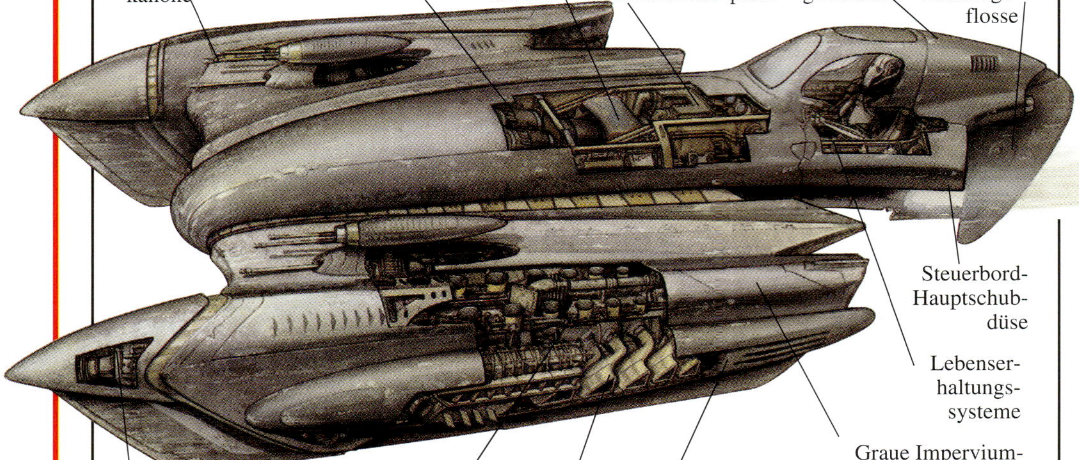

Grievous' Raumjäger

Obwohl er den Einzelkampf vorzieht, fliegt General Grievous oft einen von vielen Schlachten gezeichneten Belbullab-22 von Feethan Ottraw Scalable Assemblies, einem der führenden Hersteller selbstaufbauenden Gefechtsgeräts. Konstruiert für einen Piloten aus Fleisch und Blut, ist dieser Hyperantrieb-Jäger massiger und robuster als die verfügbaren Droidenjäger. Dank zweier Hauptionentriebwerke kann es der Belbullab an Geschwindigkeit mit einem Utapau-P-38 aufnehmen. In die Tragflächen integrierte Hilfsschubdüsen sowie eine heckseits angebrachte Schubvektorisierungsflosse unterstützen Gier- und Steig-/Senkflug-Manöver. Die Schnellfeuer-Tripellaserkanonen besitzen eine Feuerkraft, die in etwa der eines V-Wing-Jägers der Loyalisten entspricht.

Neue Hauptquartiere

General Grievous' Invasionstruppen haben auf Utapau Kommandobasen und selbstreplizierende Technologie-Union-Fabriken errichtet. Diese Anlagen produzieren Nachschubtruppen, Raumjäger, Wheel Bikes und andere Fahrzeuge unter Verwendung von planeteneigenem Material. Wenn ihnen niemand Einhalt gebietet, werden sie Utapau in eine weitere Festungswelt des Äußern Randes verwandeln, von hässlichen Raffinerien und Produktionsbändern durchlöchert und erzitternd unter dem Gewicht tödlicher Separatisten-Kriegsmaschinerie.

Datenblatt

Hersteller: Z-Gomot Ternbuell Guppat Corp., Zugsystem
Modell: Tsmeu-6-Wheel-Bike (Spezialanfertigung)
Maße: Rad Ø 2,5 m; Länge *(einschließlich Doppellaserkanone, ohne Beine)* 3,5 m; Höhe *(einschließlich Beinen)* 3,9 m
Crew: 1
Maximale Bodengeschwindigkeit: 330 km/h rollend; 10 km/h auf Beinen
Verbrauchsgüter: Treibstoff für 500 km
Bewaffnung: 1 Doppellaserkanone

GRIEVOUS' WHEEL BIKE

GENERAL GRIEVOUS' RUF als erbarmungsloser Heerführer wird von einer eigenen Flotte aus aufs Töten spezialisierten Fahrzeugen und Maschinen untermauert. Auf dem von Höhlen durchzogenen Planeten Utapau bedient sich der General eines Wheel Bikes – eines sich überschlagenden Doppelrades mit einem Motor im Zentrum. Grievous' Gefährt ist ein Nebenprodukt des radunterstützten Hailfire-Droiden und dafür entwickelt, sich mit respektabler Geschwindigkeit auf unwegsamem Gelände fortzubewegen. Darüber hinaus kann sich das Wheel Bike auf zwei Beinpaaren aufrichten und so Gefechtstrümmer und andere Hindernisse überwinden. Der Beifahrersitz ist durch eine Doppellaserkanone ersetzt, und Grievous kann bequem zwischen einem Elektrostab, einem Blaster oder einer seiner Lichtschwerter-Trophäen wählen, wenn er in die Schlacht rollt. Gebogene Stahlkrallen umsäumen die Räder, um das Vorankommen zu erleichtern oder sich im Boden festzukrallen. Die enorme Bodenhaftung des Fahrzeugs verleiht ihm beinahe akrobatische Gewandtheit, die besonders bei Grievous' Verfolgung durch Obi-Wan Kenobi ersichtlich wird.

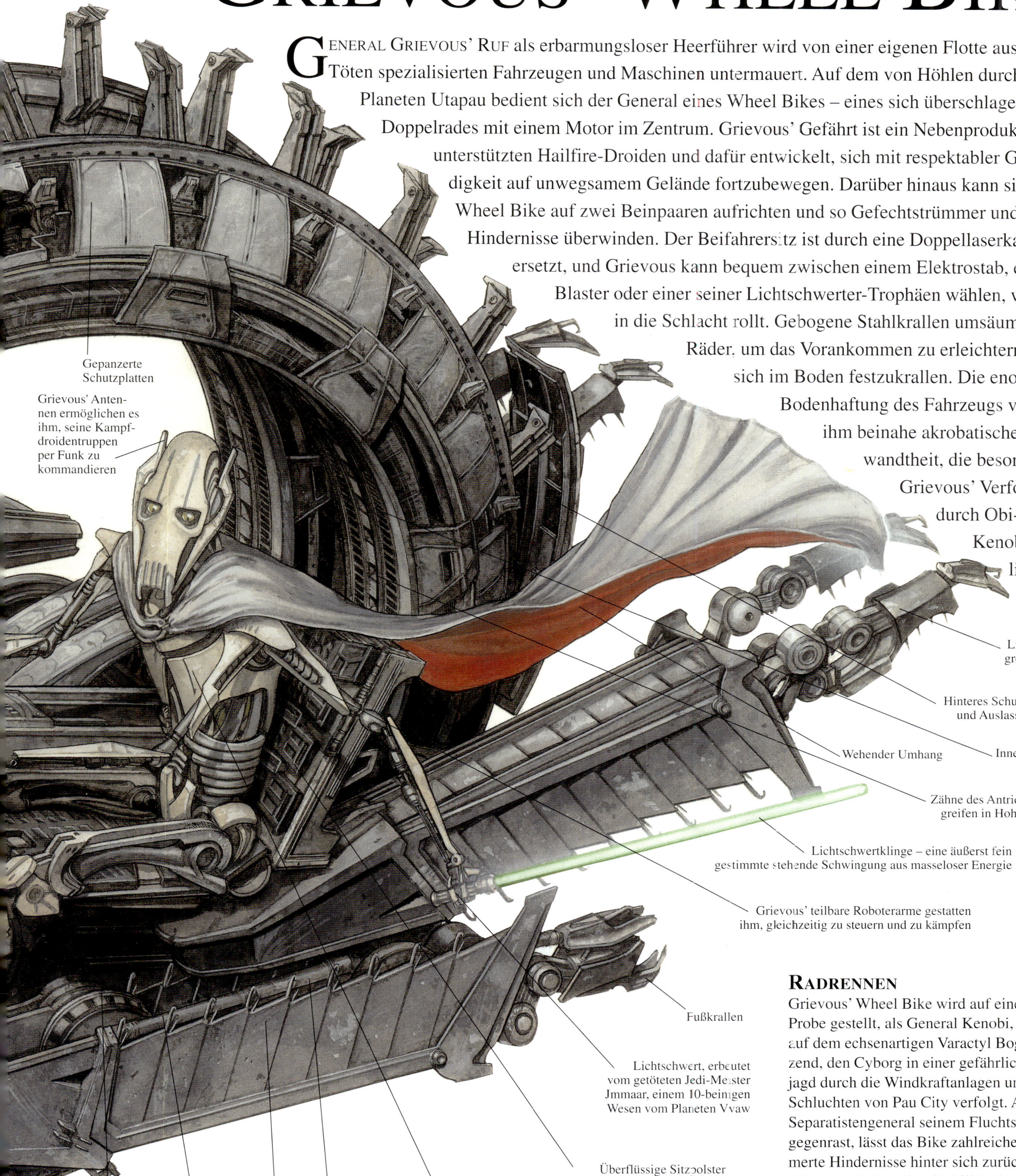

RADRENNEN

Grievous' Wheel Bike wird auf eine harte Probe gestellt, als General Kenobi, rittlings auf dem echsenartigen Varactyl Boga sitzend, den Cyborg in einer gefährlichen Hetzjagd durch die Windkraftanlagen und Schluchten von Pau City verfolgt. Als der Separatistengeneral seinem Fluchtschiff entgegenrast, lässt das Bike zahlreiche zertrümmerte Hindernisse hinter sich zurück. Die Räder verdanken ihre Stabilität dem gyroskopischen Effekt massiver, gegenläufig arbeitender interner Ketten. Die einzelnen Glieder besitzen integrierte Kondensatoren, die Reserveenergie für Beine und Blaster speichern, wenn der Antrieb stillsteht.

WOOKIEE-KATAMARAN

OEVVAOR-KATAMARANE SIND SCHLANKE, von Wookiees hergestellte Wasserfahrzeuge mit Doppelrumpf, die mit halsbrecherischer Geschwindigkeit über die Gewässer von Kashyyyk gleiten. Sie werden von einer Repulsorliftmatrix getragen und von Düsen- oder Propellerturbinen angetrieben, wie sie auch bei Podracern Anwendung finden. Die Steuerung erfolgt über messerähnliche Kiele und Ruder. Normalerweise werden Wookiee-Katamarane zum Fischen oder als Wassersportflitzer benutzt und sind daher nicht mit schweren Waffen bestückt. Doch als die Invasionsstreitkräfte Kashyyyk überfallen, müssen Hunderte dieser Boote als Einsatzmobile für Wookiee-Kommandotrupps herhalten, die mit ihnen pfeilschnell die Linien der Separatisten durchbrechen. Die Geschwindigkeit und Wendigkeit der Katamarane sind von entscheidender strategischer Bedeutung, denn Kashyyyks Verteidiger wissen, dass der Feind zuerst die Küsten einnehmen muss, bevor er daran denken kann, in die labyrinthischen, dichten Wälder im Inland vorzurücken.

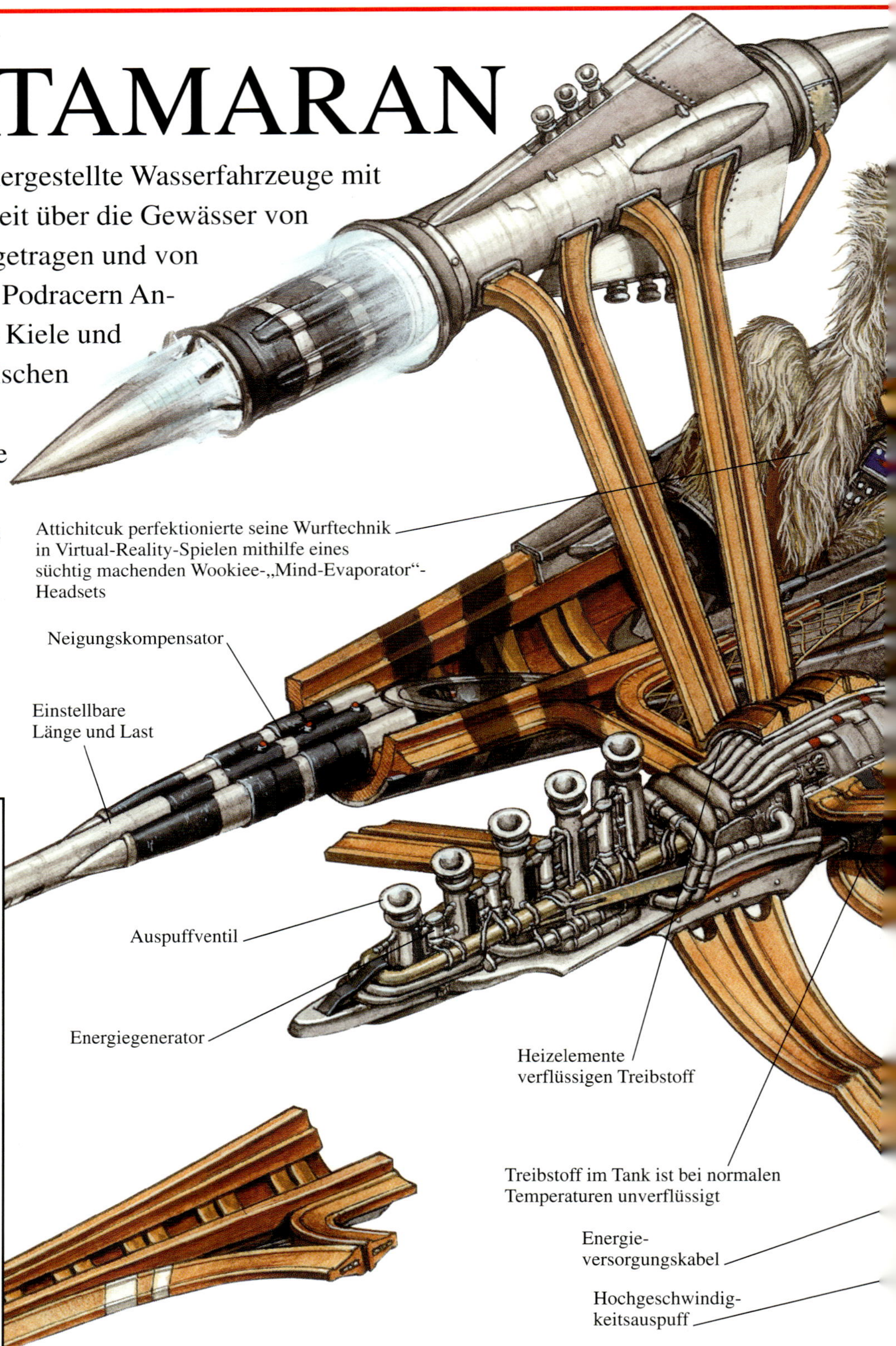

SUMPFGLEITER

Die Große Armee der Republik unterstützt die Wookiee-Verteidigungstruppen mit einer großen Bandbreite an Militärfahrzeugen. Der leichte, zweisitzige ISP (Infantry Support Platform)-Gleiter ist das dem Oevvaor-Katamaran und dem Raddadugh-„Gnasp“-Fluttercraft am nächsten kommende Äquivalent der Klonkrieger-Truppen. Das mit einem Antigravrepulsorlift ausgestattete Fahrzeug der Klonarmee schwebt vergleichsweise sanft über dem Boden. Es verfügt über ein starkes Turboantriebsgebläse, das umgeschaltet werden kann, um einen starken Bremsluftstoß zu erzeugen. Präzise, kontrollierte Vektorisierung des Antriebsgebläseschubs macht das ISP zu einem wendigen Angriffsfahrzeug. Das an der Bugschnauze montierte Paar Zwillingsblasterkanonen ist nicht nur eine tödliche Waffe gegen feindliche Infanterie, sondern auch äußerst effektiv gegen schildgeschützte gegnerische Kanonenboote, Jäger und NR-N99-Panzerdroiden.

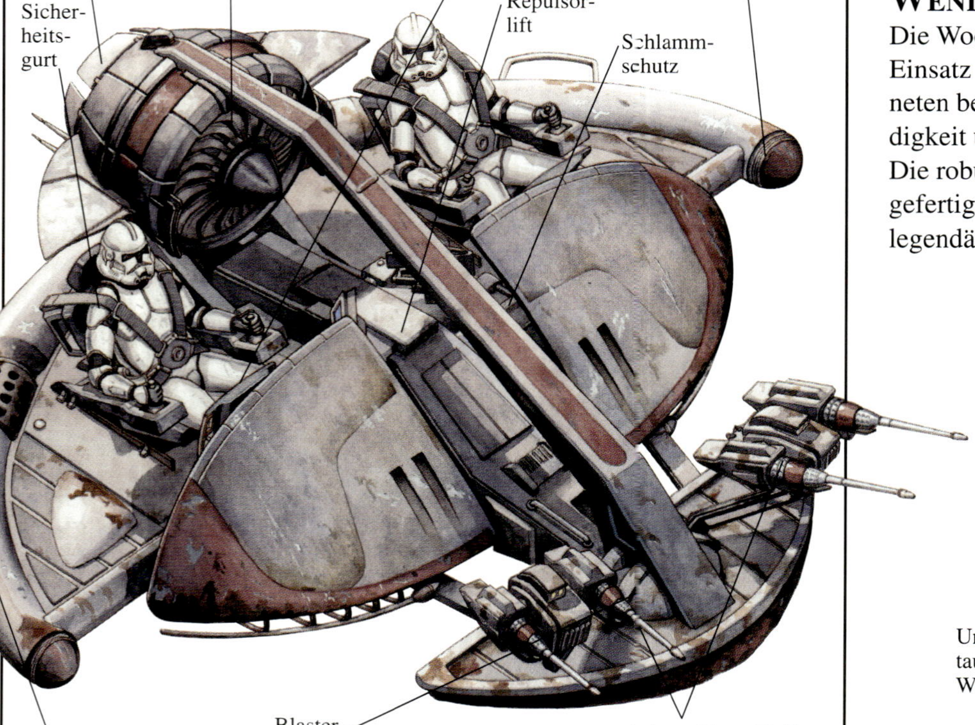

WENDIGE ABWEHR

Die Wookiee-Wasserfahrzeuge, die während der Verteidigung Kashyyyks zum Einsatz kommen, sind benannt nach dem Oevvaor, einem an den Küsten des Planeten beheimateten Wasserreptil. Auch sie zeichnen sich durch besondere Wendigkeit und Entschlossenheit in der Behauptung ihrer territorialen Ansprüche aus. Die robusten Rümpfe dieser Katamarane sind in Handarbeit aus Wroshyrholz gefertigt. Dieses leichte, belastbare und langlebige Holz stammt von Kashyyyks legendären Wroshyrbäumen, die mehrere Hundert Meter hoch werden können.

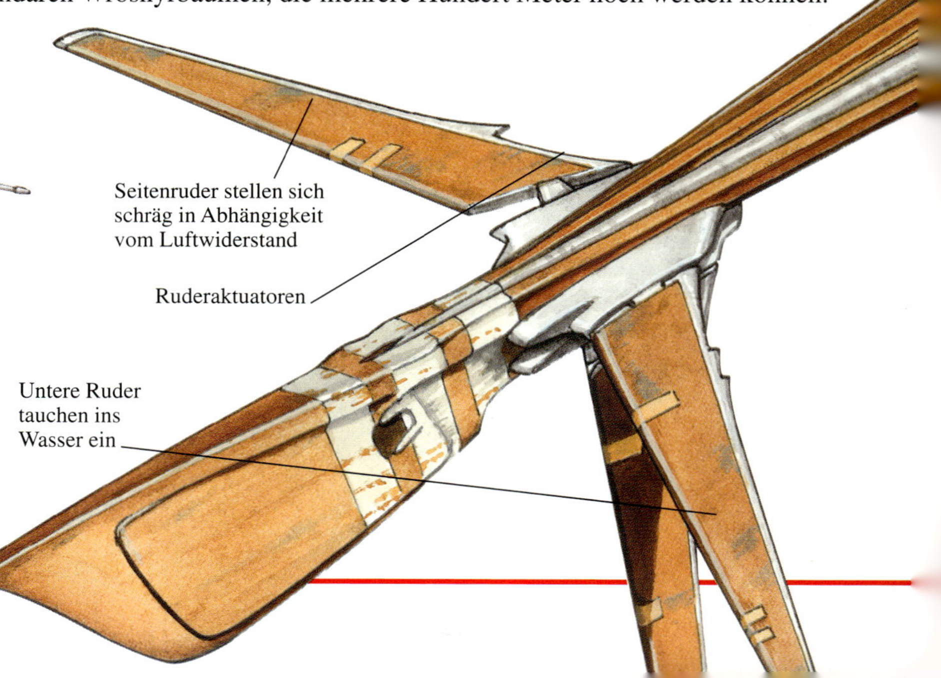

Alte Feinde

Seit 20 Jahren müssen sich die Wookiees von Kashyyyk und den angeschlossenen Koloniewelten gegen Übergriffe der raffgierigen Handelsföderation zur Wehr setzen. In dieser neuen Phase des Krieges lassen die Invasionskräfte der Konföderation die Kolonien links liegen und versuchen, einen Vernichtungsschlag gegen die Heimatwelt der Wookiees zu führen. Obwohl die Separatistenflotte von Yodas Spezialeinheit zurückgeschlagen wird, gelingt es einem riesigen Heer von Panzerdroiden, Krabbendroiden und fliegenden Kanonenbooten, den tropischen Wawaatt-Archipel zu besetzen. Die Wookiees wissen, dass sie nur unter Einsatz ihrer Muskelkraft, Abwehrwaffen und Fahrzeugpower den Eindringlingen Einhalt gebieten können.

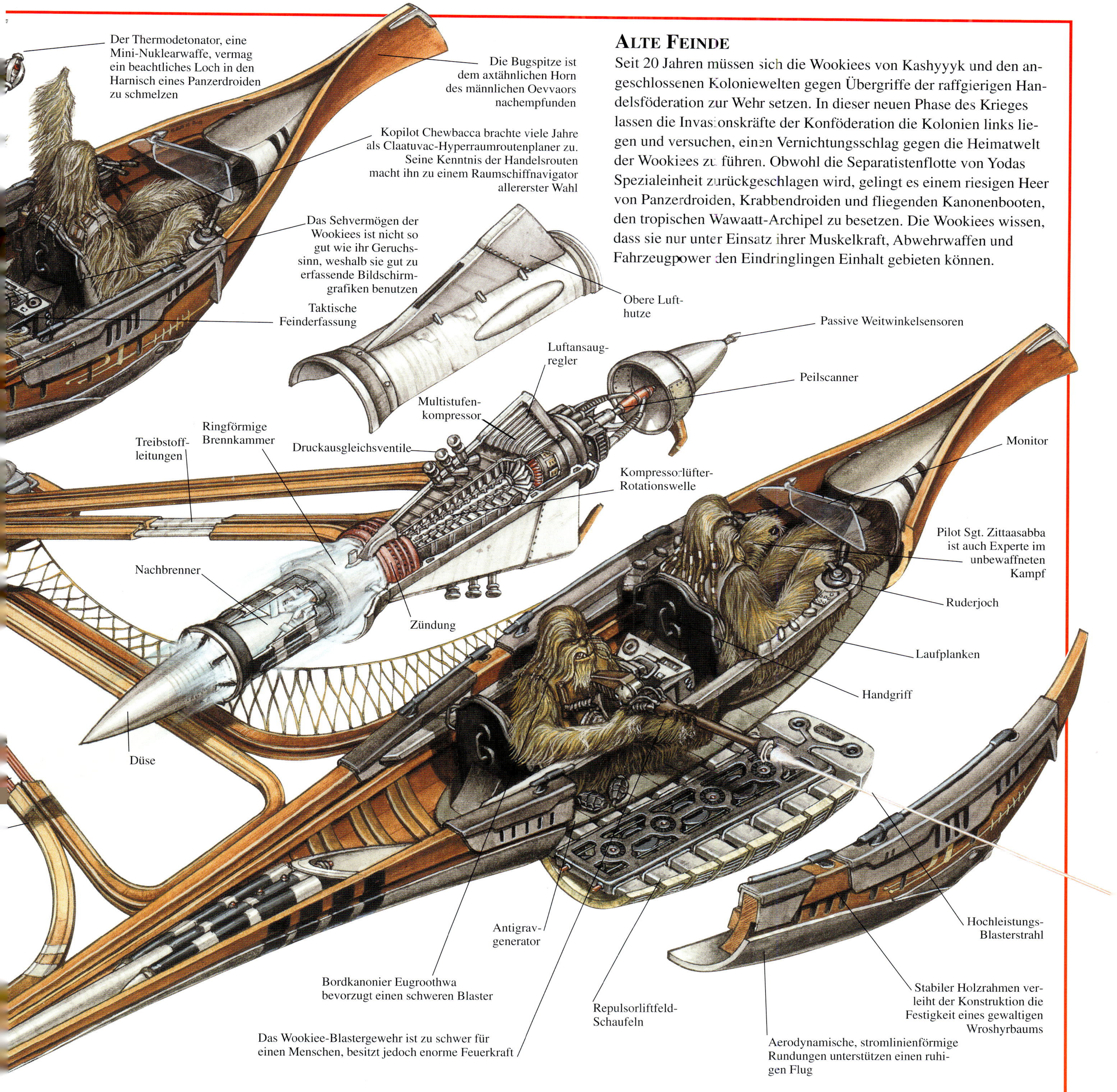

Strategisch wichtige Welt

Kashyyyk, auch Wookiee-Planet C genannt, hat lange eine wichtige Rolle im transgalaktischen Transport- und Kommunikationswesen gespielt. Über viele Jahrhunderte bewahrt und aktualisiert eine Elitegilde von Wookiee-Kartografen, die Claatuvac, die Hyperraumroutenpläne, aufgrund derer die Galaxis schiffbar bleibt. Vielerorts wird vermutet, dass die uralten Archive der Claatuvac zahlreiche, fast sagenhafte und längst vergessene Routen enthalten, die auf keiner der offiziellen Karten der Republik auftauchen. Die Eroberung Kashyyyks würde es den Separatisten ermöglichen, den Aufbau von Hyperraumrouten zu kontrollieren und mithilfe der geheimen Wookiee-Routen das galaktische Handels- und Nachrichtenwesen zu schwächen und zu monopolisieren.

Datenblatt

Hersteller: Appazanna Engineering Works

Modell: Oevvaor-Düsenkatamaran

Maße: Länge 15,1 m; Breite 10,2 m; Höhe 4,3 m

Höchstgeschwindigkeit: 370 km/h

Crew: 2

Passagiere: 2

Verbrauchsgüter: Proviant für 2 Tage

Bewaffnung: keine

Palpatines Shuttle

Meuchelmord und Entführung waren in jeder Phase der Klon-Kriege an der Tagesordnung, und fraglos benötigt ein Regierungsoberhaupt wie der kürzlich selbst ernannte Imperator Palpatine einen persönlichen Sicherheitstransporter. Das neue T-2c-Shuttle der *Theta*-Klasse wurde konzipiert, um hohen Beamten, Senatoren und anderen wichtigen Persönlichkeiten einen unbehelligten Transfer zwischen Schiffen und Planeten zu gewährleisten. Das Shuttle ist mit Front-Quadrolaserkanonen und einem einzelnen Heckgeschütz ausgerüstet und damit in der Lage, den meisten gängigen Raumjägern Paroli zu bieten. Das Waffenarsenal des Schiffes kann im Cockpit von einer kombinierten Kommunikations- und Geschützstation aus sowohl computergesteuert als auch manuell eingesetzt werden. Die ausklappbaren Tragflächen projizieren leistungsstarke Schutzschilde und tragen zudem zur Stabilisierung von Atmosphäreflügen bei.

Datenblatt

Hersteller: Cygnus Spaceworks
Modell: T-2c-Personentransporter der *Theta*-Klasse
Maße: Länge (ohne Waffen) 18,5 m; Breite 29,3 m; Höhe 18,5 m
Höchstbeschleunigung *(linear, im offenen Weltraum)*: 1.800 G
Höchstgeschwindigkeit *(in Standardatmosphäre)*: 2.000 km/h
Hyperantrieb: Klasse 1.0; Reichweite: 8.000 Lichtjahre
Verbrauchsgüter: Sauerstoff und Treibstoff für 60 Tage
Crew: 1–5
Bewaffnung: 2 Quadrolaserkanonen; 1 Achternlaserkanone

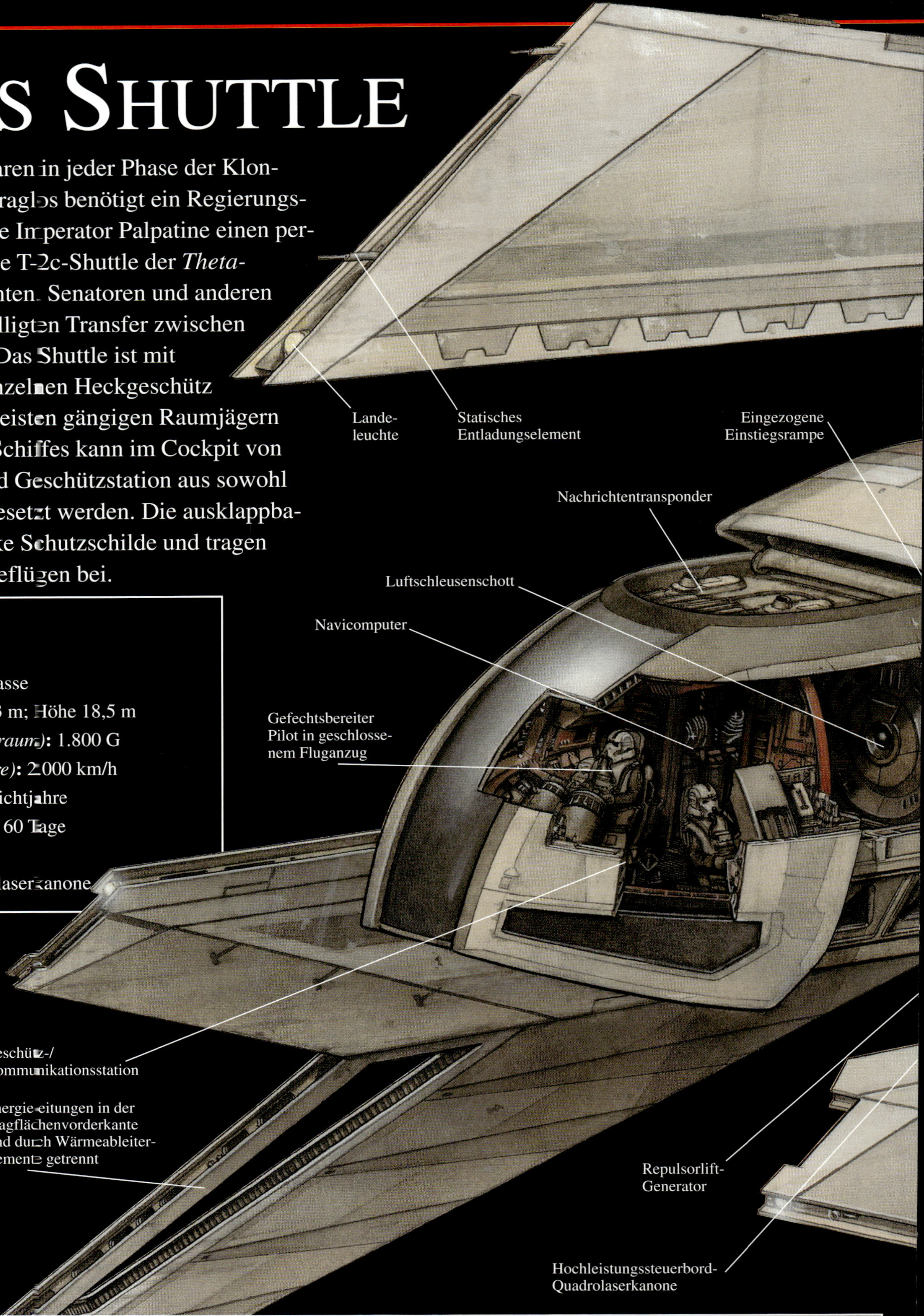

Elitetransporter

Imperator Palpatines Shuttle wurde von »Warthans Wizards« nachgerüstet, den besten Raumschiffingenieuren der Galaxis. Um sofortige transgalaktische Kommunikation zu gewährleisten, bauten sie einen Hyperwellendeflektor ein, vergleichbar der geheimen Zielanflugtechnologie der Jedi. Ferner ist das Shuttle mit einem Sensorschutzsystem ausgestattet, das es für konventionelle Scanner als unbemannt erscheinen lässt. Nachfolgende Shuttles Palpatines werden sich durch eine Tarnvorrichtung auszeichnen, die sie für Lichtabtastung, Gravitationssensoren und andere Objekterfassungssysteme völlig unsichtbar macht.

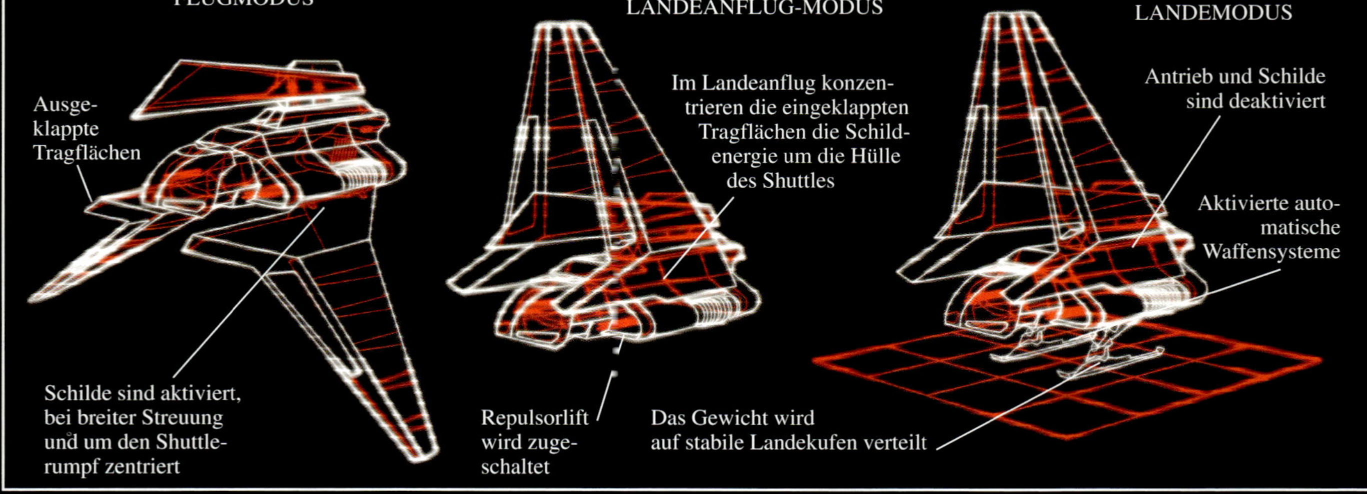

Sichere Landung

Bei der Landung des *Theta*-Shuttles werden die Tragflächen nach oben eingeklappt, um den Einflug durch die Hauptluke zu ermöglichen. Die Ionentriebwerke schalten sich ab, während Antigravrepulsorlifte das sanfte Aufsetzen des Schiffes unterstützen. Mit den computergesteuerten Waffensystemen verbundene Scanner überwachen den Landeplatz, bereit, jegliche Bedrohung für Schiff und Insassen augenblicklich zu eliminieren.

Heimliche Kollaborateure

Das Shuttle des Imperators dient als mobile Basis, von der aus er sein Ziel, die Herrschaft über die Galaxis zu erlangen, verfolgen kann. Separatistenführer, korrupte Senatoren und andere einflussreiche Gestalten wurden in dem achtern untergebrachten Hochsicherheitsbereich bestochen, genötigt und bedroht. Sith-Wahrheitstränke, Gedankenkontrolle-Verstärker, Foltergeräte und Erinnerungsblocker halfen dabei, Palpatines „Verhandlungsgespräche“ in die richtigen Bahnen zu lenken. Mysteriöses Sith-Equipment, mit dem sich die Dunkle Seite der Macht kanalisieren lässt, war es auch, das seinen verletzten Schüler Darth Vader während des Fluges von Mustafar zum geheimen Versorgungszentrum auf Coruscant am Leben erhielt.

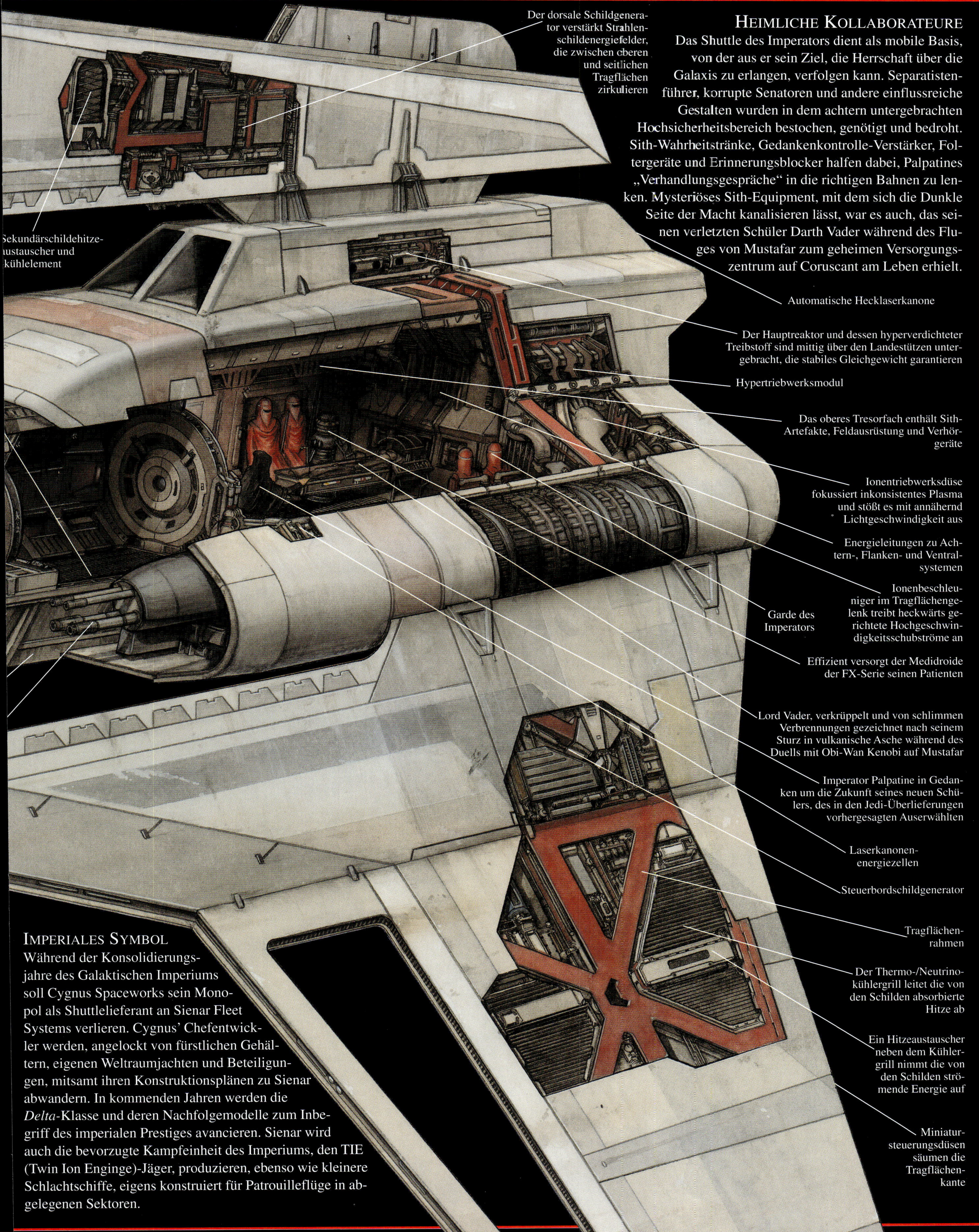

Imperiales Symbol

Während der Konsolidierungsjahre des Galaktischen Imperiums soll Cygnus Spaceworks sein Monopol als Shuttlelieferant an Sienar Fleet Systems verlieren. Cygnus' Chefentwickler werden, angelockt von fürstlichen Gehältern, eigenen Weltraumjachten und Beteiligungen, mitsamt ihren Konstruktionsplänen zu Sienar abwandern. In kommenden Jahren werden die *Delta*-Klasse und deren Nachfolgemodelle zum Inbegriff des imperialen Prestiges avancieren. Sienar wird auch die bevorzugte Kampfeinheit des Imperiums, den TIE (Twin Ion Enginge)-Jäger, produzieren, ebenso wie kleinere Schlachtschiffe, eigens konstruiert für Patrouilleflüge in abgelegenen Sektoren.

Yodas Fluchtkapseln

Fluchtkapseln dienen nur einem Zweck: jemanden so schnell wie möglich aus einer Gefahrenzone zu schaffen. Röhrend und schlingernd fliegen diese aufs Nötigste reduzierten und von einfachen Ionentriebwerken beschleunigten Fahrzeuge durch die Lüfte, wobei Andruckkompensatoren und Antigravfelder einen ruhigen Flug garantieren. Während seiner Flucht vor den Truppen des von Palpatine ausgerufenen Galaktischen Imperiums macht Jedi-Meister Yoda innerhalb einer Woche gleich zweimal von diesen Fluggeräten Gebrauch. Die Kapsel, die ihn aus Kashyyyk heraus und in Sicherheit bringt, ist ein von Wookiees gefertigtes Modell schlichtester Bauart. Sein zweites Fluchtvehikel, mit dem er sich in sein Exil auf Dagobah begibt, ist ein Landefahrzeug aus Polis Massa, das technisch weitaus höheren Ansprüchen genügt: Automatisch wird das Gefährt in eine senkrechte Anflugposition gebracht und mithilfe von vier ausklappbaren Landestützen sicherer Bodenkontakt hergestellt.

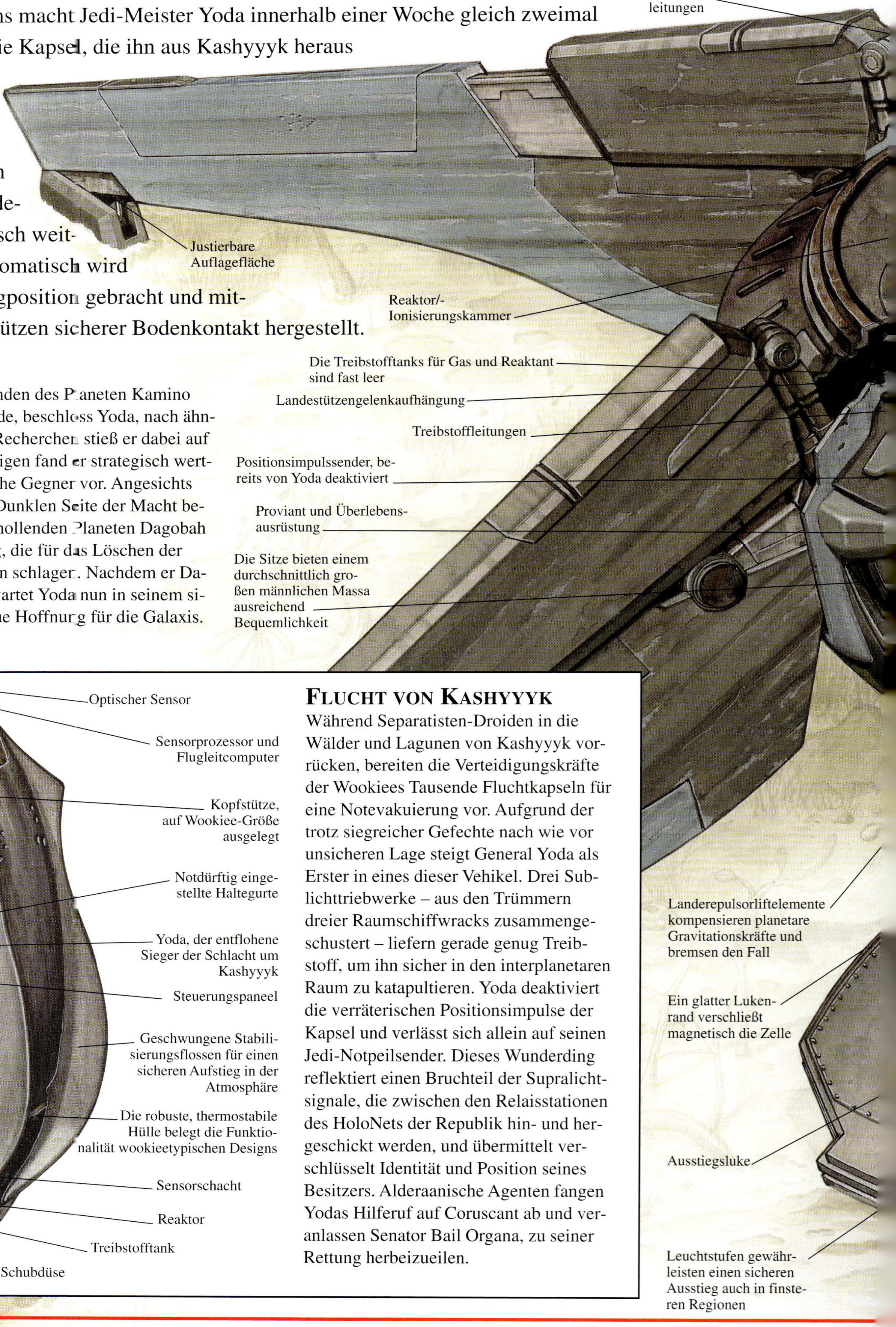

Geheime Zuflucht

Als zu Beginn der Klon-Kriege das Verschwinden des Planeten Kamino von den Jedi-Navigationskarten entdeckt wurde, beschloss Yoda, nach ähnlichen Schlupflöchern zu suchen. Bei seinen Recherchen stieß er dabei auf 37 „nicht auffindbare“ Sternensysteme. In einigen fand er strategisch wertvolle Ressourcen, in anderen dagegen teuflische Gegner vor. Angesichts der die Galaxis zunehmend kontrollierenden Dunklen Seite der Macht behält er sein Wissen um die Existenz des verschollenden Planeten Dagobah für sich. So konnte er der Dunklen Bedrohung, die für das Löschen der Jedi-Files verantwortlich war, ein Schnippchen schlagen. Nachdem er Dagobah zu seiner geheimen Zuflucht machte, wartet Yoda nun in seinem sicheren, wenn auch einsamen Exil auf eine neue Hoffnung für die Galaxis.

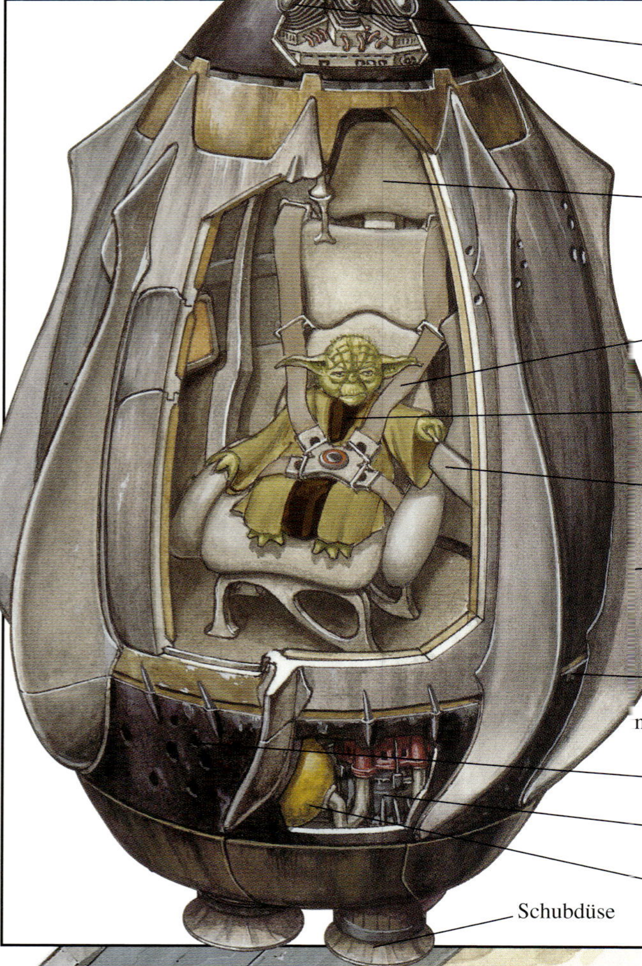

Flucht von Kashyyyk

Während Separatisten-Droiden in die Wälder und Lagunen von Kashyyyk vorrücken, bereiten die Verteidigungskräfte der Wookiees Tausende Fluchtkapseln für eine Notevakuierung vor. Aufgrund der trotz siegreicher Gefechte nach wie vor unsicheren Lage steigt General Yoda als Erster in eines dieser Vehikel. Drei Sublichttriebwerke – aus den Trümmern dreier Raumschiffwracks zusammengeschustert – liefern gerade genug Treibstoff, um ihn sicher in den interplanetaren Raum zu katapultieren. Yoda deaktiviert die verräterischen Positionsimpulse der Kapsel und verlässt sich allein auf seinen Jedi-Notpeilsender. Dieses Wunderding reflektiert einen Bruchteil der Supralichtsignale, die zwischen den Relaisstationen des HoloNets der Republik hin- und hergeschickt werden, und übermittelt verschlüsselt Identität und Position seines Besitzers. Alderaanische Agenten fangen Yodas Hilferuf auf Coruscant ab und veranlassen Senator Bail Organa, zu seiner Rettung herbeizueilen.

Gestrandet

Um in sein Versteck auf Dagobah zu gelangen, schleicht sich Yoda an Bord eines auf Polis Massa registrierten voll automatisierten Superfrachters. In der Nähe des Dagobah-Systems verlässt das Schiff kurz den Hyperraum, um eine Getreidelieferung für die hungernden Bewohner der Separatisten-Feste Sluis Van aufzunehmen. Unbemerkt nimmt Yoda in der Fluchtkapsel Kurs auf seine trübselige neue Heimat. Da die Kapsel keinen Hyperantrieb für eine Rückreise besitzt, wird der wild wuchernde Dschungel das gestrandete Vehikel fraglos binnen eines Jahres ruinieren. Gleichwohl wird einiges davon dem findigen Jedi zur Verschönerung seiner schlichten, aber heimeligen Behausung dienen: Die aus Lehm, Moos, Ästen und Steinen errichtete Hütte wird einen stabilen Fußboden aus Rumpfplatten erhalten, Schubdüsenringe werden zu Tür- und Fensterrahmen verbaut, und Teile der Schwerkraftkompensatoren sorgen für die Beleuchtung des Heims.

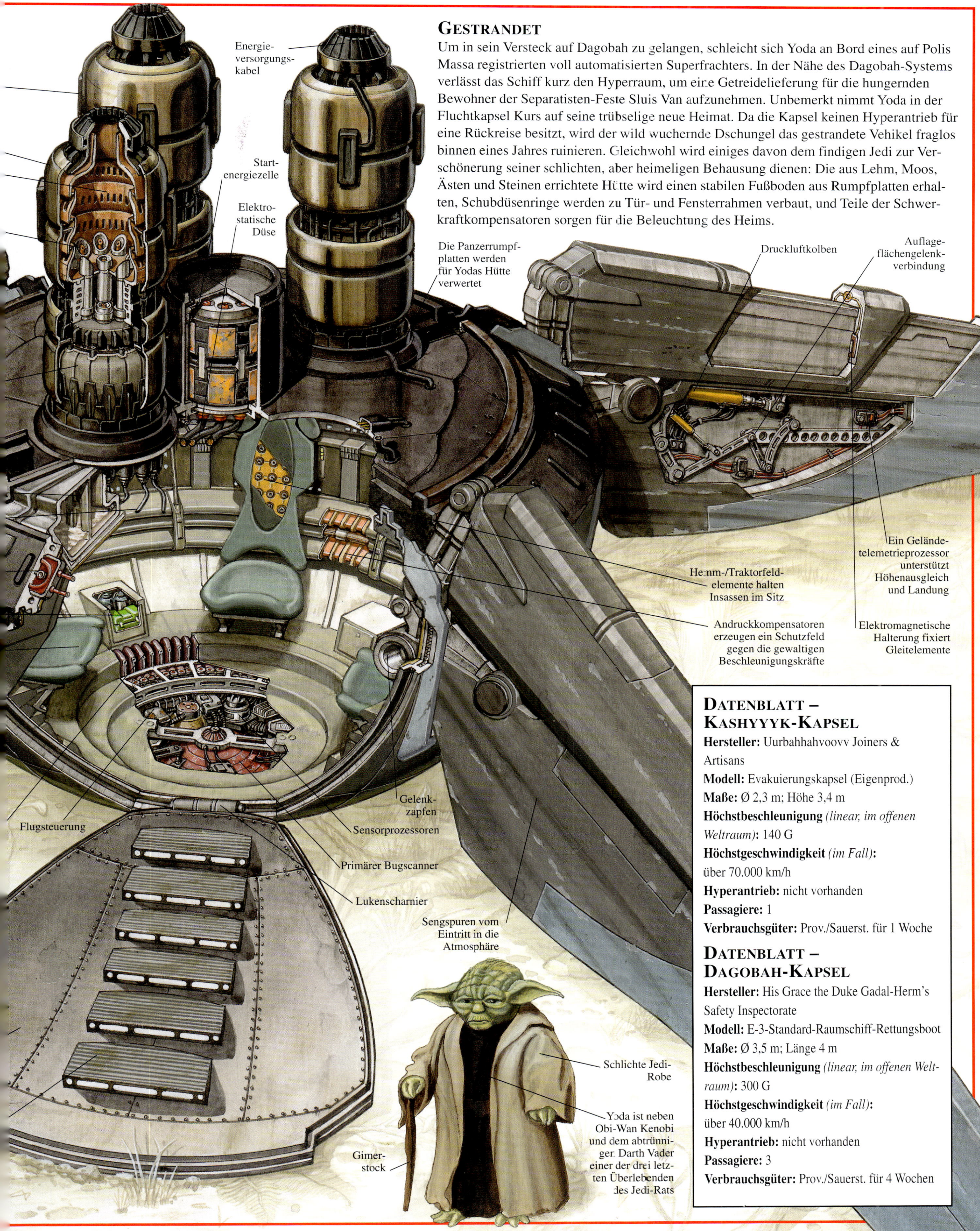

Datenblatt – Kashyyyk-Kapsel

Hersteller: Uurbahhahvoovv Joiners & Artisans
Modell: Evakuierungskapsel (Eigenprod.)
Maße: Ø 2,3 m; Höhe 3,4 m
Höchstbeschleunigung *(linear, im offenen Weltraum)***:** 140 G
Höchstgeschwindigkeit *(im Fall)***:** über 70.000 km/h
Hyperantrieb: nicht vorhanden
Passagiere: 1
Verbrauchsgüter: Prov./Sauerst. für 1 Woche

Datenblatt – Dagobah-Kapsel

Hersteller: His Grace the Duke Gadal-Herm's Safety Inspectorate
Modell: E-3-Standard-Raumschiff-Rettungsboot
Maße: Ø 3,5 m; Länge 4 m
Höchstbeschleunigung *(linear, im offenen Weltraum)***:** 300 G
Höchstgeschwindigkeit *(im Fall)***:** über 40.000 km/h
Hyperantrieb: nicht vorhanden
Passagiere: 3
Verbrauchsgüter: Prov./Sauerst. für 4 Wochen

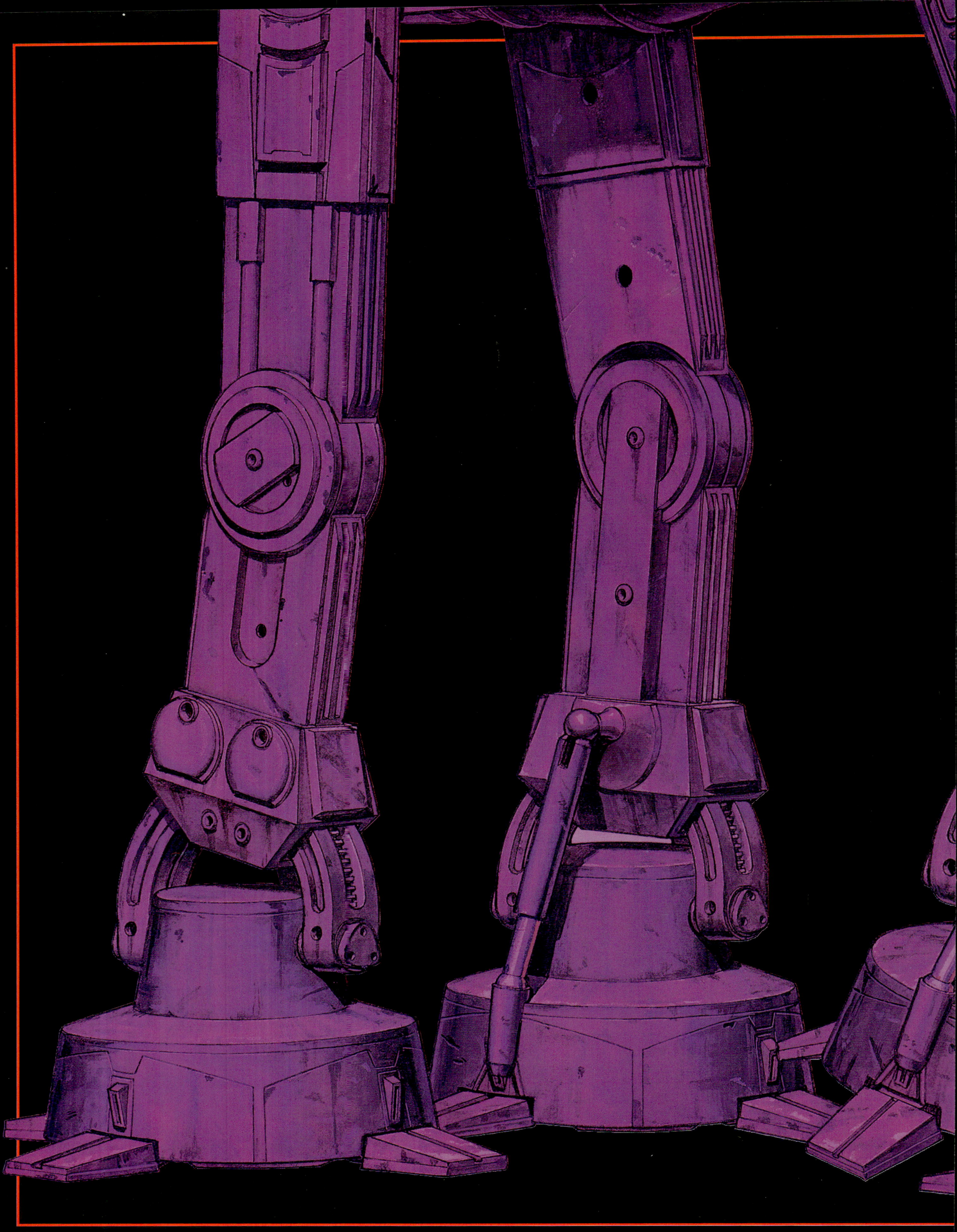

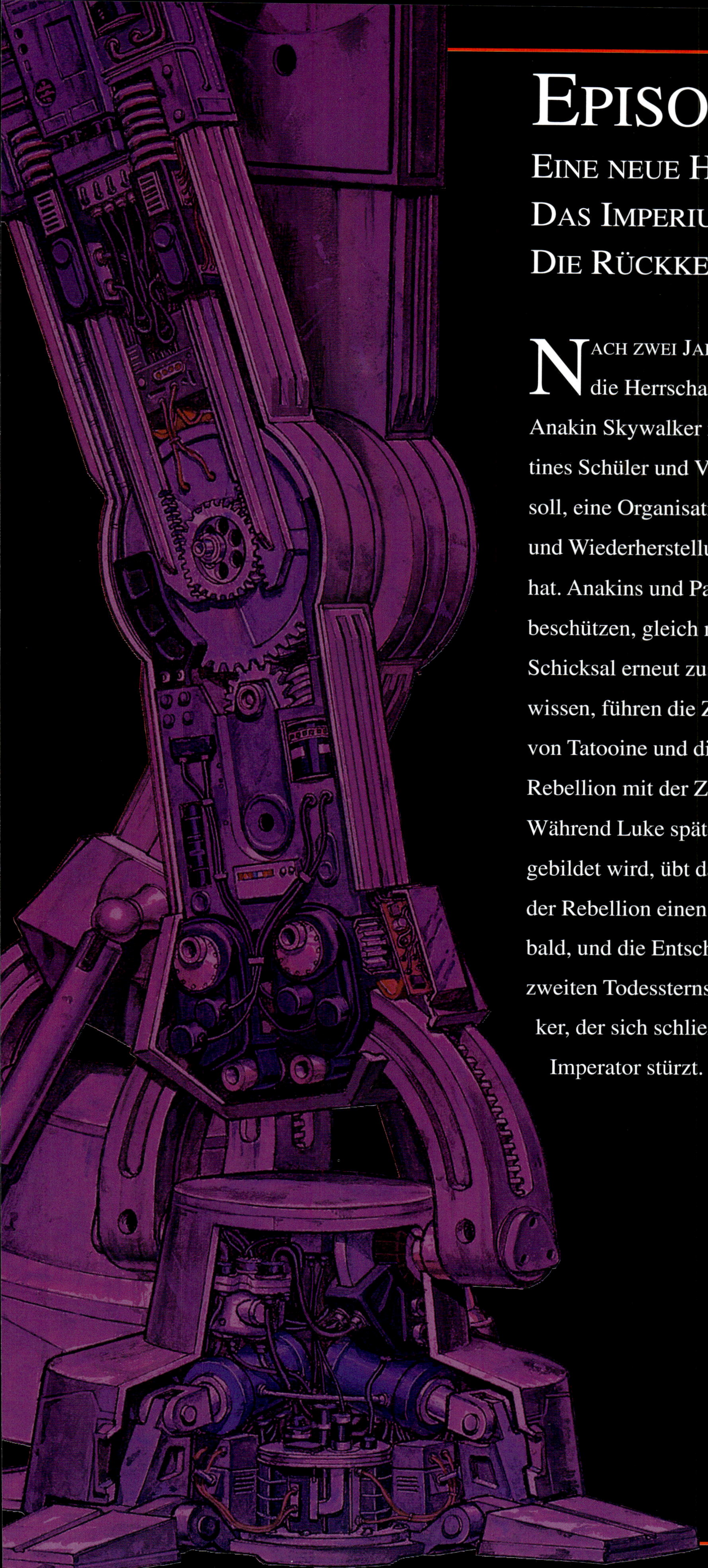

Episoden IV–VI

Eine neue Hoffnung
Das Imperium schlägt zurück
Die Rückkehr der Jedi-Ritter

Nach zwei Jahrzehnten grausamer Unterdrückung scheint die Herrschaft des Galaktischen Imperiums gefestigt. Aus Anakin Skywalker ist der Sith-Lord Darth Vader geworden – Palpatines Schüler und Vollstrecker, der die Rebellen-Allianz zerschlagen soll, eine Organisation, die sich die Überwindung des Imperiums und Wiederherstellung der Galaktischen Republik zum Ziel gesetzt hat. Anakins und Padmés Kinder, die, um sie vor dem Imperator zu beschützen, gleich nach der Geburt getrennt wurden, werden vom Schicksal erneut zusammengeführt. Ohne von ihrer Herkunft zu wissen, führen die Zwillinge – der Farmerjunge Luke Skywalker von Tatooine und die Prinzessin Leia Organa von Alderaan – die Rebellion mit der Zerstörung des ersten Todessterns zum Sieg. Während Luke später von dem uralten Meister Yoda zum Jedi ausgebildet wird, übt das Imperium allerdings Vergeltung und versetzt der Rebellion einen schweren Schlag. Doch die Allianz erholt sich bald, und die Entscheidungsschlacht führt zur Vernichtung des zweiten Todessterns und zur Rehabilitierung von Anakin Skywalker, der sich schließlich von der Dunklen Seite abwendet und den Imperator stürzt.

BLOCKADEBRECHER

PRINZESSIN LEIA ORGANA VON ALDERAAN unternimmt an Bord ihres von Captain Antilles befehligten Konsularschiffs *Tantive IV* weite Reisen, handelt Friedensabkommen aus und hilft bedrängten Völkern. Die *Tantive IV* ist eine corellianische Korvette, ein weitverbreiteter und für seine Vielseitigkeit bekannter, von Hand gefertigter älterer Schiffstyp. Die Prinzessin und Senatorin nutzt ihr Raumschiff unter dem Deckmantel diplomatischer Immunität für Spionagemissionen gegen das Imperium und verdeckte Nachrichtentätigkeit im Dienst der Rebellen-Allianz. Da sich die *Tantive IV* gleichermaßen für Kampfeinsätze wie für hochkarätige diplomatische Missionen eignet, erweist sich ihre Zusatzpanzerung als ebenso nützlich wie ihr Konferenzraum. Das robuste Raumschiff leistete der Prinzessin in zahlreichen Abenteuern gute Dienste, und erst Darth Vader gelang die Eroberung und Übernahme der *Tantive IV*.

RETTUNGSKAPSELN

Rettungskapseln können so klein wie ein Sarg oder so groß wie ein kleines Raumschiff sein. Der Blockadebrecher hat acht kleine Rettungskapseln für je drei sowie vier mit Lasern bewaffnete Kapseln für zwölf Passagiere an Bord. Diese aufwendigeren Rettungsboote haben dennoch keine große Reichweite, sodass keines der Rettungssysteme des Schiffs die Besatzung vor den Kanonen der *Devastator* schützen konnte.

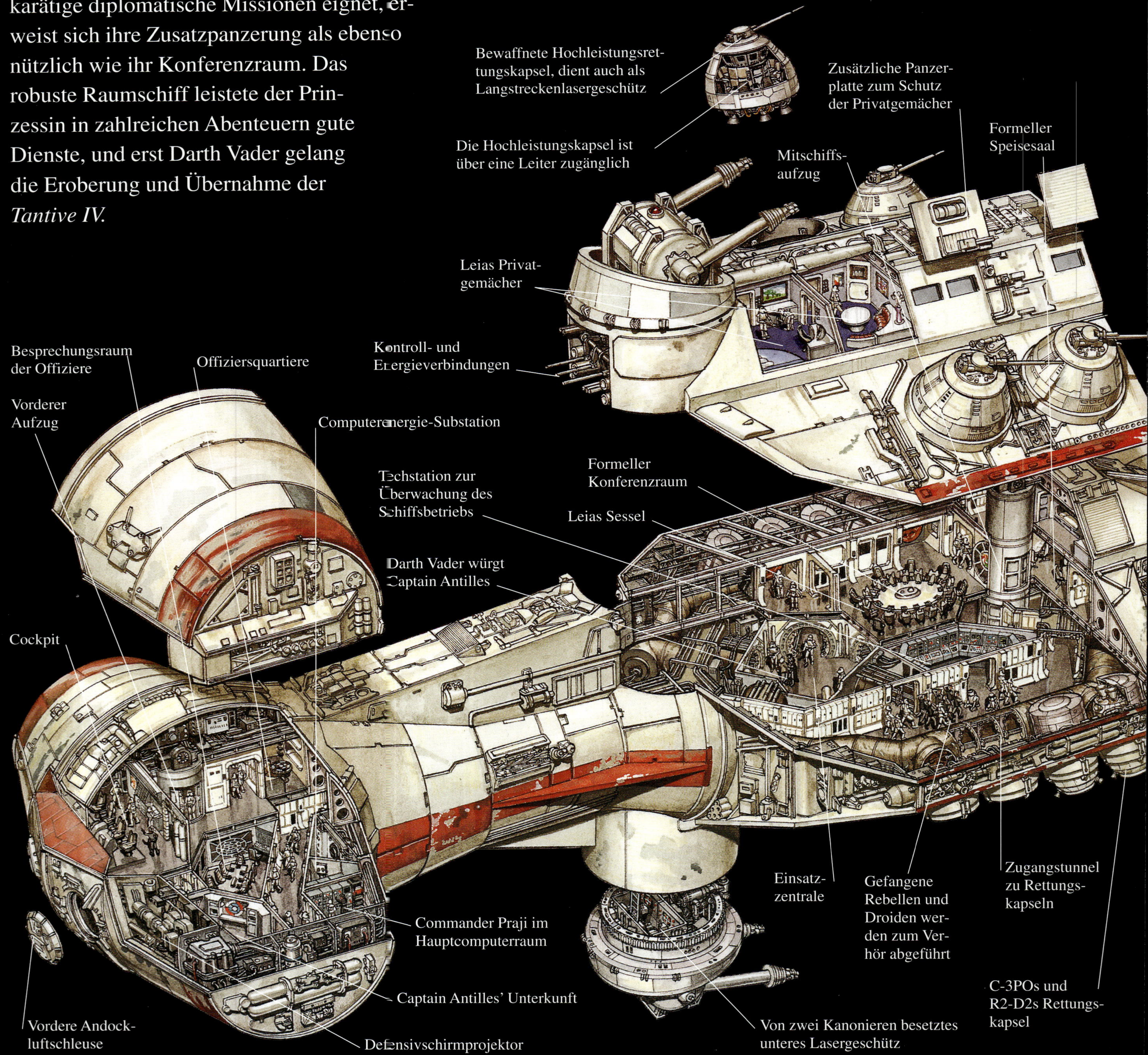

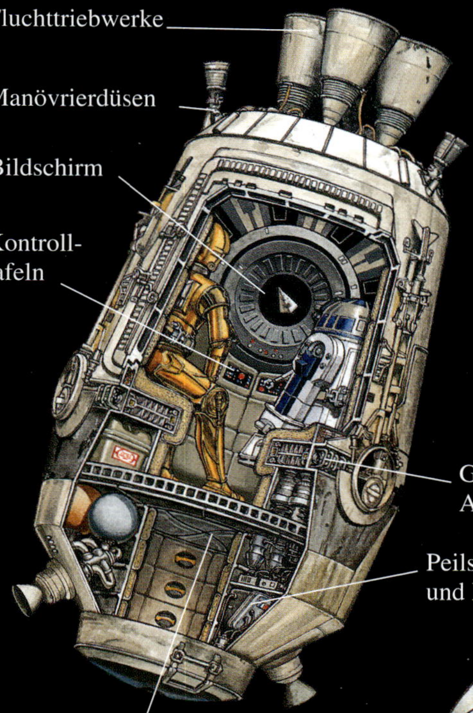

R2s und C-3POs Flucht

An Bord der Rettungskapsel der beiden Droiden gibt es kaum Ausrüstung. Ein Raketenantrieb befördert die Kapsel, die nur gegen elektromagnetische Störungen unempfindliche Basistechnologie nutzt, aus der Gefahrenzone. Ein Gravitationsring unter dem Sitz sichert die Passagiere und mildert durch ein Antigravitationsfeld den Aufprall bei der Landung. Zur Überprüfung des Landegebiets vor dem Ausstieg steht lediglich ein winziger Sichtschlitz zur Verfügung; dafür füttern Bug- und Heckkameras einen Monitor im Innern mit Informationen über Gefahren und einen geeigneten Landeplatz.

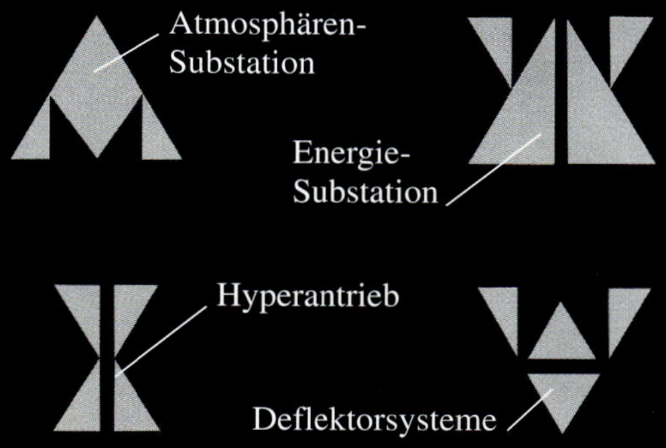

Bordsymbole

Die Funktionssysteme an Bord der Korvette sind zur Identifikation und Wartung durch Symbole wie diese gekennzeichnet.

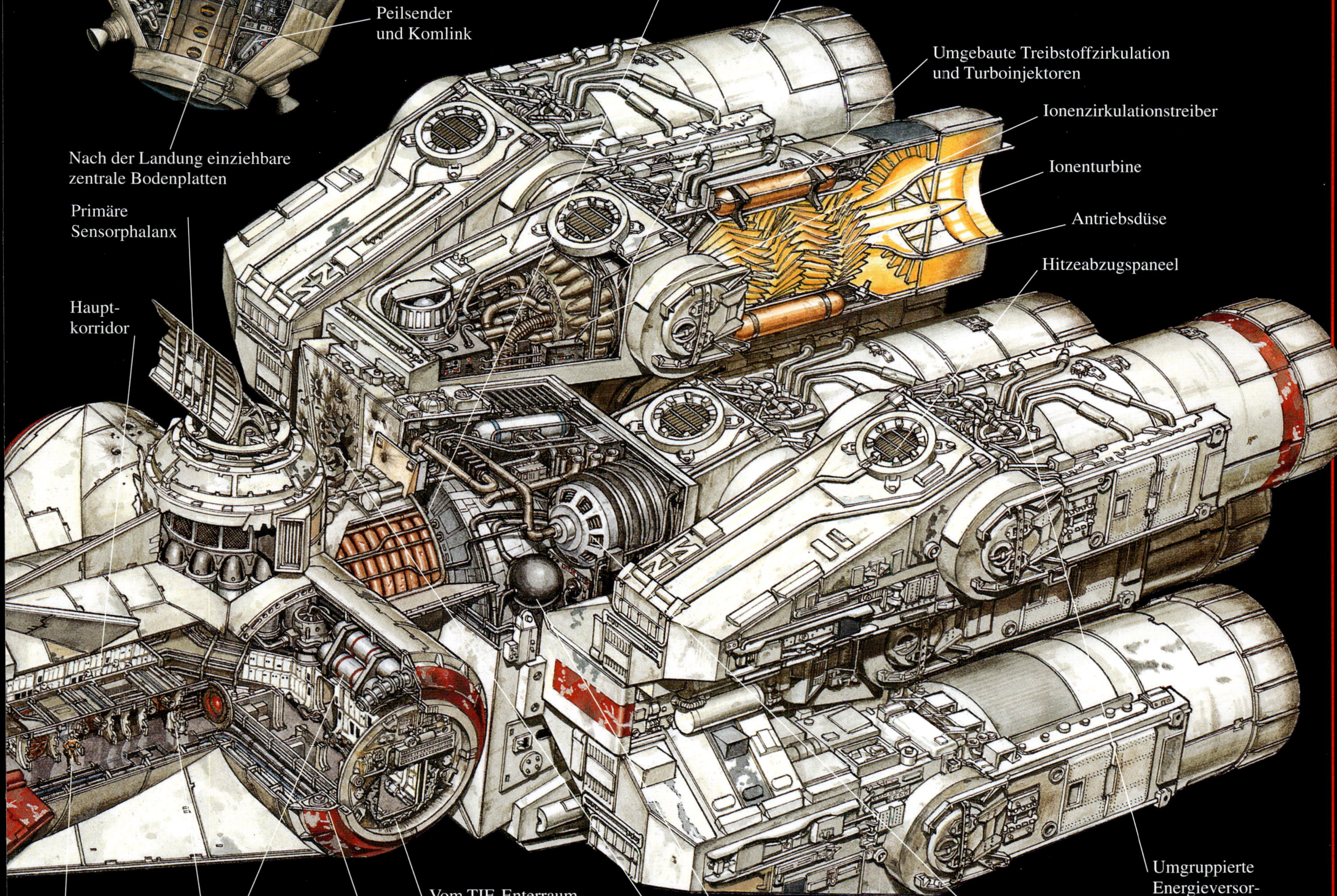

Leistungsstarke Korvette

Die über Zwillingsturbolaser und einen Antriebsblock von elf Ionenturbinen verfügende corellianische Korvette verfügt über ein hervorragendes Verteidigungssystem und ein ausgezeichnetes Kraft-Masse-Verhältnis: Sollte dieses Schiff einmal auf einen an Feuerkraft überlegenen Gegner treffen, kann es ihm zumindest entkommen. Dieser leistungsstarke Schiffstyp ist vielseitig einsetzbar: von Fracht- und Passagierbeförderung bis hin zu wissenschaftlichen oder militärischen Aufgaben, berüchtigt ist er jedoch als Lieblingsraumschiff corellianischer Schmuggler.

Konterbande

Um dem Zoll (oder ihrer Festnahme wegen des Transports illegaler Güter und Waffen) zu entkommen, fädeln sich corellianische Schmuggler unauffällig in den Raumschiffverkehr ein und steuern ihre mit zahlreichen Triebwerken ausgerüsteten Korvetten geschickt durch jede Imperiale Sicherheitszone. Wütende Imperiale Offiziere haben den schwer zu entdeckenden Schiffen daher den Spitznamen „Blockadebrecher" gegeben.

Die Entwicklung des Sternzerstörers

Der Sternzerstörer der *Sieges*-Klasse wurde in der Spätzeit der Alten Republik als hochmodernes Schlachtschiff für friedenserhaltende Einsätze entwickelt. Unter der Herrschaft des Imperators trat bald die neue *Imperiums*-Klasse an seine Stelle, die ihren Vorgänger mit 1600 Metern Länge zwergenhaft klein wirken lässt. Darth Vaders Flaggschiff *Devastator,* mit dem er die *Tantive IV* eroberte, war ein Sternzerstörer der *Imperiums*-Klasse Typ I, während Schlachtschiffe des Typs II die Rebellenbasis auf Hoth eroberten. Lord Vader führte die Streitmacht von der *Executor* aus, dem ersten Supersternzerstörer, der achtmal so groß war wie die Schiffe der Imperiums-Klasse.

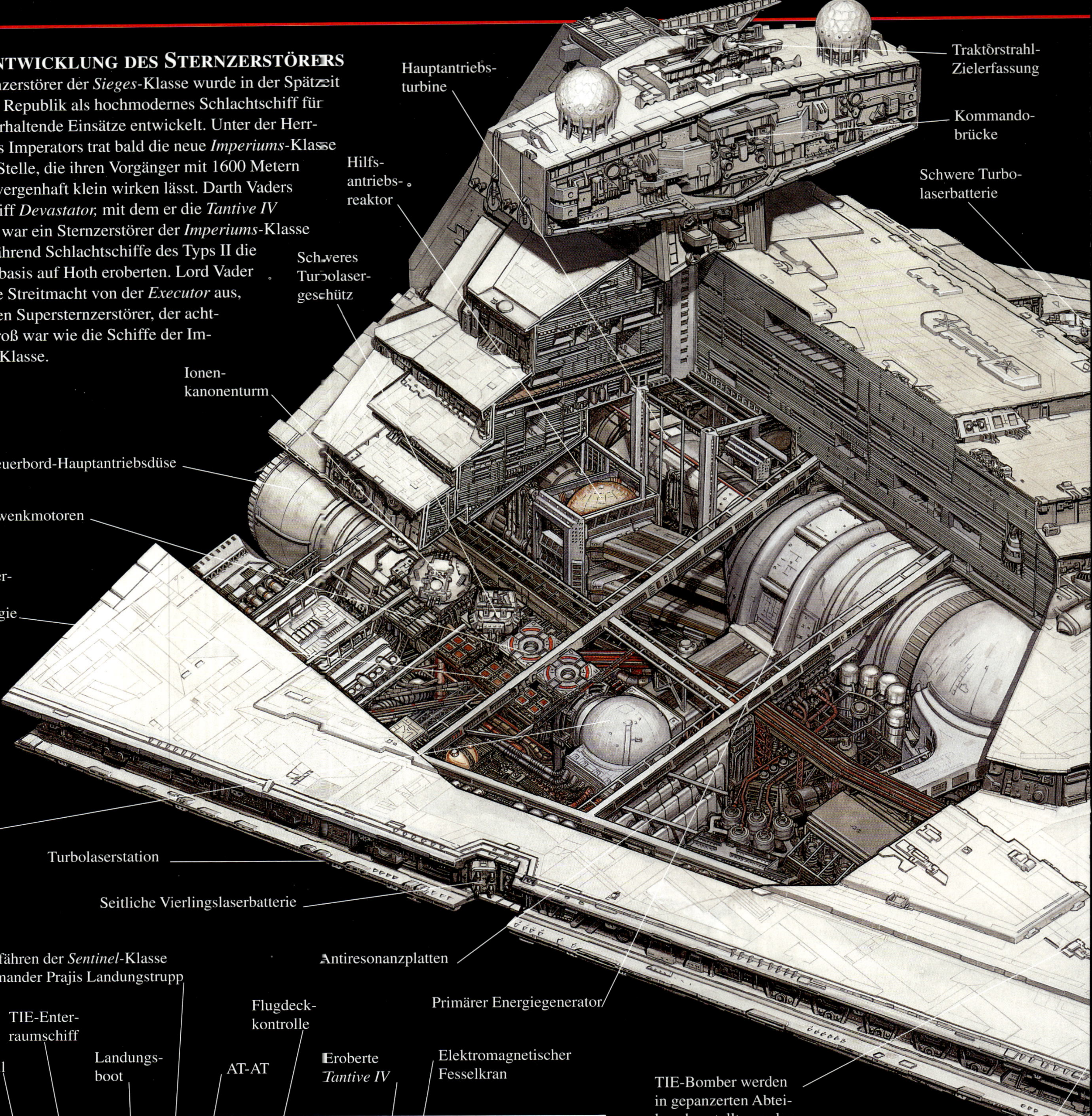

Blick in den Hangar

Dieser Blick aus der Haupt-TIE-Landebucht zeigt die von Traktorstrahlen und magnetischen Fesselfeldern festgehaltene *Tantive IV*. Gefangene Rebellen werden aus einem TIE-Enterraumschiff zum Verhör abgeführt. Im Hintergrund ist durch ein geöffnetes Panzerschott der Angriffshangar zu erkennen, wo der Sturmtruppen-Commander Praji die Vorbereitung eines Landungstrupps überwacht, der die Sanddünen von Tatooine nach den gestohlenen Todesstern-Bauplänen absuchen soll.

Sternzerstörer

Die vernichtende Feuerkraft und die Einsatzkräfte der Sternzerstörer, der eindrucksvollen Symbole Imperialer Militärmacht, sind in der Lage, jeglichen Widerstand in der Galaxis niederzuschlagen. Sternzerstörer sind fast allen anderen Raumschiffen in puncto Schnelligkeit überlegen und zwingen sie mit Blasterschüssen zur Aufgabe oder ziehen sie mithilfe von Traktorstrahlen in den Haupthangar. Die Sternzerstörer der *Imperiums*-Klasse sind 1600 Meter lang, mit Turbolasern und Ionenkanonen ausgerüstet und mit acht zusätzlichen riesigen Geschütztürmen bestückt. Die Schlachtschiffe haben 9700 Mann Sturmtruppen an Bord und verfügen über ein Geschwader von 72 TIE-Raumern (darunter 49 TIE/In-Jäger, zwölf TIE-Bomber und zwölf TIE-Enterraumschiffe) sowie eine Vielzahl von Angriffs- und Landungsbooten. Ein einzelner Sternzerstörer wird mit einem ganzen aufständischen Planeten fertig. Voll industrialisierte Welten werden gewöhnlich mit sechs Sternzerstörern in Begleitung von Raumkreuzern und Versorgungsschiffen angegriffen – eine Streitmacht, die jeden Widerstand bricht und Städte und Siedlungen vollständig ausradieren kann.

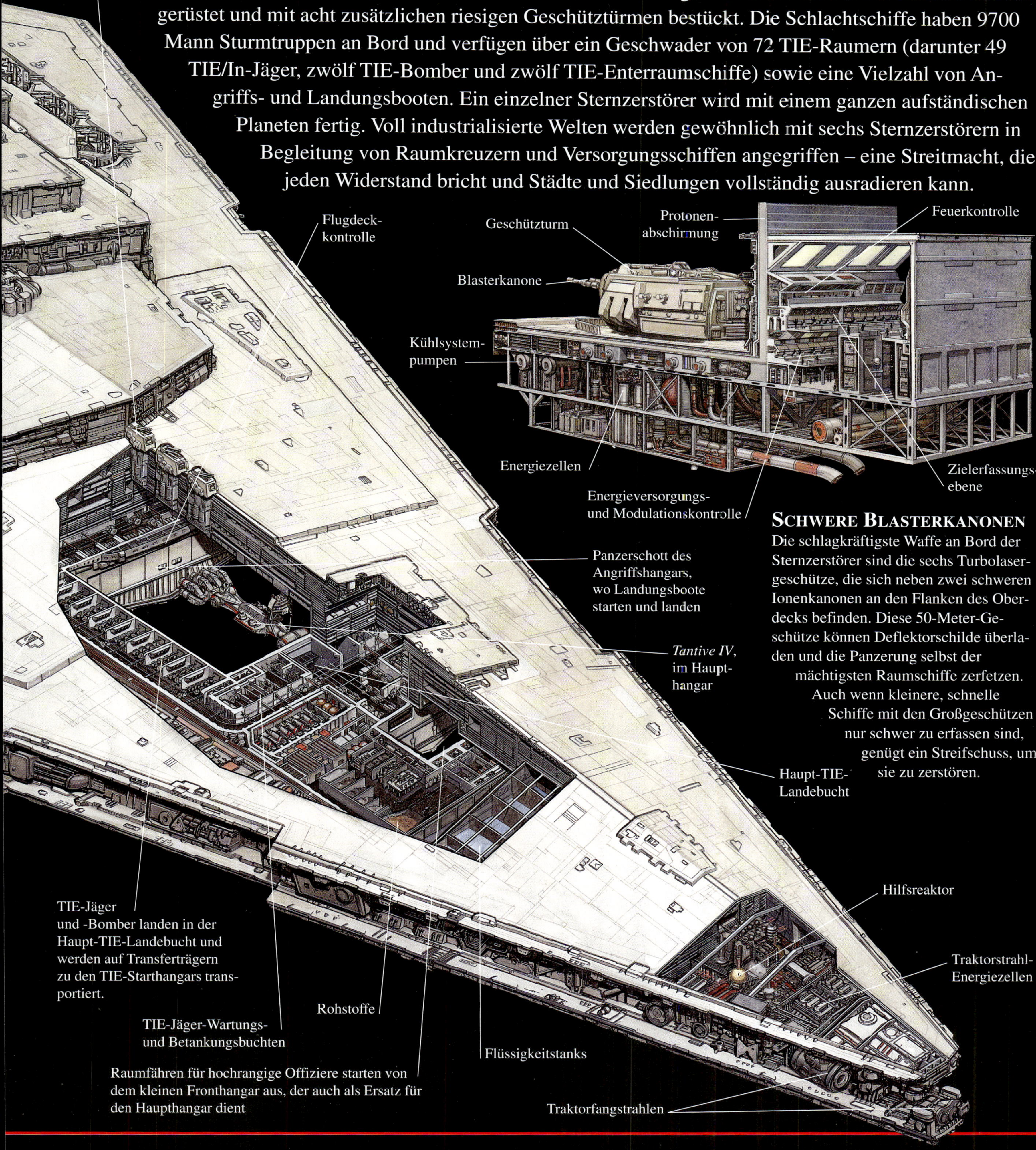

Schwere Blasterkanonen

Die schlagkräftigste Waffe an Bord der Sternzerstörer sind die sechs Turbolasergeschütze, die sich neben zwei schweren Ionenkanonen an den Flanken des Oberdecks befinden. Diese 50-Meter-Geschütze können Deflektorschilde überladen und die Panzerung selbst der mächtigsten Raumschiffe zerfetzen. Auch wenn kleinere, schnelle Schiffe mit den Großgeschützen nur schwer zu erfassen sind, genügt ein Streifschuss, um sie zu zerstören.

MILLENNIUM FALKE

HAN SOLOS RAMPONIERTER und gründlich umgebauter *Millennium Falke* gleicht eher einem Schrotthaufen als einem der schnellsten Raumschiffe der Galaxis. Das bemerkenswerte corellianische Freibeuterschiff begann seine Karriere als leichter YT-1300-Frachtraumer, wurde jedoch, wie viele Schiffe seiner Klasse, von Schmugglerkapitänen immer wieder modifiziert. Dabei wurde das Raumschiff in eine Hochleistungsmaschine verwandelt, die Triebwerksleistung wurde verdoppelt, die Defensivsysteme genügen dem Höchststandard militärischer Zerstörungskraft. Doch die zahllosen Umbauten fordern den hohen Preis endloser Wartungsstunden. Solo schmuggelt alles, von Waffen bis zu Gewürzen, durchbricht mühelos jede Blockade und verstößt auf der Suche nach Profit immer wieder gegen die strengen Gesetze des Imperiums.

EINE LANGE GESCHICHTE

Han Solo gewann den *Millennium Falken* von seinem alten Freund und Schmugglerkollegen Lando Calrissian in einer hitzigen Partie Sabacc. Doch Lando konnte sich nicht beklagen, da der Falke zuvor ebenfalls durch Glücksspiel in seine Hände gefallen war. Sein heruntergekommenes Aussehen verdankt das Schiff der jahrelangen Ausbesserung von Dutzenden Lasertreffern und winzigen Meteoriteneinschlägen mit Mikroflicken, und inzwischen ist Han Solo viel zu stolz, um daran noch etwas zu ändern.

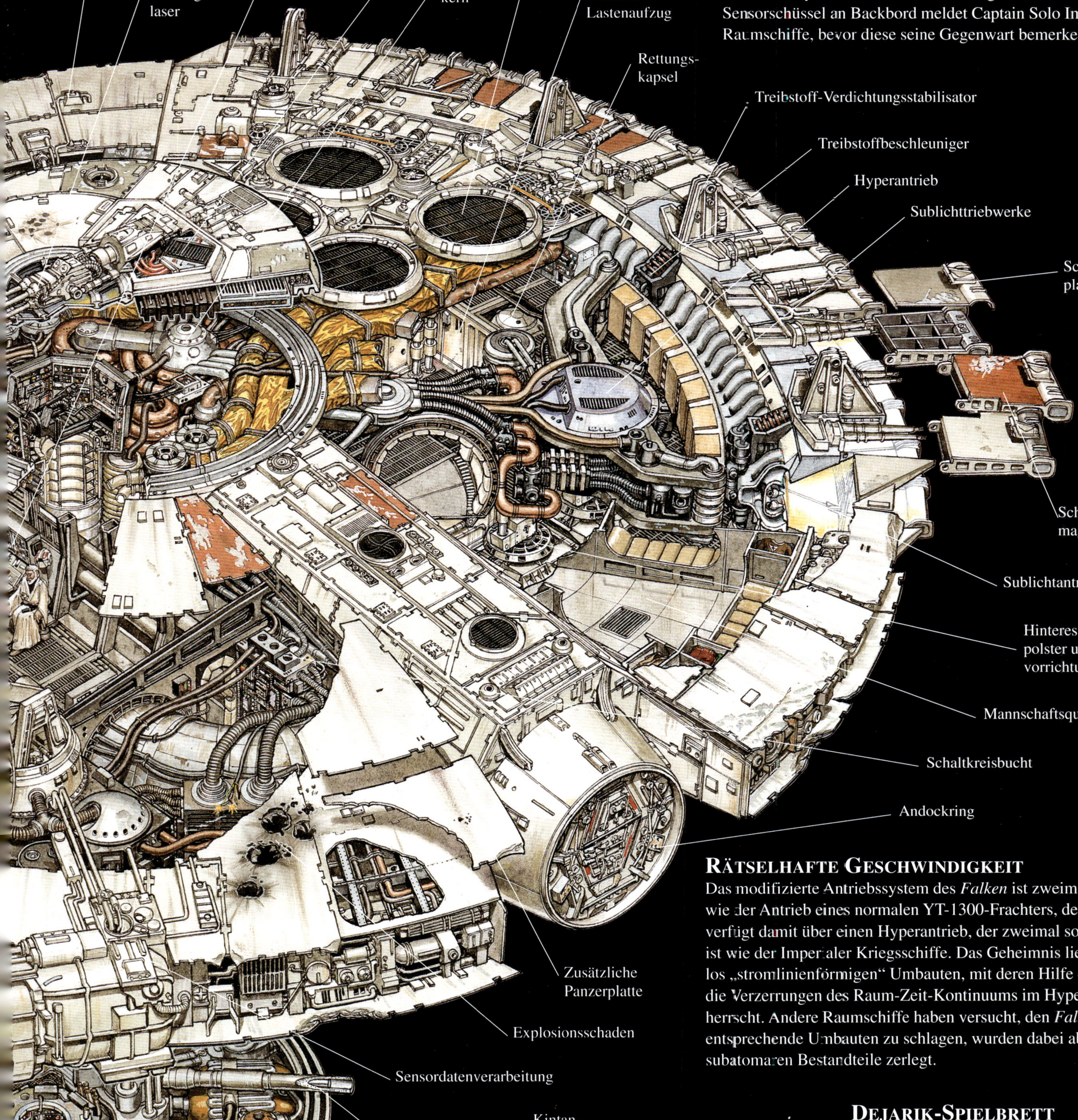

UMBAUTEN

Zwei Vierlingslaser oberhalb und unterhalb der Mittschiffssektion schützen den *Falken* vor Feindfeuer. Diese streng verbotenen Militärblaster sind nur eines von zahlreichen zusätzlichen Systemen an Bord. Die übergroße ultramoderne Sensorschüssel an Backbord meldet Captain Solo Imperiale Raumschiffe, bevor diese seine Gegenwart bemerken.

RÄTSELHAFTE GESCHWINDIGKEIT

Das modifizierte Antriebssystem des *Falken* ist zweimal so groß wie der Antrieb eines normalen YT-1300-Frachters, der Raumer verfügt damit über einen Hyperantrieb, der zweimal so schnell ist wie der Imperialer Kriegsschiffe. Das Geheimnis liegt in Solos „stromlinienförmigen" Umbauten, mit deren Hilfe das Schiff die Verzerrungen des Raum-Zeit-Kontinuums im Hyperraum beherrscht. Andere Raumschiffe haben versucht, den *Falken* ohne entsprechende Umbauten zu schlagen, wurden dabei aber in ihre subatomaren Bestandteile zerlegt.

DEJARIK-SPIELBRETT

Das Leben an Bord eines Frachtschiffs besteht aus endlosen Stunden im Weltraum, der *Falke* wurde deshalb auf Drängen Chewbaccas mit einem Dejarik-Holospieltisch ausgestattet. Dieser Tisch projiziert verschiedene holografische Gesellschaftsspiele auf eine runde Schachbrettoberfläche. Beim Dejarik-Schach treten zwei Mannschaften verschiedenster Geschöpfe mit unterschiedlichen, aber gleich starken Fähigkeiten in einem klassischen Wettkampf gegeneinander an.

TIE-Jäger

Die rasenden TIE-Jäger sind das sichtbare Zeichen der weit reichenden Macht des Imperiums. Ihre Triebwerke bilden den Gipfel aller Antriebssysteme in der Galaxis: Ionisiertes Sonnenlicht wird in Energie umgewandelt und in einen Reaktor geleitet, wo es die Emissionen eines hoch verdichteten radioaktiven Gases entzündet. Da das System über keinerlei bewegliche Teile verfügt, ist seine Wartung nicht besonders schwierig. Um die Masse der Raumer möglichst gering zu halten, besitzen TIE-Jäger weder Verteidigungsschilde noch Hyperantrieb oder Lebenserhaltungssystem, sodass die Piloten Schutzanzüge tragen müssen. Die Schiffe sind infolgedessen überaus leicht; Nachteile wie Verwundbarkeit und Abhängigkeit von nahen Imperialen Stützpunkten nimmt man zugunsten ihrer Wendigkeit in Kauf.

Einer wie Alle

TIE-Piloten fliegen selten zweimal denselben Jäger und entwickeln im Unterschied zu den Rebellen keine emotionale Beziehung zu ihren Maschinen. Sie wissen, dass überholte Jagdmaschinen fabrikneuen Modellen aufs Haar gleichen – eine weitere Bekräftigung der Imperialen Philosophie vollkommener Gleichheit.

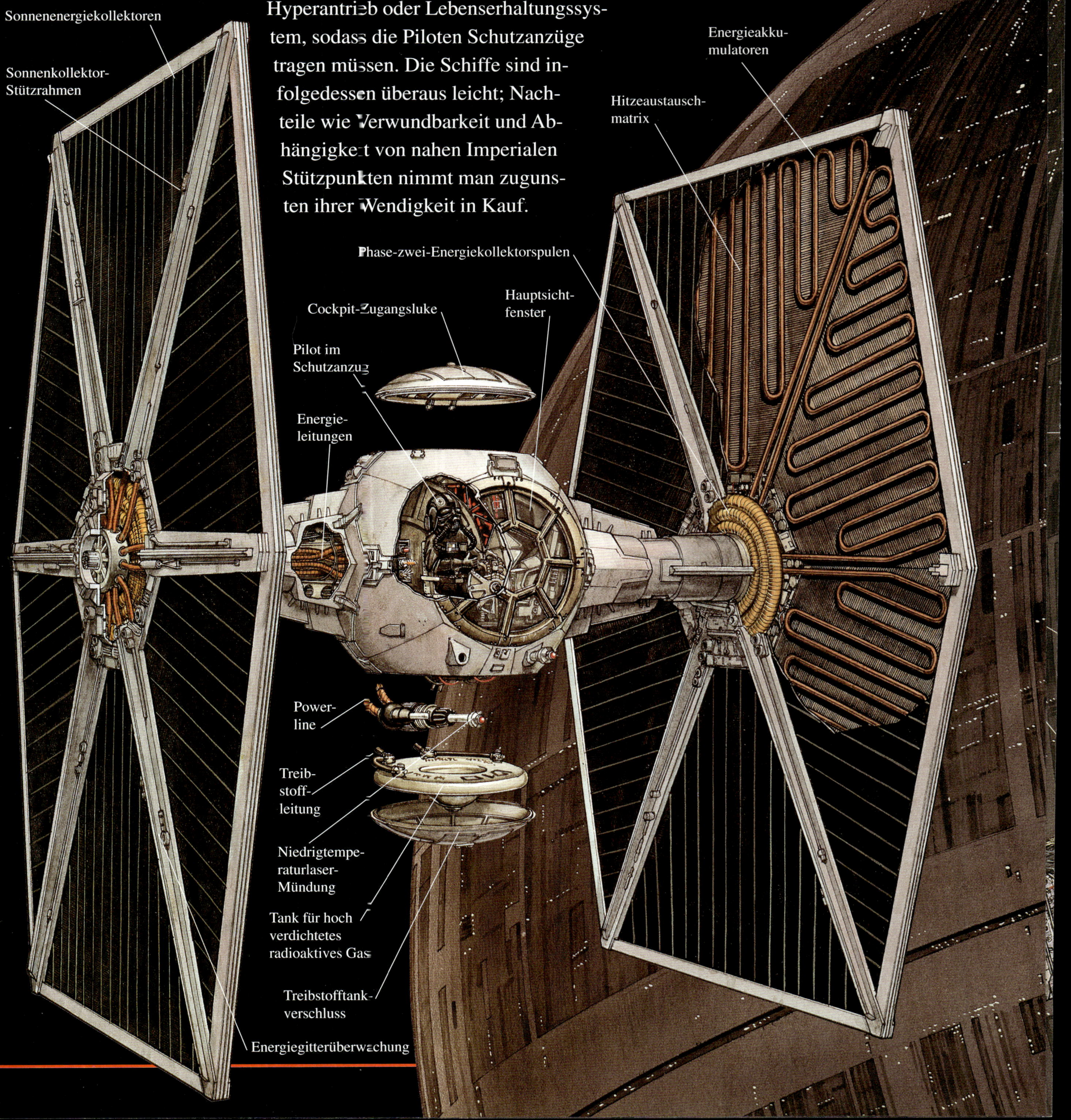

TIE-Einsatzprofil

TIE-Jäger sind für eine Vielzahl von Einsätzen geeignet. In der Hauptsache dienen sie als überlegene Weltraumjäger, die Rebellenschiffe angreifen und Imperiale Stützpunkte und Kriegsschiffe schützen. TIE-Scouts operieren alleine und überwachen größere Weltraumareale wie das nach der Explosion des Planeten Alderaan entstandene Asteroidenfeld. Andere TIE-Raumer versehen ihren Dienst paarweise, wie der Geleitschutz der Raumfähre des Imperators. Reguläre Abfangstaffeln bestehen aus vier TIE-Jägern und überwachen den Raum um Imperiale Stützpunkte, Raumstationen und Kriegsschiffe, während eine charakteristische TIE-Angriffsstaffel sich aus zwölf Maschinen zusammensetzt und ein komplettes Angriffsgeschwader aus sechs Staffeln oder 72 TIE-Jägern besteht.

TIE-Varianten

Die Basis des TIE-Jägers hat sich als so erfolgreich erwiesen, dass die Varianten aus dem gleichen Cockpit, der gleichen Flügelrahmenstruktur und den gleichen Antriebssystemkomponenten bestehen. Der X1-Turbojäger (oben Mitte) besitzt zusätzlich Schutzschilde und einen Hyperantrieb. Der schreckliche TIE-Abfangjäger (oben rechts) verfügt über verbesserte Ionentriebwerke und Elektronik, moderne Ionenfluss-Projektoren sorgen für optimale Beherrschbarkeit.

TIE-Hangar

TIE-Jäger starten von drehbaren Gerüsten mit bis zu 72 Maschinen, während kleinere Hangars manchmal nur zwei Raumer beherbergen. Die Piloten benutzen beim Einstieg über ihren Schiffen angebrachte Rampen, ihre Maschinen werden dann aus der vordersten Position am Gerüst in den Weltraum katapultiert. Bei ihrer Rückkehr landen sie in anderen Hangars, wo sie von Traktorstrahlen auf Transferträger gehoben und zu einer Landestation transportiert werden, wo der Pilot die Maschine verlässt. Anschließend wird der TIE-Jäger auf seinem Rückweg in den Starthangar durchgecheckt und aufgetankt und bis zum nächsten Abflug wieder in das Startgerüst gehängt.

Pilotenpsychologie

Um Gewicht zu sparen und wendiger zu werden, haben TIE-Jäger keine Landevorrichtungen. Obwohl die Maschinen auf ihren Sonnenflügeln ruhen können, sind sie nicht dazu geeignet, ihre Piloten ohne Unterstützung auf festem Boden abzusetzen. Dies lehrt die Flieger, sich ganz auf höhere Autoritäten zu verlassen.

SANDKRIECHER

DIESES RELIKT EINER LÄNGST VERGESSENEN Bergbauepoche wälzt sich auf der Suche nach Metallschrott und Mineralien durch die Einöden von Tatooine. Der Sandkriecher dient einem kompletten Jawa-Clan als Heimstatt und dreht Jahr für Jahr rastlos seine Runden, immer auf der Suche nach Raumschiffen, die im Laufe der vergangenen Jahrhunderte auf der Oberfläche des Wüstenplaneten abgestürzt sind. Außerdem halten die Jawas nach verirrten Droiden, aufgegebenen Fahrzeugen sowie Metallabfällen von den Siedlungen und Feuchtfarmen Ausschau. Der von zahllosen Sandstürmen verschrammte Sandkriecher ist für die Jawas gleichermaßen Transportmittel, Werkstatt, fahrender Marktstand und Zuflucht vor Sandleuten und Wüstenungeheuern.

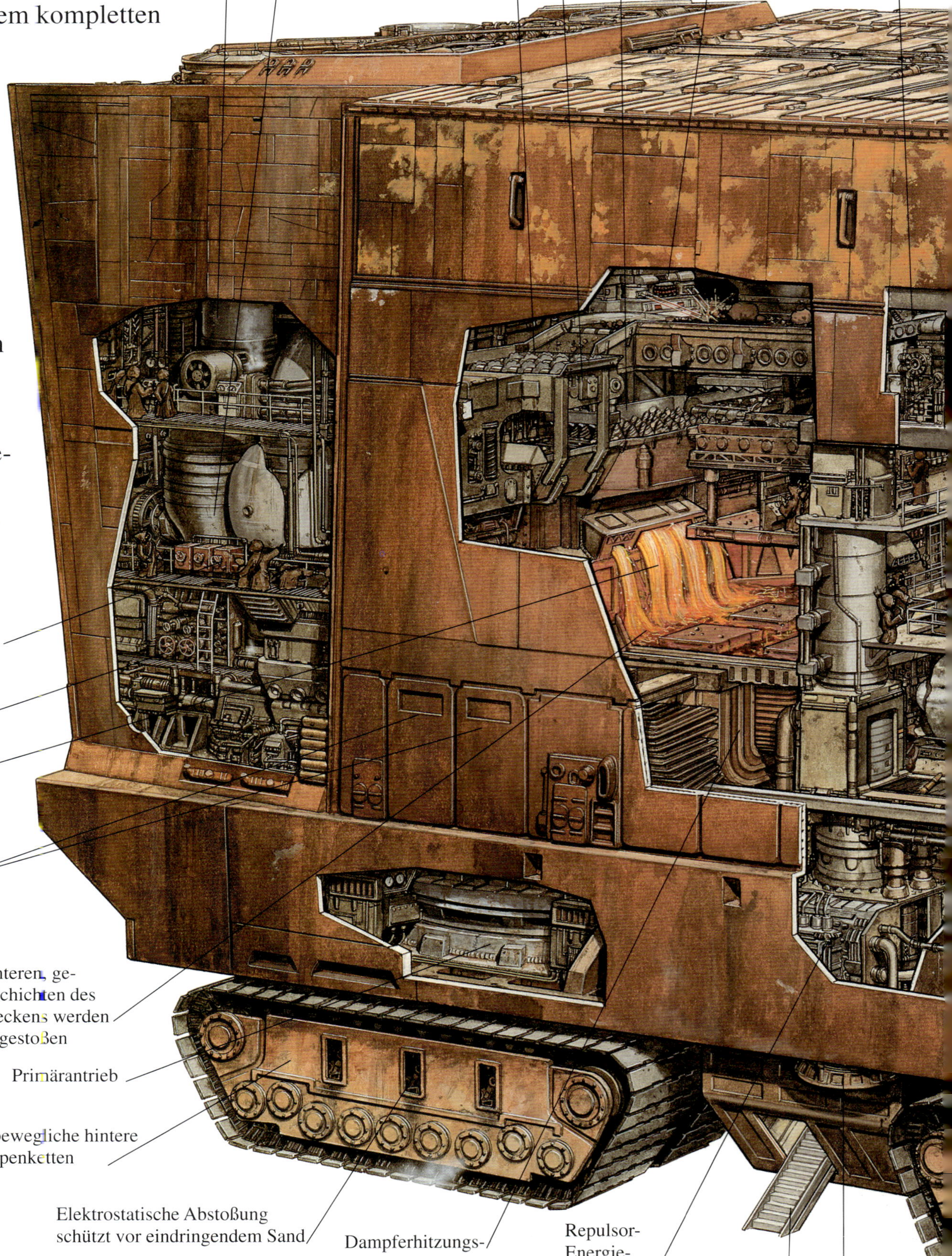

JAWA-REPARATUREN

Jawas verstehen sich darauf, alle verfügbaren Teile bei der Reparatur von Maschinen zu verwenden und aus einer erstaunlichen Vielzahl von Einzelteilen einen funktionierenden Droiden zusammenzusetzen. Allerdings sind sie auch für ihre Schlamperei berüchtigt: Ihre Schöpfungen arbeiten oft nur so lange, bis ihr Sandkriecher hinterm Horizont verschwunden ist.

RISKANTE BEUTE

Manchmal legen die Windhosen der Sturmsaison auf Tatooine in den Tiefen des Dünenmeers uralte Raumschiffwracks frei. Die Jawa-Sandkriecher wagen sich darum auf der Suche nach Beute nach Stürmen in extrem gefährliche Gebiete vor. Bei größeren Funden bitten sie andere Clans mit ihren Sandkriechern um Unterstützung. Um dem nächsten Sandsturm zuvorzukommen, errichten sie Feldschmelzöfen und Sonnenschutzplanen, doch die Wüste birgt oft größere Gefahren als schlechtes Wetter.

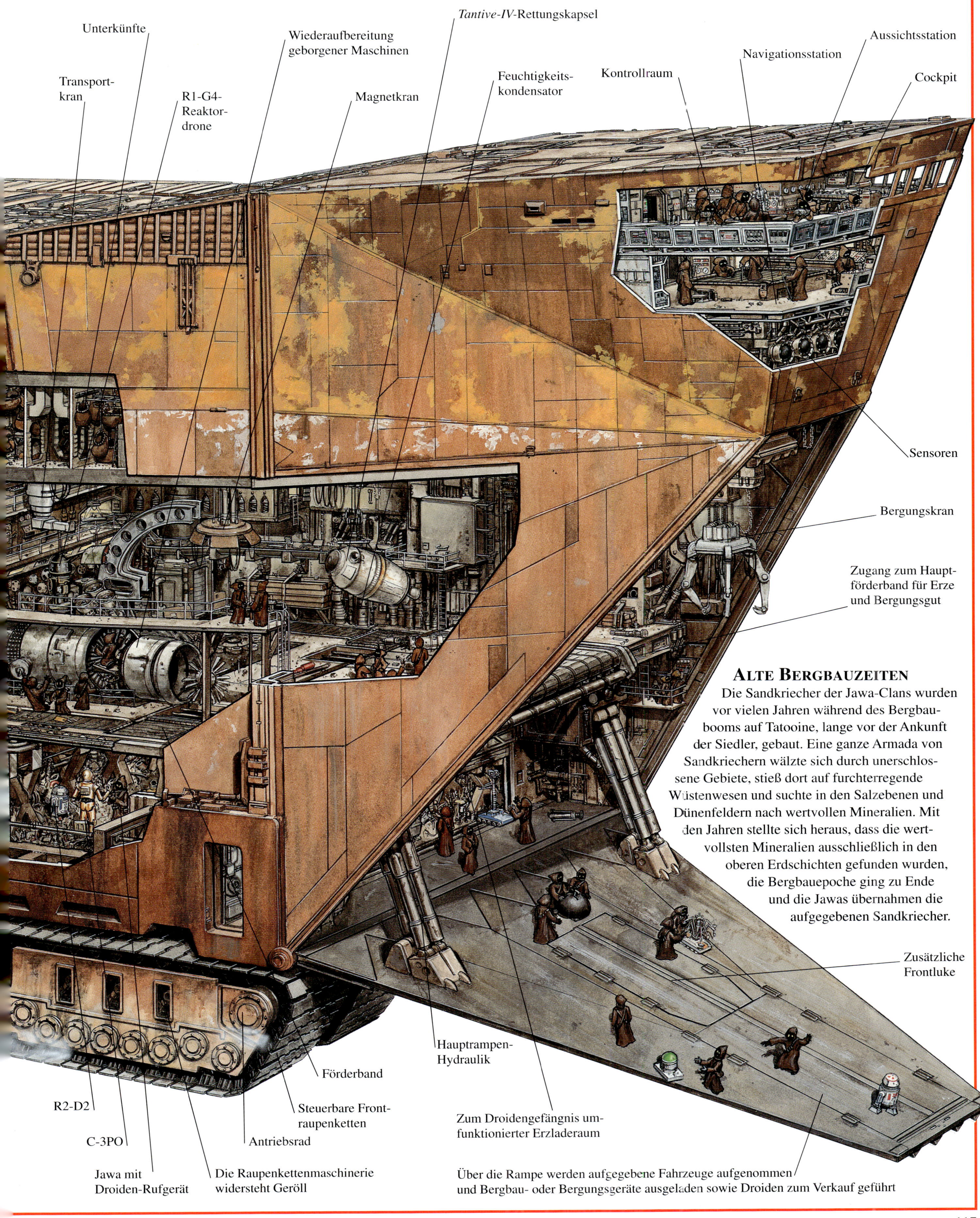

Alte Bergbauzeiten

Die Sandkriecher der Jawa-Clans wurden vor vielen Jahren während des Bergbaubooms auf Tatooine, lange vor der Ankunft der Siedler, gebaut. Eine ganze Armada von Sandkriechern wälzte sich durch unerschlossene Gebiete, stieß dort auf furchterregende Wüstenwesen und suchte in den Salzebenen und Dünenfeldern nach wertvollen Mineralien. Mit den Jahren stellte sich heraus, dass die wertvollsten Mineralien ausschließlich in den oberen Erdschichten gefunden wurden, die Bergbauepoche ging zu Ende und die Jawas übernahmen die aufgegebenen Sandkriecher.

T-65-X-WING

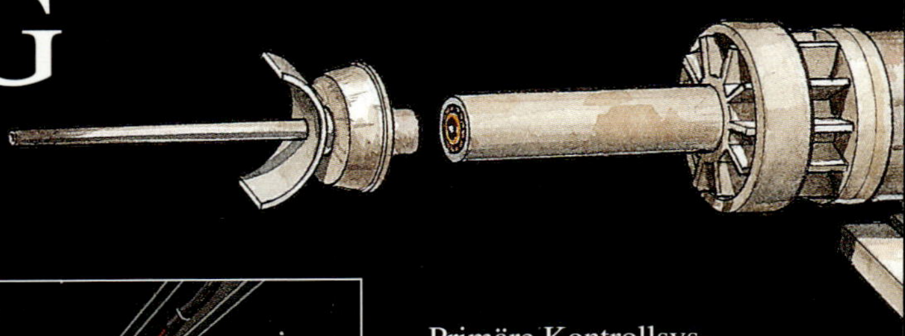

DER X-WING-STERNJÄGER war ein streng geheimes Projekt der Incom Corporation, als das Imperium das Unternehmen zu verdächtigen begann, mit der Rebellion zu sympathisieren, und seine Finanzmittel beschlagnahmte. Doch Schlüsselkonstrukteure entkamen mit den Bauplänen sowie zwei Prototypen und vernichteten alle übrigen Aufzeichnungen über die Jagdmaschine, die später zum berühmtesten Kampfraumer der Rebellion wurde. Der mit großer Feuerkraft, einem Hyperantrieb und Schutzschilden ausgerüstete X-Wing-Sternjäger besteht als wendige Nahkampfmaschine gegen die tödlichen TIE-Jäger des Imperiums. Doch die komplexen Bordsysteme und seltenen Legierungen, die zum Bau dieses überragenden Sternjägers nötig sind, haben die Produktion ausreichender Stückzahlen jahrelang verschleppt.

IN DER KANZEL

Seine Wendigkeit macht den X-Wing zu einer gefährlichen Herausforderung für Nachwuchspiloten. Doch zusätzlich zu den einfachen Flugkontrollsystemen ermöglichen die umfassenden Anzeigen im Cockpit den Piloten im Kampfeinsatz die Überwachung und Kontrolle der Energieversorgung sämtlicher Schiffssysteme.

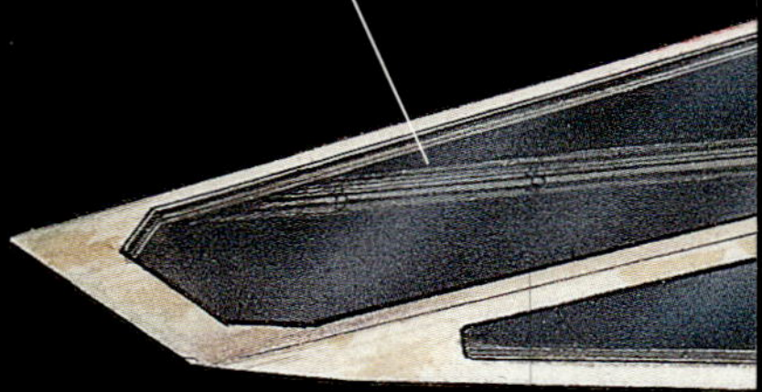

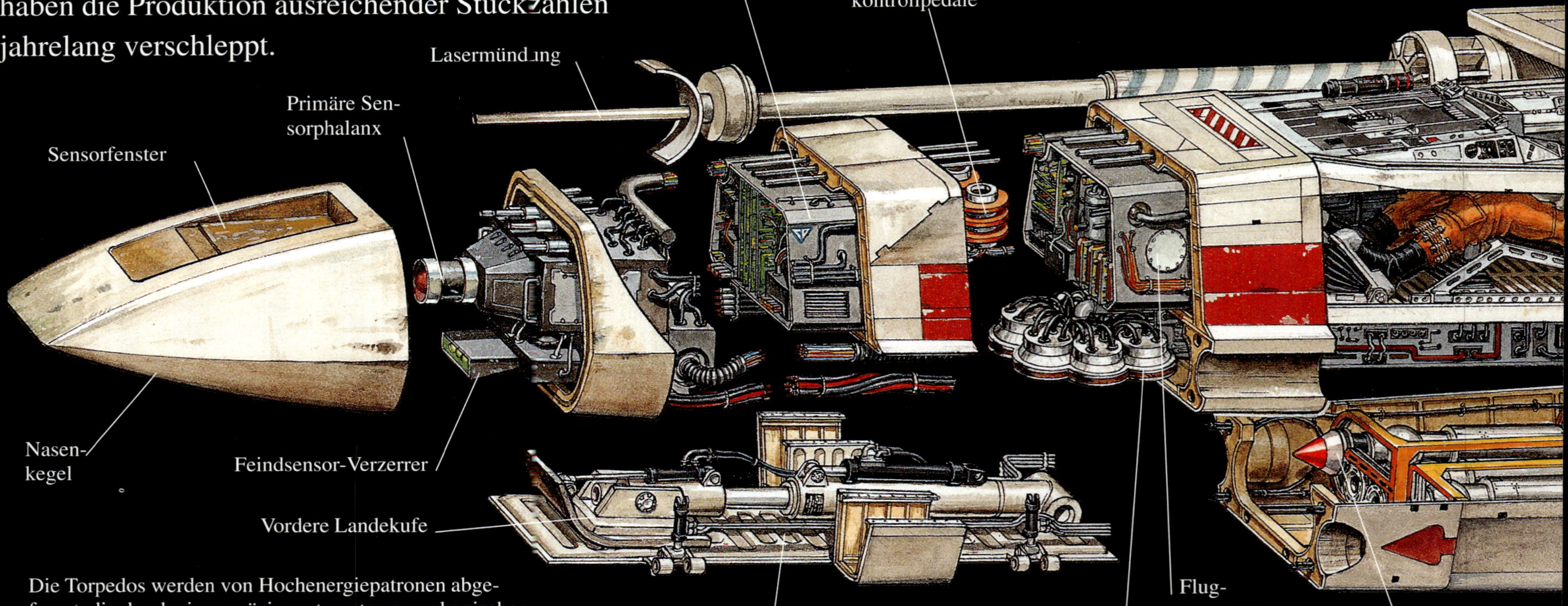

Die Torpedos werden von Hochenergiepatronen abgefeuert, die durch einen präzis gesteuerten gyroskopischen Effekt für Beschleunigung und Ausrichtung sorgen.

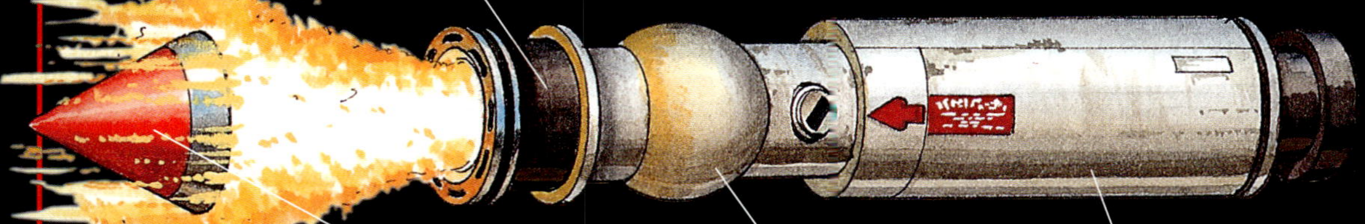

DAS ENDE DES TODESSTERNS

Protonentorpedos wie der MG7-A an Bord des X-Wing-Sternjägers sind außerordentlich destruktive Nuklearwaffen. Sie werden zur Vernichtung schwieriger Ziele oder zur Sprengung von Strahlenschutzschilden eingesetzt. Protonentorpedos sind sehr kostspielig und stehen der Rebellen-Allianz nur in geringer Anzahl zur Verfügung. Luke Skywalker hatte für seinen schwierigen Angriff auf den ersten Todesstern nur zwei Protonentorpedos an Bord.

UNABHÄNGIGES VORGEHEN

Der Hyperantrieb und die Fähigkeit, ohne Unterstützung zu starten und zu landen, erlauben es dem X-Wing im Unterschied zu den Imperialen TIE-Jägern, unabhängig zu operieren. Der Sternjäger ist mit Lebenserhaltungssystemen für eine Woche im Weltraum ausgerüstet. Luft-, Wasser-, Proviant- und Lebenserhaltungssysteme befinden sich unmittelbar hinter dem Pilotensitz. Die Luft- und Wasserversorgung kann bei jeder Landung erneuert, die Lebenserhaltung teilweise ergänzt werden. Im Frachtraum ist die Notfallausrüstung für Piloten verstaut, die in feindlicher Umgebung oder an abgelegenen Orten notlanden müssen.

NAHKAMPSPEZIALISTEN

Der X-Wing verdankt seine bemerkenswerte Wendigkeit einer Kombination von drei Faktoren: dem differenzialen Schub seiner vier Fusions-Ionentriebwerke; elektromagnetischen Gyroskopen in jedem der vier Schubumkehrdüsen für zusätzlichen Schwung in engen Kurven; präzisen Umkehrschubimpulsen aus den Turbinen, die noch größere Kontrolle gewährleisten und im Kampf für den entscheidenden Vorteil sorgen.

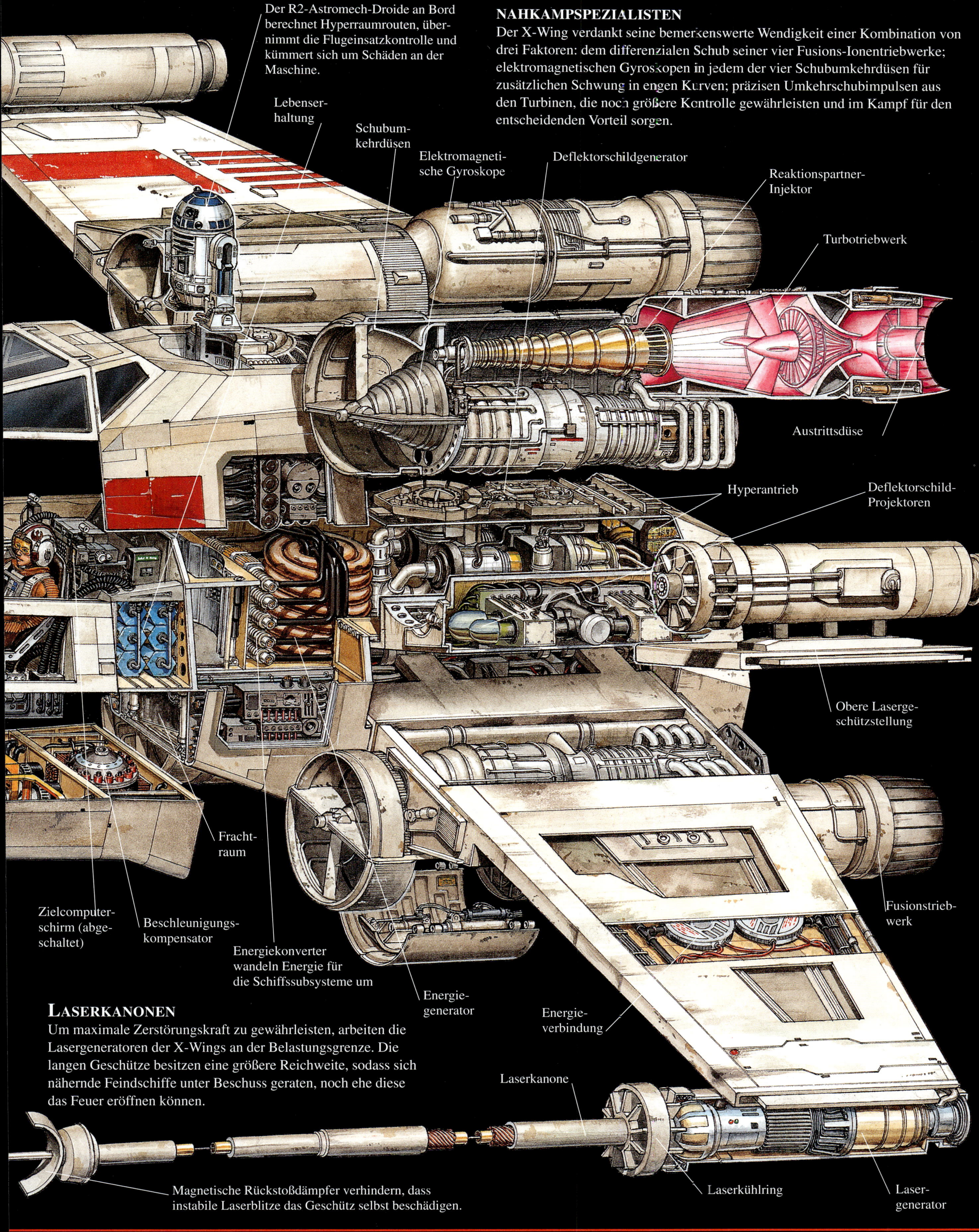

LASERKANONEN

Um maximale Zerstörungskraft zu gewährleisten, arbeiten die Lasergeneratoren der X-Wings an der Belastungsgrenze. Die langen Geschütze besitzen eine größere Reichweite, sodass sich nähernde Feindschiffe unter Beschuss geraten, noch ehe diese das Feuer eröffnen können.

BTL-A4-Y-WING

Die Koensayr-Y-Wing-Konstruktion ist wie die meisten Y-Wing-Sternjäger der Rebellen-Allianz bereits viele Jahre alt. Das Raumschiff ist eine für lange Lebensdauer konzipierte und noch lange Zeit darüber hinaus hingebungsvoll gewartete Kombination aus Jagdmaschine und leichtem Bomber. Der noch immer häufigste Rebellensternjäger gilt als das Arbeitspferd der Allianz-Streitkräfte. Es gibt verschiedene Modelle für unterschiedliche Missionsprofile, auch für einen oder zwei Mann Besatzung. Mit ihren schweren Lasergeschützen, Ionenkanonen und Protonentorpedomagazinen verfügt die Maschine über enorme Feuerkraft, ihre robuste Bauweise steckt im Gefecht Treffer weg, die leichteren Raumschiffen den Garaus machen würden. Der Y-Wing ist weder der schnellste noch der wendigste Kampfraumer, doch dank einer ausgewogenen Mischung guter Eigenschaften bildet er das Rückgrat der Allianz-Streitkräfte.

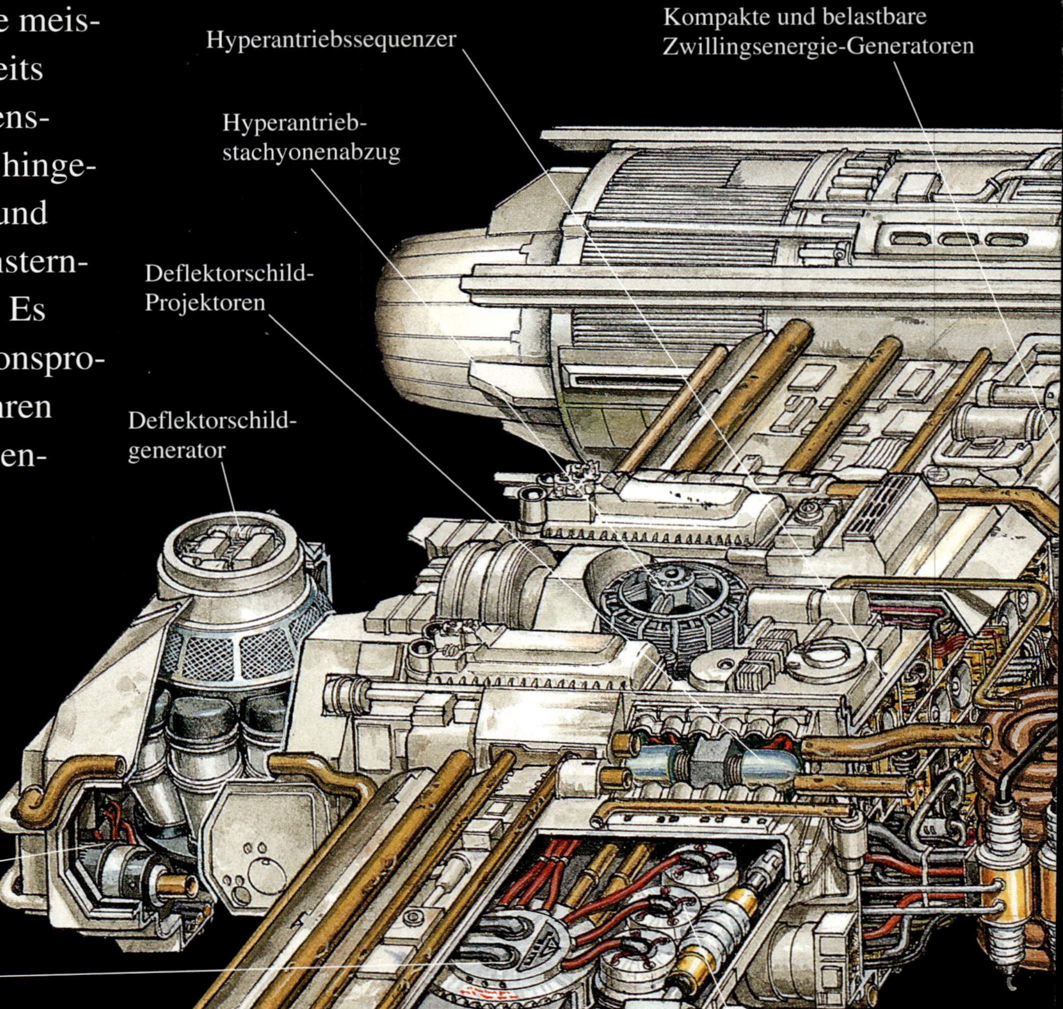

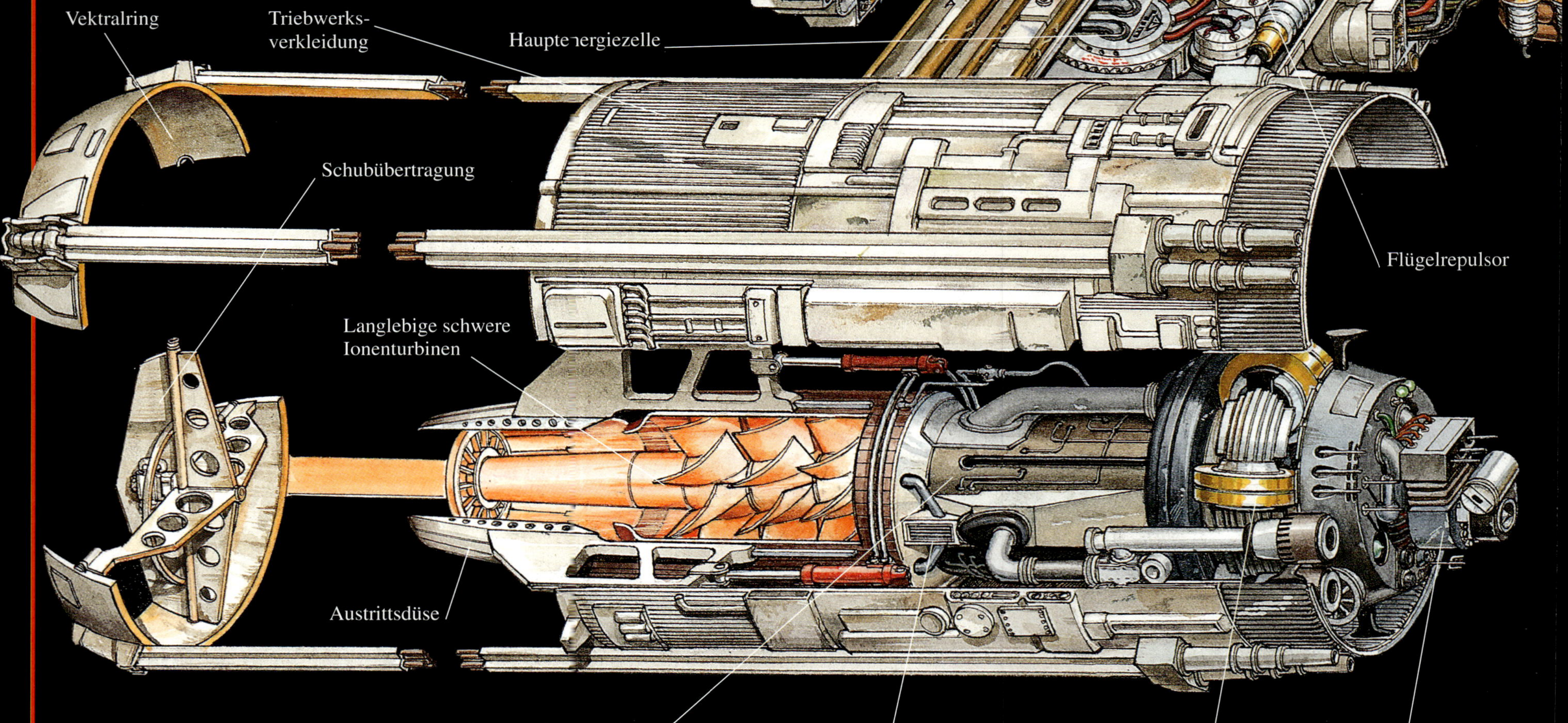

Ionenkanonen

Ionenkanonen feuern eine elektrische Ladung zur Störung der Schaltkreise eines feindlichen Raumschiffs ab, ohne dieses zu zerstören. Der Y-Wing besitzt Zwillings-Ionenkanonen, die für ihre Fehleranfälligkeit berüchtigt sind. Vibrationen im Flug oder im Gefecht verändern unweigerlich die Anordnung ihrer Kristallmatrix, und die Mechaniker der Rebellen hassen sie wegen ihrer Wartungsanfälligkeit. Beim Angriff auf den Todesstern verfügten nur zwei Y-Wings des Geschwaders über funktionierende Ionenkanonen, die sich jedoch als äußerst nützlich erwiesen. Eines dieser Raumschiffe war der einzige Y-Wing, der das Gefecht überlebte.

Das Kühlsystem

Der Y-Wing wird für ein Raumschiff seiner Größe sehr heiß und benötigt daher ein kompliziertes, über den ganzen Raumer verzweigtes Kühlsystem. Teile des Systems müssen nach jedem Einsatz durchgecheckt werden, sodass die Rebellenmechaniker, wenn unzugängliche Bereiche durch ein Leck lahmgelegt werden, die Kühlleitungen oft nur provisorisch ausbessern.

Zwillingssensorsysteme

Die Zweitfunktion des Y-Wing als Bomber erfordert einen Tandem-Langstreckensensor mit visueller Zielerfassung. Wenn beide Sensorsets in Betrieb sind, bietet der Y-Wing sogar größere Zielgenauigkeit als der X-Wing-Sternjäger, ein Grund, warum die Y-Wings beim Angriff auf den Todessterngraben die erste Wahl waren.

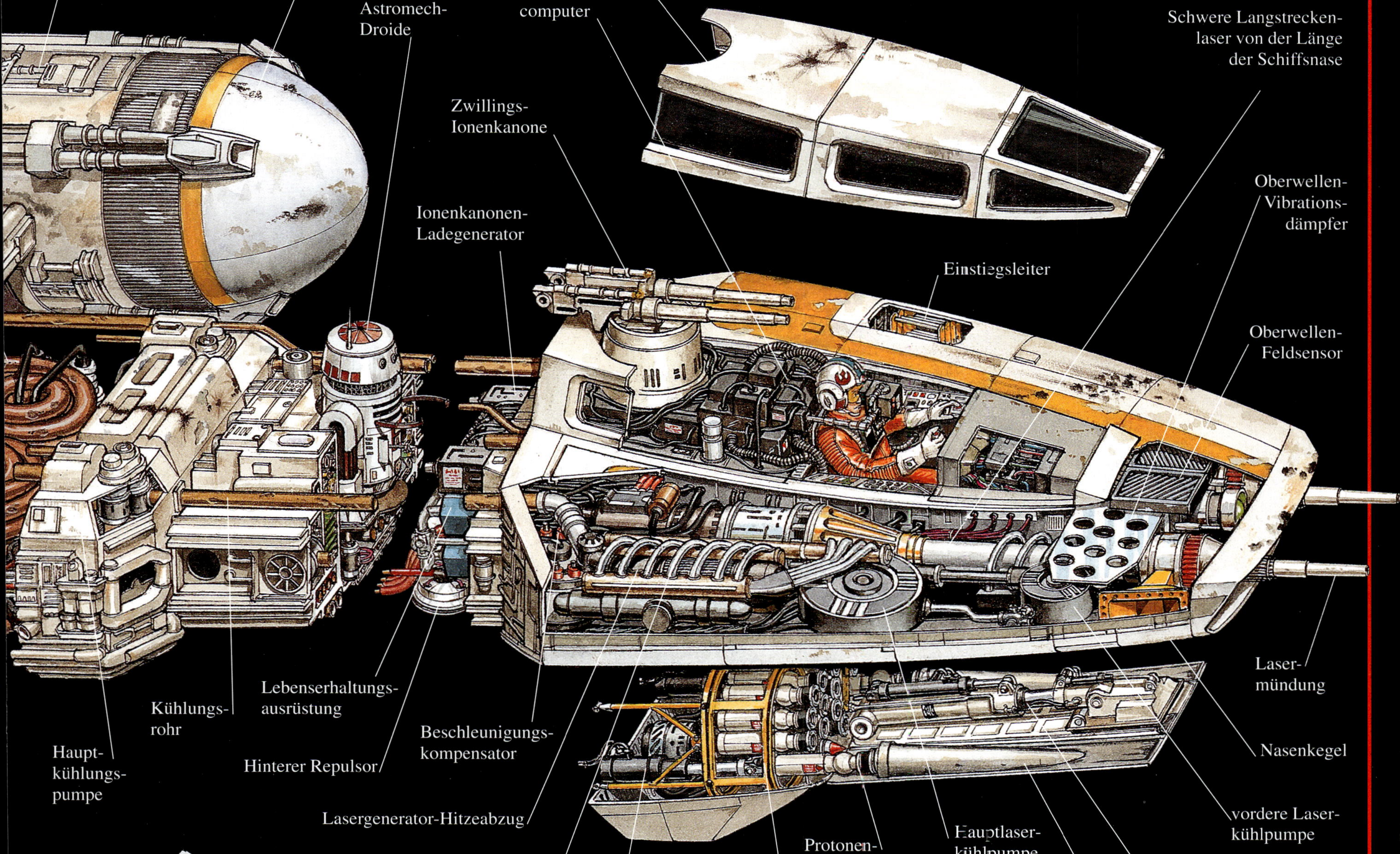

Da die Y-Wing-Lasersysteme kaum Wartung erfordern, blieb der Nasenkegel intakt

Der Y-Wing ist ein BTL-A4 mit nur einem Piloten an Bord. Andere Versionen sind der Langstrecken-BTL-A4, der zusätzliche Ausrüstung und Sensoren besitzt, und der BTL-S3 mit einem Bordkanonier anstelle des BTL-A4-Zielcomputers.

Original Splendor

Ursprünglich war der Y-Wing eine voll verkleidete Flugmaschine (oben). Doch das Schiff musste immer wieder repariert werden, sodass verärgerte Rebellenmechaniker es irgendwann satt hatten, ständig die Verkleidung zu entfernen, um an die Maschinerie zu gelangen, diese ganz wegließen und damit das typische Erscheinungsbild des Raumers schufen. Die Y-Wings der Allianz wurden so häufig auseinandergenommen, dass keine Maschine mehr der anderen gleicht.

TIE-X1-Turbojäger

Als die Rebellen den ersten Todesstern attackierten, griff Darth Vader selbst in einer Jagdmaschine in den Kampf ein. Er flog einen TIE-X1-Turbojäger-Prototyp, die neueste Entwicklung aus der Imperialen Waffenschmiede Sienar Fleet Systems. Das Raumschiff ist leistungsfähiger als der Standard-TIE-Jäger/In, verfügt über ein besseres Zielerfassungssystem und stärkere, von Hochleistungssolarzellen in geschwungenen Flügeln gespeiste Triebwerke, die für extreme Geschwindigkeit und Wendigkeit sorgen. Im Unterschied zu den Standardmaschinen besitzt der Turbojäger auch Schutzschilde und einen Hyperantrieb, der Vader nach der Vernichtung des Todessterns das Leben rettete und ihm von einem Imperialen Stützpunkt aus die Rückkehr an die Macht ermöglichte.

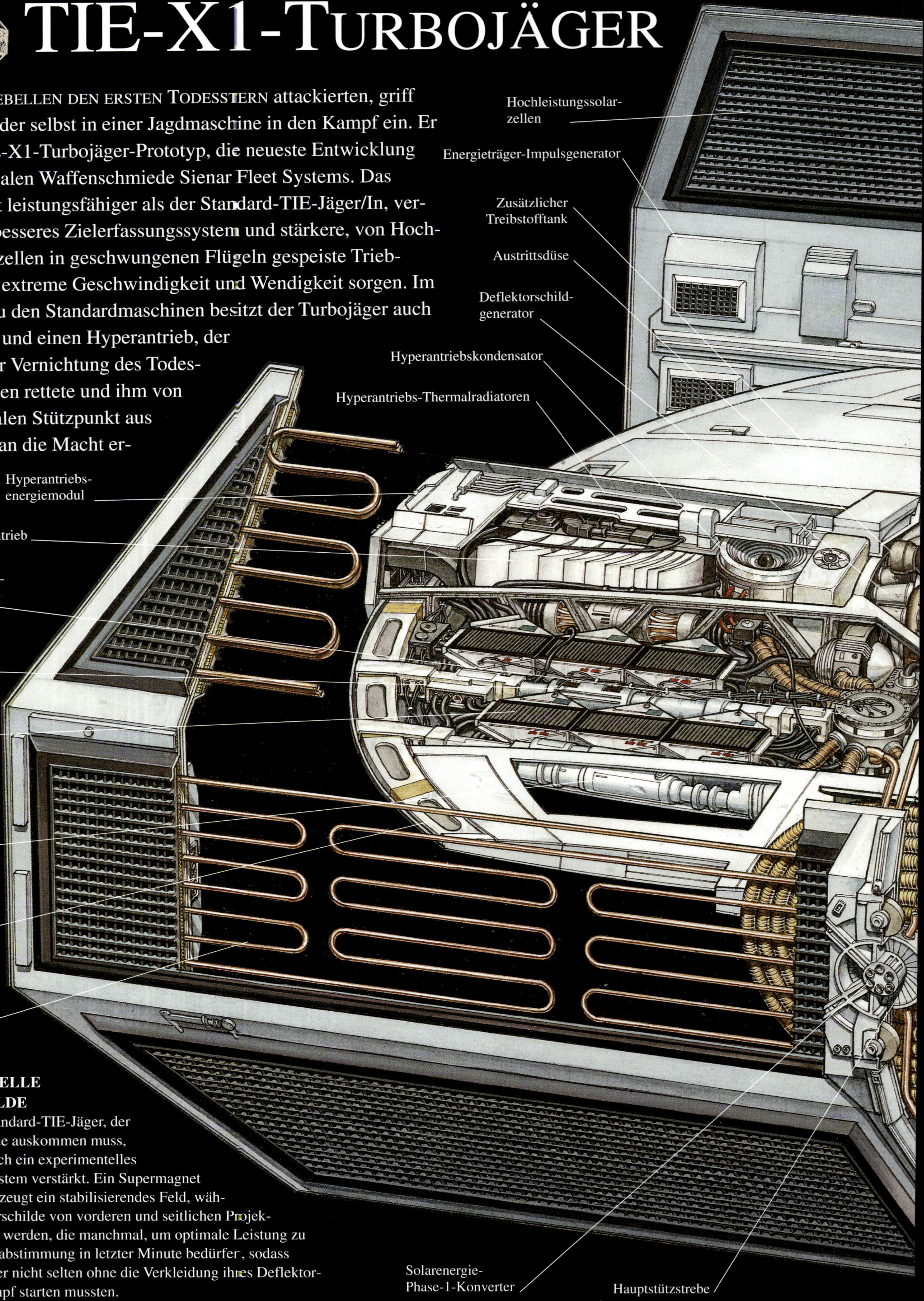

Experimentelle Schutzschilde

Anders als der Standard-TIE-Jäger, der ohne Schutzschilde auskommen muss, wurde der X1 durch ein experimentelles Deflektorschildsystem verstärkt. Ein Supermagnet am Schiffsheck erzeugt ein stabilisierendes Feld, während die Deflektorschilde von vorderen und seitlichen Projektorgittern gespeist werden, die manchmal, um optimale Leistung zu liefern, einer Feinabstimmung in letzter Minute bedürfen, sodass die TIE-Turbojäger nicht selten ohne die Verkleidung ihres Deflektorgitters in den Kampf starten mussten.

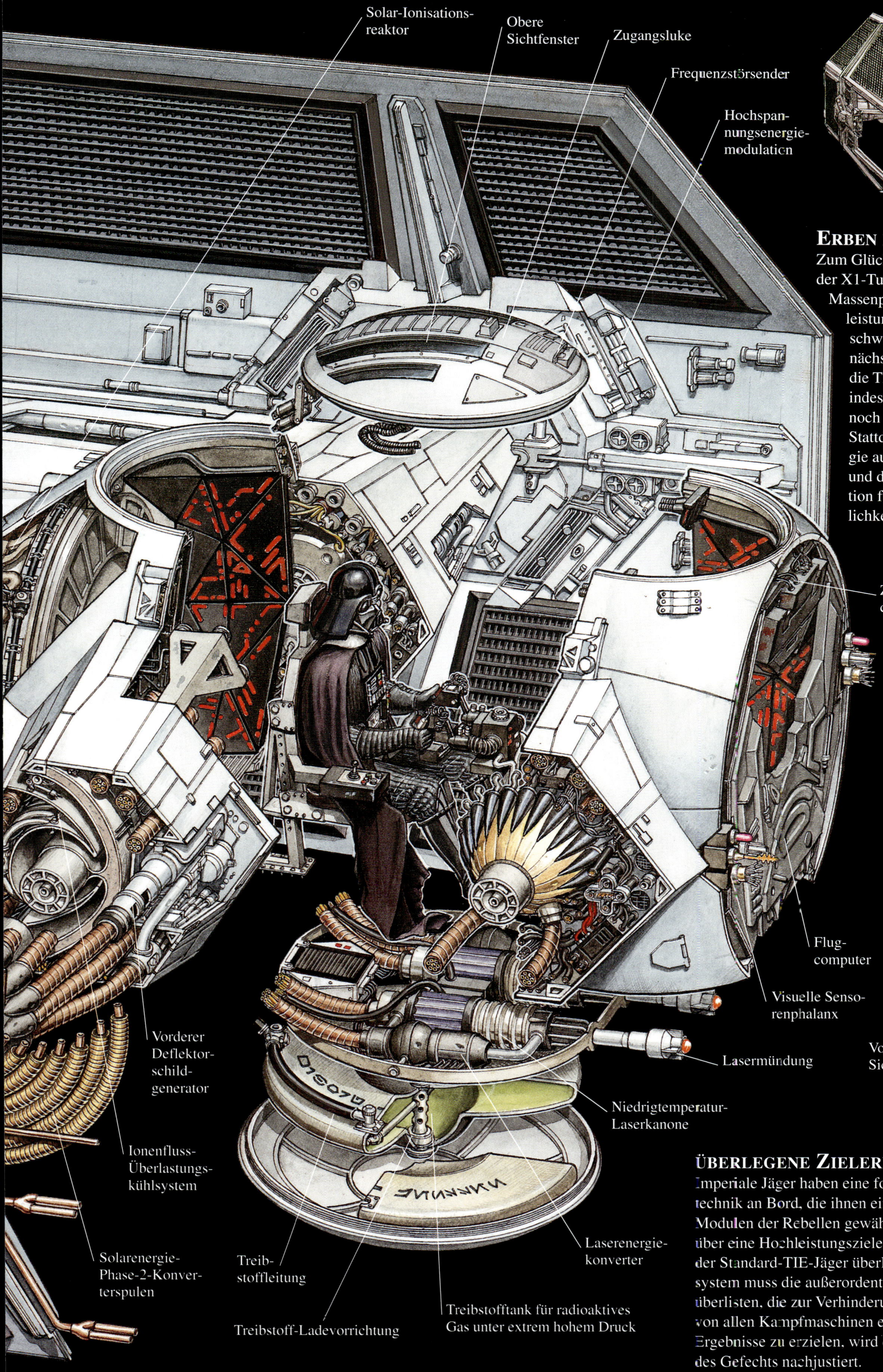

ERBEN DES X1-TURBOJÄGERS

Zum Glück für die Rebellen erwies sich der X1-Turbojäger als zu teuer für die Massenproduktion. Doch seine Hochleistungssolarzellen sowie die geschwungenen Flügel flossen in die nächste Generation von TIE-Jägern, die TIE-Abfangjäger (oben), ein, die indes wiederum weder Schutzschilde noch einen Hyperantrieb besitzen. Stattdessen nutzen sie die Zusatzenergie aus den verbesserten Solarzellen und die überlegene Flügelkonfiguration für nie erreichte Gefechtstauglichkeit und fantastische Wendigkeit.

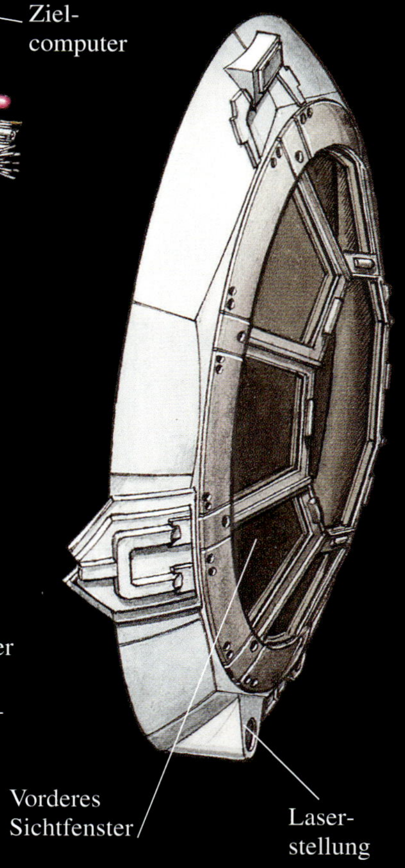

ÜBERLEGENE ZIELERFASSUNG

Imperiale Jäger haben eine fortschrittliche Zielerfassungstechnik an Bord, die ihnen einen Vorsprung vor den älteren Modulen der Rebellen gewährt. Der X1-Turbojäger verfügt über eine Hochleistungszielerfassung, die sogar den Geräten der Standard-TIE-Jäger überlegen ist. Dieses Zielerfassungssystem muss die außerordentlich leistungsstarken Störsender überlisten, die zur Verhinderung elektronischer Zielfixierung von allen Kampfmaschinen eingesetzt werden. Um beste Ergebnisse zu erzielen, wird das System oft noch während des Gefechts nachjustiert.

Angriffstransporter

AT-AT-Läufer setzen ihre Einsatzkräfte an Kabelgeschirren in mehreren Angriffswellen aus. Dazu werden Krangestelle ausgefahren, die Kampftruppen und Ausrüstung über die Flanken nach unten befördern, während die Düsenschlitten an vorne und hinten montierten Kränen hängen.

Geländetauglichkeit

Durch seine massive Panzerung ist der AT-AT-Läufer für Repulsoren zu schwer, stattdessen bewegt er sich auf Riesenbeinen über Hindernisse hinweg. Obwohl Steilhänge und Sumpfgebiete den Läufer aufhalten können, lenken die Piloten ihr Monstrum auch durch schwierigstes Gelände.

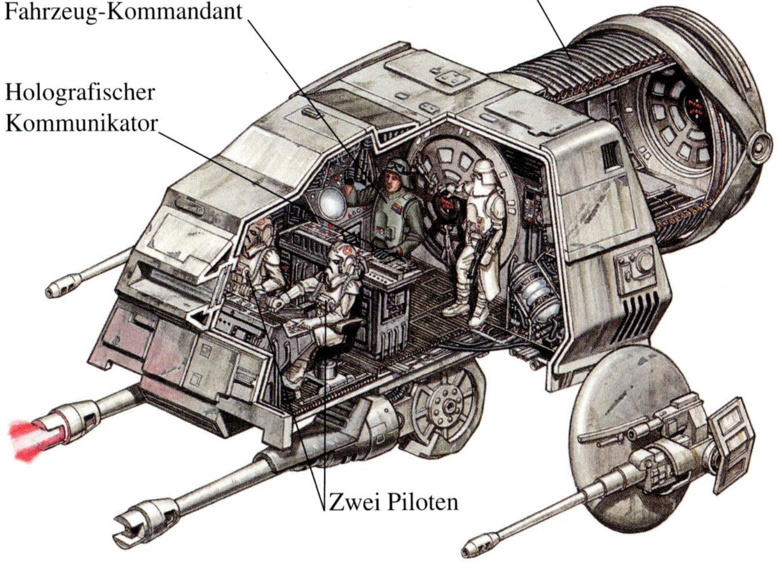

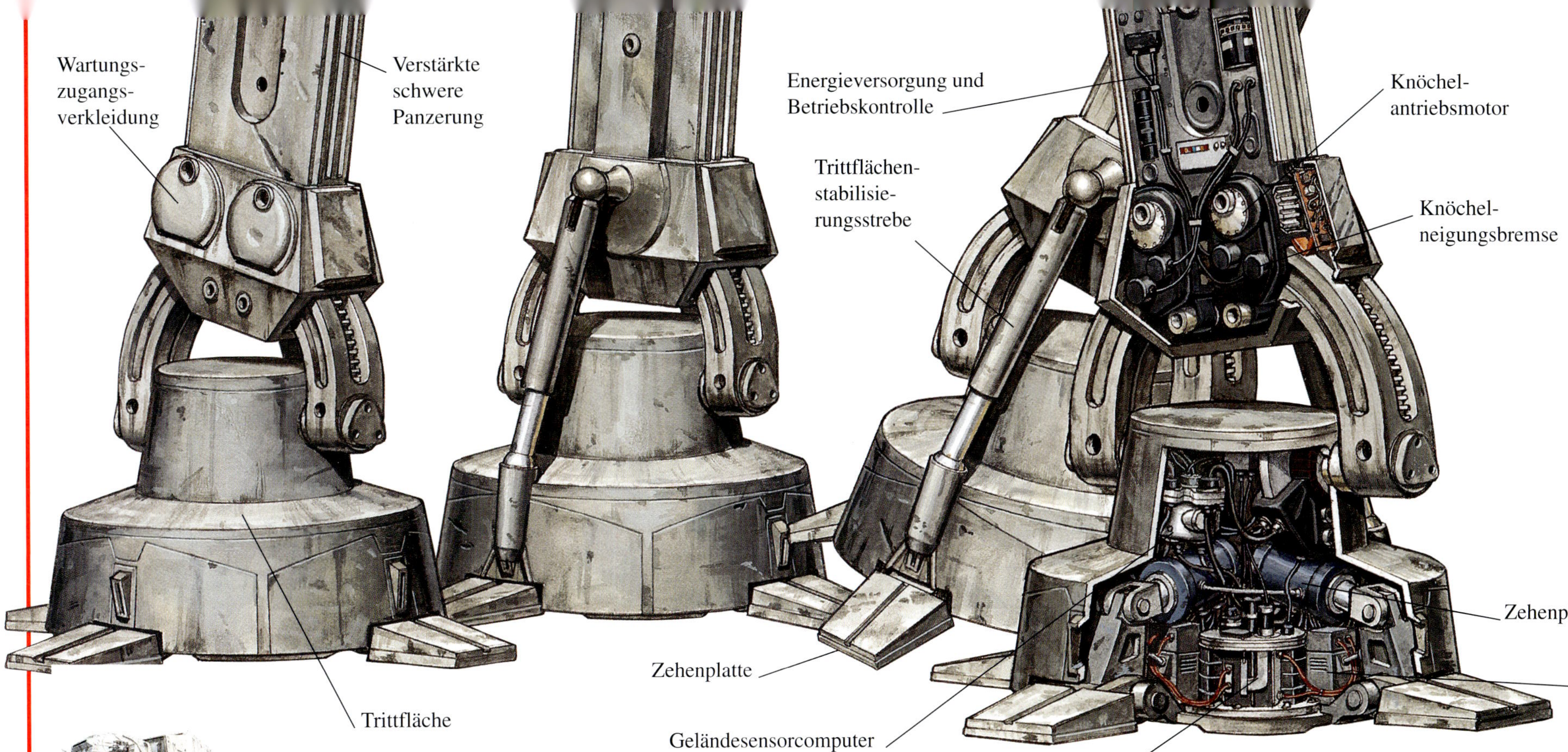

Kommandokanzel

Der schwer gepanzerte Kopf des AT-AT dient als Kanzel für zwei Piloten und den Kommandanten. Außen sind die Waffensysteme des Kampfläufers angebracht. Obwohl beide Piloten sämtliche Kontrollfunktionen ausführen können, fungiert normalerweise einer als Lenker, der andere als Bordschütze. Die Feuerkontrollen können jederzeit dem Fahrzeug-Kommandanten übergeben werden, der ein taktische und fotografische Informationen lieferndes Periskop bedient. Die Piloten folgen Geländesensoren unter der Kanzel und Bodensensoren in den Läuferfüßen. Die Scans weisen die Natur und Beschaffenheit des Geländes aus und gewährleisten sicheren Tritt.

AT-AT

Die Angst und Schrecken verbreitenden Imperialen AT-AT-Kampfläufer (AT-AT: All Terrain Armored Transport) stampfen wie unaufhaltsame Riesen über das Schlachtfeld. Diese Monster sind so massiv gepanzert, dass sie gegen jeden Beschuss außer gegen schwerste Turbolasergeschütze praktisch immun sind. Blasterschüsse aus geringeren Geschützen prallen wirkungslos von ihren Panzerplatten ab oder werden einfach absorbiert und unschädlich gemacht. Ein leistungsstarker Reaktor erzeugt die für diese gewichtige Kampfmaschine erforderliche Energie. Die an der beweglichen Kanzel angebrachten Kanonen speien Tod und Verderben unter die ohnmächtigen Feinde und schlagen eine Schneise der Verwüstung in ihre Reihen, um Platz für die mächtigen Läuferfüße zu schaffen. Der jede Gegenwehr überrennende AT-AT-Läufer dient als Truppentransporter für die Angriffstruppen, Bodenbewaffnung und Aufklärungsdüsenschlitten in seinem Bauch, die, nachdem der Läufer ihnen den Weg gebahnt hat, für einen weiteren sicheren Sieg des Imperiums sorgen.

Düsenschlitten

AT-AT-Kampfläufer haben gewöhnlich eine Reihe von schnellen Repulsor-Düsenschlitten für Erkundungs- und Jagdeinsätze an Bord. Die Geschwindigkeit und Beweglichkeit dieser Fahrzeuge bildet den Kontrapunkt zur Schwerfälligkeit der Läufer und macht sie bei Bodenangriffen nahezu unbesiegbar. Die gewaltige, alptraumartige Tierhaftigkeit der AT-ATs verbindet sich mit ihrer Schlagkraft zu furchterregender Präsenz auf dem Schlachtfeld. Bis zum Kampf um Hoth hat es keine Streitmacht gewagt, sich einem Angriff von Kampfläufern ernsthaft entgegenzustellen, so einschüchternd und erdrückend wirkt ihr Anblick.

Schneegleiter

KURZ NACH DER ERRICHTUNG ihrer Geheimbasis auf dem Eisplaneten Hoth beschafften sich die Rebellen zu ihrer Verteidigung eine kleine Staffel Incom-T-47-Luftgleiter. Diese Luftgleiter waren mit Energiekonvertern und militärischen Laserkanonen ausgerüstet. Dank ihrer Schnelligkeit und Wendigkeit schienen sie für die Verteidigung der Echo-Basis bestens geeignet, doch bis die Ingenieure der Rebellion sie entsprechend umbauten, machte die eisige Kälte auf Hoth den T-47-Luftgleitern arg zu schaffen.

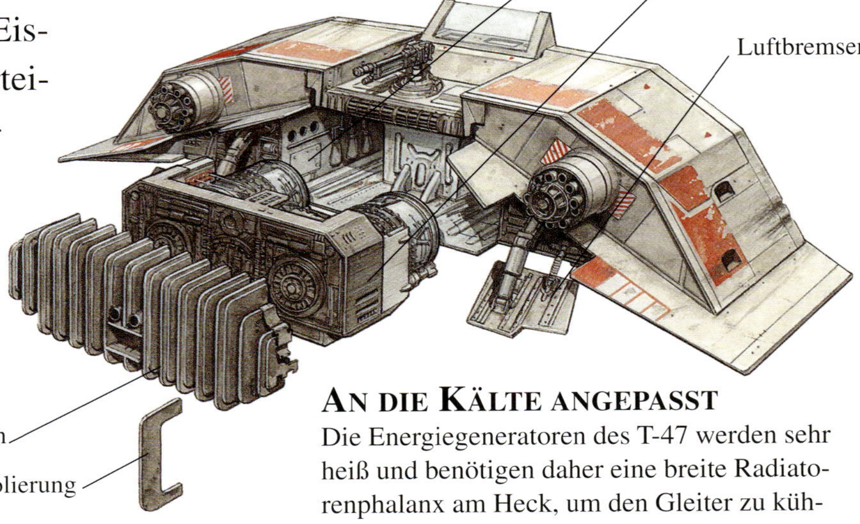

An die Kälte angepasst

Die Energiegeneratoren des T-47 werden sehr heiß und benötigen daher eine breite Radiatorenphalanx am Heck, um den Gleiter zu kühlen. Doch die Rebellen merkten bald, dass diese Radiatoren in der Eiswüste von Hoth allzu gut funktionierten und die Generatoren heruntergefahren werden mussten. Alle Anstrengungen, das Kühlsystem zu umgehen, erwiesen sich als zwecklos. Schließlich isolierten die Mechaniker die einzelnen Kühlrippen durch Seitenpaneele, um ihre Wirkung zu dämpfen und die Maschinen warm genug zu halten. Diese Modifikation wurde bei einigen Schneegleitern erst Minuten vor dem Angriff der Imperialen Truppen auf die Echo-Basis abgeschlossen.

Kampf gegen die Läufer

Luke Skywalker riet zu dem ungewöhnlichen Vorgehen gegen die AT-ATs mit den Schleppkabeln der Schneegleiter, die normalerweise zum Transport von Frachtschlitten verwendet wurden. Mit gefesselten Beinen kamen die riesigen Kampfläufer rasch zu Fall und Entschlossenheit und Tapferkeit triumphierten über rohe Kraft.

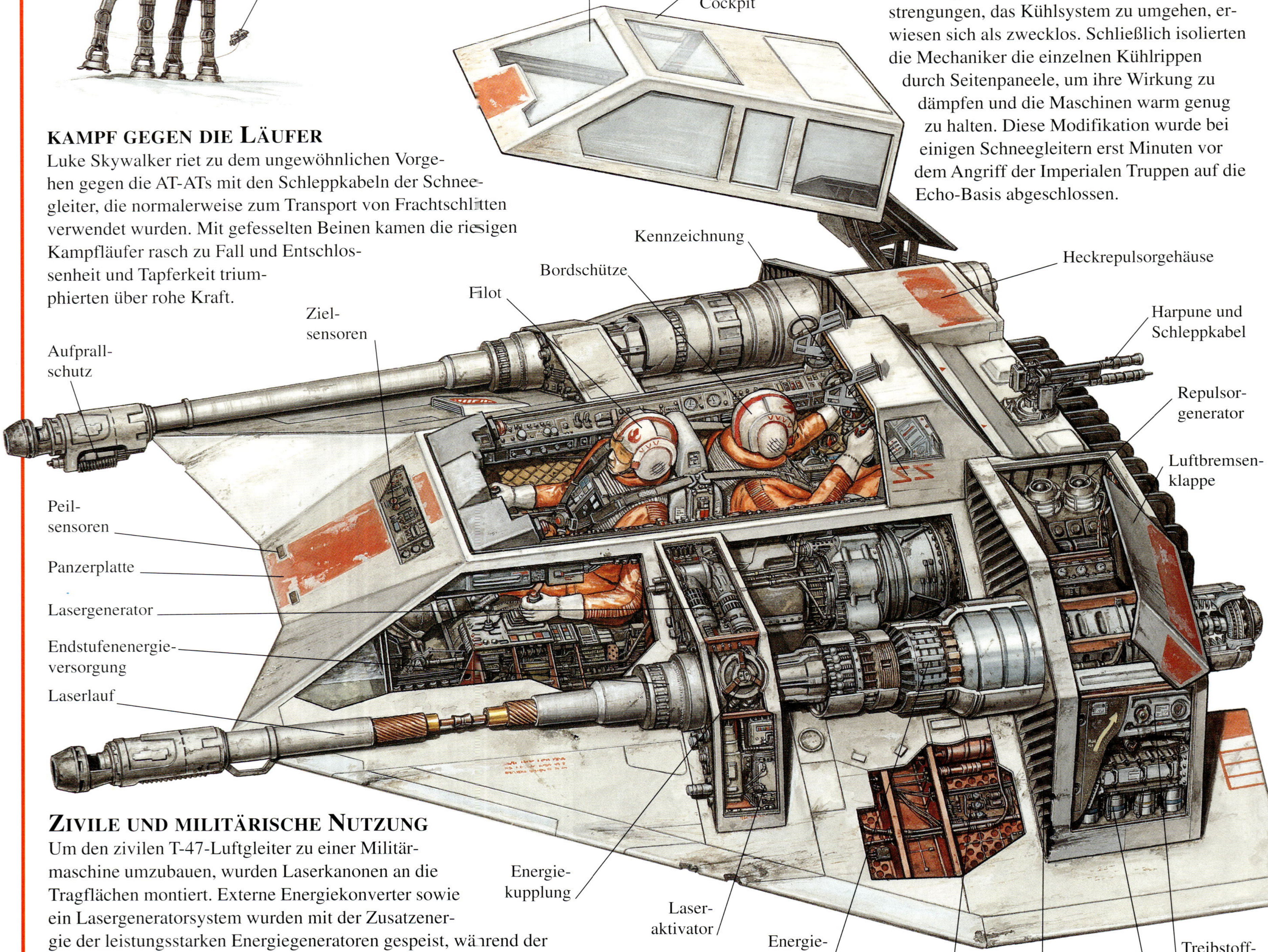

Zivile und militärische Nutzung

Um den zivilen T-47-Luftgleiter zu einer Militärmaschine umzubauen, wurden Laserkanonen an die Tragflächen montiert. Externe Energiekonverter sowie ein Lasergeneratorsystem wurden mit der Zusatzenergie der leistungsstarken Energiegeneratoren gespeist, während der Rumpf durch Panzerplatten verstärkt wurde. Das Resultat war ein außergewöhnlich wendiger Angriffsgleiter für kurze Reichweiten. Da der Schneegleiter ursprünglich eine Zivilmaschine war, fehlt es an Schutzschilden, sodass der Gleiter im Gefecht auf Geschwindigkeit und Beweglichkeit angewiesen ist.

Der AT-ST ist für einen Energiegenerator zu klein, deshalb werden alle Systeme durch auswechselbare Hochleistungszellen versorgt, wodurch jedoch die Reichweite eingeschränkt ist

COCKPIT-AUSSICHT

Sichtfenster und Holoprojektoren gestatten den gleichzeitigen Blick nach vorne und hinten. Während der Computer den AT-ST-Läufer über ebenen Boden steuert, muss ein menschlicher Pilot die vielfältigen Daten auswerten und das Vehikel durch schwieriges Gelände manövrieren.

GYROSKOPISCHE STABILISIERUNG

Ein geschickter Pilot kann seinen AT-ST-Läufer mit bemerkenswerter Gewandtheit durch unterschiedlichstes Gelände steuern. Dank eines kräftigen, mit einem komplexen Bewegungssystem gekoppelten Gyrostabilisators gleicht der Lauf des Scoutläufers der Fortbewegung eines Lebewesens.

AT-ST

DER SCOUT- ODER AT-ST-LÄUFER (AT-ST: All Terrain Scout Transport) bewegt sich im Einsatz mit Leichtigkeit durch unwegsames Gelände. Bewaffnung und Beweglichkeit bewähren sich vor allem bei Aufklärungs-, Nachschub- und Jagdmissionen. Der Scoutläufer ist schneller und bewältigt zudem schwierigeres Gelände, wie enge Schluchten oder dichte Wälder, als der AT-AT. Während die Kampfläufer Verteidigungsstellungen der Rebellen einfach zermalmen, heben die AT-STs Widerstandsnester oder Verstecke feindlicher Streitkräfte aus. Zu Fuß kann kaum jemand den flinken Scouts entkommen, sodass schon ihr bloßer Anblick unter Bodentruppen Angst und Schrecken verbreitet.

Die TIE-Gesellschaft

Die Imperialen Kampfmaschinen der TIE-Familie sind wahrscheinlich das bemerkenswerteste Produkt von *Sienar Fleet Systems,* einem der größten Imperialen Hersteller von Kriegsschiffen. Das von der mächtigen Sienar-Familie gegründete Unternehmen *Republic Sienar Systems* war eine der erfolgreichsten Werften der Alten Republik. In den letzten Tagen der Republik unterstand die Firma fast vollständig der Kontrolle durch den Senat. Nach dem Aufstieg des Imperiums fiel die Kontrolle auf den Befehl des Imperators hin an Raith Sienar zurück, einen Freund und Verbündeten von Wilhuff Tarkin. Unter dem Namen *Sienar Fleet Systems* (SFS) half die Bindung an das Imperium dem Unternehmen, sich lukrative Militär-Verträge zu sichern. Dank Sienars Loyalität blieb die Firma relativ unabhängig, während zahlreiche andere Unternehmen fusionieren mussten oder übernommen wurden. SFS ist auch unter dem Spitznamen „Die TIE-Gesellschaft" bekannt, produziert aber auch die Raumfähre der *Lambda*-Klasse, den *Interdictor*-Kreuzer und das Skipray Blastboat.

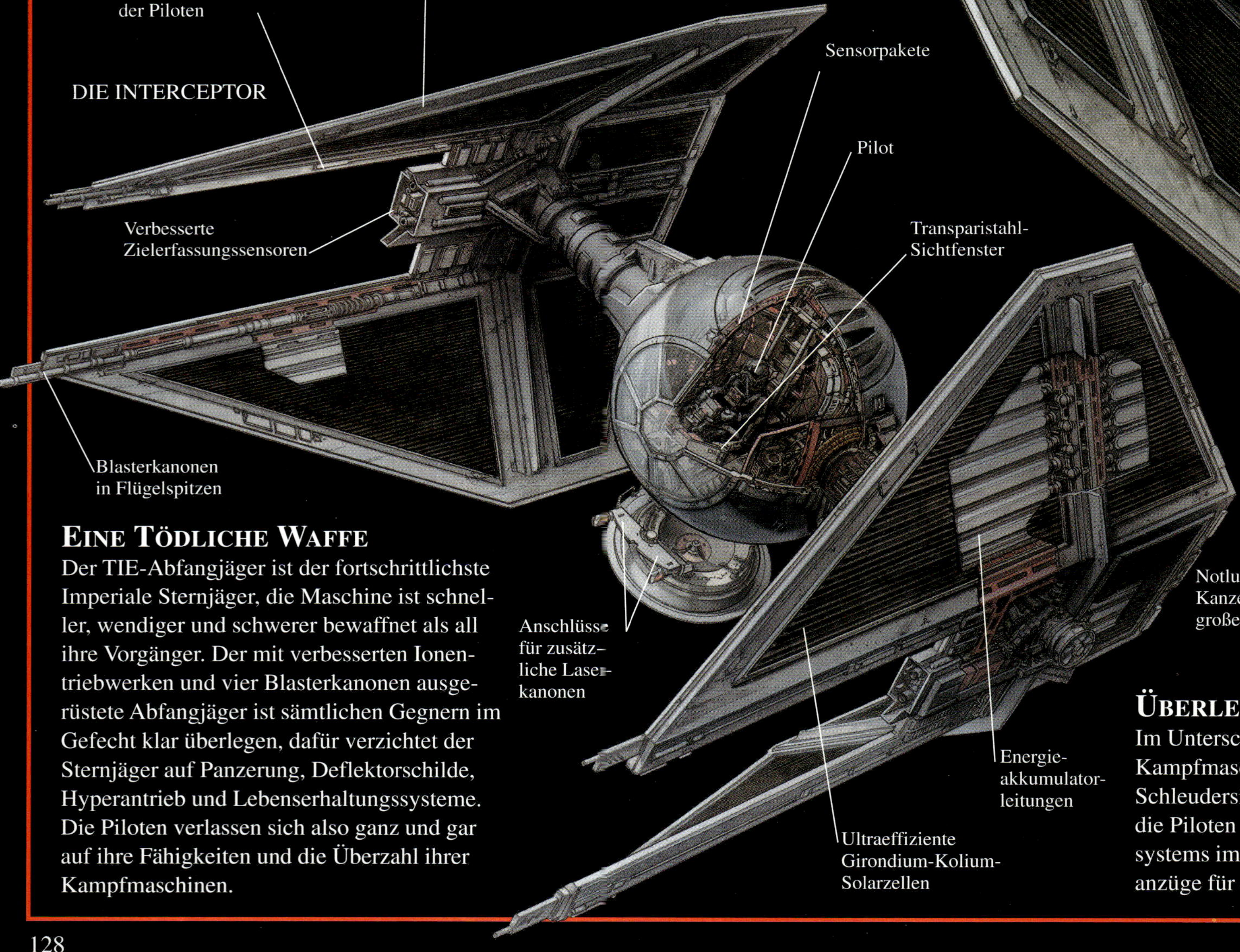

Eine Tödliche Waffe

Der TIE-Abfangjäger ist der fortschrittlichste Imperiale Sternjäger, die Maschine ist schneller, wendiger und schwerer bewaffnet als all ihre Vorgänger. Der mit verbesserten Ionentriebwerken und vier Blasterkanonen ausgerüstete Abfangjäger ist sämtlichen Gegnern im Gefecht klar überlegen, dafür verzichtet der Sternjäger auf Panzerung, Deflektorschilde, Hyperantrieb und Lebenserhaltungssysteme. Die Piloten verlassen sich also ganz und gar auf ihre Fähigkeiten und die Überzahl ihrer Kampfmaschinen.

Überlebenstechnik

Im Unterschied zu den meisten Imperialen Kampfmaschinen ist der TIE-Bomber mit einem Schleudersitz ausgestattet. Außerdem genießen die Piloten den Luxus eines Lebenserhaltungssystems im Cockpit, trotzdem tragen sie Fliegeranzüge für den Notfall.

TIE-Bomber

Der aus der TIE/gt-Variante der TIE-Sternjäger-Familie hervorgegangene TIE-Bomber wurde zwecks der Bombardierung durch Imperiale Schlachtschiffe entwickelt. Dieser Angriffsraumer kann dank seiner gewaltigen Feuerkraft gegen Ziele am Boden und im Weltraum eingesetzt werden und seine Bombenfracht mit tödlicher Präzision abwerfen. Bombardements durch Schlachtschiffe führen häufig zu untragbaren Kollateralschäden. Die Präzision des TIE-Bombers ermöglicht dagegen die Ausschaltung bestimmter Ziele, ohne die Umgebung zu beeinträchtigen.

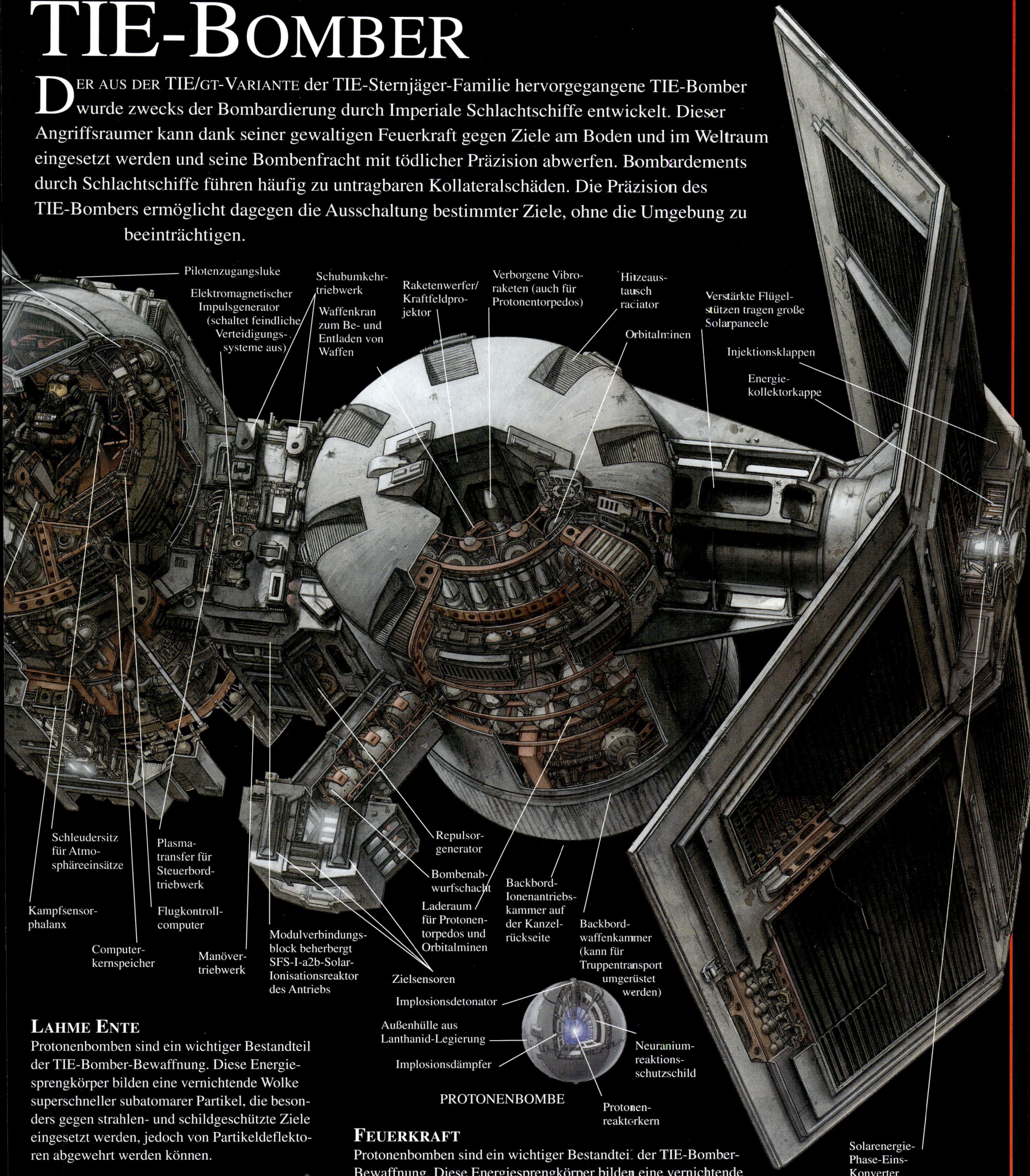

PROTONENBOMBE

Lahme Ente

Protonenbomben sind ein wichtiger Bestandteil der TIE-Bomber-Bewaffnung. Diese Energiesprengkörper bilden eine vernichtende Wolke superschneller subatomarer Partikel, die besonders gegen strahlen- und schildgeschützte Ziele eingesetzt werden, jedoch von Partikeldeflektoren abgewehrt werden können.

Feuerkraft

Protonenbomben sind ein wichtiger Bestandteil der TIE-Bomber-Bewaffnung. Diese Energiesprengkörper bilden eine vernichtende Wolke superschneller subatomarer Partikel, die besonders gegen strahlen- und schildgeschützte Ziele eingesetzt werden, jedoch von Partikeldeflektoren abgewehrt werden können.

Slave I

Boba Fetts unverwechselbares Raumschiff begann seine Karriere als Patrouillen- und Angriffsschiff der *Firespray*-Klasse. Um es seinen besonderen Ansprüchen anzupassen, hat der Kopfgeldjäger das betagte Polizeischiff von Kuat Systems Engineering seither immer wieder verändert. Die *Slave I* ist mit zusätzlichen Sensoren jeder Art, Hochleistungsschildgeneratoren und diversen Waffensystemen vollgestopft. Eine gestohlene militärische Stör- und Tarnvorrichtung verbirgt das Raumschiff vor fast allen Scannern, und seine mannigfaltigen Fähigkeiten machen es zu einem von Fetts gefährlichsten Kampfmitteln auf der Jagd nach Beute.

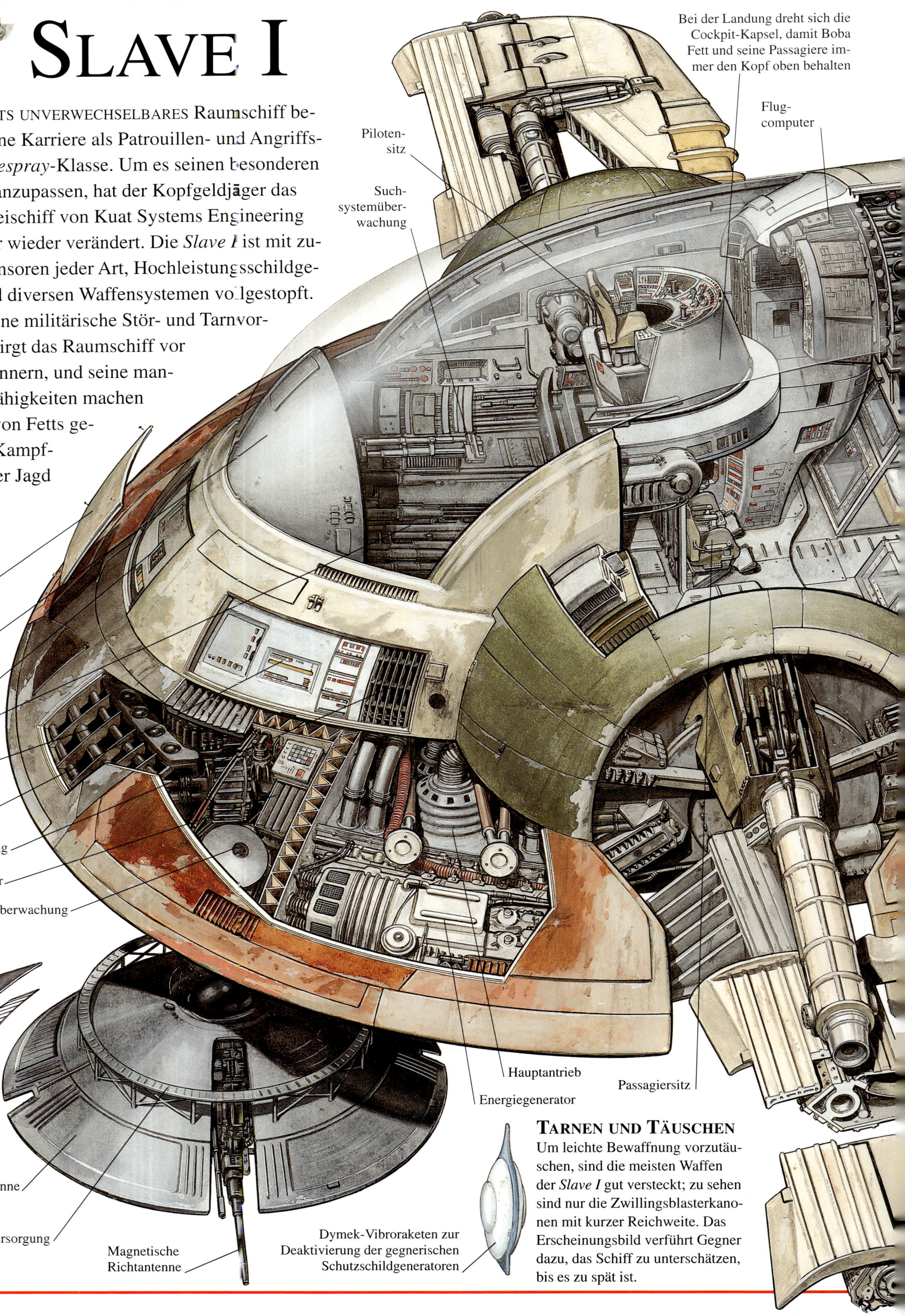

Tarnen und Täuschen

Um leichte Bewaffnung vorzutäuschen, sind die meisten Waffen der *Slave I* gut versteckt; zu sehen sind nur die Zwillingsblasterkanonen mit kurzer Reichweite. Das Erscheinungsbild verführt Gegner dazu, das Schiff zu unterschätzen, bis es zu spät ist.

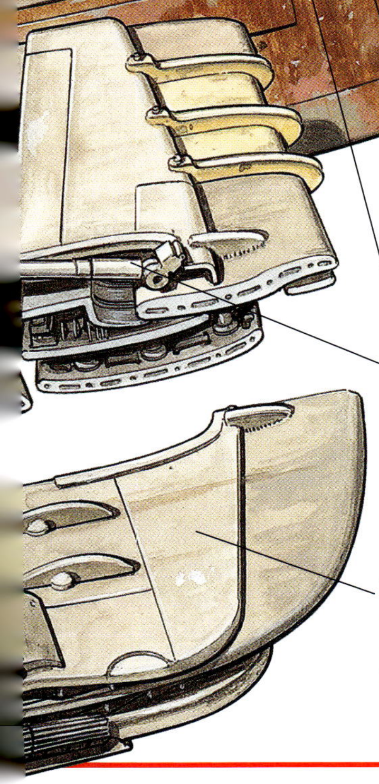

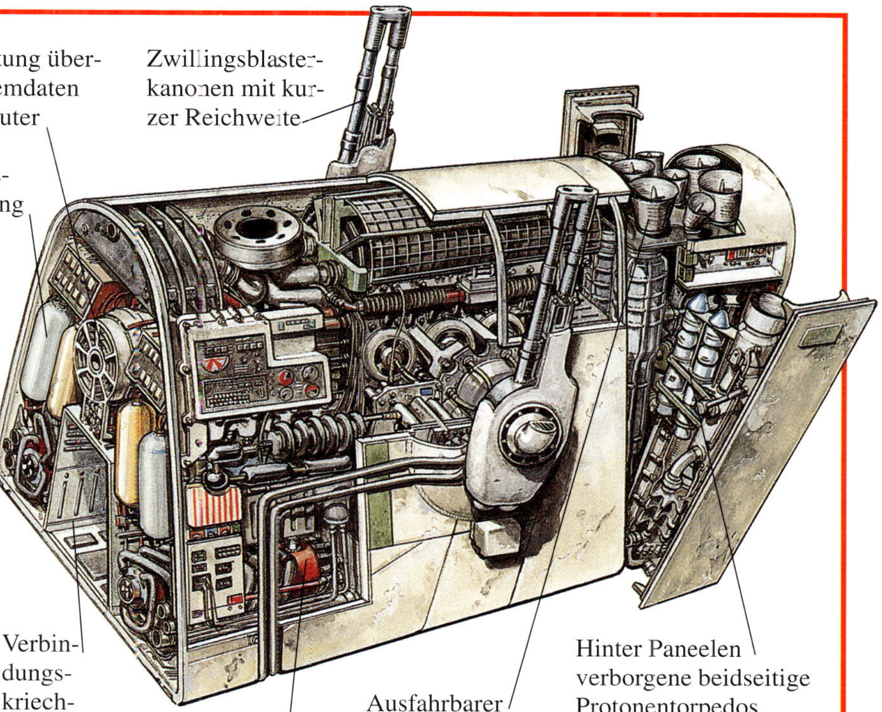

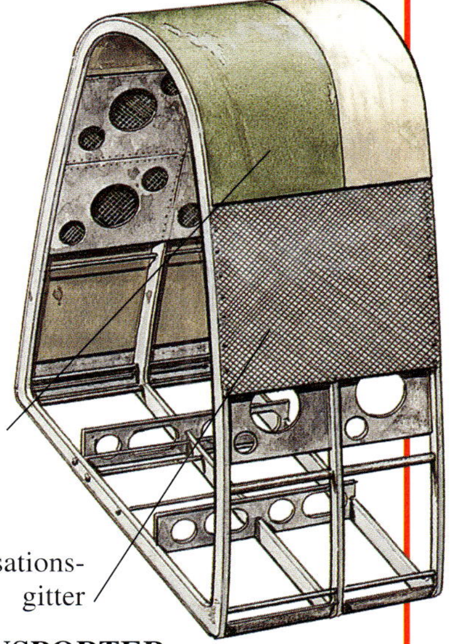

Gefangenentransporter

Obwohl Boba Fett dafür berüchtigt ist, seine Opfer zu desintegrieren, erfolgt die Auszahlung der Prämie manchmal nur unter der Bedingung, dass die Beute noch am Leben ist. Die *Slave I* ist daher mit Käfigen und sechs Fixierungskojen ausgestattet.

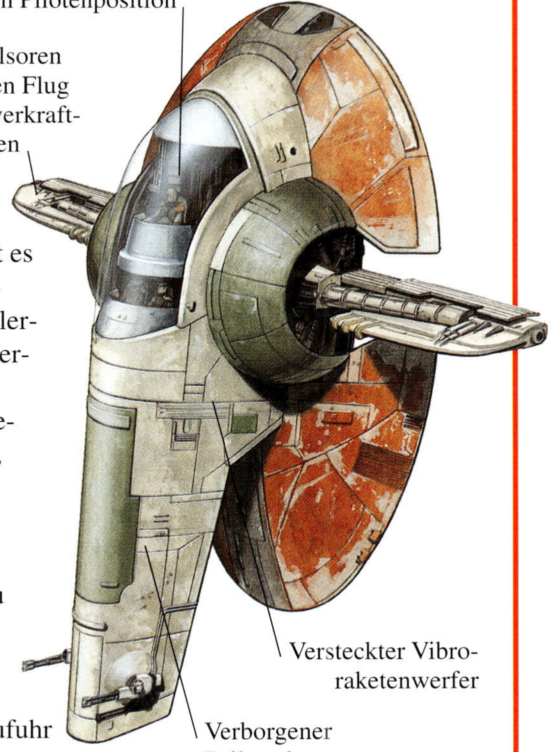

Waffen

Um die Raumer seiner Feinde unschädlich zu machen, setzt Boba Fett die überlegene Bewaffnung der *Slave I* rücksichtslos ein. Damit ist es ihm sogar schon gelungen, Kanonenboote in Schrotthaufen zu verwandeln. Dank seiner verborgenen Waffen, die die vier Bordgeneratoren allerdings bis an die Belastungsgrenze beanspruchen, hat das Schiff das Überraschungsmoment auf seiner Seite. Mit Traktorstrahlen hält die *Slave I* Gegner gefangen, um sie zu vernichten oder zu entern. Fett nimmt es jederzeit mit größeren Raumschiffen auf, und es ist praktisch unmöglich, ihm zu entkommen.

Flugverhalten

Um dem Piloten freie Sicht zu gewähren und die Waffen voll nutzen zu können, fliegt die *Slave I* in aufrechter Haltung. Diese ungewöhnliche Konfiguration erfordert außerordentliche Fähigkeiten, die Boba Fett perfekt beherrscht. Sein Schiff ist nicht sehr schnell und setzt eher auf Tarnung, Verteidigung und Angriff, doch bei größtmöglicher Energiezufuhr können es die Haupttriebwerke mit einem Y-Wing-Sternjäger aufnehmen.

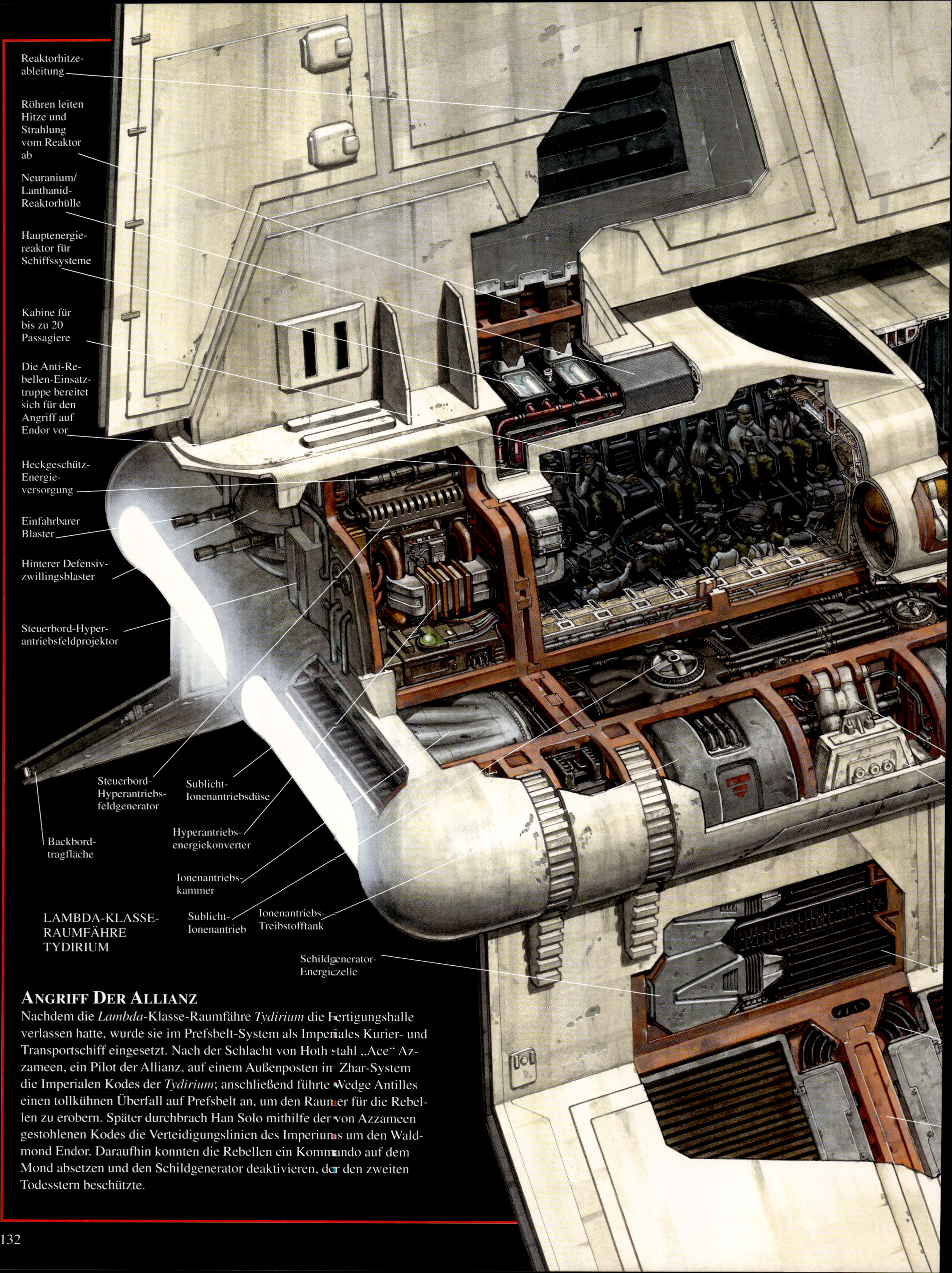

LAMBDA-KLASSE-
RAUMFÄHRE
TYDIRIUM

Angriff der Allianz

Nachdem die *Lambda*-Klasse-Raumfähre *Tydirium* die Fertigungshalle verlassen hatte, wurde sie im Prefsbelt-System als Imperiales Kurier- und Transportschiff eingesetzt. Nach der Schlacht von Hoth stahl „Ace" Azzameen, ein Pilot der Allianz, auf einem Außenposten im Zhar-System die Imperialen Kodes der *Tydirium*; anschließend führte Wedge Antilles einen tollkühnen Überfall auf Prefsbelt an, um den Raumer für die Rebellen zu erobern. Später durchbrach Han Solo mithilfe der von Azzameen gestohlenen Kodes die Verteidigungslinien des Imperiums um den Waldmond Endor. Daraufhin konnten die Rebellen ein Kommando auf dem Mond absetzen und den Schildgenerator deaktivieren, der den zweiten Todesstern beschützte.

Imperiale Raumfähre

Die für ihre Zuverlässigkeit berühmte T-4a-Raumfähre der *Lambda*-Klasse ist eines der am weitesten verbreiteten Raumfahrzeuge der Imperialen Flotte. Ihre Hauptfunktion ist der Transport von Personal und Fracht zwischen Imperialen Schlachtschiffen, sie wird aber auch für Landungen auf Planeten und den Verkehr zwischen kleineren Imperialen Raumschiffen eingesetzt. Der vielseitige Raumer kann zu verschiedenen Versionen wie Frachtraumer, Truppentransporter, Kurierschiff oder für den diplomatischen Dienst umgebaut werden. Viele Imperiale Funktionäre benutzen die T-4a-Fähre als persönliches Transportfahrzeug, da die Bewaffnung, der verstärkte Rumpf und die Schutzschilde auch ohne Geleitschutz eine sichere Reise garantieren. Der Imperator fliegt in einer gründlich modifizierten *Lambda*-Fähre. Dank seiner typischen Triangelform kann das Schiff im Weltraum und in der Atmosphäre von Planeten operieren; bei der Landung richten sich die massiv gepanzerten unteren Flügel zum Schutz der Passagiere steil auf.

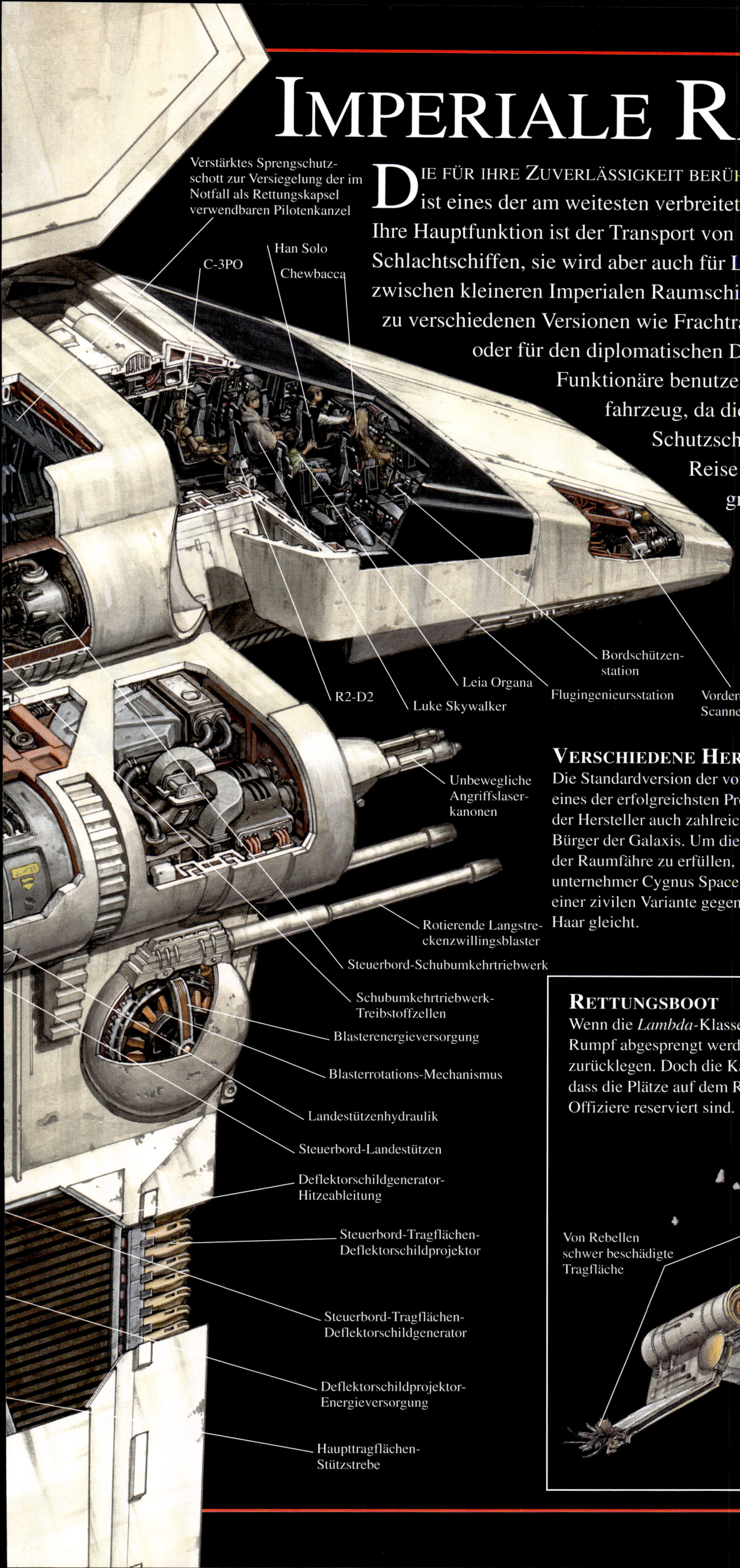

Verschiedene Hersteller

Die Standardversion der von Sienar Fleet Systems konstruierten T-4a-Raumfähre ist eines der erfolgreichsten Produkte des Unternehmens. Außer dem Imperium beliefert der Hersteller auch zahlreiche Planetenregierungen und sogar einige der reichsten Bürger der Galaxis. Um die Anforderungen einer schwer bewaffneten Militärausgabe der Raumfähre zu erfüllen, vergab der geniale Raith Sienar den Auftrag an den Subunternehmer Cygnus Spaceworks. Der Konkurrent versucht allerdings seither, mit einer zivilen Variante gegen Sienar zu bestehen, die dem T-4a-Modell fast bis aufs Haar gleicht.

Rettungsboot

Wenn die *Lambda*-Klasse-Fähre beschädigt wird, kann die Pilotenkanzel vom Rumpf abgesprengt werden und kurze Distanzen mit Sublichtgeschwindigkeit zurücklegen. Doch die Kanzel ist nicht groß genug für alle 20 Passagiere, sodass die Plätze auf dem Rettungsboot Imperialer Fähren für die ranghöchsten Offiziere reserviert sind.

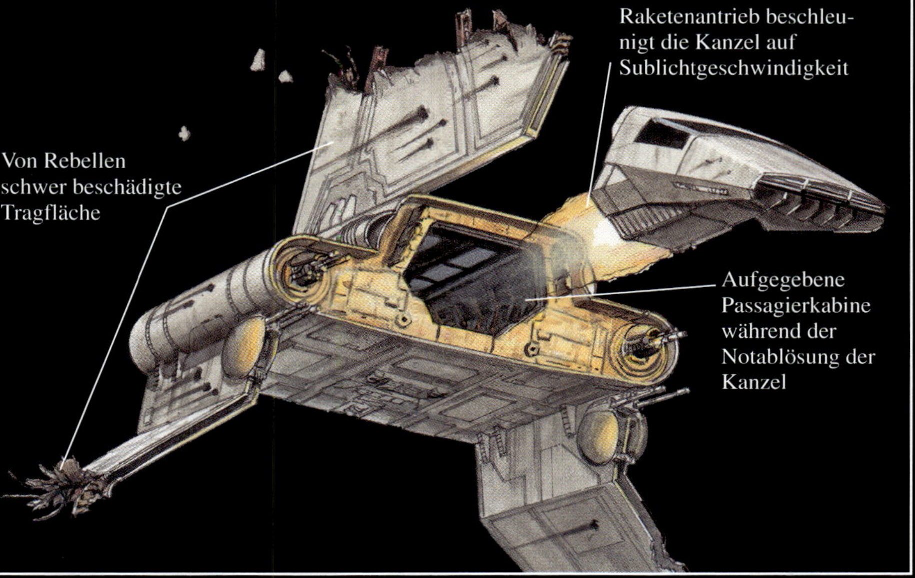

Jabbas Segelbarke

Jabbas Segelbarke *Khetanna* ist eine seltene Kombination aus Opulenz und verschrobenem Minimalismus, ganz nach dem Geschmack ihres niederträchtigen Besitzers. Das große Vergnügungsschiff schwebt auf Repulsoren und bringt den König des Verbrechens von seinem Palast in der Einöde von Tatooine zu seinem Haus in Mos Eisley und wieder zurück. Außerdem ist bekannt, dass Jabba der Hutt mit der *Khetanna* weit in die Wüste hinausfliegt, wo er dunkle Geschäfte abwickelt oder hoch dotierte Wettkämpfe im Rahmen seines Glücksspielimperiums veranstaltet. Besonders schändlich sind die Hinrichtungen und die mörderischen Gladiatorenkämpfe, die der Hutt zu seinem Vergnügen in abgelegenen Tälern abhalten lässt und von der Barke aus beobachtet. Wo immer das Gefährt auftaucht, kündigt es das Erscheinen seines unheimlichen Besitzers an.

Sandskiffs

Die *Khetanna* wird stets von zwei Sandskiffs begleitet, die Passagiere von und zu der Segelbarke bringen. Auf Reisen haben die kleinen Schweber Wachen an Bord, die nach Fallen von Jabbas zahlreichen Feinden Ausschau halten. Skiffs sind kaum mehr als fliegende Plattformen ohne Schutz vor Wind, Sand und Sonne, dafür haben die Wachen freie Sicht nach allen Seiten.

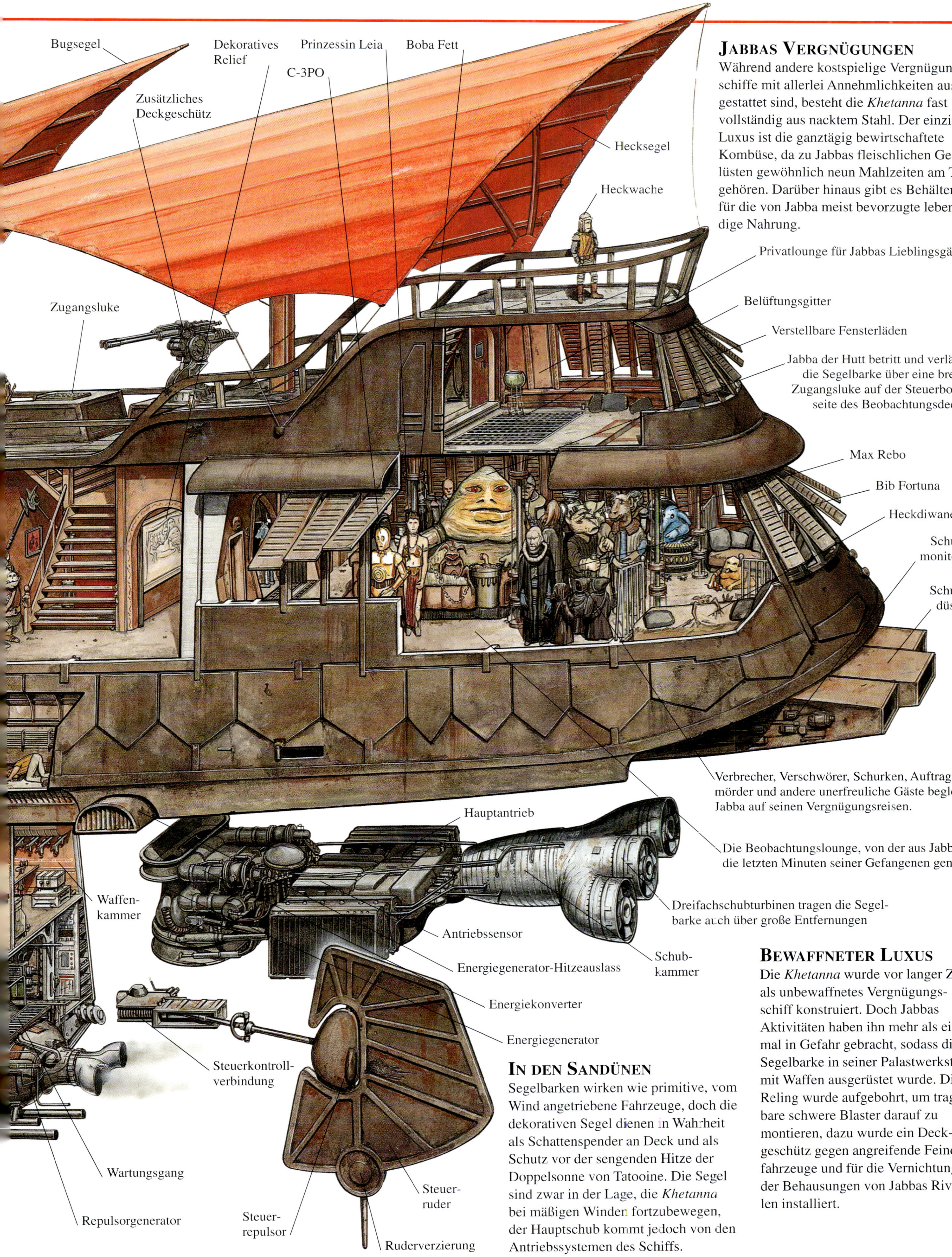

Jabbas Vergnügungen

Während andere kostspielige Vergnügungsschiffe mit allerlei Annehmlichkeiten ausgestattet sind, besteht die *Khetanna* fast vollständig aus nacktem Stahl. Der einzige Luxus ist die ganztägig bewirtschaftete Kombüse, da zu Jabbas fleischlichen Gelüsten gewöhnlich neun Mahlzeiten am Tag gehören. Darüber hinaus gibt es Behälter für die von Jabba meist bevorzugte lebendige Nahrung.

In den Sandünen

Segelbarken wirken wie primitive, vom Wind angetriebene Fahrzeuge, doch die dekorativen Segel dienen in Wahrheit als Schattenspender an Deck und als Schutz vor der sengenden Hitze der Doppelsonne von Tatooine. Die Segel sind zwar in der Lage, die *Khetanna* bei mäßigen Winden fortzubewegen, der Hauptschub kommt jedoch von den Antriebssystemen des Schiffs.

Bewaffneter Luxus

Die *Khetanna* wurde vor langer Zeit als unbewaffnetes Vergnügungsschiff konstruiert. Doch Jabbas Aktivitäten haben ihn mehr als einmal in Gefahr gebracht, sodass die Segelbarke in seiner Palastwerkstatt mit Waffen ausgerüstet wurde. Die Reling wurde aufgebohrt, um tragbare schwere Blaster darauf zu montieren, dazu wurde ein Deckgeschütz gegen angreifende Feindfahrzeuge und für die Vernichtung der Behausungen von Jabbas Rivalen installiert.

Informationssammlung

Dank seiner Hyperantriebsleistung, Geschwindigkeit und Wendigkeit eignet sich der A-Wing bestens für die Beschaffung von Informationen und Aufklärungsmissionen. Ein erfahrener Pilot kann in unmittelbarer Nähe einer Imperialen Armada oder Kampfstation aus dem Hyperraum auftauchen und wie der Blitz um den Feind herum- oder sogar mitten durch seine Reihen hindurchsausen, wenn der Pilot die dafür notwendige Kühnheit besitzt. Durch den Einsatz verborgener Multispektralbildgeber und anderer Sensoren kann der Pilot Daten erfassen und wieder in den Hyperraum verschwinden, noch bevor die TIE-Jäger auch nur in Alarmbereitschaft versetzt wurden. Die Spionage- und Angriffskapazität der Maschine wird durch leistungsstarke Sensorstörvorrichtungen noch erhöht, die sämtliche Zielerfassungssysteme von TIE-Jägern und anderen Kleinraumern blockieren. Gegen Schlachtschiffe, die über komplexere Sensoren verfügen, vermag diese Ausrüstung indes nichts zu bewirken. Außerdem können die Störvorrichtungen, wenn sie gegen Großschiffe eingesetzt werden, die Maschine selbst gefährden, da ihre enorme Sendeleistung dem Feind womöglich die genaue Position des A-Wing verrät.

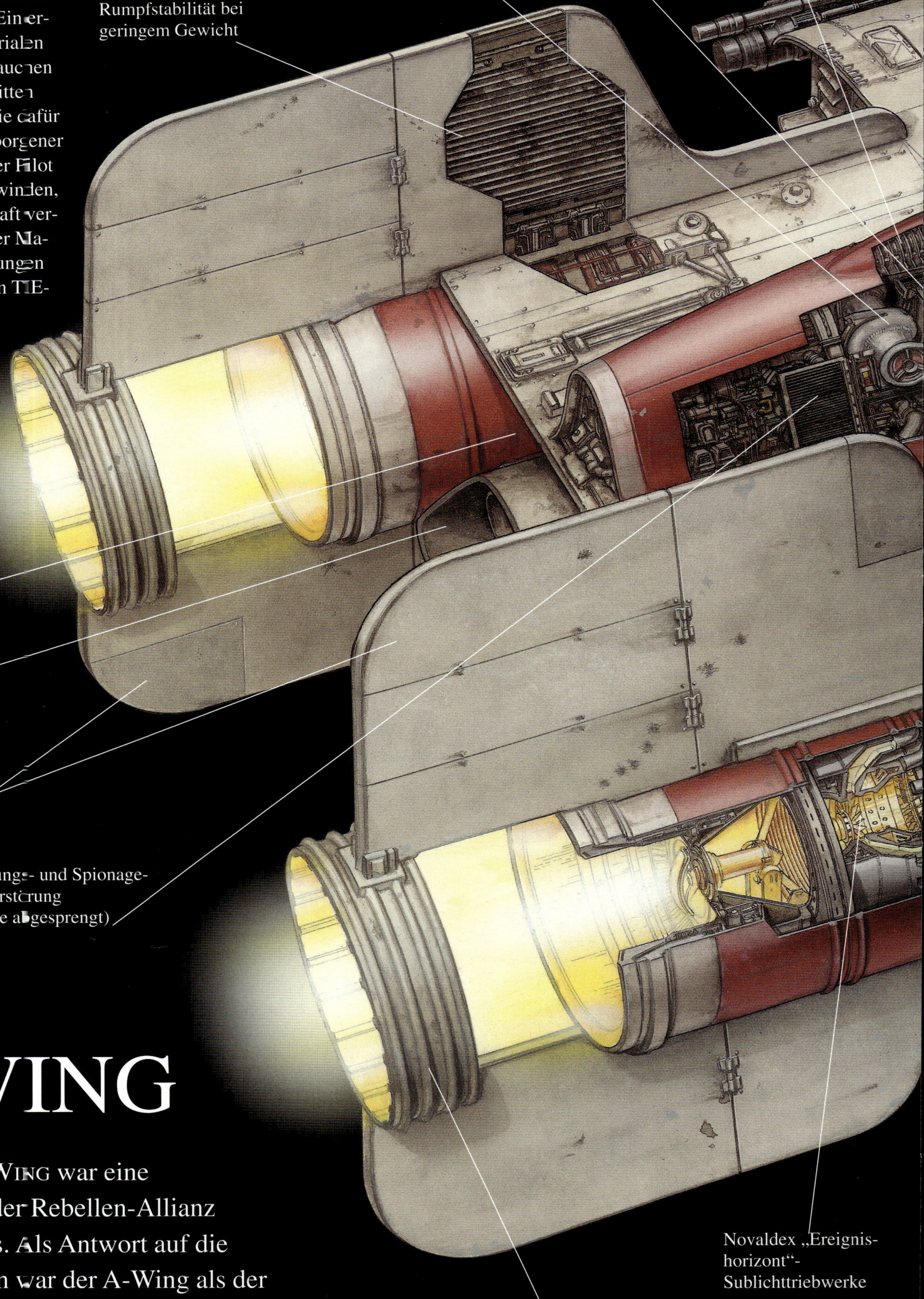

Rz-1-A-wing

Der kleine keilförmige RZ-1-A-Wing war eine der kühnsten Neuentwicklungen der Rebellen-Allianz während des Galaktischen Bürgerkriegs. Als Antwort auf die Imperialen TIE-Jäger und ihre Varianten war der A-Wing als der schnellste Sternjäger der Galaxis konzipiert. Um hohe Geschwindigkeit und eine blitzschnelle Beschleunigungswerte zu ermöglichen, verfügt der schnittige Raumer über keinerlei Schilde, schwere Waffen oder Panzerung. Die Maschine eignet sich perfekt für schnelle Eingreifmissionen, chirurgische Schläge gegen Kriegsschiffe, Langstreckenpatrouillen sowie Aufklärungs- und Spionageeinsätze. Dank seiner Zwillingsstabilisatoren und Kontrolloberflächen lässt sich der A-Wing auch als Jagdmaschine im planetaren Luftraum einsetzen. Der aus dem schlanken R-22-*Spearhead* der Tamuuz-an hervorgegangene Jäger wurde unter Mitwirkung des Rebellen-Ingenieurs Walex Blissex von General Jan Dodonna konstruiert. Der vor der Schlacht von Endor unter strengster Geheimhaltung gebaute A-Wing war ursprünglich für den Einsatz als Geleitschutz bestimmt, bewies jedoch rasch seinen wahren Wert als tödliche Angriffswaffe, als ein Trio von A-Wing-Sternjägern Darth Vaders Supersternzerstörer *Executor* zerstörte.

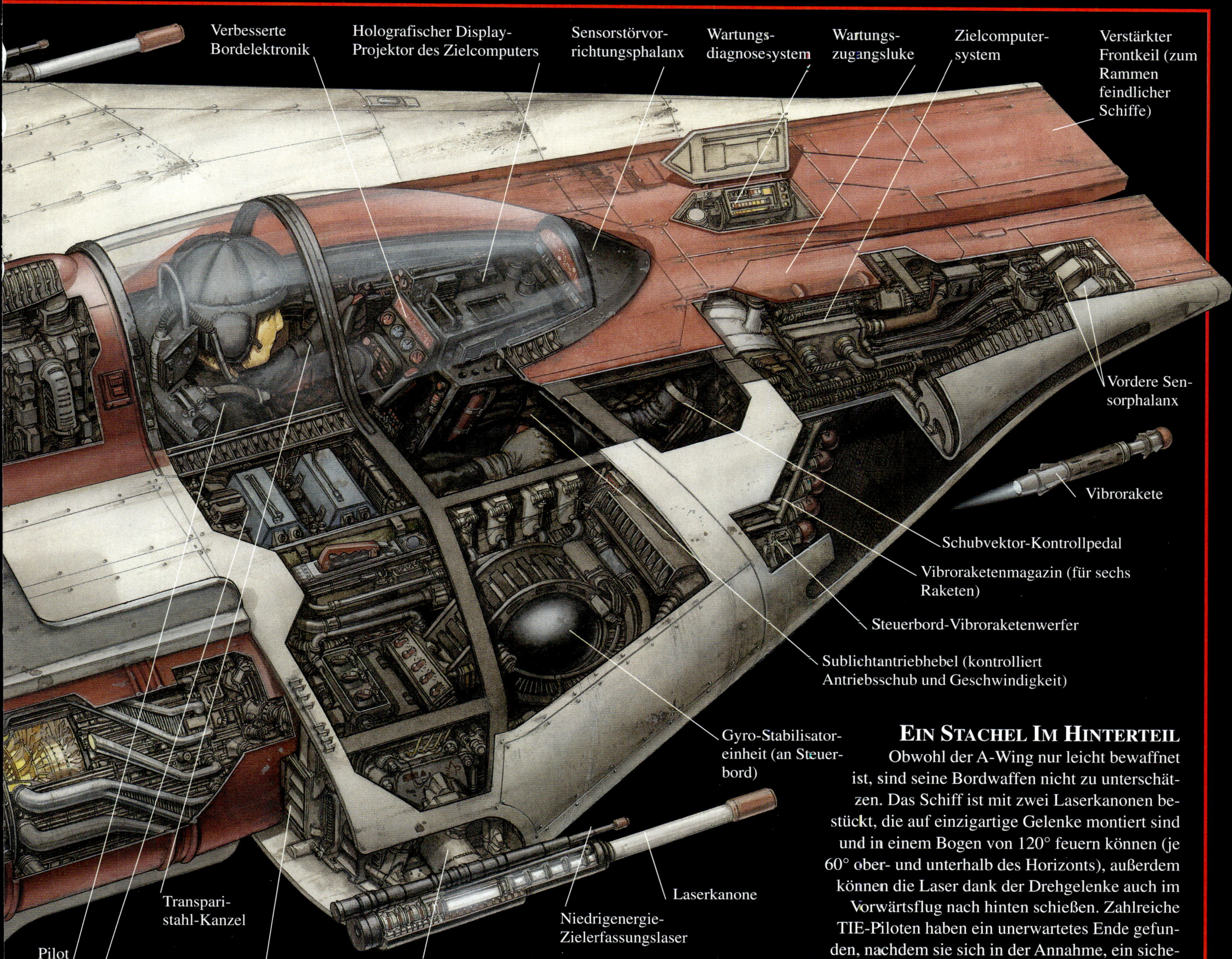

Ein Stachel im Hinterteil

Obwohl der A-Wing nur leicht bewaffnet ist, sind seine Bordwaffen nicht zu unterschätzen. Das Schiff ist mit zwei Laserkanonen bestückt, die auf einzigartige Gelenke montiert sind und in einem Bogen von 120° feuern können (je 60° ober- und unterhalb des Horizonts), außerdem können die Laser dank der Drehgelenke auch im Vorwärtsflug nach hinten schießen. Zahlreiche TIE-Piloten haben ein unerwartetes Ende gefunden, nachdem sie sich in der Annahme, ein sicheres Ziel vor sich zu haben, an einen A-Wing gehängt haben. Aber obwohl die Drehgelenke die Chancen der Jagdmaschine erhöhen, gelten sie als sehr fehleranfällig, sodass der Flieger ständig gewartet werden muss. Daher ist es schwierig, eine A-Wing-Staffel über längere Zeit einsatzbereit zu halten.

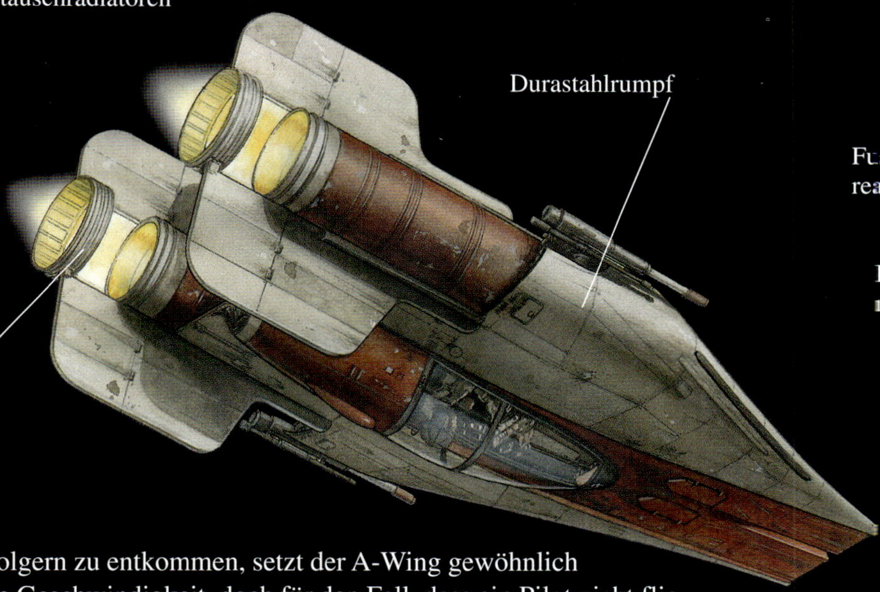

Der A-Wing hat ein extrem empfindliches Kontrollsystem, das nur die allerbesten Piloten beherrschen

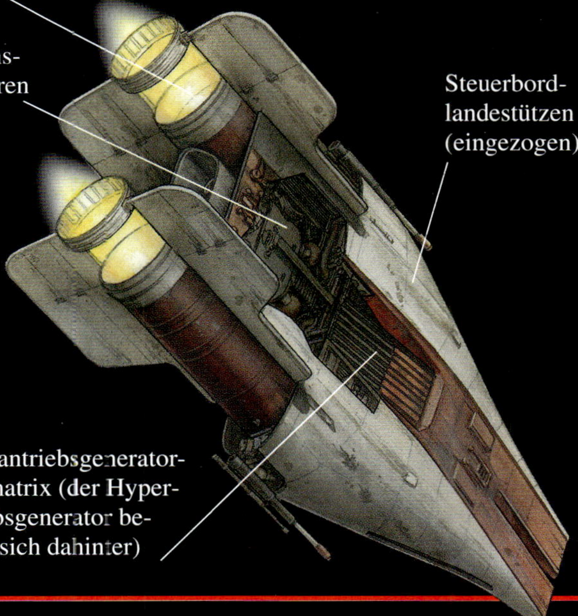

Ultima Ratio

Um Angreifern oder Verfolgern zu entkommen, setzt der A-Wing gewöhnlich auf seine außerordentliche Geschwindigkeit, doch für den Fall, dass ein Pilot nicht fliehen kann, verfügt seine Maschine über ein letztes Mittel. Der keilförmige Bug besitzt einen verstärkten Hitzeschild für den Eintritt in Planetenatmosphären, der im Luftnahkampf auch als „Rammbock" eingesetzt werden kann. Wenn ein A-Wing-Pilot in einem Kampf im All keine Hoffnung hat, zu entkommen oder zu überleben, kann er seinen Gegner also rammen, um das feindliche Schiff zu beschädigen oder gar zu zerstören.

Angepasste Feuerkraft

Die eindrucksvolle Feuerkraft des B-Wing wird durch ihre Vielseitigkeit noch erhöht. Jede der acht Waffenmontagevorrichtungen kann je nach Einsatzplan oder den Vorlieben des Piloten mit unterschiedlichen Waffensystemen ausgerüstet werden Die Standardkonfiguration umfasst drei Ionenkanonen, zwei Autoblaster sowie zwei Protonentorpedowerfer; andere Konfigurationen weisen drei Laserkanonen und bis zu vier Autoblaster auf. Die Flügelspitzen können auch mit anderen Ausrüstungsmodulen bestückt werden, um den B-Wing auf Nichtkampfeinsätze vorzubereiten. Nach der Schlacht von Endor wurden einige B-Wings von Allianz-Technikern mit feuersicheren Projektoren ausgestattet, um ihren Dienst bei der Brandbekämpfung zu leisten.

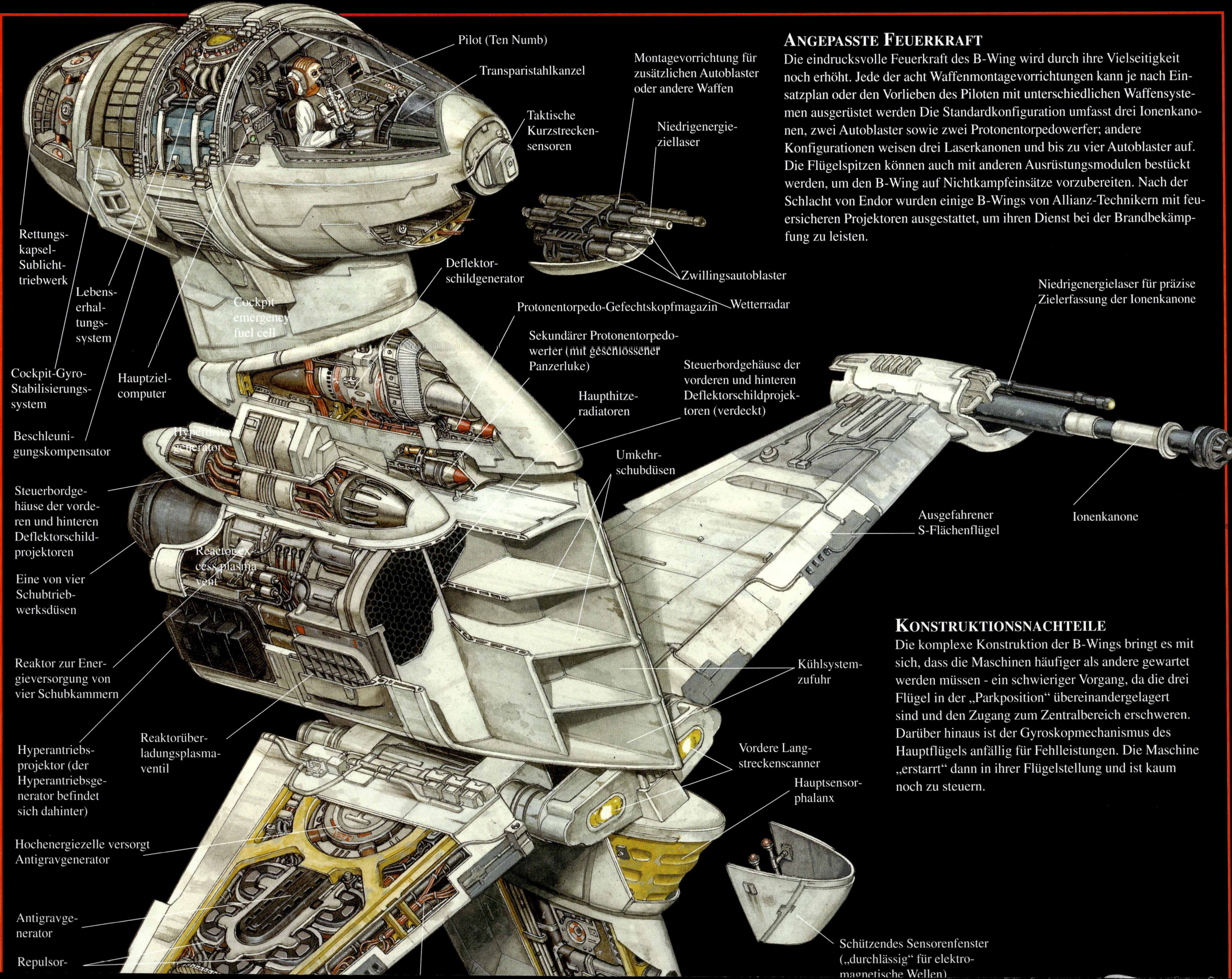

Konstruktionsnachteile

Die komplexe Konstruktion der B-Wings bringt es mit sich, dass die Maschinen häufiger als andere gewartet werden müssen - ein schwieriger Vorgang, da die drei Flügel in der „Parkposition“ übereinandergelagert sind und den Zugang zum Zentralbereich erschweren. Darüber hinaus ist der Gyroskopmechanismus des Hauptflügels anfällig für Fehlleistungen. Die Maschine „erstarrt“ dann in ihrer Flügelstellung und ist kaum noch zu steuern.

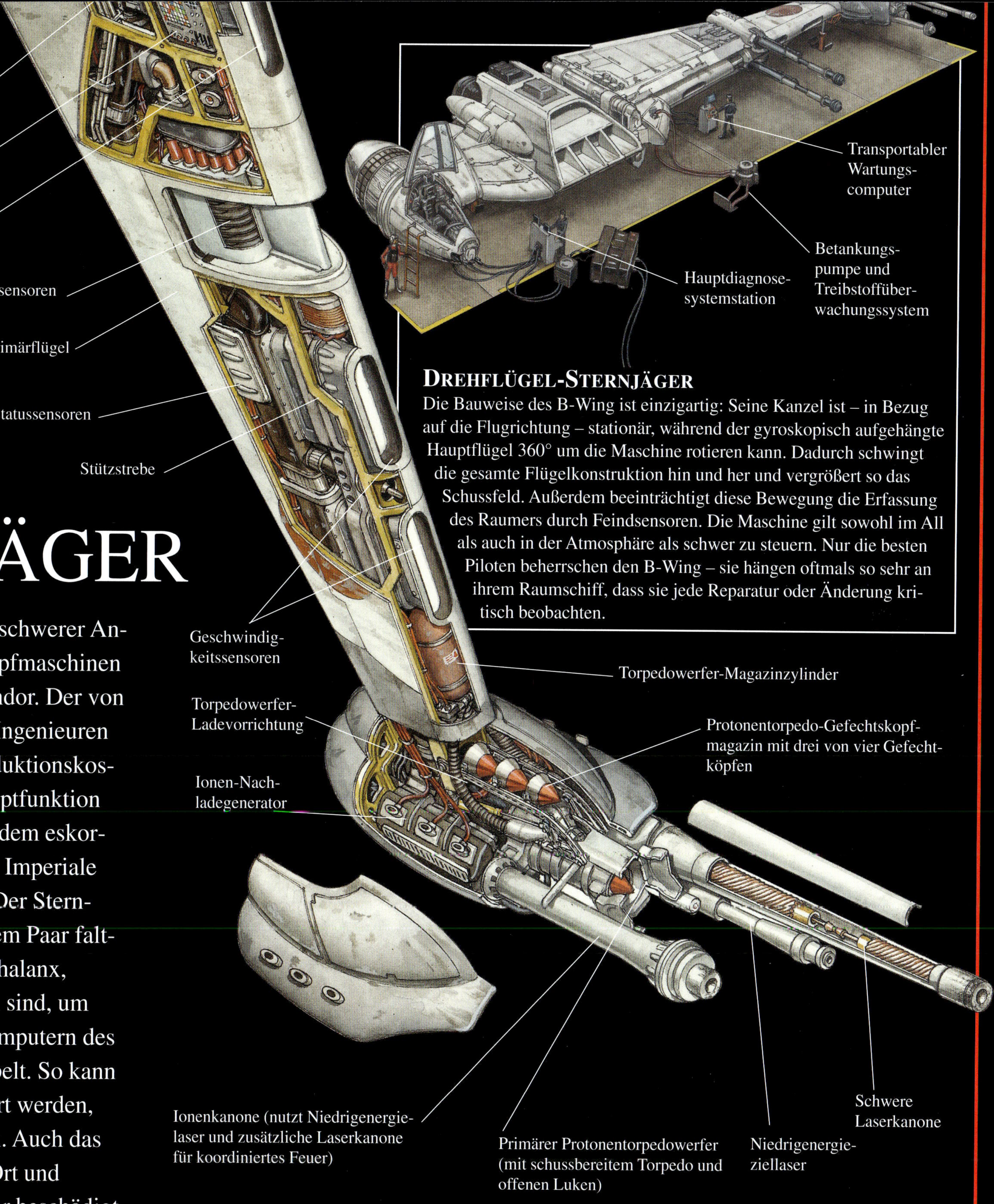

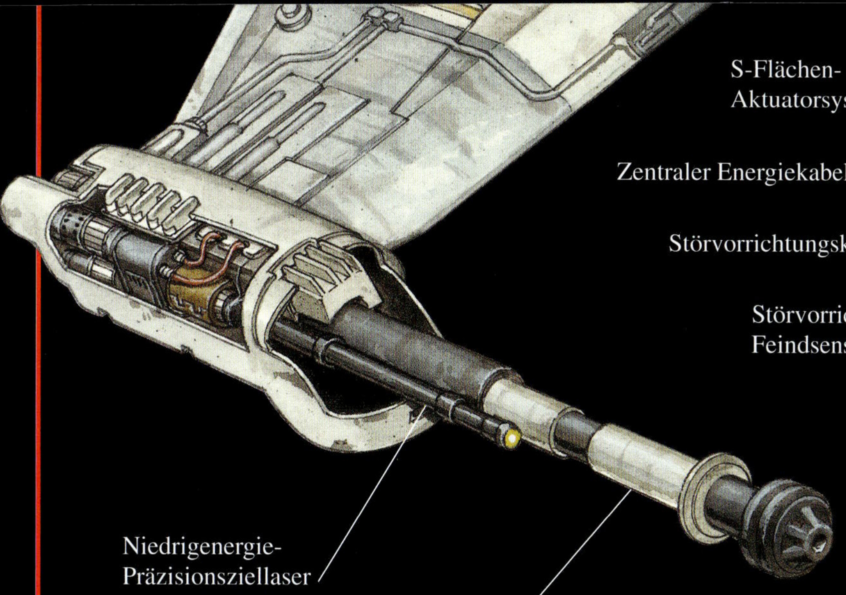

Drehflügel-Sternjäger
Die Bauweise des B-Wing ist einzigartig: Seine Kanzel ist – in Bezug auf die Flugrichtung – stationär, während der gyroskopisch aufgehängte Hauptflügel 360° um die Maschine rotieren kann. Dadurch schwingt die gesamte Flügelkonstruktion hin und her und vergrößert so das Schussfeld. Außerdem beeinträchtigt diese Bewegung die Erfassung des Raumers durch Feindsensoren. Die Maschine gilt sowohl im All als auch in der Atmosphäre als schwer zu steuern. Nur die besten Piloten beherrschen den B-Wing – sie hängen oftmals so sehr an ihrem Raumschiff, dass sie jede Reparatur oder Änderung kritisch beobachten.

B-Wing-Sternjäger

Der als Ersatz für den Y-Wing konzipierte B-Wing, ein schwerer Angriffssternjäger und eine der am besten bewaffneten Kampfmaschinen der Rebellion, spielte eine Schlüsselrolle in der Schlacht von Endor. Der von dem späteren Admiral Ackbar unter Mitwirkung von Verpinen-Ingenieuren persönlich konstruierte B-Wing besitzt bei weit geringeren Produktionskosten die gleiche Feuerkraft wie eine Imperiale Korvette. Die Hauptfunktion des Schiffes ist der Angriff auf Imperiale Schlachtschiffe, außerdem eskortiert es X- und Y-Wings und Allianz-Geleitzüge und wird gegen Imperiale Einrichtungen im All oder auf Planetenoberflächen eingesetzt. Der Sternjäger besteht im Wesentlichen aus einem langen Flügel und einem Paar faltbarer S-Flächen und verfügt über eine beeindruckende Waffenphalanx, darunter Ionenkanonen und Protonentorpedowerfer. Die Waffen sind, um koordiniert zuschlagen zu können, mit den Hochleistungszielcomputern des Raumschiffs sowie Niedrigenergie-Zielerfassungslasern gekoppelt. So kann das Arsenal entweder vom Computer kontrolliert und koordiniert werden, oder die Zielerfassung wird manuell vom Piloten vorgenommen. Auch das Cockpitdesign des Raumers ist einzigartig: Der Pilot bleibt an Ort und Stelle, während seine Maschine im Flug rotiert. Sollte sie schwer beschädigt werden, dient das Cockpit auch als Rettungskapsel.

Datenblätter Episoden IV-VI

Tantive IV

Hersteller: Corellian Engineering Corporation • **Marke:** CR90 corellianische Korvette („Blockadebrecher“) • **Länge:** ursprünglich 150 m, umgebaut 125 m • **Besatzung:** 85 (Mannschaft: 46, diplomatisches/konsularisches Personal: 39)
Triebwerke: 11 Gyrodyne Ter58 Ionenturbinentriebwerke
Triebwerke: Klasse 2
Bewaffnung: 6 Taim & Bak-H9-Turbolaser (2 doppelte, 4 einzelne)

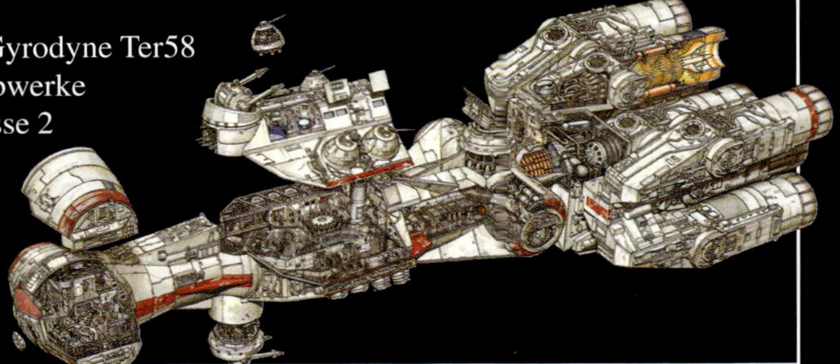

Millennium Falke

Hersteller: Corellian Engineering Corporation
Marke: Corellianischer YT-1300 Frachtraumer (umgebaut)
Länge: 26,7 m
Besatzung: 2 (Minimum)
Passagiere: 6
Fracht: 100 metrische Tonnen (230462 Pfund)
Triebwerke: Quadex-Energiekern für Isu-Sim-SSP05 Hyperantriebsgenerator (gründlich modifiziert), 2 Girodyne-SRB42-Sublichttriebwerke (gründlich umgebaut)
Hyperantrieb: Klasse 0,5
Bewaffnung: 2 CEC-AG-2G-Vierlingslaserkanonen, 2 Arakyd-ST2-Vibroraketenrohre, 1 BlasTech Ax-108-Blasterkanone Typ „Ground Buzzer“

Sternzerstörer

Hersteller: Kuat Drive Yards • **Marke:** *Imperial-1*-Sternzerstörer
Länge: 1600 m • **Besatzung** *(Standardbesatzung)*: 9235 Offiziere, 27850 Mannschaftsgrade, 9700 Sturmtruppen • **Triebwerke:** SFS I–a2b Solar-Ionisationsreaktor für Cygnus-Spaceworks-Gemon-4 Ionentriebwerke • **Hyperantrieb:** Klasse 2 • **Ausrüstung:** 48 TIE/In-Jäger, 12 TIE-Bomber, 12 TIE-Enter-Raumschiffe, 12 Landungsfähren, 20 AT-AT-Läufer, 30 AT-ST-Läufer, 8 Imperiale Fähren der *Lambda*-Klasse, 15 Sturmtruppentransporter, 5 Angriffskanonenboote • **Bewaffnung:** 60 schwere Taim & Bak XX-9-Turbolaserbatterien, 60 Borstel NK-7-Ionenkanonen, 10 Phylon-Q7-Traktorstrahlprojektoren

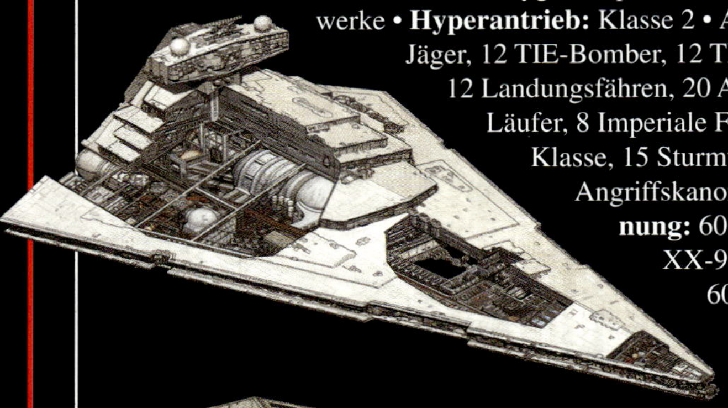

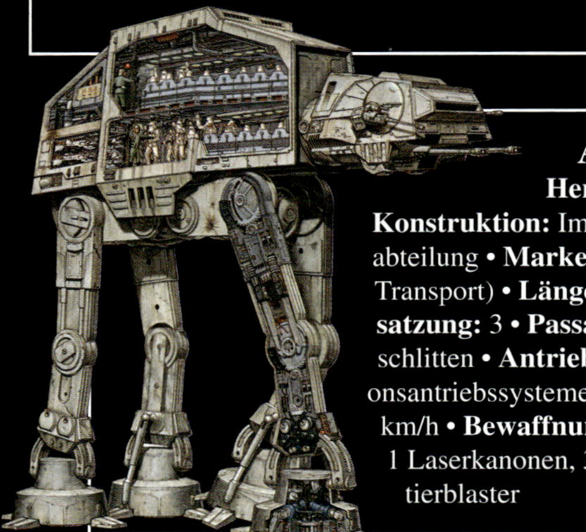

AT-AT

Hersteller: Kuat Drive Yards
Konstruktion: Imperiale Militärische Forschungsabteilung • **Marke:** AT-AT (All Terrain Armored Transport) • **Länge:** 20,6 m • **Höhe:** 15,5 m • **Besatzung:** 3 • **Passagiere:** 40 • **Fracht:** 5 Düsenschlitten • **Antrieb:** 2 KDY-FW62-Kompaktfusionsantriebssysteme • **Höchstgeschwindigkeit:** 60 km/h • **Bewaffnung:** 2 schwere Taim & Bak MS-1 Laserkanonen, 3 mittelschwere E-Web-Repetierblaster

Sandkriecher

Hersteller: corellianische Minengesellschaft • **Marke:** Schürfer/Kriecher der corellianischen Minengesellschaft • **Länge:** 36,8 m • **Höhe:** 20 m
Besatzung: etwa 50 (Mitglieder eines einzigen Jawa-Clans)
Triebwerke: dampfgetriebener Gyrodine Ka/La Kernfusionsreaktor
Höchstgeschwindigkeit: 30 km/h
Frachtkapazität: etwa 50 metrische Tonnen (110231 Pfund), zusätzlich Laderaum für 1500 Droiden
Versorgung: für 2 Monate Treibstoff und Verpflegung
Bewaffnung: keine

AT-ST

Hersteller: Kuat Drive Yards
Konstruktion: Imperiale Militärische Forschungsabteilung • **Marke:** AT-ST (All Terrain Scout Transport) • **Höhe:** 8,6 m • **Besatzung:** 2 • **Fracht:** 200 kg
Antrieb: PowaTek AH-50 Hochleistungs-Einwegenergiezellen • **Höchstgeschwindigkeit:** 90 km/h
Bewaffnung: 1 Taim & Bak MS-4 Zwillingsblasterkanone, 1 leichte E-web Zwillingsblasterkanone, Dymek DW-3 Vibrogranatenwerfer

Todesstern

Hersteller: Imperiale Militärische Forschungsabteilung/Sienar Fleet Systems (unter der Leitung von Wilhuff Tarkin)
Konstruktion: Konzept von Raith Sienar, gestohlen von Tarkin, von geonosianischen Ingenieuren weiterentwickelt, Endkonstruktion Bevel Lemelisk
Marke: Mk.1 Mobile Tiefraumkampfstation
Dimensionen: 160 km Durchmesser, 84 Ebenen im Innern von je 1429 m Höhe, jede Ebene in 357 jeweils 4 m hohe Unterebenen unterteilt
Besatzung: 342953 (285675 Betriebspersonal, 57278 Kanoniere)
Passagiere: 843342 • **Hyperantrieb:** Klasse 4 • **Triebwerke:** SFS-CR27200-Hypermateriereaktor für 123 Isu-Sim SSP06-Hyperantriebsgeneratoren; 2 Sepma-30-5-Sublichttriebwerke • **Bewaffnung:** 1 Superlaser, Reichweite 47.060.000 km, 5000 Taim & Bak D6-Turbolaserbatterien, 5000 schwere Taim & Bak XX-9 Turbolaser, 2500 SFS-L-s 4.9 Laserkanonen, 2500 Borstel MS-1-Ionenkanonen, 768 Phylon-Traktorstrahlprojektoren, 11000 Kampffahrzeuge

Jabbas Segelbarke

Hersteller: Ubrikkianische Fahrzeugdivision
Kennzeichnung: Ubrikkianische Luxussegelbarke *Khetanna*
Länge: 30 m • **Besatzung:** 26 • **Passagiere:** 500 • **Antrieb:** 3 Karydee-KD57 3-Kammer-Repulsortriebwerke • **Höchstgeschwindigkeit:** 100 km/h • **Bewaffnung:** 1 CEC-Me/7-Doppellaserkanone, 20 CEC-Gi/9-Antipersonenlaserkanonen

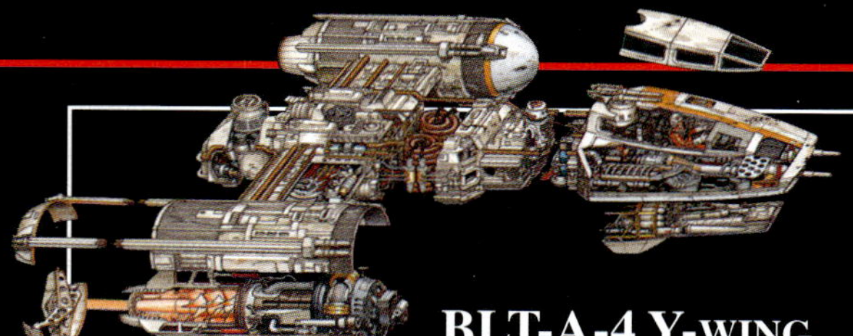

BLT-A-4 Y-WING

Hersteller: Koensayr
Marke: BLT-A-4 Y-Wing-Sternjäger
Länge: 16 m
Besatzung: 1 oder 2 plus 1 Astromechdroide
Triebwerke: Koensayr-R300-H-Hyperantrieb, 2 Koensayr-R200-Ionenspaltungstriebwerke
Hyperantrieb: Klasse 1
Bewaffnung: 2 Taim & Bak KX5-Laserkanonen, 2 Arakyd-Flex-Tube-Protonentorpedowerfer (4 Torpedos pro Werfer), 2 leichte ArMek SW-4 Ionenkanonen

RZ-1-A-WING

Hersteller: verschiedene mit der Allianz verbundene Betriebe • **Konstruktion:** General Jan Dodonna und Walex Blissex • **Marke:** RZ-1 A-Wing-Sternjäger • **Länge:** 9,6 m • **Besatzung:** 1 Pilot • **Triebwerke:** 2 Novaldex J-77 „Ereignishorizont"-Triebwerke • **Hyperantrieb:** Klasse 1 • **Bewaffnung:** 2 Borstel RG9 Laserkanonen, 2 Dymek HM-6 Vibroraketenwerfer (6 Raketen pro Werfer)

T-65-X-WING

Hersteller: Incom Corporation • **Konstruktion:** Vors Voorhorian (Chefkonstrukteur)
Marke: Incom T-65C-A2 X-Wing-Sternjäger
Länge: 12,5 m
Besatzung: 1 Pilot plus 1 Astromechdroide
Triebwerke: Incom GBk-585 Hyperantrieb, 4 Incom 4L4 Fusionsschubtriebwerke
Hyperantrieb: Klasse 1
Bewaffnung: 4 Taim & Bak KX9 Laserkanonen, 2 Krupx MG7 Protonentorpedowerfer

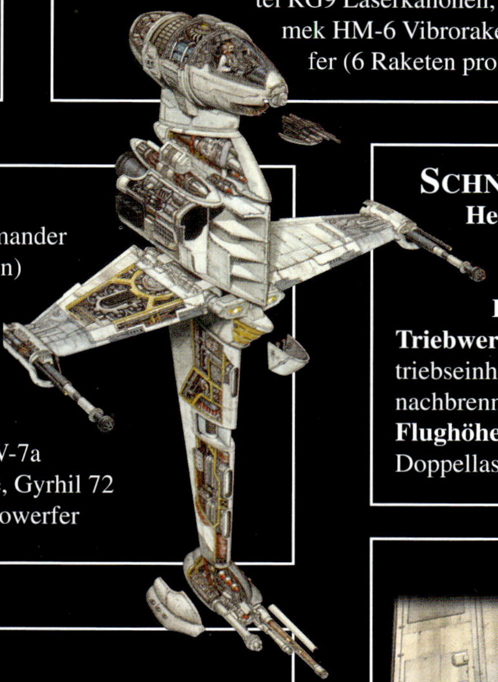

B-WING STERNJÄGER

Hersteller: Slayn & Korpil • **Konstruktion:** Commander Ackbar (unter Mitwirkung von Verpinen-Ingenieuren)
Marke: B-Wing-Angriffssternjäger
Länge: 16,9 m • **Besatzung:** 1 Pilot
Triebwerke: 1 Quadex Kyromaster-Triebwerk mit vier Düsen (oder 4 Slayn & Korpil JZ-5 Fusionsschubtriebwerke) • **Hyperantrieb:** Klasse 2
Bewaffnung *(Standardkonfiguration)*: 3 ArMek SW-7a Ionenkanonen, 1 schwere Gyrhil R-9X Laserkanone, Gyrhil 72 Zwillingsautoblaster, 2 Krupx MG9 Protonentorpedowerfer

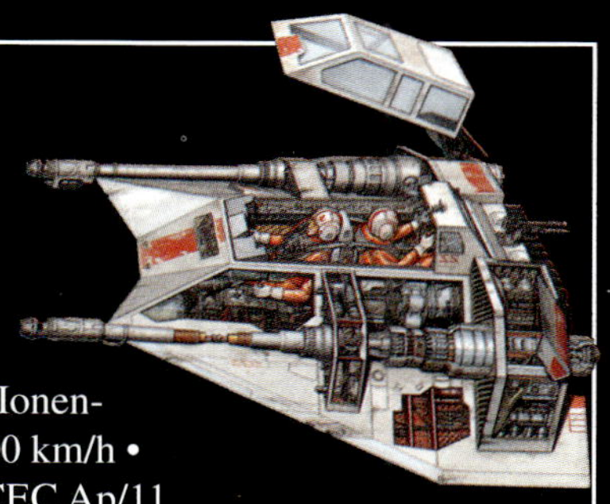

SCHNEEGLEITER

Hersteller: Incom Corporation
Marke: Incom T47 Luftgleiter (modifiziert)
Länge: 5,3 m • **Besatzung:** 2
Triebwerke: 2 Karydee KD49 Repulsorantriebseinheiten, 2 Incom 5i.2 Hochleistungs-Ionennachbrenner • **Höchstgeschwindigkeit:** 1100 km/h • **Flughöhe:** max. 175 km • **Bewaffnung:** 1 CEC Ap/11 Doppellaserkanone, ubrikkianische Mo/Dk Energieharpune und Schleppkabel

SLAVE I

Hersteller: Kuat Systems Engineering • **Marke:** Patrouillenschiff der *Firespray*-Klasse • **Länge:** 21,5 m • **Besatzung:** 1, • **Passagiere:** 6 (Gefangene) • **Triebwerke:** 4 Kuat X-F-16 Generatoren für Kuat Engineering Systems F-31 Ionentriebwerk
Hyperantrieb: Klasse 1
Bewaffnung: Borstel GN-40 Zwillingsrotationsblaster, 2 Dymek HM-8 Vibroraketenrohre, Brugiss C/In Ionenkanone, Phylon F1 Traktorstrahlprojektor, 2 Arakyd AA/SL Protonentorpedowerfer (3 Torpedos pro Werfer)

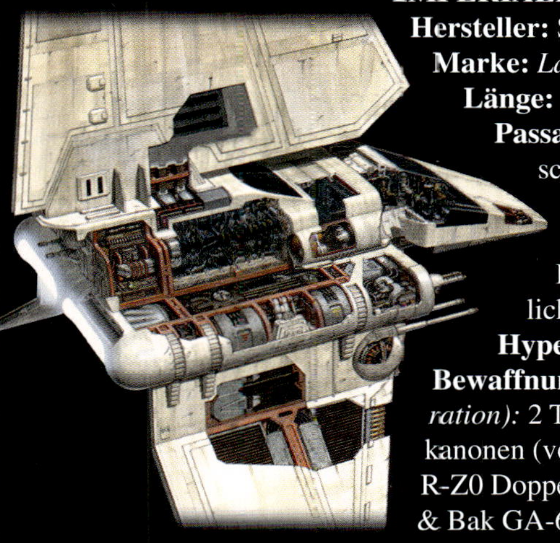

IMPERIALE RAUMFÄHRE

Hersteller: Sienar Fleet Systems
Marke: *Lambda*-Klasse-Raumfähre
Länge: 20 m • **Besatzung:** 2 – 6
Passagiere: 10 – 20 (oder 80 metrische Tonnen [176370 Pfund] Fracht)
Triebwerke: SFS S/ig-37 Hyperantrieb, 2 SFS-204 Sublicht-Ionentriebwerke
Hyperantrieb: Klasse 1
Bewaffnung (Tydirium-*Shuttle-Konfiguration*): 2 Taim & Bak KX5 Doppelblasterkanonen (vorne), 1 einziehbare ArMek R-Z0 Doppelblasterkanone (hinten), 2 Taim & Bak GA-60s Doppellaserkanonen

TIE-JÄGER

Hersteller: Sienar Fleet Systems (alle TIE-Varianten)
Marke: TIE/In-Weltraumjäger
Länge: 6,3 m • **Besatzung:** 1 Pilot
Triebwerke: SFS I-a2b Solar-Ionisationsreaktor für SFS P-s4 Zwillings-Ionentriebwerke • **Hyperantrieb:** keiner
Versorgung: Luft und Verpflegung für 2 Tage • **Bewaffnung:** 2 Sienar Fleet Systems L-s1 Laserkanonen

TIE-BOMBER

Marke: TIE-Bomber
Länge: 7,8 m • **Besatzung:** 1 Pilot
Triebwerke: SFS I-a2b Solar-Ionisationsreaktor für SFS P-s4 Zwillingsionentriebwerke • **Hyperantrieb:** keiner
Versorgung: Luft und Verpflegung für 2 Tage • **Bewaffnung:** 2 SFS L-s1 Laserkanonen, SFS M-s3 Vibroraketen, ArmaTek SJ-62/68 Orbitalminen, ArmaTek VL-61/79 Protonenbomben

TIE-X1-TURBOJÄGER

Marke: TIE-X1-Turbosternjäger
Länge: 9,2 m • **Besatzung:** 1 Pilot
Triebwerke: SFS 1-S3a Solar-Ionisationsreaktor für SFS P-s5.6 Zwillings-Ionentriebwerke
Hyperantrieb: Klasse 4
Versorgung: Luft und Verpflegung für 5 Tage
Bewaffnung: 2 Sienar Fleet Systems L-s9.3 TIE-Laserkanonen

TIE-ABFANGJÄGER

Kennzeichnung: TIE-Abfangjäger
Länge: 9,6 m • **Besatzung:** 1 Pilot
Triebwerke: SFS 1-a3a Solar-Ionisationsreaktor für SFS P-s5.6 Zwillings-Ionentriebwerke
Hyperantrieb: keiner
Versorgung: Luft und Verpflegung für 2 Tage
Bewaffnung: 4 Sienar Fleet Systems L-s9.3 Laserkanonen

TALENTSCHMIEDE

Hans Jenssen studierte am College Grafikdesign und spezialisierte sich auf technische Illustrationen. „Wir mussten langweiliges Zeug wie Wasserleitungen und –pumpen zeichnen. Na ja, man musste halt sein Lehrgeld zahlen … “ Danach beschloss er, sich ganz auf Risszeichnungen zu konzentrieren, und hat seither an zahlreichen Projekten von Werbezeichnungen für Schiffs- und Flugzeughersteller bis zu den *Star-Wars-Risszeichnungen* mitgewirkt.

HANS JENSSEN

ALS STAR WARS 1977 in die Kinos kam, war der junge Hans Jenssen tief beeindruckt. „Der Anblick des über meinen Kopf hinwegfliegenden Sternzerstörers hat mich als Sechzehnjährigen einfach umgehauen“, erzählt der in Dänemark geborene Illustrator der *Star-Wars-Risszeichnungen.* Hans zog als Baby mit seiner holländischen Mutter und dem aus Norwegen stammenden Vater nach England, wo er seitdem lebt. Er übt den Beruf des Illustrators seit über zwanzig Jahren aus, und es gelingt ihm, unglaublich realistische Darstellungen des Innenlebens und der Funktionsweise der erstaunlichen Raumfahrzeuge der Saga zu erschaffen, indem er sein Talent als Künstler mit einer lebenslangen *Star-Wars*-Begeisterung kombiniert. „Schon als Kind wollte ich immer wissen, wie Maschinen ticken, daher liebte ich Aufrisszeichnungen. Besonders gefielen mir die Fahrzeuge in *Star Wars,* mein Lieblingsvehikel war schon immer der AT-AT.“

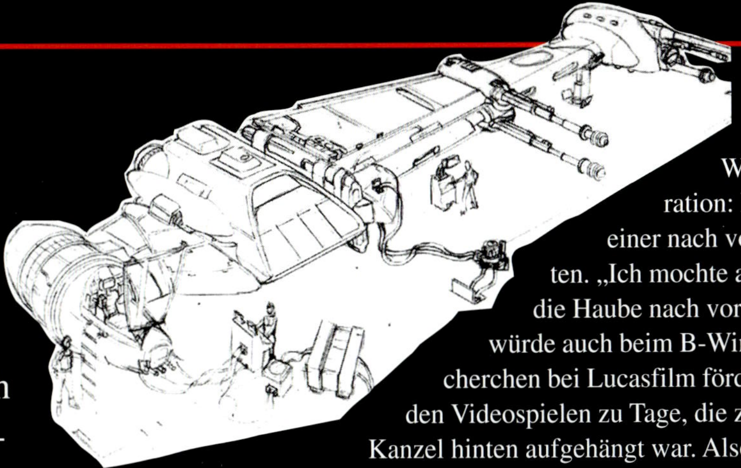

KONTINUITÄTSPROBLEME

Als Hans mit der Arbeit an dem B-Wing begann, überkam ihn eine Inspiration: Er wollte das B-Wing-Cockpit mit einer nach vorne ausklappbaren Kanzel ausstatten. „Ich mochte alte Autos wie den Jaguar E-Type, wo die Haube nach vorne ausgerichtet war, und dachte, das würde auch beim B-Wing gut aussehen.“ Doch seine Recherchen bei Lucasfilm förderten Abbildungen aus den Videospielen zu Tage, die zeigten, dass die Kanzel hinten aufgehängt war. Also musste die erste Zeichnung mit der Kanzel nach vorne (links) im Sinne der Kontinuität abgeändert werden (rechts).

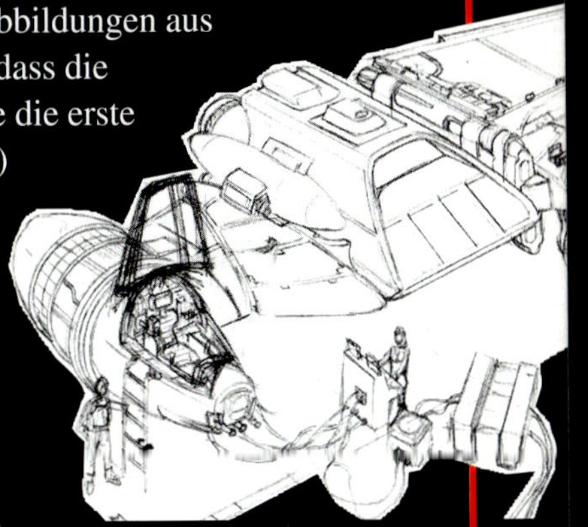

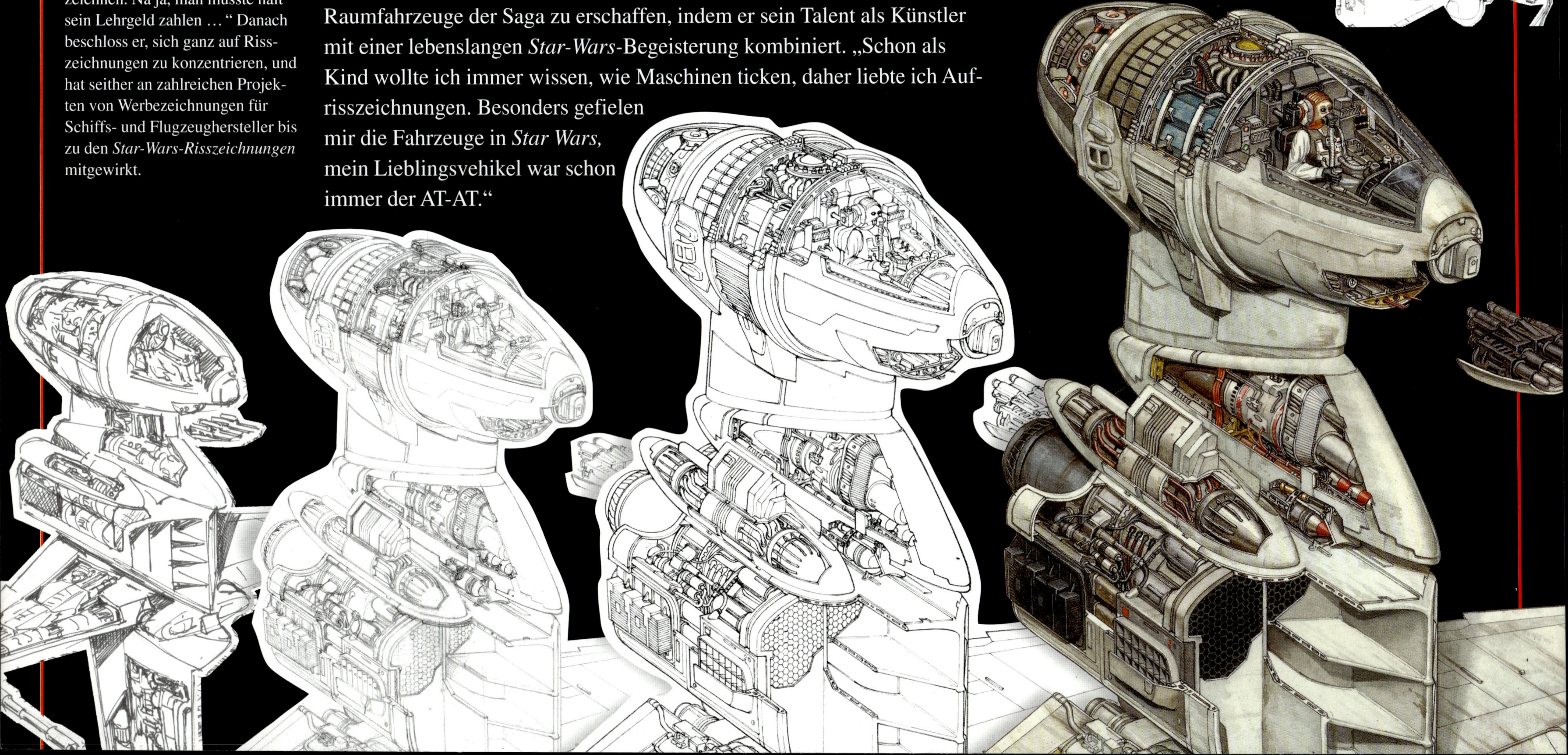

Allein die Bleistiftzeichnungen können über 200 Stunden komplexer Arbeit verschlingen.

Hans führt die Zeichnungen so realistisch wie möglich aus. „Die Strukturen sind für einen wirklichkeitsnahen Eindruck unabdingbar. Die Modellbauer hatten allem einen kampferprobten, abgenutzten Look verpasst, an dem wir uns orientieren mussten.“

Die erste Version

Nach den Rohskizzen zeichnet Hans eine Detailfassung mit dem Bleistift. Diese Version ist noch einfach, aber dennoch genau und zeigt bereits die spätere Anordnung des Aufrisses.

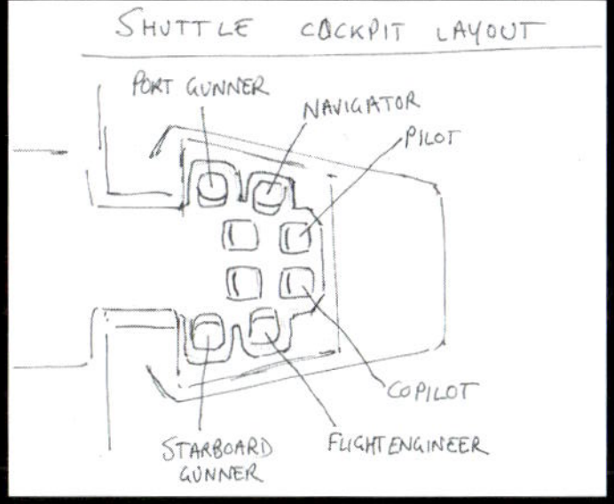

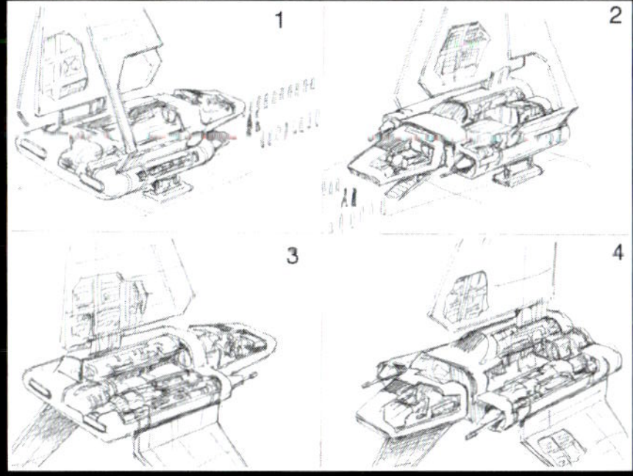

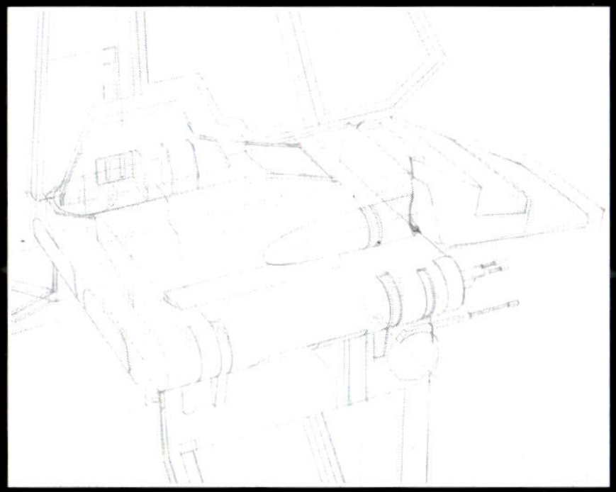

Bleistiftzeichnung

Hans verwendet für die abschließende Bleistiftzeichnung einen 0,3 Millimeter starken Technikerbleistift mit einer HB-Mine, die sich leicht radieren lässt, da die Einzelheiten nach Absprachen mit Lucasfilm, dem Autor oder bei neuen Eingebungen immer wieder überarbeitet werden müssen.

Ausarbeitung

Es kommt vor allem darauf an, die Perspektiven und Einzelheiten der Illustrationen genau zu erfassen. Für die Raumfähre *Tydirium* sah sich Hans stundenlang *Die Rückkehr der Jedi-Ritter* auf DVD an, um Details des Cockpits zu erfassen und eine frühe Skizze (oben links) mit Vorschlägen für die Mannschaftsstationen zu beschriften. Dann wurden Thumbnail-Skizzen (links, in der Mitte) an Lucasfilm und den Autor geschickt, um den Blickwinkel der Zeichnungen zu bestimmen. Bei manchen Fahrzeugen kam zu diesem Zweck zusätzlich ein Fotograf oder ein 3-D-Computermodell zum Einsatz. Bei der Raumfähre besaß Hans keine Fotos aus der entsprechenden Perspektive und musste sich deshalb ganz auf sein Talent als Zeichner verlassen (unten links).

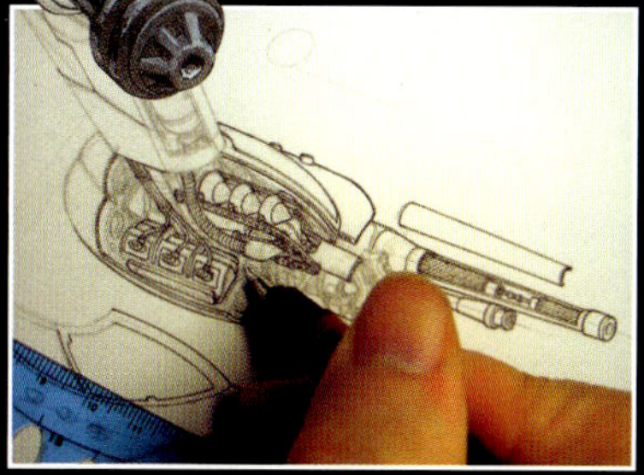

Federzeichnung

Die Zeichnung wird mit einer 0,18 Millimeter starken isografischen Feder ausgeführt. Dabei mischt Hans drei Tropfen schwarzer Tinte mit 15 Tropfen brauner Tinte, damit die Linien nicht zu dunkel ausfallen.

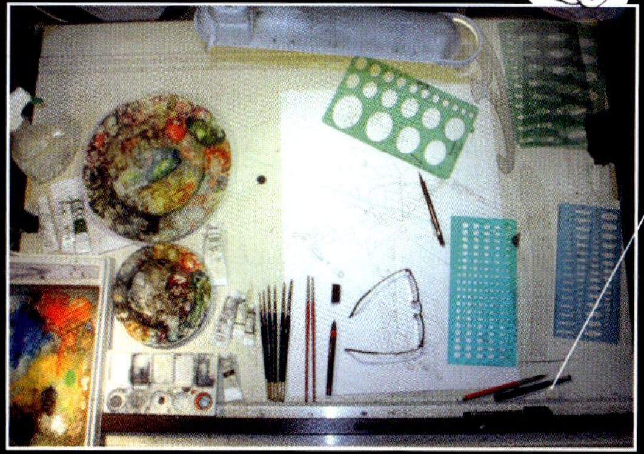

Auf den Radiergummi kann kein Zeichner verzichten.

Am Schreibtisch

Hans' Schreibtisch ist sein Zeichentisch, der mit dem für jedes Arbeitsstadium erforderlichen Werkzeug seines Berufsstands übersät ist.

Der letzte Schritt

Hans verwendet Acryl-Gouache-Farben, normale Gouache- und Wasserfarben. Mit Acryl malt er große Flächen aus, nach dem Trocknen kann er die Flächen mit normaler Gouache und Wasserfarben so bearbeiten, dass sie abgenutzt aussehen.

Richard Chasemore

Üben und Lernen
Rich hat 1992 einen vierjährigen Lehrgang als technischer Zeichner absolviert und arbeitete anschließend als Illustrator mit dem Spezialgebiet Aufrisszeichnungen. Dabei nutzte er gleichermaßen traditionelle wie digitale Medien und übernahm eine „Vielzahl von Projekten für Verlage und Werbeagenturen". Rich mag es, andere an seiner Liebe für das Zeichnen teilhaben zu lassen. Daher hat er einen Airbrush-Kurs in St. Louis in den USA gegeben und drei Lehrbücher samt Kommentaren über Computerkunst geschrieben.

Als Richard Chasemore gebeten wurde, an den *Star-Wars-Risszeichnungen* mitzuarbeiten, sah er sich zu einem peinlichen Geständnis gezwungen. „Ich hatte nur einen der Filme gesehen", erklärte der aus England stammende Illustrator. Trotz dieses Handicaps war Richard, der allgemein nur „Rich" genannt wird, bald tief in die Welt von *Star Wars* verstrickt. Im Lauf seiner Arbeit gewann er Einblick in die Feinheiten des *Star-Wars*-Universums und entwickelte sich zu einem begeisterten Fan von George Lucas' Filmreihe. Rich und Hans Jenssen, sein Mitillustrator bei den Risszeichnungen, unterhalten eine enge Arbeitsbeziehung. Sie arbeiten bereits seit über einem Jahrzehnt gemeinsam an technischen Aufrissen (Risszeichnungen). In dieser Zeit hat Rich seine Fähigkeiten immer weiter verfeinert und ein besonderes Talent für die Zeichnung gepanzerter Fahrzeuge entdeckt. Sein Enthusiasmus gilt neben zahlreichen anderen Interessen vor allem dem Snowboard – ein Hobby, das ihn häufig auf „riskante Geschwindigkeiten" beschleunigt; außerdem begeistert er sich für Musik. Rich ist unabhängiger Musikproduzent und hat 2001 sein eigenes Independent-Label *Superglider* gegründet.

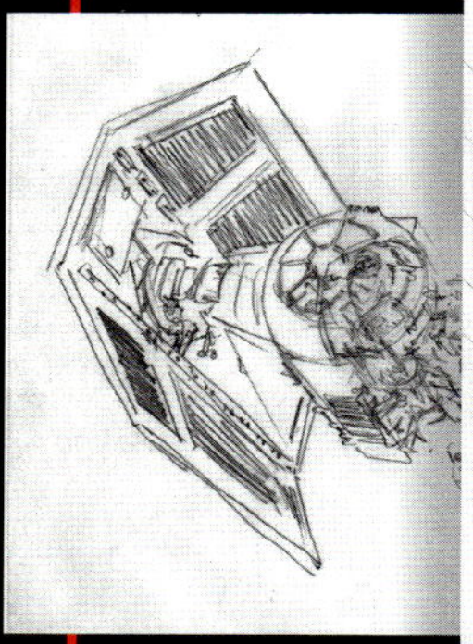

Richs erste Skizze zeigt die für die Endfassung wesentlichen Elemente.

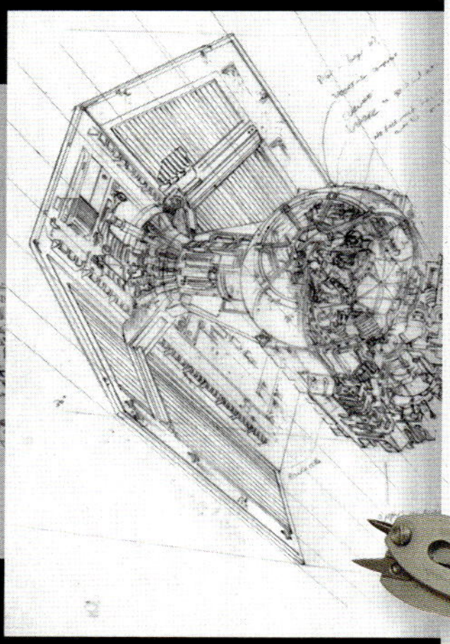

In der Bleistiftphase werden weitere Details und perspektivische Linien ergänzt.

Die endgültige Bleistiftzeichnung

Nun beginnt Rich die Linien mit Tinte nachzuziehen.

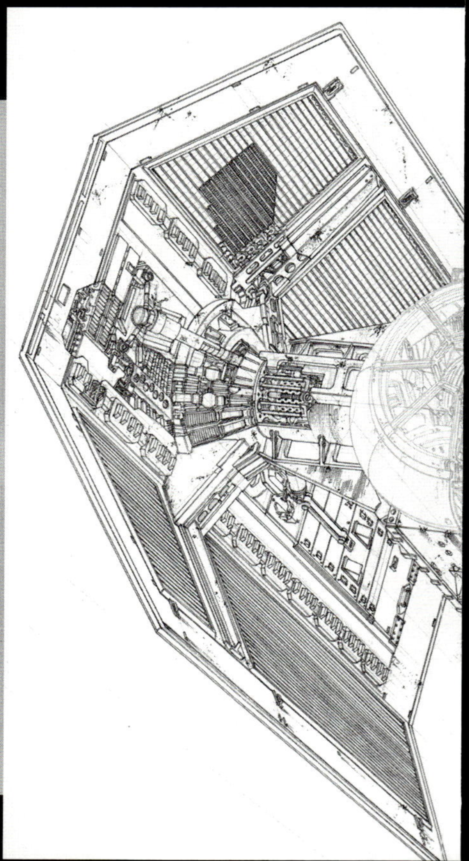

Während der Federzeichnung kommen neue Einzelheiten hinzu. Da alle Details zuvor mit Lucasfilm und dem Autor abgesprochen wurden, gibt es jetzt kein Zurück mehr.

Das Innere eines TIE-Bombers (Studioaufnahme)

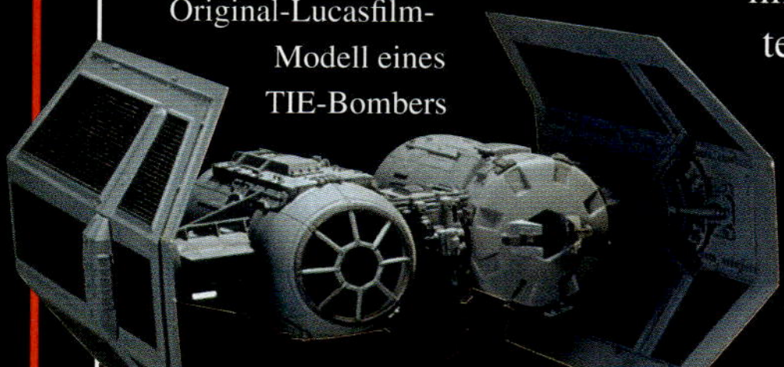

Original-Lucasfilm-Modell eines TIE-Bombers

Auf der Ranch
Um zu gewährleisten, dass alle Zeichnungen so genau wie möglich ausfielen, statteten Rich und Hans der Skywalker-Ranch in Kalifornien zahlreiche Besuche ab. Dort erhielten sie privilegierten Zugang zu den Lucasfilm-Archiven, um die Modelle der Episoden IV bis VI zu studieren. Darüber hinaus vertieften sie sich in die Konzeptdateien und verfolgten die Entwicklung einzelner Fahrzeuge. Schließlich sprachen sie mit den Konzeptkünstlern und Designern der Episoden I bis III über deren individuelle Vorstellungen.

Die Zeichnung des TIE-Bombers
Rich sorgt dafür, dass schon während der Bleistiftzeichnung alles berücksichtigt wird, was im Innern eines Fahrzeugs zu sehen sein soll. Er erklärt, dass „er die äußere Form im Kopf haben muss", während er darum bemüht ist, das Design des Innenlebens realistisch wirken zu lassen. „Selbst wenn man nur einen Ausschnitt zeigen will, muss man zuvor das ganze Ding entwerfen."

Um exakte Ellipsen zu zeichnen, verwendet Rich sechs solcher „Kurvenschablonen".

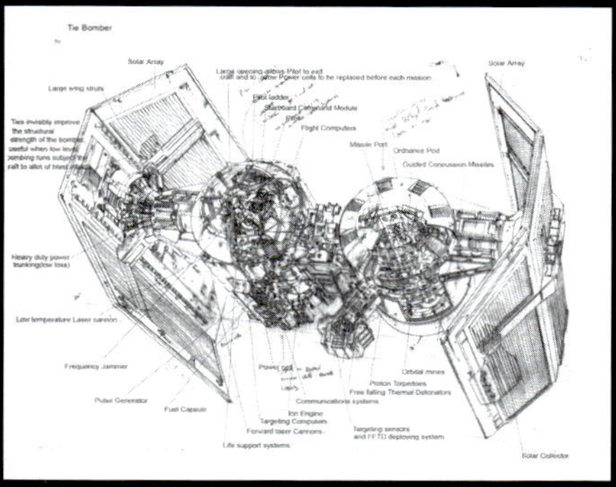

Die chaotische Palette kontrastiert mit Richs Beherrschung des künstlerischen Prozesses.

Rich besitzt seinen Airbrush-Reinigungspinsel seit seinem Studium.

Ein für feine Linien idealer Nummer-1-Zobelpinsel

Die Beschriftung der Illustrationen

Während Rich ausarbeitet, was alles in eine Risszeichnung gehört, um die Übereinstimmung mit den *Star-Wars*-Filmen zu wahren, entscheidet der Autor mit ihm und Lucasfilm, welche Details der Illustration mit technischen Informationen beschriftet werden. Dabei bedient sich der Autor verschiedener Quellen und legt Lucasfilm dann eine Rohfassung der Beschriftungen zur Abnahme vor.

Im ersten Durchgang werden die wichtigsten Teile des Raumschiffs koloriert und die Führung von Licht und Schatten in der Illustration bestimmt.

Um die Größenverhältnisse und die unglaubliche Feinarbeit zu verdeutlichen, ist oben die TIE-Bomber-Illustration mit Richs Nummer-7-Lieblingspinsel zu sehen.

Nach der Ergänzung der Farben ist der TIE-Bomber fast komplett (oben, größte Abbildung). Um die Ecken und Basisformen schmutzig aussehen zu lassen und den Raumschiffen einen realistischen, abgenutzten Anstrich zu geben, verwendet Rich Dry-Brush-Techniken. „Ich versuche mir vorzustellen, dass Gegenstände in der richtigen Welt schmutzig werden, und ahme diesen Effekt nach."

Das Ausmalen

Laut Rich „beginnt der eigentliche Spaß erst mit dem Ausmalen". Die richtige Lichtführung sowie die Ergänzung von Kratzern und Schönheitsfehlern während des „Verschmutzungsprozesses" sorgen dafür, dass „einen das Raumschiff aus der Seite heraus anspringt". Die Farben sind oft der schwierigste Teil, sodass Rich sich ständig neu orientieren muss, welche Farbe er für die Kolorierung bestimmter Einzelheiten verwendet.

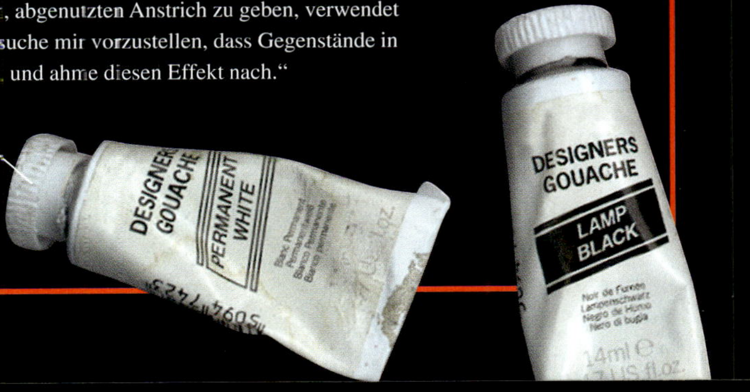

Rich benutzt lichtundurchlässige Gouache-Farben, die für Detailarbeit bestens geeignet sind.

Glossar

ASTROMECH (DROIDE)
Mehrzweckdroiden vor allem für den Einsatz in Raumschiffen. Viele Sternjäger verfügen über einen Astromechdroiden als Navigationsassistent.

BESCHLEUNIGUNGSKOMPENSATOR
Eine Vorrichtung zur Erzeugung künstlicher Schwerkraft, die an Bord mittlerer und großer Raumschiffe wie dem *Millennium Falken* Beschleunigungseffekte neutralisiert.

BLASTERKANONE
Schwere Defensivartillerie mit begrenzter Reichweite. Blaster verwenden Hochleistungsblastergas zur Erzeugung eines sichtbaren Energiestrahls, der Gebäuden und organischem Gewebe schlimmen Schaden zufügen kann. Doch ungeachtet ihrer beträchtlichen Vernichtungskraft sind Blaster nicht so schlagkräftig wie Laserkanonen.

DROIDE
Allgemeinbegriff für jede Art mobiler Robotersysteme, die zumindest über einige der folgenden Fähigkeiten verfügen: Fortbewegung aus eigener Kraft, Greifen und Handhabung von Gegenständen, Logik, Intelligenz, Bewusstsein ihrer selbst, Kommunikationsfähigkeit und sensorische Wahrnehmung. Droiden ähneln gewöhnlich ihren Erbauern, auch wenn sie vor allem funktional konstruiert werden. Die mit unterschiedlich ausgeprägter künstlicher Intelligenz ausgestatteten und von wieder aufladbaren internen Energiezellen gespeisten Droiden sind die Arbeitstiere der Galaxis. Sie werden zu einer unglaublich breiten Palette von Aufgaben genutzt - von Feldarbeit und Arbeit in der Produktion bis hin zum Einsatz als Soldaten, Attentäter, Mechaniker, Berater in der Diplomatie und Ärzte. Viele Kulturen behandeln sie wie Sklaven oder zweitklassige Geschöpfe. Gegenwärtig sind in der Galaxis mehr als 50 Milliarden Droiden im Einsatz.

STERNZERSTÖRER DER *VENATOR*-KLASSE

DÜSENSCHLITTEN UND FLITZER
Bodenfahrzeuge, die dieselbe Technologie nutzen wie Gleiter, um sich auf der Oberfläche von Planeten fortzubewegen. Die für ein oder zwei Passagiere konstruierten Düsenschlitten werden in der ganzen Galaxis für militärische und zivile Zwecke verwendet. Flitzer sind frisierte, schnellere und schwerer zu bedienende Versionen der Düsenschlitten. Kommerzielle Flitzerrennen sind in der gesamten Galaxis beliebt.

GLEITER
Allgemeinbegriff für Bodenfahrzeuge, die mittels Repulsoren schweben und über die Oberfläche eines Planeten fliegen. Zu den zahlreichen an verschiedene Umweltbedingungen angepassten Varianten gehören Landgleiter, Luftgleiter und Schneegleiter.

HITZEABLEITUNG UND RADIATOREN
Vorrichtung zur Ableitung der Hitzeentwicklung in Schiffs- und Fahrzeugsystemen in die Umgebung. Die Entsorgung überschüssiger Hitze gewährleistet die normale Arbeitstemperatur aller Systemkomponenten und verhindert so Fehlfunktionen und Ausfälle.

DROIDEN-STERNJÄGER DER HANDELSFÖDERATION

RETTUNGSKAPSEL DER *TANTIVE IV*

HYPERANTRIEB
Der Antrieb für Überlichtgeschwindigkeit, der es Raumschiffen erlaubt, in eine andere Dimension, den so genannten Hyperraum, einzudringen, wo die normalen Gesetze von Raum und Zeit nicht gelten. Dank der Hyperraumreisen können Schiffe im Nu riesige Entfernungen zurücklegen.

HYPERANTRIEBSKLASSEN
Hyperantriebssysteme sind nach Klassen geordnet: je niedriger die Klasse, desto schneller der Hyperantrieb. Die meisten Zivilraumschiffe verwenden relativ langsame Triebwerke der Klasse drei oder höher. Regierungs-, Diplomaten- und Kriegsschiffe verfügen über Antriebssysteme der Klassen eins oder zwei, während manche experimentelle oder illegal modifizierte Schiffe wie der *Millennium Falke* sogar noch schnelleren Antriebsklassen angehören.

IONENANTRIEB
Eine äußerst weit verbreitete Art des Sublichtantriebs, mit dem Schiffe von der Planetenoberfläche in die Umlaufbahn befördert werden sowie sich im Weltraum vorwärtsbewegen. Ionentriebwerke sorgen mittels aufgeladener Partikelstrahlen für Schub. Es gibt sie in zahlreichen Ausführungen, aber eine der erfolgreichsten Varianten ist das Zwillings-Ionentriebwerk der TIE-Jäger.

JEDI-ABFANGJÄGER MIT HYPERANTRIEBS-BOOSTER

IONENKANONE
Eine Waffe, die machtvolle Blitze ionisierter Energie abfeuert, die sämtliche Systeme des Ziels überlasten oder mechanische Bauteile verschmelzen. Ionenkanonen werden eingesetzt, um feindliche Raumschiffe außer Gefecht zu setzen, ohne bleibende Schäden zu verursachen.

LASERKANONE
Die vorherrschende Waffe der Galaxis, die sowohl auf militärischen als auch auf zivilen Raumschiffen eingesetzt wird. Laserkanonen sind schlagkräftiger als Blaster und feuern Blitze gebündelten Lichts ab. Laser existieren in einer Bandbreite von reduzierten Modellen, die kaum verheerender wirken als Blaster, bis hin zu Militärversionen, die Sternjäger mit einem einzigen Feuerstoß vernichten können.

SCHNEEGLEITER DER REBELLEN-ALLIANZ

PROTONENBOMBE
Eine Partikelwaffe, die auf Raumschiffe oder planetare Einrichtungen abgeworfen wird. Die Bombe erzeugt eine Wolke von Hochgeschwindigkeitsprotonen, gegen die Schutzschilde nichts ausrichten können. Das Imperiale Arsenal verfügt über unterschiedliche Bombentypen.

IMPERIALER TIE-JÄGER

PROTONENTORPEDO
Ein Hochgeschwindigkeitsprojektil, das sein Ziel beim Aufprall durch die Freisetzung hochenergetischer Protonenpartikel zerstört. Es durchdringt Standarddeflektorschilde, wird jedoch von Partikelschilden gestoppt.

REPULSOREN

Von erdgebundenen Fahrzeugen genutzte Antigravitationstechnologie. Repulsoren erzeugen ein Antischwerkraftfeld, das die Gravitation eines Planeten abstößt und das Fahrzeug über der Oberfläche schweben oder durch die Atmosphäre fliegen lässt. Die meisten Raumschiffe benutzen bei der Landung und im Atmosphärenflug Repulsoren.

RETTUNGSKAPSEL

Eine Raumkapsel, die von Passagieren und Besatzung im Notfall zum Verlassen ihres Raumschiffs benutzt wird. Nach dem Start sammeln die Sensoren der Kapsel Daten über erreichbare Planeten, dann dringt das schlichte Antriebssystem in den Luftraum der nächsten bewohnbaren Welt ein und sorgt für sichere Landung. Rettungskapseln verfügen über begrenzte Treibstoffvorräte, sind jedoch mit Verpflegung für maximal zwei Wochen ausgestattet, um das Überleben der Passagiere zu garantieren.

SCHILDE

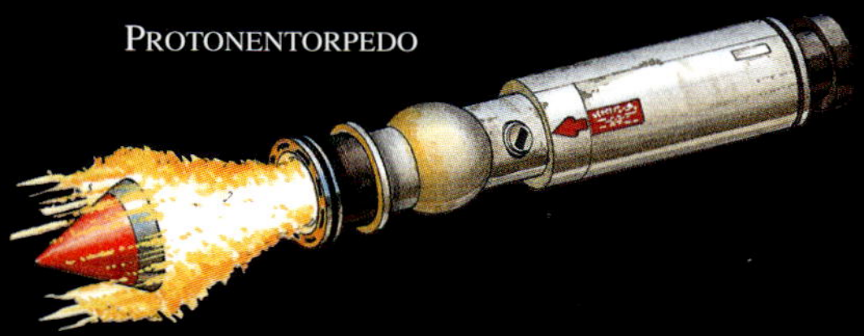

Protonentorpedo

Diese auch Deflektorschilde genannten Energiefelder absorbieren Laserblitze und lassen Projektile abprallen. Fast alle Raumschiffe und viele Fahrzeuge sind durch Schutzschilde abgeschirmt, deren Stärke, Radius und Belastbarkeit von der verfügbaren Energiequelle abhängen. Es gibt zwei Hauptarten von Schutzschilden: Strahlenschilde, die Strahlung und pure Energie absorbieren, und Partikelschilde, die massiven Objekten, von Protonenpartikeln bis hin zu Vibro- und Protonenwaffen, widerstehen.

SCHLACHTSCHIFFE

Große militärische Kriegsschiffe, die für Weltraumschlachten konstruiert wurden, zum Beispiel Imperiale Sternzerstörer oder Mon-Calamari-Sternkreuzer. Die nach Hunderten oder Tausenden zählenden Besatzung bedient zahlreiche schwere Waffen und Schutzschilde. Schlachtschiffe führen häufig Raumfähren, Sternjäger und andere Raumschiffe in gewaltigen Hangars mit sich.

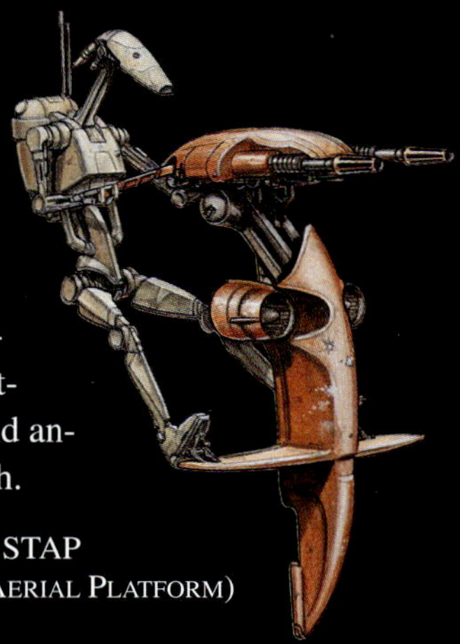

Kampfdroide und STAP (Single Trooper Aerial Platform)

SENSORENPHALANX

Eine Reihe von Instrumenten zur Informationsbeschaffung, die auf Raumschiffen und Fahrzeugen angebracht sind. Eine Sensorenphalanx besteht aus unterschiedlichen Scannern und anderen Instrumenten, die Daten über die Schiffsumgebung liefern.

STERNJÄGER

Ein kleines, schnelles, wendiges und schwer bewaffnetes Raumschiff für die direkte Konfrontation feindlicher Verbände. Die meisten Raumschlachten werden von Sternjägerstaffeln geschlagen.

SUBLICHTANTRIEB

Der unterhalb des Hyperraumflugs gebräuchliche Antrieb. Raumschiffe nutzen Sublichttriebwerke beim Start von Planeten und im Orbitalverkehr, sie werden jedoch auch verwendet, um in die Tiefen des Weltalls vorzudringen, wo ein Schiff, falls nötig, den Hyperantrieb einsetzen kann. Auch bei Kämpfen im All benutzen Raumschiffe ihre Sublichttriebwerke.

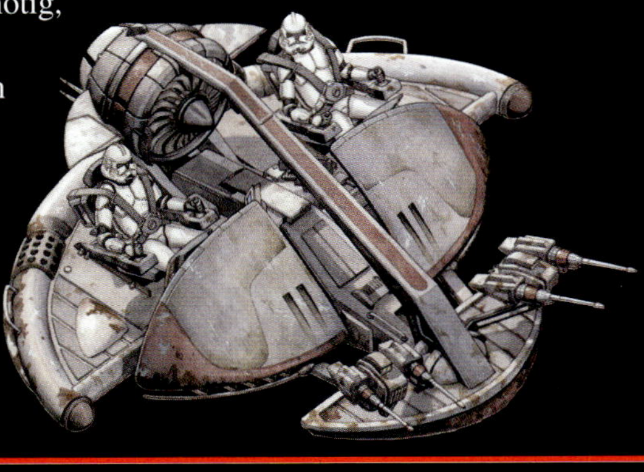

Republikanische Infanterie-Versorgungsplattform

TARNVORRICHTUNG

Tarnvorrichtungen machen Raumschiffe für elektronische Erkennungssysteme unsichtbar, indem sie die gewöhnlich von den Schiffssystemen und Sensoren abgestrahlten Signaturen unterbinden.

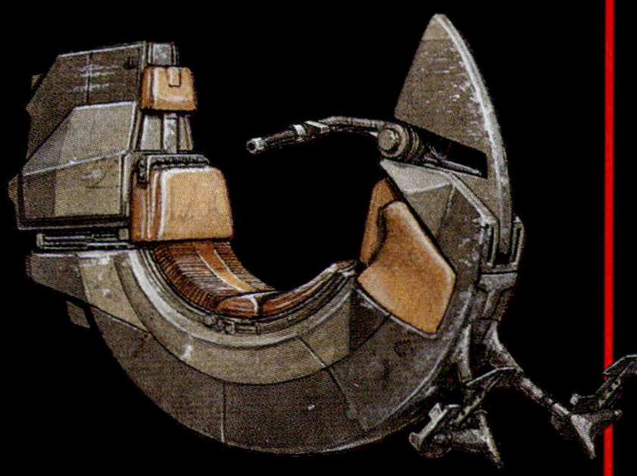

Sith-Düsenschlitten

TRAKTORSTRAHL

Ein modifiziertes Kraftfeld, mit dem sich Objekte im Weltraum anhalten oder bewegen lassen. Traktorstrahlen werden von Raumschiffen und -stationen verwendet, um Schiffe in Landebuchten zu manövrieren, Fracht oder Bergungsgut zu transportieren oder um Feindschiffe vor ihrer Übernahme oder Zerstörung festzuhalten.

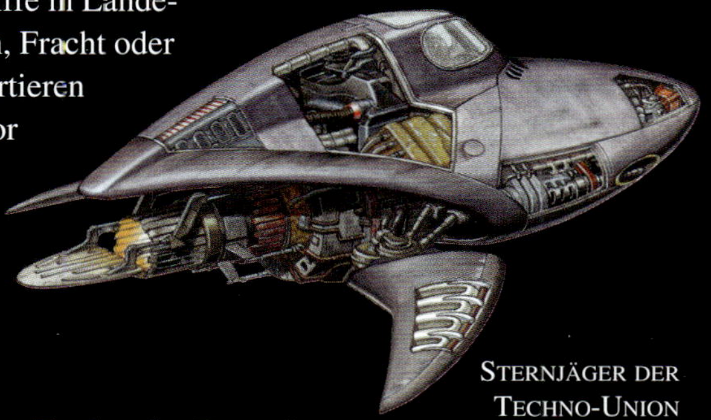

Sternjäger der Techno-Union

TRANSPORTER

Ein für den Transport von Fracht oder Passagieren geeignetes Raumschiff. Der Begriff bezieht sich für gewöhnlich auf Zivilraumer, kann aber auch Schiffe bezeichnen, die Truppen oder militärischen Nachschub an Bord haben.

TURBOLASER

Eine für den Einsatz auf Schlachtschiffen konzipierte Hochleistungslaserkanone. Turbolaser erfordern gewaltige Energiegeneratoren und Bedienungsmannschaften, durchschlagen jedoch die Schutzschilde und Panzerung feindlicher Raumschiffe und lassen sich auch gegen planetare Ziele verwenden.

VIBRORAKETE

Ein mit Sublichtgeschwindigkeit abgefeuertes Projektil, das beim Aufprall zerstörerische Schockwellen erzeugt und sogar die Panzerung von Schlachtschiffen durchdringt.

Droidenkontrollschiff der Handelsföderation

VIERLINGSLASER

Eine Waffe aus vier gekoppelten Lasergeschützen, die abwechselnd paarweise feuern. Im Vergleich mit vielen anderen Waffen sind Vierlingslaser sehr schlagkräftig, aber erschwinglicher als Turbolaser, daher werden sie für gewöhnlich auf kleineren und mittleren Raumern eingesetzt.

Turbolaserturm eines Republikanischen Sternzerstörers

INDEX

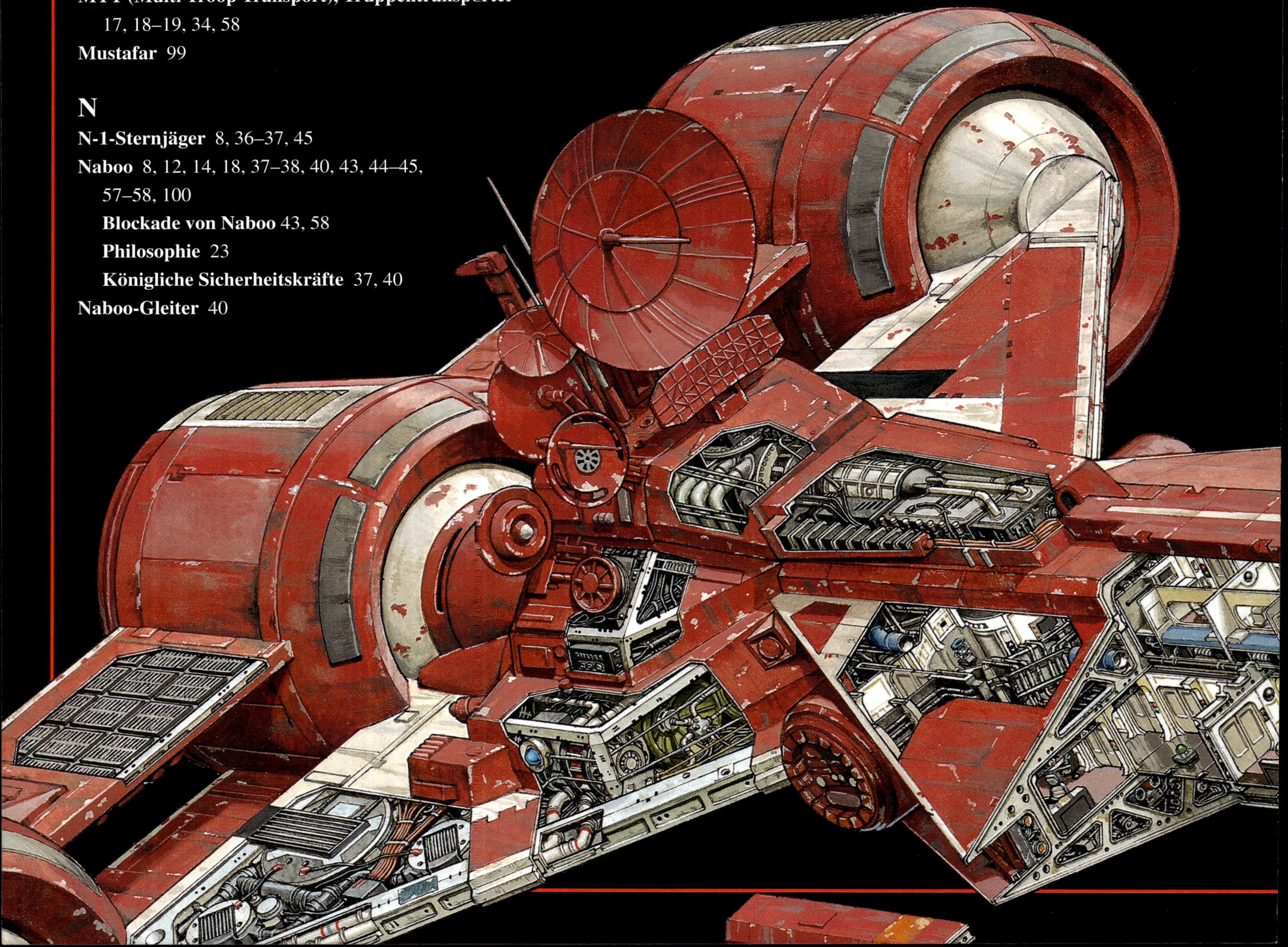

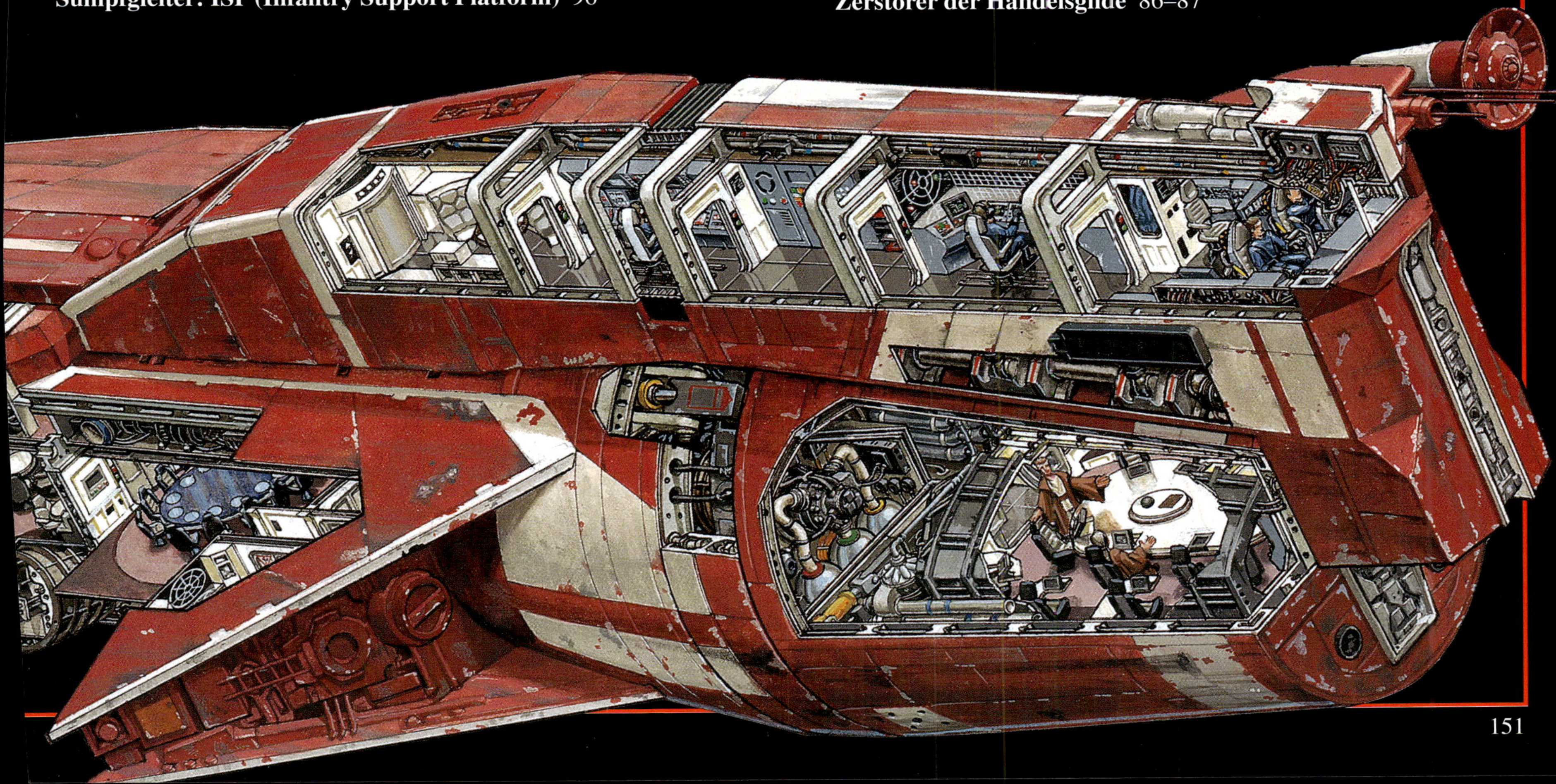

LONDON, NEW YORK, MELBOURNE,
MUNICH und DELHI

DORLING KINDERSLEY

PROJECT ART EDITORS Ron Stobbart, John Kelly, Iain R. Morris and Mark Regardsoe
PROJECT EDITORS Neil Kelly, Simon Beecroft, David Pickering, Joanna Chisholm and Nicholas Turpin
BRAND MANAGER Lisa Lanzarini
PUBLISHING MANAGER Simon Beecroft
CATEGORY PUBLISHER Alex Allan
DTP DESIGNER Hanna Ländin
PRODUCTION Rochelle Talary and Nick Seston
INDEXER Marian Anderson

LUCASFILM LTD.

EXECUTIVE EDITOR Jonathan W. Rinzler
ART EDITORS Iain R. Morris and Troy Alders
CONTINUITY SUPERVISOR Leland Chee

Bibliografische Information Der Nationalbibliothek
Die Deutsche Nationalbibliothek verzeichnet diese Publikation in der Deutschen Nationalbibliografie; detaillierte bibliografische Daten sind im Internet über http://dnb.ddb.de abrufbar.

Titel der Originalausgabe:
STAR WARS – COMPLETE INCREDIBLE CROSS-SECTIONS OF VEHICLES
Copyright © 2007 Lucasfilm Ltd. and ™.
All Rights Reserved. Used under authorization.
Page design copyright © 2007 Dorling Kindersley Limited

All rights reserved under International and Pan-American Copyright Conventions. No part of this publication may be reproduced, stored in a retrieval system, or transmitted in any form or by any means, electronic, mechanical, photocopying, recording or otherwise, without the prior written permission of the copyright owner.

Lizenzausgabe mit freundlicher Genehmigung der MR Merchandising & Retail GmbH & Co. KG, München.

Deutschsprachige Ausgabe:
© 2007 vgs

verlegt durch EGMONT Verlagsgesellschaften mbH,
Gertrudenstraße 30-36, 50667 Köln

Alle Rechte vorbehalten.
Redaktion: Sabine Arenz
Lektorat: Bettina Oder
Produktion: Susanne Beeh
Satz der deutschen Ausgabe: Achim Münster, Köln
Druck: L. Rex Printing Co. Ltd., Hong Kong

ISBN 978-3-8025-3607-6

www.vgs.de

Material aus diesem Buch war bereits veröffentlicht in:

Star Wars: Die Risszeichnungen, Copyright © 1998 Lucasfilm Ltd. & ™, deutsche Ausgabe: Wilhelm Heyne Verlag, 1998 (hier in Neuübersetzung).

Star Wars: Die Risszeichnungen, Episode I, Copyright © 1999 Lucasfilm Ltd. & ™, deutsche Ausgabe: vgs verlagsgesellschaft mbH, 1999.

Star Wars: Die Risszeichnungen, Angriff der Klonkrieger, Copyright © 2002 Lucasfilm Ltd. & ™, deutsche Ausgabe: Egmont vgs verlagsgesellschaft mbH, 2002.

Star Wars: Die Risszeichnungen, Die Rache der Sith, Copyright © 2005 Lucasfilm Ltd. & ™, deutsche Ausgabe: Egmont vgs verlagsgesellschaft mbH 2005.

DK Publishing bedankt sich bei:

Stacy Cheregotis, Tina Mills, Amy Gary, Sue Rostoni, Chris Gollaher, Steve Chianesi, Paul Ens, Pablo Hidalgo, Fay David, Aaron Henderson, John Searcy, Heather Scott, Jane Mason, Cara Evangelista, Joanna Devereux, Cathy Tincknell, Cynthia O'Neill Collins, Kim Browne, Jill Bunyan, Lauren Egan, Steve Lang, Lauren Britton, Nicola Torode, Louise Barrett and Katy Holmes